OCTOBER

CHINA MIÉVILLE

OCTOBER
オクトーバー

物語 ロシア革命

チャイナ・ミエヴィル【著】
China Miéville
松本剛史【訳】

THE STORY OF THE RUSSIAN REVOLUTION

筑摩書房

グッルに

「……………………………………………………
……………………………………………」

——ニコライ・チェルヌイシェフスキー『何をなすべきか』

オクトーバー　物語ロシア革命

目次

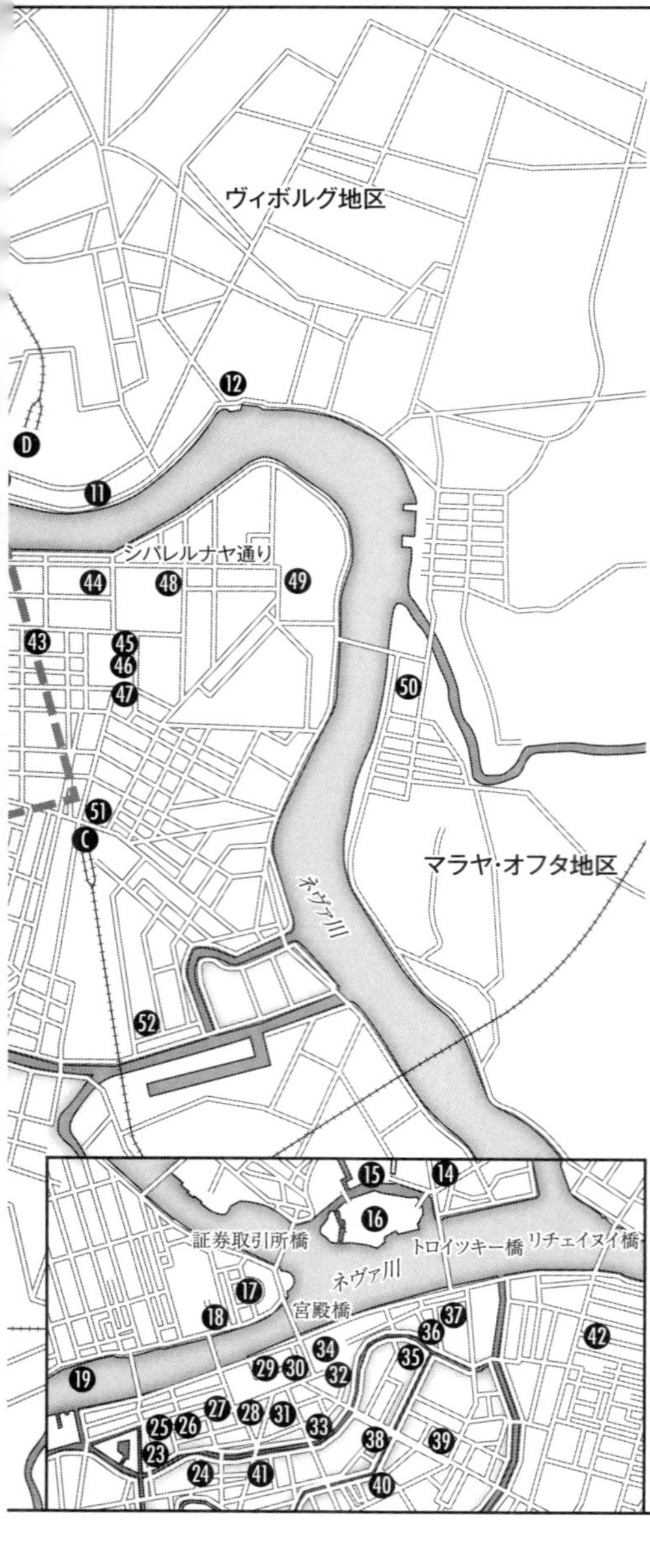

ペトログラード, 1917

1 ルースキー・レノ工場
2 ノーヴィ・レッスネル工場
3 モスコフスキー連隊
4 第六回党大会集会場
5 エリクソン工場
6 第一機関銃連隊
7 擲弾兵連隊
8 ヴィボルグ地区ボリシェヴィキ党本部
9 トルード印刷所
10 ミハイロフスキー砲兵学校
11 クレストイ刑務所
12 メタリスト工場
13 モダン・サーカス
14 クシェシンスカヤ邸
15 兵器廠
16 ペトロパヴロフスク要塞
17 証券取引所
18 ペトログラード大学
19 装甲巡洋艦〈アヴローラ〉
20 フィンリャンツキー連隊
21 第一八〇歩兵連隊
22 フランコ=ルースキー造船所
23 第二バルト艦隊分遣隊
24 ケクスゴルムスキー連隊
25 中央電信局
26 ペトログラード電信局
27 郵便局
28 軍事省
29 海軍本部
30 宮殿広場
31 聖イサアク大聖堂
32 参謀本部
33 ペトログラード電話局
34 冬宮
35 『プラウダ』編集部・印刷所
36 パヴロフスキー連隊
37 マルス広場
38 カザン大聖堂
39 市ドゥーマ
40 国営銀行
41 マリインスキー宮
42 プリボイ印刷所
43 リトフスキー連隊
44 第一四ドン・コサック連隊
45 プレオブラジェンスキー連隊
46 第六工兵大隊
47 ヴォルインスキー連隊
48 タヴリーダ宮
49 スモーリヌイ
50 第一予備歩兵連隊
51 ズナメンスカヤ広場
52 第一, 第四ドン・コサック連隊
53 セミョーノフスキー連隊
54 ペトログラード電気局
55 エゲルスキー連隊
56 ペトログラーツキー連隊
57 イズマイロフスキー近衛連隊
58 港湾運河
59 プチーロフ工場
A バルト駅
B ワルシャワ駅
C ニコライ駅
D フィンランド駅

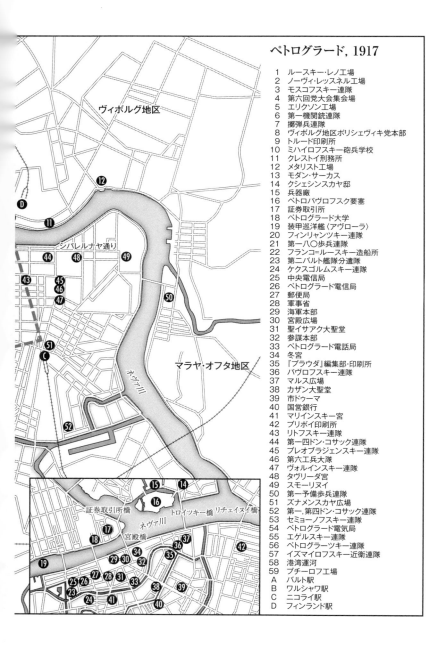

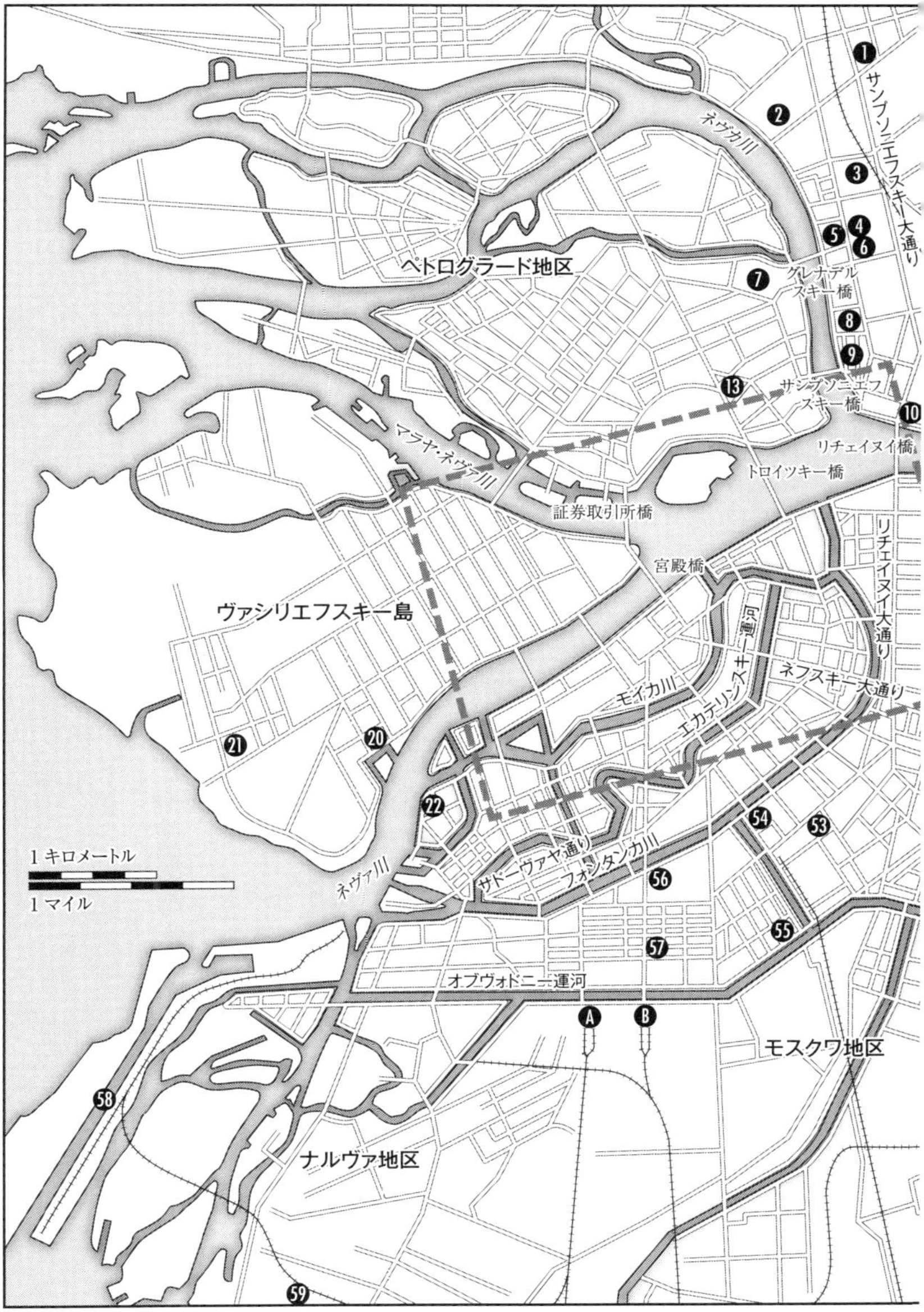

1
サンプソニエフスキー大通り
2
ネヴカ川
3
4
5
6
ペトログラード地区
7
グレナデルスキー橋
8
9
13
サンプソニエフスキー橋
10
リチェイヌイ橋
マラヤ・ネヴァ川
トロイツキー橋
証券取引所橋
宮殿橋
ヴァシリエフスキー島
リチェイヌイ大通り
エカテリンスキー運河
ネフスキー大通り
モイカ川
20
21
22
54
53
1 キロメートル
1 マイル
ネヴァ川
サドーヴァヤ通り
フォンタンカ川
56
55
57
オブヴォドニー運河
A
B
モスクワ地区
58
ナルヴァ地区
59

ヨーロッパロシア，1917
0 200 400 600 キロメートル
0 100 200 300 400 マイル
スウェーデン
ボスニア湾
フィンランド
白海
アルハンゲリスク
アルハンゲリスク県
北ドヴィナ川
オネガ湖
オロネツ県
ヘルシングフォルス
フィンランド湾
ラドガ湖
レヴェル
ペトログラード
エストリャント県
ペトログラード県
ヴォログダ県
リフリャント県
ノヴゴロド県
リガ
クルリャント県
ヴィヤトカ県
ヤロスラヴリ県
コストロマ県
ヴォルガ川
プスコフ県
トヴェリ県
コヴノ県
ヴィテブスク県
ウラジーミル県
ニジニ ノヴゴロド
ニジェゴロド県
モスクワ
カザン県
スヴァルキ県
ヴィリナ
ヴィリナ県
モスクワ県
スモレンスク
スモレンスク県
ミンスク
モギリョフ県
カルーガ県
リャザン県
シンビルスク県
グロドノ県
トゥーラ
トゥーラ県
ペンザ県
サマラ
ブレスト＝リトフスク
ミンスク県
オリョール
チェルニゴフ県
オリョール県
タンボフ県
サラトフ県
クルスク
サマラ県
ヴォルィーニ県
クルスク県
サラトフ
キエフ
ポルタヴァ県
ヴォロネジ県
ウラル州
キエフ県
ハルコフ
ドン川
ポジーリャ県
ドニエプル川
ハルコフ県
ツァリーツィン
エカテリノスラウ
ルーマニア
ベッサラビア県
エカテリノスラウ県
ドン軍管州
ヴォルガ川
アストラハン県
ヘルソン県
オデッサ
ロストフ
タヴリーダ県
アストラハン
エカテリノダール
スタヴロポリ県
ドナウ川
セバストポリ
クバン州
カスピ海
ブルガリア
黒海
テレク州
コンスタンチノープル
ティフリス県
ティフリス
トレビゾンド
オスマン帝国

オクトーバー　物語ロシア革命

OCTOBER

the Story of the Russian Revolution

by

China Miéville

Japanese translation published by arrangement with
Verso Books through The English Agency (Japan) Ltd.

イントロダクション

第一次世界大戦の渦中にあるヨーロッパが震え、血を流しているあいだに、米国のある出版社からアレクサンドル・コルニーロフの名著『ロシア現代史』が刊行された。ロシアの自由主義知識人にして政治家のコルニーロフは、この本を一八九〇年の時点で締めくくっているが、一九一七年刊の英語版では、翻訳者アレクサンダー・カウンの手で最新の情報がつけ加えられた。カウンによる最後の段落はこんな文言から始まる。「今ある秩序がやがて消え去ることは、予言者ならずとも予測できることだ」

この言葉の示すとおり、秩序は消え去った。しかも華々しく。激しく比類ないその一年間に、ロシアは一度ならず二度の動乱、二度の混沌とした自由への蜂起、二度の再構築に揺さぶられ、破壊された。一度目の二月には、五〇〇年にわたる専制支配に恐るべき速さで終止符が打たれた。二度目の一〇月は、はるかに広く影響の及んだ争いの時期であり、どこまでも悲劇的だがどこまでも興味深い。

この二月から一〇月までの月日は、絶え間ないぶつかり合いの過程であり、歴史の大きな振れであった。そこで何が起きたか、その意味は何かといったことは、いまだに物議をかもさずにはいない。二月、そしてとりわけ一〇月のことは、自由の政治をどう見るかというプリズムでありつづけている。

歴史的な書物を書くときには、架空の「客観性」を拒むことがお約束となっている。絶対的に公平無私でいられるような作家などいないし、またそうあろうとするべきでもない。だが私は、独断的、あるいは無批判であるよりも、そのなかの一部でありたいと思う。これから語る物語には、私にとっての悪漢と英雄が登場する。ただそれでも、中立だというふりはせずとも、フェアであろうとは努めた。いろいろな政治的志向をもつ読者たちにも、この物語には価値を見出してもらえると思う。

ロシア革命を扱った著作はすでに数多くあり、その大半がすばらしいものばかりだ。調査も入念に行われているし、ここに記された事件や語られた言葉には、歴史的に記録されていないものはひとつもない。だが本書は、事実関係を網羅しようとする本でもなければ、すべてを網羅しよう、学者や専門家を気取ろうとする本でもない。あの驚異の物語に関心をもち、自ら進んで革命の律動に身を任せようとする人たちのための短い序奏である。これこそまさに、私が語ろうとしている物語なのだ。一九一七年とはひとつの叙事詩であり、冒険と希望と裏切りの、ありそうにない偶然の一致の、戦争と策謀の連続する一年だった。勇敢さと臆病さの、愚行と笑劇の、豪気と悲劇の一年だった。新時代の野心と変化の、ぎらつく光と鋼と影の、線路と列車の一年だった。

ロシアのロシアらしさには、どこか人を酔わせるものがあるようだ。何度も何度もくり返される、この国の歴史をめぐる議論、とりわけ非ロシア人による議論は——たまにはロシア人自身による議論もだが——いつもロマンティックな性格を帯びた本質主義へと変化していく。根本部分がブラックボックスであるような、還元のできない、えもいわれぬロシア的精神の発露へと。どこよりも悲しい、どこよりも不可解な、あらゆる説明をすり抜ける苦難多きロシア。小さき母なるロシア。ヴァージニア・ウルフは夢幻的な著書『オーランドー』にこう書いている。ロシアでは「黄昏はさらに長く、夜明けはさらに突然でなくなり、文章は最良の終わらせ方が疑わしいために、しばしば終わらないまま残される」。

こんな状態には我慢ならない。この物語にロシアらしい細部があることはほぼ疑いを容れない。その細部は革命を説明するというどころか、すべて説明し尽くしうるものだ。このストーリーはそうした細部を称えつつも、全体を見失ってはならない。この動乱の世界史的な原因、そしてその派生的影響を。

詩人のオシップ・マンデリシュタームは、さまざまな題名をつけられた一九一七年の一周年記念を祝う詩のなかで、「自由のほの暗い明かり」と言っている。彼の使った言葉「スメルキ」は、通常は黄昏の兆しのことだが、夜明け前の闇を指すとも考えられる。彼が称えているのは、翻訳者のボリス・ドラリュクの言葉で言えば、「自由という消えゆく明かりなのか、あるいは始まりのかすかな光明なのか?」。その地平線上の輝きは、もはや夕暮れでも突然の夜明けでもなく、長く引き延ばされた、本質的な両義性である。我々みんなが知っているこの薄明を、我々はまた知ることになる。この奇妙な明かりはロシアだけのものではないのだ。

これはたしかにロシアの革命だったが、他の国のものでもあったし、今もそれは変わらない。これは我々のものでもありうる。その文章がまだ終わっていないのなら、終わらせるのは我々の役目だ。

日付についての付記

ロシア革命を学ぼうとする人たちのために言っておくと、時間はまったく正確さに欠ける。ロシアでは一九一八年までユリウス暦が使われた関係で、現代のグレゴリオ暦と比べて一三日遅れになっている。だが、この物語の演者たちが自分たちの時間に没入していたように、この本でも当時のユリウス暦を用いる。文献によっては、冬宮が襲撃されたのは一九一七年一一月八日だとするものもあるかもしれない。だが、襲撃した当人たちはたしかに、一〇月二六日に襲撃をしたのだ。彼らにとってその一〇月は、ただの月ではなく、覚醒への呼び声としての一〇月なのである。グレゴリオ暦がなんと言おうと関係なく、この本は一〇月の影のなかで書かれている。

1　一九一七年前史

風吹きすさぶ島の上、ひとりの男が佇み、空を見上げている。雲つくばかりの長身に力みなぎる体軀、その身にまとう上等な衣服が、五月の烈風を受けてはためく。周囲でさざ波立つネヴァ川の水面も、海沿いに広がる湿地の灌木や緑も、その目には映っていない。手から銃剣をだらりと垂らし、ただ畏怖に打たれて凝視する先にあるのは、遊弋する大きな一羽の鷲。

ロシアを統べる全能の支配者、ピョートル大帝は、いつまでも鷲を見つめている。鷲も彼を見つめ返す。

やがてピョートルは突然、銃剣の先を下に向け、湿った地面に突き立てる。土や根を刃でぐいぐい切り裂き、芝土を細長い形に一度、二度とえぐっていく。それを地面から剝ぎとり、泥で汚しつつ、空を舞う鷲の真下までずるずる引きずっていく。そして剝いだ芝土を十字架の形に置く。「この地に都あれ」、彼は大音声で呼ばわる。かくして一七〇三年、フィンランド湾に浮かぶザヤチ島――大北方戦争でスウェーデン帝国から奪い取ったこの土地の上に、皇帝《ツァーリ》は自らの守護聖人の名にちなんだ大いなる都の創出を命じる――サンクトペテルブルクと。

これは事実ではない。ピョートルはその場にはいなかった。

これはドストエフスキーが言うところの、「地球上で最も抽象的で人工的な都市」の強固な神話である。だが、その完成の日にピョートルの姿はすでにないものの、サンクトペテルブルクは彼が夢に描いたとおり、幾多の困難にもめげず、この猛烈な強風の吹きすさぶ、バルト海の蚊だらけの氾濫原に建設されるに至る。

皇帝がまず命じるのは、ペトロパヴロフスク要塞の建設である。結局起こることのないスウェーデンの襲来に備え、小さな島を覆いつくすように延びる、星型の入り組んだ建物。そしてピョートルはその壁の周囲に、最新の設計思想に基づいて大規模な港を建設するよう命じる。それがおのれの「ヨーロッパへの窓」となるように。

ピョートルは夢想家だが、荒々しいまでの実行力を備えている。近代化を推進し、正教に凝り固まったロシアの「スラヴ的後進性」を蔑んでやまない。古都モスクワは美しくとも無計画な、ビザンチン風の街路の入り組んだ街だ。わが新都は合理的なデザインのもとに構想されねばならない、とピョートルは指示する。直線と優美な曲線が壮大な規模で広がり、見通しはあくまで広く、運河が街路を縦横に走り、壮麗なパラディオ式の宮殿が多く並び立つ。慎みあるバロック様式で、伝統や玉葱型の円蓋とは断固として縁を切る。この新たな土地の上に、新しいロシアを構築するのだ。

彼は外国人の建築家を雇い入れ、街にヨーロッパ風の外見をまとわせよ、すべてを石造りに、と注文する。そして強制的に住人を駆り集め、商人や貴族たちにこの生まれたての大都会に移り住むよう命じる。まだ初期のころには、夜に出来かけの通りをうろつく狼の群れが見られる。

道路を造るのは強制労働だ。湿地から水を抜き、泥のなかに柱を立てる。何十万もの農奴や囚人が徴用され、厳しい監視の下、広大なピョートルの土地で苦闘を続ける。泥のなかに入っては基礎を掘り、そしてばたばたと死んでいく。この街の下には一〇万の死体が埋まっている。サンクトペテルブルクがのちに「骨の上に建てられた街」と呼ばれるようになる所以だ。

一七一二年、ピョートル大帝はモスクワとともにあった過去を蔑み、いよいよ訣別のときと定め、サンクトペテルブルクをロシアの首都となす。その後二世紀あまり、政治はこの街を舞台に目まぐるしい速さで移り変わっていく。モスクワ、リガ、エカテリンブルクなどの無数の町や都市、帝国のなかに延び広がる地域、そこでの物語ももちろん無視できないが、しかしサンクトペテルブルクはやがて革命のるつぼとなる。一九一七年の物語は、長い前史から生まれた物語であり、何よりもこの都市の街頭の物語だ。

★

ヨーロッパの伝統と東方のスラヴの伝統が交わるロシアは、長い年月をかけて瓦礫のなかで育まれる。一九一七年の主役のひとりとなるレオン・トロツキーによれば、「ローマ文化の廃墟に住みついた西の蛮族」が作り出した国だ。何世紀にもわたって継承されるツァーリ、すなわち皇帝が、東方の草原地帯に住む遊牧民と、タタールやビザンチウムと交易や戦いを繰り広げる。一六世紀には、のちに「雷帝」と称されるイヴァン四世が北へ東へと力ずくで進出し、やがて「全ロシアのツァーリ」、広大かつ多種多様な帝国の長となる。イヴァンはモスクワ大公国を残忍な専制の下に統合する。しかしその残忍さにもかかわらず、反乱はいつものごとく勃発する。一八世紀にコサックの農民が蜂起したプガチョフの乱などは、下からの挑戦であり、血なまぐさい反乱が血なまぐさく鎮圧された例のひとつだ。

イヴァン没後は雑多な勢力が現れ、王朝同士が激しく競い合うが、やがて一六一三年、貴族と正教会の聖職者たちはミハイル・ロマノフを皇帝に選出し、これが一九一七年まで続くロマノフ王朝の礎となる。この世紀中にロシアの農民《ムジーク》の地位は、封建的農奴制の強固な体制に組み込まれる。農奴は特定の土地に縛りつけられ、土地の所有者は「自らの」農夫たちに広範な権力を振るう。農奴を勝手に別の土地に移すこともできるが、その個人の財産および家族は、元の地主のもとに残される。

じつに苛烈な、だが強靭な制度である。実際、ロシアの農奴制は優に一八〇〇年代まで、ヨーロッパでは廃れたあとも数世代にわたって続くことになる。地主による農奴へのグロテスクな虐待の話は枚挙にいとまがない。「近代化論者」は農奴制を進歩への恥ずべき妨げとみなす。一方「スラヴ主義者」はそれを西欧の発明だとみなす。いずれにしろ廃止せねばならないという見解で、両派は一致する。

ついに一八六一年、「解放皇帝」たるアレクサンドル二世が、領主の所有物という地位にあった農奴をその義務から解放する。改革論者は農奴の過酷な境遇にずっと心を痛めてきたが、そうした人道上の配慮が動因となったわけではない。くり返される農民の暴動や反乱の波が、発展の大きな障害となっていることが不安視されたためだ。

この国の農業と工業は伸び悩んでいる。英仏とのクリミア戦争（一八五三〜五六年）は古い秩序を露呈させ、ロシアの自尊心はずたずたになる。近代化、および自由化が必須なのはもはやあきらかだ。そこでアレクサンドルの「大改革」が生まれる。軍と学校と司法制度の総点検、検閲の緩和、地方議会への権限の付与。そして何よりも、農奴制の廃止。

解放には慎重な制限が加えられる。農奴から農民に変わっても、以前働いていた土地をすべて受け取れるわけではなく、しかもその労働には奇怪な「償還」債務が課せられる。土地は概して生きていくには狭すぎ、実際に飢饉がたびたび起こり、また人口が増えるにつれて縮小していく。農民は法的には束縛されたままで、今度は農村共同体（ミール）に縛りつけられている。しかし貧しいがゆえに建設現場や鉱山や工場、合法および違法の商店で季節労働をせざるを得ない。そうして農民は、この国のまだ少ない、だが次第に増えつつある労働者階級と重なり合っていく。

王国を夢見るのは皇帝だけではない。疲れきった人間がみなそうするように、ロシアの農民も安らぎのユートピアを空想する。白水境ベロヴォージエ、世界のさいはてオポーニア、地下の国チュド、黄金の島、ダリヤ、イグナート、ヌートランド。スヴェトロヤール湖の底に沈む不滅の街キーテジ。ときには憑かれた探検家がこうした魔法の土地のどれかに向かって旅立つこともあるが、農民はだいたい別の方法で到達しようとする。一九世紀末に起こるのは、地方での暴動の波だ。

こうした反抗の動きに、アレクサンドル・ゲルツェン、ミハイル・バクーニン、また辛辣なニコライ・チェルヌイシェフスキーといった作家たちは色めき立つ。これはナロードニキ、ナロード（人民）のための活動家の伝統だ。ゼムリャ・イ・ヴォーリャ（土地と自由）といったグループに代表されるナロードニキは、自ら強い使命感をもって文化を提供しようとする新たな階層の、啓蒙運動家——このインテリ階級では平民の割合が高まりつつある——のメンバーが大半である。

「ロシアの未来を担うのは農民だ」と、一八五〇年代の初頭にアレクサンドル・ゲルツェンは言う。発展はゆるやかで、大した自由主義運動も見えてこないが、ナロードニキは都市部のもっと向こう、地方での革命にも目を向ける。するとロシアの農村共同体ミールに、かすかな光が、農業社会主義の基盤が見えてくる。よりよい場所を夢見て、何千もの若い急進主義者たちが「人民のなかへ向かい」、疑い深い農民から学ぼう、ともに働こう、彼らの意識を高めようとする。

ひどく皮肉で、苦い冗談がある。彼らはそうした当の農民たちの要請で、一網打尽に逮捕されるのだ。そして活動家のアンドレイ・ジェリャーボフが導き出した結論は？「歴史はゆるやかすぎる」。その流れを速めようと、ナロードニキの一部は暴力的な手段に頼るようになる。

一八七八年、小貴族の家に生まれた急進的な若い女性活動家、ヴェラ・ザスーリチが、ポケットから回転拳銃《リボルバー》を取り出し、サンクトペテルブルクの警察署長フョードル・トレポフに重傷を負わせる。礼儀を知らない囚人は鞭で打つようにと命令を発したことで、インテリや活動家から忌み嫌われている人物だ。体制に向けたセンセーショナルな叱責の意味合いで、陪審はザスーリチを無罪にする。そして彼女はスイスに逃亡する。

翌年、ゼムリャ・イ・ヴォーリャから新たなグループ、ナロードナヤ・ヴォーリャ（人民の意志）が誕生する。こちらはさらに戦闘的だ。各員が暴力革命の必要性を信じ、その確信を実行に移す用意もできている。一八八一年、何度かその試みに失敗したあとで、彼らは最高の獲物を手に入れる。

三月の第一日曜日、皇帝アレクサンドル二世は、サンクトペテルブルクの立派な乗馬学校へと向かう。その途中、群集のなかからナロードナヤ・ヴォーリャの若き活動家ニコライ・ルイサコフが、ハンカチにくるんだ爆弾を防弾の馬車に投げつける。激しい爆発が空気を焦がす。負傷した見物人から悲鳴があがるなか、馬車はがくがくと震えて停止する。アレクサンドルが混沌のなかによろぼい出てくる。その体が傾ぎ、ルイサコフの同志イグナツィ・フリニェヴィエツキがつぎの爆弾を投げる。「神に感謝するには早いぞ！」と叫びながら。

またも大きな爆発が起こる。「雪けむりのなかに、残骸と血が飛び散った」と皇帝のある側近はのちに回想している。「衣服と肩章とサーベルのかけらが、そして血まみれの塊が見えた」。「解放皇帝」はばらばらに引き裂かれる。

しかし急進主義者にとって、これは割に合わない勝利だ。新皇帝のアレクサンドル三世は、父親に輪をかけて保守的、また父親に劣らず専制的な人物で、やはり苛烈な抑圧に乗り出す。「人民の意志」党員たちの処刑。政治警察――悪名高い残忍なオフラナの再編成。こうした反動の趨勢のなか、ポグロムと呼ばれる、ユダヤ人を標的にした組織的な殺戮と暴動が続々と起こる。ユダヤ人はロシアでは酷く抑圧される少数民族で、法律的にも重い制限を課せられている。ウクライナ、ポーランド、ロシア西部などにある居留地にしか居住を許されない（ただし免除があるため、それ以外の場所にもユダヤ人は住んでいる）。またずっと昔から、国家的な危機の際には（しかも必ず）伝統的にスケープゴートにされてきた。そしていま、何かといえば彼らのせいにしたがる者たちは、皇帝の死も彼らのせいにしようとしている。

戦闘態勢を固めたナロードニキは、さらに襲撃を計画する。一八八七年三月、サンクトペテルブルクの警察が、新皇帝の命を狙おうとする計略を暴き、五人の学生を絞首刑に処する。そのなかにはヴォルガ地方のある学校監督官の息子がいる。聡明で献身的なアレクサンドル・ウリヤノフという若者が。

一九〇一年、つまり暴虐非道のアレクサンドル三世がこの世を去り――死因は自然死だった――その忠実な息子ニコライ二世が王位に就いてから七年後、いくつかのナロードニキのグループが現れる。背景にあるのは、ロシアの発展の特異性と農民階級に焦点を当てる、マルクス主義ではない農業社会主義者たち（ただし一部のメンバーは自分たちをマルクス主義者だと考えていた）のプログラムだ。彼らは社会革命党を名乗り、以後多くエスエルの名で呼ばれるようになる。そしてやはり、暴力的な抵抗を支持する。それからしばらく、エスエルの軍事グループ「戦闘団」は、その支持者たちすら「テロリズム」と呼ぶもの、つまり政府要人の暗殺も辞さない活動を続ける。

やがてそうした献身から一転、皮肉な事態が訪れる。党の指導者のひとりで、「戦闘団」のリーダーも何年か務めた非凡な人物エヴノ・アゼフが、政治警察《オフラナ》のスパイであることが一〇年たってから暴かれ、組織は大打撃をこうむる。そしてさらに数年後、一九一七年という重大な革命の年には、エカテリーナ・ブレシコ゠ブレシコフスカヤ、そして党の主要な理論家ヴィクトル・チェルノフが秩序の明確かつ熱心な支持者となる。

★

一九世紀最後の数年間、国家はその資源をインフラと工業、とりわけ鉄道敷設という遠大な計画に注ぎ込む。多くの労働者が大地の上に鉄のレールを引きずっていき、ハンマーで打ち込み、帝国の境界を縫い合わせていく。シベリア横断鉄道。「中国の万里の長城以来、世界でこれほどの規模の事業が行われたことはない」と英国人のサー・ヘンリー・ノーマンは嘆息している。ニコライにとって、ヨーロッパと東アジアを結ぶこの輸送ルートを敷くことは「神聖な義務」に等しい。

ロシアの都市部の人口が急増する。外国資本が流入する。サンクトペテルブルク、モスクワ、ウクライナのドンバス地方周辺に大工場が建つ。数千人の新たな労働者ががらんとした工場のなか、生きるためにぎりぎりの苦闘を続ける。労働条件は劣悪きわまりなく、上司からの傲慢な干渉に従わされるうちに、労働運動が不安定ながらも発展していく。一八八二年、のちにロシアの指導的な社会主義理論家となる若者、ゲオルギー・プレハーノフが、あのヴェラ・ザスーリチのもとに加わる。彼女はトレポフの暗殺に失敗したのち、オスフォボジデニエ・トルーダ（労働解放団）を創設する――ロシア初のマルクス主義のグループである。

そのひそみにならって、読書サークル、煽動者《アジテーター》のグループなど、志を同じくする者たちの集まりが増えはじめる。無慈悲な世界、資本による搾取、利潤追求に従属せねばならない現状への嫌悪。マルクス主義者が憧れる未来、つまり共産主義は、その政敵たちには農民のベロヴォージエなみにばかげた夢だ。きちんと輪郭が描かれることはめったにないが、私有財産やそこに伴う暴力を超えたものを希求していることはわかる。科学技術が労働を減らし、人間がよりよく生きられる世界。マルクスの言葉で言うなら、「真の自由の国」だ。「それ自体を目的とする人間の力の発展」。これが彼らの求めるものだ。

マルクス主義者は亡命者、無頼漢、学者や労働者の寄り集まった一団である。家族、友情、知的なつながり、政治的な企てや論争などで緊密に織り合わされている。ときにいがみ合いながらもつれ合っており、誰もが誰もを知っている。

一八九五年にモスクワ、キエフ、エカテリノスラフ、イヴァノヴォ＝ヴォズネセンスク、サンクトペテルブルクの各都市で、労働者階級解放闘争同盟が作られる。首都でこの同盟を立ち上げるのは熱意あふれる二人の若者、ユーリー・ツェデルバウムとその友人ウラジーミル・ウリヤノフ。後者は八年前に処刑されたナロードニキの学生、アレクサンドル・ウリヤノフの弟である。政治をやる上での筆名は必須だ。ツェデルバウムは年下のひょろっとした人物で、薄い髭の上に鼻掛け眼鏡《パンセネ》を着け、自らマルトフと名乗る。ウラジーミル・ウリヤノフは非常に目立つ若はげの男で、細く鋭い眼が特徴的だ。レーニンの別名で知られる。

マルトフは二二歳、コンスタンチノープル生まれのユダヤ系ロシア人だ。ある左派の論争相手の言葉を借りれば、「とても魅力的なボヘミアン系の人物だ……とにかくカフェが好きでいつも入り浸っているが、快適かどうかには関心がなく、いつ果てるともなく議論をしていて、少々エキセントリックでもある」。虚弱でぜんそく気味で機転が利き、よくしゃべるが演説はからきしで、組織者としてそう優れてはいないが、人に好かれる。若い時期には労働者と同じ身なりをしていた、骨の髄まで夢見がちなインテリのタイプ。それでも有名な人物だ。政治という温床につきものの党派的陰謀などとまったく無縁ではなくとも、高潔で誠実な人となりは政敵のあいだでも名高い。広く敬意を集め、愛されてすらいる。

レーニンのほうは、会う人誰もが魅了される。そしてしばしば、彼について書かずにはいられなくなるようだ。そうした本は図書館が満杯になるほど存在する。じつに神話化、偶像化、悪魔化されやすい人物。政敵にとっては冷酷な、大量殺戮もいとわない怪物。崇拝者にとっては神のごとき天才。同志や友人にとっては、子どもと猫の大好きな、内気だがよく笑う人物。ときには過剰な言葉やぎごちない比喩を使ったりもできるが、優れた言葉の錬金術師というよりは、いたって率直なタイプだ。それでも活字や演説では人を圧倒し、釘付けにもする。彼の生涯を通じて、敵も友人も、その情け容赦ない罵倒に対しては非難の声をあげつづける。しかしその並外れた意志力は誰もが認めるところだ。政治に生涯を捧げる同族のなかにあっても、レーニンは血や骨の髄まで政治以外には何もない。

レーニンが特に傑出しているのは、政治的な時機を見きわめるセンスだ。骨折りと牽引の感覚というべきか。同志ルナチャルスキーに言わせれば、彼は「日和見主義を天才のレベルまで引き上げる。これはつまり、ここぞという瞬間を捉えられる、そしてそれを革命というゆるがぬ目的に利用する方法をつねにわきまえているという意味での日和見主義である」。

レーニンが何につけ過ちを犯さないというわけではない。それでも彼は、いつどこで押すか、またどのように、どこまで強く押すかの鋭敏な感覚を備えている。

レーニンがシベリアへ追放されてから一年後の一八九八年、マルクス主義者たちはロシア社会民主労働党（ＲＳＤＷＰ）を創設する。流刑者の身の上だった数年間も、マルトフとレーニンは親しい協力者であり、友人でありつづける。性格が正反対なため、怒りに満ちたやりとりは避けられないものの、二人はうまが合い、また互いに補い合う、マルクス主義の〝神童〟である。

ＲＳＤＷＰの思想家たちがマルクスから引き出した歴史についての洞察とは、必ず歴史的な諸段階を順に進んでいかねばならないというものだ。こうした「発展段階論」の考え方は、細部やその程度、厳密さの点で大きく異なってきかねない。マルクス本人は、自身が示した資本主義の「史的概観」を、あらゆる社会が必然的にたどる道を示した理論として考えることには、「私には名誉であると同時に、あまりに恥多きことだ」と反対していた。

それでも一九世紀末のほとんどのマルクス主義者にとって、資本主義を超えた最初の段階にある社会主義が、ブルジョア資本主義からのみ現れてくることは、論を俟たなかった。そこから一定の政治的自由が生まれ、労働者階級が権力を握れるようになるからだ。地方の厖大な数の農民、わずかな労働者階級（実質的には半農民から成っている）、私的所有地、そして全能の皇帝をもつ専制ロシアは、まだ社会主義を受け入れられるほど成熟してはいない。プレハーノフの言葉で言うなら、ロシアの農民という生地にはまだ、社会主義のケーキを作るためのプロレタリアートの酵母菌が足りないのだ。

農奴制の記憶はまだ生きている。都市から数キロも離れれば、農民の住まいはいまだに中世のようなみすぼらしい家だ。冬には家畜といっしょに住み、お互いになるべくストーブの近くにいようと争う。汗と煙草とランプのガスの臭い。いかに進歩がゆるやかにやってこようと、村人の多くは裸足で未舗装のぬかるんだ街路を歩きまわっていて、便所はただ縦に掘った穴でしかない。入会地をどう農業利用するかを決めるにも、ただ無秩序な村の会合で怒鳴り合う以上に厳密なシステムもないありさまだ。伝統的社会規範に背いた者は、「嫌がらせの騒音」、耳ざわりな介入、人前での屈辱、また殺しにもつながりかねない暴力に従わされる。

だが、さらに悪いものもある。

マルクスとエンゲルスが『共産党宣言』で発した華々しい口上によるなら、ブルジョアジーは「歴史的に最も重要な役割を果たし……すべての封建的、家父長的、牧歌的な人間関係を終わらせ……さまざまな封建的なるものを容赦なくばらばらに引き裂いてきた」——そして、生産力を高めるために労働者階級を集中させることで、「おのれ自身の墓掘人」を作り出したのだ。ところがロシアでは、ブルジョアジーは無慈悲でも革命的でもない。何もばらばらに引き裂いたりはしない。RSDWPの声明書にあるように、「ヨーロッパでは東へ行けば行くほど、ブルジョアジーは弱く卑屈に、臆病になり、その分プロレタリアートにかかる文化的、政治的な責務は大きくなる」。

この文句を書いたピョートル・ストルーヴェは、ほどなく右へ傾斜していく。ロシアでは、いわゆる「合法的」マルクス主義者がマルクス主義のなかで遠回りをしたあげく、自由主義にたどり着くことがままある。労働者の不安から、ロシアの臆病なブルジョアジーが推し進められずにいる資本主義的「近代化」のほうへと焦点を移した結果、そうなるのだ。またこれとは表裏の関係にある左派の異端に、「経済主義」というものもある。この理論では、労働者は組合活動に専念し、政治については自由主義者の奮闘に委ねなくてはならない。このような社会主義的闘争を軽視する「合法的」あるいは「経済主義的」異端は、正統派からは笑いものにされているし、その静観主義的な解決は事実まったく満足のいくものではない。だがそれでも重要な問題に焦点を当て、左派の深遠な教理問答に真っ向から取り組んではいるのだ。弱くて不十分な資本主義、厖大な数の「遅れた」農民、そしてブルジョア革命を経験するだけの度量ももたなかった君主制——すべてが熟していないそんな国で、社会主義者たろうとする運動はどうあればいいのか？

★

一九世紀の終わりには、つねに変わらぬ拡張への欲求の根底にある、帝国主義的策動や忠誠、反忠誠が激しく表に浮かび上がってくる。国内では、植民地主義が進むことで、ロシアの支配的なエリート層の言語と文化が、少数派の犠牲の上に持ち上げられるようになる。そして民族主義者や左派たちは、従属する国民や民族、たとえばリトアニア、ポーランド、フィンランド、ジョージア、アルメニア、ユダヤからたっぷり人員を補充する。この帝国における社会主義運動は、つねに不均衡な多国籍、少数派の集団や民族から成り立っているのだ。

こんなつぎはぎ細工を一八九四年から統治しているのが、ニコライ・ロマノフである。若き日のニコライ二世は、父親からの虐待にもおとなしく従っていた。皇帝としては、その儀礼と義務への献身の点で際立っている。が、他に見るべきものはほとんどない。ある高官はおずおずとこう伝えている。「そのお顔には表情がない」。ニコライ二世を定義するのは〝欠如〟だ。表情の欠如。想像力、知性、洞察、衝動、決断力、覇気の欠如。あらゆる描写が戸惑い気味に、歴史の波間に漂う人物の「非当事者性」に向けられる。教養はあってもその入れ物は空ろで、当時の環境からくる偏見がたっぷり詰まっている――たとえば、ポグロムを支持する反ユダヤ主義。そしてなかでも、革命的な「イッド」に向けられる偏見。あらゆる種類の変化を嫌う、骨の髄まで専制の申し子だ。「インテリゲンツィア」という言葉を発するときには、「梅毒」と言うときと同様に顔をゆがめてみせる。

妻のアレクサンドラ・フョードロヴナは、ヴィクトリア女王の孫娘にあたるが、夫に輪をかけて人気がない。一部は民衆の排外主義のせいだが――緊張が高まる時期には、しょせんあの女はドイツ人なのだと言われる――本人の血迷った策動や大衆への露骨な侮蔑心のせいでもある。フランス大使のモーリス・パレオローグは簡潔にこう表現している。「倫理的な不安、絶えざる悲哀、漠然とした切望、交互に訪れる興奮と疲労、目に見えない超自然的なものへの絶えざる関心、軽信、迷信」

ロマノフ家には四人の娘と一人の息子がいて、息子アレクセイは血友病にかかっている。親密で愛情に満ちた家族だが、皇帝と皇后の頑迷な近視眼のために、やがてその命運は尽きる。

一八九〇年から一九一四年にかけ、労働者階級の運動は大規模に、また自信に満ちたものになっていく。それに対して国家がとる戦略は不器用なものだ。都市部では、急増する大衆の不満を「警察組合」、つまり当局に組織、監督される労働者の組合によって封じ込めようとする。それでも、多少なりとも影響力をもとうとするなら、組合は実際にある問題を取り上げねばならないし、組織者はマルクス主義者の歴史家ミハイル・ポクロフスキーが言うところの「革命派アジテーターのぎごちない模倣」でなくてはならない。彼らの発する要求は単なる労働者の声のこだまだ――が、たとえこだまでも、一度発せられた言葉は意図せざる結果をもたらす。

一九〇二年、警察組合が打ったストライキが、やがてオデッサの街全体を覆いつくす。翌年になると、同様なストの波は南ロシア全土に広がり、当局の傀儡団体の庇護下にないものも出てくる。ストはバクー油田を越えてカフカース地方にまで拡大する。反逆の火花はキエフ、再びオデッサ、さらに各地で炎となって燃え上がる。そのころにはスト参加者の要求は、経済的なものに政治的なものも加わってくる。

このゆるやかな変化のさなかの一九〇三年、ロシア・マルクス主義の重要人物五一人が、害虫の巣食うブリュッセルの穀粉倉庫からロンドンへ移る。そして奥の間やカフェで、あるいは釣り大会のトロフィーが見下ろす釣りクラブの部屋で、RSDWPの第二回党大会が三週間にわたって行われ、激しい議論が戦わされる。

都合二二回に及んだこの会議のさなか、代議員たちのあいだに亀裂が生じる。この裂け目は深さのみならず、その原因がいかにも些細なものに見えるという点でも興味深い。問題はこうだ。党員は「党のプログラムを理解し、党組織のどれかひとつの指揮の下、物質的な手段で、あるいは定期的に関わることで支援を行う」べきなのか、それとも「党組織のどれかひとつに自ら参加する」べきなのか。マルトフは前者を求める。レーニンは後者にすべてを賭ける。

この両者の関係はしばらくのあいだ冷えたものになる。そして激しく活発な論争ののち、マルトフが二八対二三で勝利をおさめる。しかし他の問題を討議していても、何度も怒りや憤りの発作が起こり、やがて党の指導者が決まろうかというときには、ユダヤ人の社会主義グループ「ブント」と経済主義派が退席し、結果的にマルトフは元々の支持者だった八人を失う。レーニンは自分の選択をなんとか中央委員会にまで持っていく。ロシア語で少数派は menshinstvo、多数派は bolshinstvo というが、この二つの言葉から、ロシア・マルクス主義の大きな両翼を示す名前が生まれる。マルトフのメンシェヴィキ、レーニンのボリシェヴィキである。

この対立の根底にあるのは、党員の条件などをはるかに超えたものだ。この大会の間じゅう、レーニンは自らの支持者を「強固」、反対者を「軟弱」と呼んでいたが、この区別は大ざっぱに、つぎのような形で残っている。ボリシェヴィキは強硬な急進派、メンシェヴィキは軟弱な穏健派、という構図だ——しかしこれは、この両翼から出される意見が実際は広範囲にわたり、また進化していくことを否定しているわけではない。

党員の条件をめぐる論争は、いろいろな媒介や紆余曲折を経て、レーニンにすらまったく定かでなくなっているが、その根本にあるのは、政治意識、運動、労働者階級の構成および行為主体、そして最後には歴史やロシア資本主義そのものへの異なる取り組み方だ。これは一四年後、組織化された労働者階級が前面に出てくるとき、よりあきらかな形になって現れる。

差し当たって、マルトフ側の反撃はすぐにやってくる。ロンドンでの決定は無効とされ、レーニンは一九〇三年に党機関紙『イスクラ（火花）』の委員を辞任する。とはいえ、現場にいる多くのRSDWPの活動家にとって、この亀裂はばかげたものだ。一部の者は単純に無視する。ある工場労働者はレーニンに向けてこう書いている。「どうもわからないのですが、この問題は本当にそこまで重要なのでしょうか?」。それから数年がたち、メンシェヴィキとボリシェヴィキは半統合に向けて舵を切ろうとする。党員たちの多くは、自分たちは単に「社会民主主義者」であると考えている——一九一七年が来るまでは。その年になってもレーニンは、後退はありえないと自分に言い聞かせる。

ロシアは東に目を向けてアジアに進出し、トルキスタンとパミール、さらには朝鮮にまで手を伸ばす。

中国の協力を得て、シベリア横断鉄道の建設を続けるうち、やはり拡張政策をとっていた日本と衝突することになる。内務大臣のフォン・プレーヴェは言う。「革命の潮流を食いとめるために、ちょっとした勝ち戦が必要だ」。皇帝ニコライ二世が「猿」と呼ぶ、日本人のごとき「劣等民族」を打ち負かすことほど、愛国心をかきたてる出来事が他にあろうか。

一九〇四年、日露戦争開戦。

自己欺瞞にどっぷり浸かった政府は、楽に勝てるだろうと高をくくる。ところがロシア軍は、司令官が無能なうえに装備も訓練も不十分で、一九〇四年八月に遼陽、一二月に旅順、一九〇五年二月に奉天、五月に対馬沖で壊滅的な敗北を喫する。一九〇四年秋には、小心な自由主義者の反対派まで声をあげている。遼陽での敗戦後、六カ月前には「陸軍万歳!」と書きたてた雑誌『オズヴォボジデニエ(解放)』も、戦争の背後にある拡張主義を非難する記事を載せる。ゼムストヴォと呼ばれる地方自治体の集会を通じて、自由主義者たちが「晩餐キャンペーン」なるものを組織する。この大規模で気前のよいディナーパーティが最も盛り上がるのは、全員で改革のために乾杯をするときだ。受動攻撃的なパーティを介しての政治的能動主義。翌年には、体制の方向性に対する反対の声が一定限度を超え、さしものニコライもしぶしぶ譲歩せざるを得なくなる。しかし暴動の波は、自由主義者を飛び越えて農民層へ、そして反抗的な労働者階級にまで及んでいく。

サンクトペテルブルクで、「警察社会主義」組合であるロシア工場労働者組合を率いているのは、ゲオルギー・ガポンという風変わりな、刑務所の教誨師を務めていた聖職者だ。獰猛な顔つきの、レーニンと結婚したボリシェヴィキの闘士ナデジダ・クルプスカヤに言わせれば「本来は革命とは無縁のこずるい司祭で……どんな妥協も進んで受け入れる」人物である。それでもガポン神父は、トルストイが貧者に向ける霊感じみた気遣いから影響を受け、率先して社会事業を引き受けている。彼の神学は、敬虔で倫理的、神秘主義的であると同時に改革的で、混乱してはいても誠実なものだ。

一九〇四年末、同市の大企業で、一万二〇〇〇人以上の労働者を抱えるプチーロフ金属機械工場の労働者四人が解雇される。職場の同僚たちが同情の会合を開くが、その席でガポンは、皇帝の打倒を呼びかけるビラを見つけ、それをばらばらに引きちぎる。こんなことはまったく自分の務めではない。しかし四人の復職を求める労働者たちの請願書に、彼は賃金引き上げ、衛生面の改善、一日八時間労働などの要求もつけ加える。彼の左にいる過激な連中がさらに、特定の利害をはるかに超えた影響のある、集会と出版の自由、教会と国家の分離、日露戦争の終結、憲法制定会議といった要求をつけ足す。

一九〇五年一月三日、全市に及ぶストライキが宣言される。ほどなく、一〇万から一五万人が街頭に出てくる。

一月九日、日曜日。デモの参加者たちが、凍てつくような夜明け前の闇のなかを集まってくる。ヴィボルグ地区の労働者階級から多人数のグループが、皇帝が居住する豪奢な冬宮めざして行進を始める。街の中央にあたる冬宮の窓からは、二本のネヴァ川の分岐点、ペトロパヴロフスク要塞内の大聖堂、ヴァシリエフスキー島の先端にある船嘴《せんし》で飾った柱が見渡せる。

川は深く、硬く凍結している。行進はその北側の土手から、凍りついたネヴァ川へ降りていく。何万人もの労働者が家族とともに、すりきれた服を着て震えながら、とぼとぼ歩きはじめる。手に握りしめているのはイコンと十字架。みなスローガンを唱え、賛美歌を歌う。先頭に立つのはローブ姿のガポン神父。携えているのは皇帝への請願書。そこには追従と過激な要求を絶妙に混ぜ合わせて、「小さき父ツァーリ」のニコライが「搾取する資本家からの保護と真実」を下さることを請い願うと記されている。

こういった反対行動は、苦もなく鎮められるものだ。しかしここの当局は、愚かなばかりか残酷でもある。何千人もの部隊が列をなし、氷の上で待ちかまえる。

午前半ばごろ、行進が近づいてくる。コサックがサーベルを抜き、馬ごと突進する。混乱しつかのま逃げ惑う群集。皇帝の軍隊が彼らを睥睨する。それでも民衆は散らばらない。兵士が銃を上げ、発砲を始める。コサックが革鞭を振るい、びしりと邪悪な音が響く。血が霜を溶かす。焦った人々が悲鳴をあげて足を滑らせ、倒れ伏す。

殺戮が終わってみると、一五〇〇もの人々が息絶え、雪のなかに横たわっている。血の日曜日事件。その衝撃は計り知れない。それをしおに、人々の姿勢に劇的な変化が生じる。その夜、自らの世界観を打ち砕かれたガポンの様子を、クルプスカヤはのちに振り返っている。「革命の息吹から、赤い炎」が生存者の群れに向かって激しく降りかかる。「我々に皇帝はいない！」

この日が革命に拍車をかける。情報は不規則に延び広がった鉄道網に沿って移動し、列車とともに広大な土地を駆け抜け、遠く怒りを運んでいく。

帝国じゅうにストの嵐が吹き荒れる。こうした抗議行動に不慣れな、事務員、ホテルのメイド、馬車の御者といったグループでもストが採用される。さらに衝突が起き、さらに死者も出る。ウッジでは五〇〇人、ワルシャワでは九〇人。六月には、腐った肉をめぐる反乱が戦艦〈ポチョムキン〉をゆるがす。一一月には、さらにクロンシタットとセバストポリでも反乱が起こる。

体制は死に物狂いになる。譲歩と弾圧を交えながら活路を探る。そしてこの革命は、当局の血なまぐさい締め付けのみならず、半ば国に公認された伝統的極右のサディズムを引き起こす。

ベッサラビアのキシニョフは、わずか二年前に、二〇世紀最初のポグロムを経験した街だ。三六時間にわたり、正教会の主教に祝福された略奪隊が、警察にも邪魔されずに、虐殺をくり広げた。大人も子どもも含めたユダヤ人たちが拷問され、強姦され、切り刻まれ、殺された。ある幼児は舌を切り取られた。暴徒たちは犠牲者の死体から内臓をえぐり、羽毛を詰め込んだ。死者四一人、負傷者はおよそ五〇〇人。そしてあるジャーナリストによると、非ユダヤの市民たちの大半は、「後悔の念も良心の咎めも」表さなかった。

この苦悶のさなかに、キシニョフのユダヤ人はあまり激しく抵抗しなかったという証言が多く聞かれた。これは「恥ずべき消極性だ」と、ユダヤ急進派のあいだで内省が行われる。そして一九〇五年四月、ウクライナのジトーミルのユダヤ人たちは、襲撃が来るという噂が耳に入ると、今度は挑戦的な反応を示す。「ジトーミルはキシニョフとはちがうというところを見せてやろう」。そして実際に殺人者たちに反撃し、損害や死者を少なく抑える。このジトーミルの出来事にユダヤ・ブントは希望を見出し、「キシニョフの時代はもう去った」と宣言する。

だがそのすぐあとで、それは恐ろしい誤りだったとわかる。

ジトーミルの襲撃で目立ったのは黒百人組だ。一九〇五年時の革命で権威主義的怒りのなかから現れてきた、ファシズムの原型となる超反動的なさまざまなグループを指す、包括的な名称である。傾向としては、農地の再配分などポピュリズム的要求を撒き散らしてはいるが、頂点にあるのは専制的皇帝の熱烈な支持（ニコライ二世はその名誉会員である）と非ロシア人、なかんずくユダヤ人への悪意と殺意だ。路上で暴れる悪党もいれば、政府高官にも大勢の友人がいるし、アレクサンドル・ドゥブロヴィン、ウラジーミル・プリシケヴィチのような議会の代表もいる。ロシア国民同盟（ＵＲＰ）の指導者であるドゥブロヴィンは、過激な人種差別的暴力の擁護者であり、忍び寄る自由主義と闘うために医学を捨てた医者である。プリシケヴィチはURPの副議長。大胆で恐れを知らず、その奇矯さは狂気の域に達しているといっていいほどで、作家ショーレム・アレイヘムには、「残忍な悪党」「肩怒らせた若造」と書かれている。神に認められた専制の敬虔な信奉者だ。実際に黒百人組の一部、たとえばイオアニティと呼ばれる一派などは、民族間憎悪に宗教的陶酔を振りかけ、「キリスト殺しども」に、生き血をすするユダヤの病的な夢に、その堕落した儀式に見られる偶像や終末論や神秘主義に、正教会による鉄槌を下そうと熱狂する。

一〇月に黒百人組は、国際都市オデッサで大量殺戮を犯し、四〇〇〇人を超えるユダヤ人を虐殺する。シベリアの街トムスクでは、ある集会が行われている建物の出入口をふさいで火を放ち、歓声をあげながらさらに灯油をぶちまけ、何十人ものユダヤ人を生きながら焼き殺す。数分の差でかろうじて難を逃れた当時一〇代の少年ナウム・ガボは、この惨劇を目の当たりにする。月日が流れ、やがて世代随一の彫刻家となった彼は、こう書き残している。「あのとき私を押し潰し、心臓を鷲づかみにした恐怖を語る言葉を、私はいまだに持ち合わせていない」

これが黒百人組の祝祭であり、その後も数年にわたって続けられる。

反動が暴力を伴って闊歩しているあいだ、皇帝はなおも悪あがきをして、妥協点を探し求める。一九〇五年八月、皇帝はドゥーマ（諮問議会）の召集を発表する。しかしその複雑な選挙権は金持ちに有利なもので、大衆の気持ちは依然満たされない。ポーツマス条約による日露戦争の終結は、情勢をかんがみるなら、ロシアにとっては僥倖だ。にもかかわらず、国家の威信は国内外で、またあらゆる階級のあいだで地に墜ちる。

暴動は奇妙なことがその引き金にもなる。一九〇五年一〇月のモスクワでは、句読点の問題がきっかけで、この革命の年最後の抗議行動が引き起こされる。モスクワの植字工の報酬は、文字ひとつにつきいくらだ。このときはスイチン出版社の植字工が、句読点も数に入れて支払うようにと要求する。この専門的な綴り字問題が同情ストの波を呼び起こし、パン焼き職人や鉄道労働者、一部の銀行員までが加わってくる。帝室バレエ団のダンサーたちは公演を拒否する。工場や商店は閉まり、路面電車は止まり、弁護士は公判を拒み、判事は審理をしない。鉄道車両は線路の上で動かず、この国の神経と動脈が凍りつく。一〇〇万の兵士は満州で立ち往生する。スト参加者たちの要求は、年金やほどほどの賃金や普通選挙権、政治犯の恩赦。そしてやはり、ある代表機関——憲法制定会議である。

一〇月一三日、メンシェヴィキの煽動に応じて、四〇人ほどの労働者の代表、エスエル、メンシェヴィキ、ボリシェヴィキがサンクトペテルブルク工科学校に集結する。労働者の代表は五〇〇人につき一人の割合で選出される。彼らはこの集まりを称するのに、「評議会」を指すロシア語の「ソヴィエト」を使うようになる。

やがて三カ月後、ペテルブルクのソヴィエトは大量の逮捕者を出して幕を閉じるが、それまでに影響力を大きく広げ、さらに広い場所から人材を引き寄せ、広範な権威を及ぼしはじめる。ストの日にちを決め、電信を掌握し、請願を考えて発する。その指導者はレフ・ブロンシテインという有名な若き革命家だ。歴史上はレオン・トロツキーの名で知られる。

トロツキーは、愛するのは難しくても、感歎を禁じえない人物だ。カリスマ性にあふれると同時に癇に障り、才気と説得力に満ちていると同時に気難しくて軋轢を招く。すばらしく魅力的にも、冷淡かつ酷薄にもなれる。レフ・ダヴィードヴィチ・ブロンシテインの生まれは、現在のウクライナの小村で、八人きょうだいの五番目に当たる。ユダヤ人の家庭だが、信仰心が厚いわけではない。一七の歳に革命に目覚め、少しナロードニキに手を出してからマルクス主義に傾倒し、投獄と出所をくり返す。トロツキーという名前は、一九〇二年に入ったオデッサの刑務所の看守の名から拝借したものだ。かつては「レーニンの棍棒」と呼ばれ、もめにもめた一九〇三年の議会ではメンシェヴィキの側についたものの、ほどなく袂を分かつ。この「無党派」の時期、レーニンとは数々の論点をめぐって険悪な論争をくり返している。

この国はまだ社会主義を受け入れる準備ができていない、おおむねそう見ているマルクス主義者たちには、ロシアの革命は民主的、資本主義的な革命でしかありえず、またそうでなければならないという合意が広くできている――だが重要なのは、それがより発展したヨーロッパにおける社会主義革命の起爆剤となりうるという点である。メンシェヴィキの大半は、ロシアの自由主義革命の担い手であるブルジョアが積極的に主導していくべきだと以前から求めている。したがって一九〇五年の挫折までは、革命の結果として生まれる政府に参加することに反対していた。対照的にボリシェヴィキは、自由主義は怯懦であるという認識に基づき、労働者階級自体が革命を主導しなければならない、自由主義者とではなく農民と同盟を結んで権力を奪取し、レーニンの言う「プロレタリアートと農民による革命的・民主的独裁」を実現せねばならないと反論する。

トロツキーのほうは、卓越した挑発的な思想家としてすでに名を馳せており、まもなくまったくちがった見方を考え出し、こうした問題についても異なる方向に動いて、やがて彼の遺産となる独自の理論を作り出すに至る。今のところ、彼はソヴィエトの活動に深く関わっている。この際立った、戦闘的な統治体制への参加者、また証人として。

地方の農業地帯では、一九〇五年の革命は当初、もっぱら違法かつその場限りの局所的な活動として、たとえば国有や私有の材木の伐採、農業労働者のストといった形で現れる。だが七月末、農民の代表者と革命派がモスクワ近郊で会談し、全ロシア農民同盟による憲法制定会議を名乗るようになる。そして土地の私的所有を廃止し、「共有財」として再編成することを要求する。

一〇月一七日、いまだ動乱への動揺を引きずる皇帝は、しぶしぶ「十月詔書」を交付し、抜け目ない保守派のヴィッテ伯爵を首相に任じる。さらにロシアの自由主義を刺激するべく、ドゥーマに立法権の原則を、都市部の男性労働者に限定的な投票権を認める。この同じ月には、カデットと呼ばれる立憲民主党が発足する。

自由主義政党であるカデットは、公民権、男性の普通選挙権、国内における少数民族の一定の自治、穏健な土地改革および労働改革を党是とする。党のルーツには急進派（もどきの）自由主義の流れも含まれるが、革命が後退するにつれ急速に衰えていく。一九〇六年の末には、そのどっちつかずの共和制は立憲君主制支持へと形を変えることになる。カデットの党員一〇万人の大半は中流の専門職。党首のパヴェル・ミリュコーフは優れた歴史家である。もうひとつの新しい政党で、規模はカデットの五分の一しかないオクチャブリストは、皇帝の十月詔書を支持する流れのなかで生まれ、保守的な自由主義者を引き寄せる。その大半は地主や慎重な実業家、富裕層だ。穏健な改革を支持するが、君主制や自分たちの脅威となる普通選挙権には反対の立場をとる。

抗議が勢いを増してくる。一一月初旬にはさらに急進的な農民の会議が行われる。中部地方のタンボフとクルスクとヴォロネジで、ヴォルガで、サマラとシンビルスクとサラトフで、キエフ周辺とチェルニゴフとポジーリャで、農民の群れが襲撃や強奪、そしてしばしば領主館の焼き打ちと屋敷の略奪をくり返す。革命の思想が電気のように、道路や線路に沿って広がっていく。モスクワ、サラトフ、サマラ、コストロマ、オデッサ、バクー、クラスノヤルスクで、ソヴィエトがつぎつぎ作られる。一二月にはノヴォロシースク・ソヴィエトが知事を免職にし、短いあいだ街を統治する。

一二月七日にモスクワで起きたゼネストは、エスエルとボリシェヴィキの後押しを受け、都市部における反乱となる——ボリシェヴィキの協力は、その成功を確信したからではなく、苦難をともにする連帯感からきたものだ。数日間、モスクワ近郊は革命派の手中にある。労働者は街頭にバリケードを築き、モスクワはゲリラ戦の様相を呈する。

ようやく、体制派のセミョーノフスキー近衛連隊がサンクトペテルブルクからやってくるという報せが、反革命派の志願兵の士気を高揚させる。彼らは反乱を起こしたプレスネンスキー地区の織物工を砲撃する。これが蜂起側の断末魔となり、二五〇〇人の急進派が命を落とす。それとともに革命も終息する。

一九〇六年一月は、ヴィクトル・セルジュのぞっとする言葉を借りるなら、「銃殺隊の一月」だ。組織的なポグロムの波がこの国を震撼させる。米国ユダヤ人委員会は、このとき人種差別による暴力で命を落とした人が、驚くなかれ四〇〇〇人にまで膨れあがったという証拠をそろえている。

それでも抵抗がやむことはなく、暗殺も続けられる。一九〇六年一月、ボリソグレブスクの駅で、二一歳になるマリア・スピリドーノヴァというエスエル党員が、農民を酷く抑圧していた地元の治安責任者を銃殺する。彼女は死刑宣告を受け、シベリアに送られて重労働を科せられる。流刑地への旅で駅に止まるたびに、スピリドーノヴァは外に出てシンパたちの群集に声をかける。エスエルの支持者ではな

マリア・スピリドーノヴァ．21歳のとき，残忍な治安責任者を射殺した

メンシェヴィキの指導者，ユーリー・マルトフ．「とても魅力的なボヘミアン系の人物……カフェが好きでいつも入り浸っているが，快適かどうかには関心がなく，いつ果てるともなく議論をしていて，少々エキセントリックでもある」

い自由主義の新聞さえ、彼女の手紙を公表する。彼女は捕らえられた際に受けた拷問の数々を語る。その虐待ぶりは大きな論議を呼び起こす。

しかし国の討伐隊が各地に展開して不穏な動きを抑え込み、急進派の反発も次第に弱まっていく。ようやく反乱が収まったときには、死者は一万五〇〇〇人に及び――その大多数が革命派である――七万九〇〇〇人が投獄または流刑に処されたあとだ。サラトフ県の知事ピョートル・ストルイピンは、絞首台を多用することで悪名を馳せる。首吊り用の縄が「ストルイピンのネクタイ」と呼ばれるようになるほどに。

ある労働者のスローガンにはこうある。「奴隷のように生きるより、倒れて骨になるほうがましだ」一九〇五年の無残な挫折、それに続く弾圧は、現体制の善意を無邪気に信じる気持ちや、かすかに残っていた皇帝への信頼を完全に消し去る。そして急進派にとっても、「国勢調査の対象集団」――有産階級や自由主義知識人を指す呼び名――と連繋できるという望みは断たれる。こうした層の大半の人間には、十月詔書は現状追認の正当化となり、労働者は自分たちが孤独だという認識を新たにする。

この認識がとりわけ「意識の高い」層、つまりインテリの労働者や独学者や活動家たちのグループのなかにかきたてたのは、抑えがたい階級的プライドである。文化と規律と意識の感覚、ブルジョアジーとは完全に相容れないという感覚。この先、下のほうから次第に大きく聞こえてくるのは、経済的な進歩のみならず、尊厳を求める呼びかけだ。ある草の根の兵士たちの歌に、そうした優先順位がはっきりうかがえる。

そう、俺たちは茶が飲みたい
でも、ちゃんと俺たちの茶をくれ
丁重に、敬意を払って
それにどうか、おまわりさんたち
俺たちの顔を叩かないでくれ

兵士と労働者は「敬意をもって」、単数のtyではなく、丁寧な二人称複数のvyで呼ばれることを要求する。単数のtyは、権威ある立場にいる人間が下の者に使うものだ。

この悲惨な、千変万化する政治風土のなかで、抑圧される側のプライドと恥辱は複雑に絡まり合う。一方に、プチーロフのある労働者が息子に与えた怒りの叱責がある。その若い息子は、ボリシェヴィキについて好意的に語ったために軍の将校に殴られ、それを「むざむざ許した」のだという。「労働者はブルジョアに殴られるのを我慢していてはならん！　お前は殴り返したのか？――ほら、思い出してみろ」。そしてもう一方に、シャポヴァロフという活動家が抱く、なるべく上司と目を合わせないようにする自分自身への嫌悪感がある。「まるで私のなかに二人の人間が住んでいるようだ。ひとりは、労働者のよき未来のために戦い、ペトロパヴロフスク要塞［の監獄］に閉じ込められることも、シベリア送りになることも恐れない人間。もうひとりは、依存や恐怖といった感情から十分に自由になれていない人間だ」

こうした「奴隷根性」を受けて、シャポヴァロフは怒りに満ちた誇りを育んでいく。「私は資本主義と上司を憎むようになった……前にもまして強烈に」

★

一九〇六年三月、しぶしぶ行われた確約のとおりに、ドゥーマが開会する。しかし皇帝の政府は、今の力があれば議会のすでに弱い勢力を切り捨てられると感じている。カデット、社会民主党――マルクス主義者はそう呼ばれている――ナロードニキの社会革命党が合わされば、多数派になれる。その結果生まれた農業改革のプログラムは、体制にとって呪いとなる。そして一九〇六年七月二一日、体制はドゥーマを解散させる。

急進派による政府高官への襲撃は続いたが、すでに潮の流れは反動のほうだ。農民は軍法の下に裁かれ、死刑まで認められる。皇帝は有能なヴィッテに代えて、「ネクタイ」で知られる無慈悲なストルイピンを登用する。一九〇七年六月、第一回に続いて行われた第二回ドゥーマを、ストルイピンは有無を言わせずに解散させ、社会民主党の代表たちを逮捕し、資産家と貴族に有利なように投票を制限したうえ、非ロシア人の代表を切り捨てる。この出がらしのような選挙権に基づき、第三回ドゥーマが一九〇七年に、第四回ドゥーマが一九一二年に選出される。

農業を近代化するために、体制はミールを解体し、小農の階層を作り出そうと考える。ストルイピンは農民に、個人の土地を買う権利を与える。進展は遅々たるものだ。それでも一九一四年には――ストルイピンが暗殺されてから三年後――四〇パーセントほどの農業世帯がミールを脱退している。しかし小農として生計を立てられるのはごくわずかだ。特に貧しい農民はやむなく自分のなけなしの土地を売るか、農場労働者になるか、都市に移り住むしかない。ストルイピンは農民の運動を容赦なく叩きつぶし、エスエルを誘導して都市部での活動に再び注目させる。

だが、都市部も肥沃な場所とは言いがたい。一九〇七〜〇八年ごろ、抑圧の新たな風景が現れてくる。ストの率が一気に下がる。革命派は敗れ、悲惨な流刑に処せられる。一九一〇年までに、RSDWPの党員は一〇万人から数千人にまで激減する。レーニンはジュネーヴに、ついでパリに移り、痛々しい楽観主義にしがみつきながら、つまらない事件をいちいち――ここで経済が落ち込んだ、あそこで革命的な本の刊行が相次いだ――「転機」と解釈したりする。しかしその彼ですら、次第に覇気を失っていく。クルプスカヤは言っている。「私たちの二度目の亡命の時期は、一度目よりもはるかに厳しいものでした」

ボリシェヴィキは情報密告者にむしばまれる。その数が激減する。みな極貧にあえいでいる。亡命中の反徒は生きるために仕事を探さねばならない。クルプスカヤはのちにこう回想している。「ある同志は、家具の塗装師になろうとしました」。この「試練」は苛烈なものだ。左派亡命者のあいだでは、絶望、精神病、自殺は珍しくない。一九一〇年のパリで、モスクワのバリケードで名を馳せたプリガラが、レーニンとクルプスカヤを訪ねてくる。彼は飢えて精神に変調を来たし、目はどんよりと鈍く、声だけが大きい。彼は「興奮してしゃべりはじめ、トウモロコシの束でいっぱいの馬車のこと、馬車のなかに立っている美しい娘たちのことをとりとめなく」話す。まるであの農夫の理想郷《アルカディア》が見える、もう少しでヌートランドに、ダリヤに、オポーニアに触れられるとでもいうように。

しかし彼が近づいていくのは、水に沈んだキーテジだ。プリガラは同志たちの庇護から逃れて、足と首に石を縛りつけ、セーヌ川に入水する。

二〇世紀の幕開けにあるのは、巨大でのっそりとした、矛盾に満ちた権力だ。北極から黒海、ポーランドから太平洋にまで延びるロシア帝国。人口は一億二六〇〇万人で、スラヴ、トルコ、キルギス、タタール、トルクメンなど数えきれない民族が、恐ろしくとりどりの政治形態をとって皇帝の下に集まっている。ヨーロッパから輸入された先端産業もちらほら見えるが、人口の五分の四が土地に縛られた農民で、封建制さながらの惨めな境遇にある。その一方で、空想的な芸術家たち、たとえば自称「時の王」のヴェリミール・フレーブニコフ、ナターリヤ・ゴンチャロヴァ、ウラジーミル・マヤコフスキー、オリガ・ロザノヴァらの作品では、不思議なモダニスト的な美が大多数の人間の理解の外にあるこの土地を輝かせている。ユダヤ、ムスリム、アニミスト、仏教徒、自由思想家などがあふれるなか、帝国の中心にある正教会はその陰鬱で装飾的な説教を広め――それに非正教会のセクト、少数民族、都市部の同性愛者地域にいる性的な反体制派、急進主義者たちが対抗するという構造だ。

挫折した革命の直後に書かれた本『一九〇五年革命・結果と展望』で、またその後の生涯を通じても、トロツキーは歴史に関するこんな独特の概念を説明している。「旅のさまざまな段階を結びつけること、ばらばらな歩調の結合、古い形とより現代的な形の融合」。資本主義は国際的なシステムであり、そのさまざまな文化と政体の相互作用のなかにあって、歴史はおのれの後始末をしない、と。「後進国は先進国の物質的、知的な征服を吸収していく」と、トロツキーはのちに書いている。「先進国のあとを追わざるを得なくなったとしても、後進国が同じ順序で進んでいくことはない」。それは、

予定された時期に先んじてすでに用意されているものを取り入れるときには、一連の中間段階をまるごと飛ばし……［にもかかわらず］……より原始的な自分たちの文化に適合させていく過程で、外部から取り入れた達成の価値を切り下げることも少なくない……ゆえに不均等性という普遍的法

則から、別の法則が引き出される……これを複合発展の法則と呼べるかもしれない。

この「不均等複合発展」の理論は、「跳躍」、つまりこうした「段階」を飛ばしていくことの可能性を示唆している——専制的秩序は、ブルジョア支配をあいだに挟まなくても訣別できるかもしれないということだ。トロツキーはマルクスとエンゲルスによる用語を再び修正して、「永続革命」を唱える。この言葉を用いる左派思想家は、彼ひとりではない——トロツキーが依拠するのは、ベラルーシのマルクス主義者アレクサンドル・ヘルファンド（パルヴス）や、同様の概念を作り出しているその他の思想家たちだ。だが、そうしたなかで最も有名になるのはトロツキーだし、彼の考え方には特に重要な点がある。

トロツキーは言う。ロシアのような「後進」国では、ブルジョアジーが弱いためにブルジョア革命を遂行することはなく、その役割は労働者階級に任せられることになる。だが労働者階級はどうすればその要求を自ら実行できるのか？　労働者階級の勝利の原動力となるのは、自分たちが得をし、資本家の財産が目減りし、「ブルジョア」を超える利益を得ることだろう。トロツキーは、労働者階級がこの「永続」革命の先頭に立てば、資本主義を乗り越えられると信じるマルクス主義者である。が、もはやそれだけではない。それをひとつの可能性と、あるいは他の多くの人間のように災厄となりうると見るのではなく、その見通しに誰よりも熱狂している人物なのだ。だがそれでも、大半のロシア・マルクス主義者たちと同様、トロツキーにとっても鍵となるのは国際的な局面である。一九〇五年の直後に、彼はこう書いている。「欧州のプロレタリアートからの直接的な国家的支援がなければ、ロシアの労働者階級が政権を担いつづけることはできず、その一時的な支配は永続的な社会主義による独裁へと変わっていく」

この殺伐たる一九〇五年以降の時期に、メンシェヴィキの一部は、わが党は政府入りするべきだと考える方向へ傾いていく。「不本意」ではあるし、今後の展望には楽観もできないが、ふさわしい歴史的な動因が現れないかぎりはやむを得ない、と。彼らはいまだに自由主義者のブルジョアジーが鍵を握る存在だとみなしており、労働者階級が手を組むべき相手だという見方も崩していない。そしてしかるべきブルジョア急進派を探そうとする。この層は「主観的には」反革命であったとしても、「客観的には、当人たちはそう望まなくとも」革命に貢献しうるのだと、マルトフは言う。より左に位置するボリシェヴィキは、代わりに労働者と農民による「民主的独裁」を唱える。どちらの側も「漸進的な」ブルジョア民主主義革命を、可能かつ持続性のある限りは望ましいものと見ている。だからたいていの社会主義者にとって、トロツキーの「永続革命」は異端もいいところなのだ。

一九一二年五月、シベリアのイルクーツク。英国が出資する広大な金鉱で、不潔な宿舎に農奴のような状態で押し込まれていた労働者たちが、ストに打って出る。要求の内容は、賃金の増額、憎まれている現場監督の解雇、やはり経済的、政治的なものが二、三、そして一日八時間労働。軍の部隊が動員される。会社が指令を出す。部隊が発砲する。スト参加者の死者は二七〇人に上り、のちにレナの虐殺と呼ばれる。

事件への怒りと同情から大規模ストが起こり、モスクワとサンクトペテルブルクを揺るがす。工場でのストも再燃する。一九一四年には首都でゼネストがある。かなり深刻な事態になり、やがて始まるはずの戦争への動員を懸念する声があがるほどだが、巨大な権力との激しい戦闘のすえ追い散らされる。

体制の内部にも、もう紛争には耐えられない、やがて来る事態には生き延びられないと悟った者たちがいる。一九一四年二月、保守派の政治家ピョートル・ドゥルノヴォはある覚書で、もし戦況がひどくなれば革命が起こるだろうと皇帝に具申する。だがその予見は無視される。エリート層には親ドイツ派、反ドイツ派がいて張り合っているが、ロシアの東方での権益、フランスとの経済的な関係がある以上、ドイツとぶつかることは避けられない。気乗り薄な、緊急のやりとりが「ニッキー」と「ウィリー」(ニコライ二世とドイツのヴィルヘルム二世)のあいだで交わされ、お互いに相手の軍事的な勢いを鈍らせようとする。だが、ヨーロッパの戦闘が始まった直後の一九一四年七月一五日、ニコライはロシアを戦争へ引きずり込む。

その後に来るのは、お決まりの愛国主義と信心の波、騙されやすい大衆の動員、そして絶望と政治的な破綻だ。詩人のジナイダ・ギッピウスはこう伝えている。「誰もが正気を失っている」。デモ隊がドイツ人商店を襲う。サンクトペテルブルクでは、群集がドイツ大使館の屋根によじ登り、そこにあった巨大な二頭の馬の彫像を投げ捨てる。彫像は地面に激突してねじれ、不気味に傷ついたブロンズの塊と化す。一九一四年八月、サンクトペテルブルクという街の名が、よりスラヴ風のペトログラードに変更される。このばかげた動きに対する反逆の意味合いで、地元のボリシェヴィキは「ペテルブルク委員会」という自称を継続する。

ペトログラード中心部の北東にあるタヴリーダ宮の巨大な円蓋の下で、一九一四年七月二六日、ドゥーマの代表たちが、戦時債券を発行して殺戮の資金を得る案を可決する。自由主義者たちはこのとき、動脈硬化を起こした現体制に、彼らの概念上のレゾンデートルである近代化をもたらそうとあらためて誓う。「我々は何も求めない」とミリュコーフは作り笑いを浮かべる。「なんの条件も押しつけない」

レオン・トロツキー．「カリスマ性にあふれると同時に癇に障り，才気と説得力に満ちていると同時に気難しくて軋轢を招く」

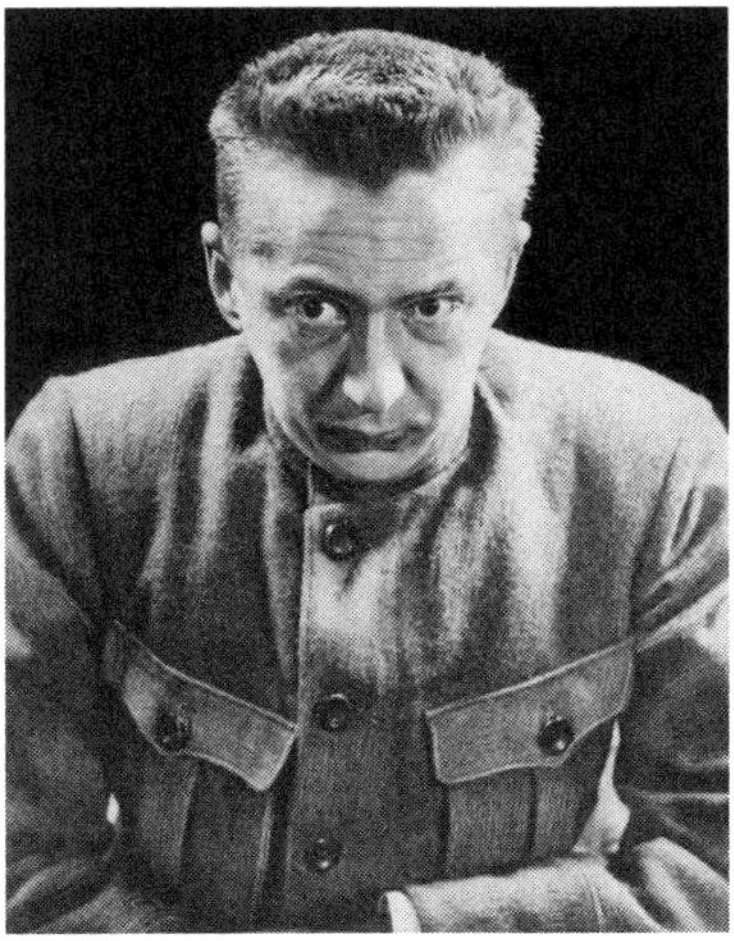

華やかな弁護士で政治家のアレクサンドル・ケレンスキー，1917年

戦争への態勢を整えているのは右派だけではない。トルードヴィキ（農民同盟）は、エスエルとの関連の深い穏健左派の政党だ。彼らは、その代弁者たる華やかな弁護士、アレクサンドル・ケレンスキーの言葉を借りるなら、「我々の国を守り、しかるのちに解放しよう」と農民と労働者に呼びかける。有名なアナーキスト、クロポトキン公もこの戦いを支持する。エスエルは二分される。チェルノフを始め、多くの活動家は反対にまわるが、党の代表的知識人の多くは国の戦争参加の支持にまわる。そのなかには、伝説ともいうべきエスエルの象徴たる老婦人《バブーシカ》にして「革命の祖母」、エカテリーナ・ブレシコ＝ブレシコフスカヤも含まれる。マルクス主義者の左派もこの動きと無縁ではいられない。奇怪なことに、尊敬すべきプレハーノフがイタリア社会党のアンジェリカ・バラバーノフにこう伝える。「私も年をとって病気でなかったら、軍に加わっているところだ。あなたのドイツの同志たちを銃剣で刺突するのはさぞ楽しかろう」

ヨーロッパの至るところで、第二インターナショナルと呼ばれる社会主義者と労働団体の組織に属するマルクス主義政党が、以前の誓いを捨てて、政府の戦争参加に追随しはじめる。この動きは、少数の非妥協的な国際主義者たちをショックで打ちのめす。有力なドイツ社会民主党が戦争支持を決めたという報せを耳にしたレーニンは、短い間ではあるが、その報告が嘘だという思い込みにしがみつく。偉大なドイツ系ポーランド人の革命家ローザ・ルクセンブルクは、自殺すら考える。

ドゥーマ内では、ボリシェヴィキとメンシェヴィキだけが戦争に反対して席を立つ。ゆるがぬ信条を示したがために、やがて多くの代表がシベリアに流刑になる。プレハーノフがロシアの軍事防衛を主張するためにローザンヌを訪れると、見覚えのある青白い男が怒り顔で近づいてきて、彼に対峙する。レーニンはもう彼を同志とは呼ばず、握手をしようともしない。そしてかつての協力者に遠慮会釈もなく冷たい非難の言葉を浴びせかける。

ロシアはドイツの予想より早く動員を行い、初期の戦闘に臨むフランスに加勢すべく、一九一四年八月に東プロイセンに侵攻する。だがロシア軍は、一九〇四年以降に多少は近代化されたとはいえ、いまだに心もとない状態にある。そしてロシアの総司令部には、現代戦の準備はまったくできていない。速射のできる兵器の時代に、一九世紀のやり方にこだわっていれば、死者は恐ろしい数に上る。補給の問題、無能な上層部、体刑や非人道的な戦闘が大きな打撃となり、ロシア軍は投降と不服従、脱走の波にむしばまれていく。

ドイツの攻勢は一九一五年春にやってくる。圧倒的な集中砲火の下、ロシアはかなりの領土を失い、ほぼ一〇〇万の兵士が捕虜となり、一四〇万人以上が死亡する。社会変動の規模は目がくらむほどだ。最終的なロシアの戦死者は二〇〇万から三〇〇万——あるいはそれ以上かもしれない。

九月、スイスの小村ツィンマーヴァルトで、ヨーロッパの反戦社会主義者たちの会議が開かれる。わずか三八人の出席者に含まれるのは、ボリシェヴィキとメンシェヴィキ国際派、エスエルの代表たち。

パリにいた右派メンシェヴィキとエスエルは協力して、戦争支持の『プリズィーフ（アピール）』の第一号を創刊する。その紙面に、「革命はロシアで企まれている」と極右エスエルのイリヤ・フォンダミンスキーは書いているが、それは「国際的ではなく国内的、社会主義的ではなく民主的、平和主義ではなく戦争支持の形をとるだろう」。右派エスエルの知識人たちはナロードニキの、自由主義者と集産主義の中間にあたる農業社会主義をめざす革命のビジョンから遠ざかり、右派メンシェヴィキの協力者たちが予見する愛国的なブルジョア革命のほうへ向かっていく。

こうした「社会愛国主義」に反対する立場で、かつての（場合によっては現在の）同志たちがツィンマーヴァルトでまとまるものの、どこまできっぱり袂を分かつかでは意見が分かれる。レーニンと、彼に近しい協力者にして副官でもある元気旺盛で怒りっぽいグリゴリー・ジノヴィエフを含む八人は、堕落した第二インターナショナルからの脱退を望む。メンシェヴィキを始めとするツィンマーヴァルトの多数派は、黙従はしないという姿勢をとる。

反戦のためのプロレタリアートの革命的動員を――このレーニンの呼びかけには、大半の代議員が反対に回る。これは第二インターナショナルを分裂させようとする試みだが、実情はもうそうするまでもない。しかも出席者からは、愛国主義が一般に蔓延している以上、レーニンの呼びかけはその実行者を危険にさらすという声も出る。そして会議は妥協的な結論に達し、漠然とした反戦の意志をこめた声明を出すにとどまる。党の結束のために、レーニンもその支持者たちも署名をするが、そこには満足感も熱狂もない。

一九一六年に書かれた『帝国主義――資本主義の最高の段階としての』という薄い本のなかで、レーニンはこの時期を、独占資本主義が国家とからみ合った時期、資本が植民地に寄生する時期と表現している。そして戦争を計画的なものと見て、穏健派の反戦主義に堕することに反対する。倫理的な平和主義も認めないし、「祖国防衛主義」は言うまでもない。これに従えば、拡張主義に反対する一方で祖国を「防衛」することが正当だとみなされてしまう。代わりに彼が論じるのが、有名な「革命的祖国敗北主義」である――帝国主義戦争においては「自らの」側の敗北を願うという、社会主義的主張だ。

急進的なトロツキーですら、この主張からは距離を置こうとする。彼は言う。自分は「ロシアの敗北が〝悪としてはまだ小さい〟とするあなたの意見には賛成」できない。彼の考えでは、それは愛国主義の「黙認」であり、「敵」を支援することだ。

レーニンの呼びかけがこうした否定的な反応を引き起こすのは、ある国の敗北が別のある強国によるものなのか、それともあらゆる帝国主義列強とともに労働者たちによるものなのかということを、本人がしばしばあきらかにしていないからだともいえる。第二の可能性、つまり国際的な反乱を引き起こすことのほうが彼にはあきらかに好ましいし、この議論の究極の目的ともなっているのだが、ときには第一の主張だけで十分だとほのめかしたりもする。この両義性にはパフォーマンスの要素がある。祖国にこの「革命的敗北主義」を執拗に説くとき、彼の頭にあるのは、ボリシェヴィキは他のどのグループよりも徹頭徹尾、留保なしに戦争に反対であると強く印象づけることだ。

戦争への動員で、ロシアの農地と工場から労働者が徐々に消えていく。弾薬、装備、食糧が不足する。インフレが急激に進む。労働者と都市中間層に多大な影響が及ぶ。大衆の空気が変わりはじめる。一九一五年の夏が来ると、たちまちストと食糧を求める暴動が、コストロマ、イヴァノヴォ＝ヴォズネセンスク、モスクワを揺るがす。自由主義者からの反対は、自称「進歩ブロック」に組織化される。求めるのはマイノリティの権利、政治犯の恩赦、組合の権利などだ。進歩ブロックは上のほうの無能には激怒するが、下からの権力にも断固として反対する。

ストの波が満ち引きをくり返し、それとともに社会的絶望が頂点に達する。国内の避難民が逃亡し街が侵略され、兵士が捕虜になり殺害される混沌のさなか、ベスプリゾルニキ——捨てられた子どもや親とはぐれた子ども、孤児たち——が都市に流れ込む。彼らは互いに身を寄せ合って新たに臨時の家族を作り、盗みや物乞いや売春など、できることをなんでもやって生き延びようとする。そして数年後、その数は爆発的に増えている。不当利得、絶望、退廃、酩酊、ボヘミア的な「コカイノマニア」からなる地下世界。熱っぽい崩壊の徴候。モスクワは新たなタンゴの大流行の虜となり、それが暗い突然変異を遂げる。殺人のパントマイム、快活な殺戮への言及。あるプロのダンスデュオは、「死のタンゴ」で悪名を馳せる。演じる二人は伝統的なイブニングウェア、男の顔と頭に描かれているのは髑髏の絵。

★

戦争の一〇年前、皇帝《ツァーリ》と皇后《ツァリーナ》は、絶望的に病弱な息子を救いたい一心で、ある男を重用するようになった。蓬髪に髭もじゃ、無学で利己的な、シベリア生まれの自称聖職者だが、奇妙な魅力と民間療法の知識、それに幸運もあいまって、幼いアレクセイの病をやわらげることができたようだった。こうして世に怪僧と言われるラスプーチンは——実際は怪人でも僧でもないが——宮廷の中心に居座るようになる。

粗野ではあるが、恐ろしくカリスマ性に富んだ男だ。ロシアの数ある非合法の宗教セクトのひとつ、フリスト派の一員であったとも言われ、たしかにその儀式をしのばせる強烈な予言者じみた空気を発散している。おのれを古きよき宮廷派のロシアの声として、また同時に予言者、治療師と称する。ニコライはこの男を許容し、アレクサンドラはこの男を崇拝する。

ラスプーチンの不行跡の噂が駆けめぐる。まぎれもなく大酒飲みの大言壮語の男で、巷間語られる性的な放埒ぶりが事実かどうかはともかく、貴族たちのなかで驚くほど放縦にふるまい、金持ちのパトロン、特に女たちを、性的に刺激するように無作法に扱う。好き放題に力を振るい、しかも戦争のあいだに、その力は次第に大きくなっていく。アレクサンドラの庇護の下、ラスプーチンはおのれの気まぐれ

皇帝ニコライ二世と皇后アレクサンドラ，1913年2月

グリゴリー・ラスプーチン，1916年

で内閣人事にまで影響を及ぼすようになる。

宮廷内では、以前は寛大だった者たちさえ、この成り上がりのムジークへの憤懣をつのらせはじめる。猥褻本の行商人は、髭ぼうぼうの教導者《スターレッツ》もどきの男が皇后とよからぬ行為にふけるポルノじみた風刺漫画で一儲けをする。そして皇帝は、妻が「私たちの友人」と呼ぶラスプーチンへの批判を許そうとしない。皇后はラスプーチンの助言を夫に伝え、彼の「幻視」に基づいて軍事的な決定を下すように勧める。そしてラスプーチンの櫛を夫に与え、大臣に会う前にはこの櫛で髪を整えて、そうすれば彼の英知があなたを導いてくれるでしょうと言う。皇帝はそれに従う。皇后はラスプーチンの髭についていたパン屑まで夫に送る。彼はそれを食べる。

ニコライはすでに、自由主義者の弱腰な改革プログラムには背を向けている。そして一九一五年八月、彼は軍の全面的な指揮権を自ら握ると言い出す。現実の決定を下すのは有能なミハイル・アレクセーエフ将軍だが、皇帝の不在時には、かなりの権力が嫌われ者の皇后の手に託されることになる——つまりは必然的に、ラスプーチンの手に。

ニコライも加担させつつ、アレクサンドラは極右の代議員、ウラジーミル・プリシケヴィチが呼ぶところの「大臣の飛び越し任命」を始める。ロマノフ家の流儀が冒険的人事となって、国の最高の地位に無能や小者がつぎつぎ任命され、自由主義者や頭の切れる右派たちはますます卒中を起こしそうになる。上流社会でラスプーチンへの憎悪がつのるにつれ、ニコライへの敬意は急落の一途をたどる。

ミリュコーフがタヴリーダ宮で歴史的なドゥーマによる介入を行うのは、そうした状況でのことだ。エチケットや慎みといったあらゆるルールを破り、皇后その人を、彼女が新首相に任命したばかりのボリス・スチュルメルを名指しでこきおろし、政府の失策を延々と数えあげる。ミリュコーフはその演説の合間合間に、同じ問いかけを繰り返す。「これは愚行なのか、背信なのか?」

その言葉はロシアじゅうに響き渡る。もうすでに知られていることばかりでも、それを口にしたのは彼が初めてだ。

もう今では、これは誰にとっても目新しい報せではない――「今現在ある物事の秩序は、消え去らねばならない」。一九一七年一月、アレクサンドル・クルイモフ将軍は休暇をとって前線から離れ、ミハイル・ロジャンコの自宅でドゥーマ代議員たちと会見する。ロジャンコは生彩に富んだ保守政治家だ。オクチャブリストの一員であり、熱心な君主制論者だが、ラスプーチンとは不倶戴天の敵でもある。彼らはお互いの不満を論じ合う。軍は体制の変革を、皇帝の代替わりを受け入れ、歓迎すらするだろう。

生き延びるためには路線を変えねばならない、そんな必死な言葉をニコライはつぎつぎに受け取る。英国大使は外交儀礼に背いて、あなたは「革命と災厄」の崖っぷちにいると警告する。だが皇帝の穏やかな目の奥には、なんの感情も呼び起こされてはいないかに見える。

一九一六年一二月、革命の一年が明けるひと月前には、うんざりした貴族たちが、国の刷新をめざしてさまざまな陰謀を企てる。そして一六日、そのひとつが結実を迎える。宮廷の最上層のなかにも、侮りがたい人種差別主義者プリシケヴィチを始めとする協力者を得て、フェリックス・ユスポフ公はラスプーチンに近づき、川沿いにある自分の宮殿に来てほしい、妻に会わせようと言って誘い出す。蓄音機から〈ヤンキー・ドゥードル〉がくり返し流れるなか、一張羅を着たラスプーチンは薄暗い丸天井の部屋でくつろぎ、ホストから出された青酸入りのチョコレートを食べ、毒入りのマデイラワインをあおる。

毒物の効果はなかなか現れない。共謀者たちは焦ってひそひそと言葉をかわす。ユスポフはもはやパニックだ。客人のもとに戻ると、およそ想像しうるかぎり殺人に最もふさわしくない舞台を探そうとでもするかのように、部屋の整理簞笥に立てかけてある、水晶と銀でできたイタリア製の骨董の十字架を見てくれないかとラスプーチンに誘いかける。彼が屈みこんで感に堪えたように眺めているとき、ユスポフはそっと拳銃を引き抜いて、発砲する。

伝説的な断末魔の場面が、そこから延々とくり広げられる。ラスプーチンはぴんと上体をそらせ、暗殺者につかみかかろうとする。ユスポフは恐れをなして逃げ出し、大声で共犯者プリシケヴィチの名を呼ぶ。男二人が戻ってみると、ラスプーチンの姿はない。二人は興奮に我を忘れ、外に飛び出す。するとペトログラードの夜陰のなか、ラスプーチンが厚く積もった雪の上でよろめきながら、しゃがれ声でユスポフの名を口にする。

「皇后に言いつけてやるぞ！」とラスプーチンはうめき、よろよろと通りに向かっていく。プリシケヴィチがユスポフの拳銃をつかみ、数度発砲する。聳え立つ巨体がぐらりと傾ぎ、倒れる。プリシケヴィチは積もった雪を蹴ってうつ伏せに痙攣している男のもとに駆け寄り、その頭を蹴りつける。やっとユスポフも加わり、狂ったように男の体を職杖で殴りつづけ、その鈍い音が雪にくぐもって響く。死にゆく男の怒りの声をまねるかのように、ユスポフがおのれ自身の名を叫ぶ。

心臓の激しい鼓動を感じながら、二人はラスプーチンの体に鎖を巻きつけて馬車に乗せ、闇のなかをモイカ運河まで走らせる。苦労して重荷を運河の縁まで運び、黒い水がその体を呑み込んでゆくのにまかせる。

だが二人は、ラスプーチンの片方のブーツが脱げ落ちたことに気づかない。橋の上に落ちていたそれを、警察が発見する。三日後に、当局がラスプーチンのねじくれた死体を運河から引き上げたあと、ある噂が広まる。新たに張った氷の下から、逆上した神のごとき力を振りしぼって、ラスプーチンが再び現れたのだと。

人々は怪僧が死んだとされる場所にどっと押し寄せ、これは不死の妙薬だとでもいうように、その場所の水を瓶に詰める。

皇后は敬虔な悲嘆に呑み込まれる。右派たちは喜び、これでアレクサンドラが療養所に通うようになる、ニコライがかつて一度も見せたことのない果断さを魔法のように示すようになると期待する。だがラスプーチンは、きわめて華やかだとはいえ、ひとつの病理的徴候にすぎない。その殺しは宮殿内の政変ではない。そもそも政変ですらないのだ。

ロシアの体制を終わらせるのは、作り話というにはあまりに異様な、パントマイムの人物の身の毛のよだつ死ではない。ロシアの自由主義者たちが初めて見せる苛立ちでもない。無力な君主に向けられる専制原理への怒りでもない。

体制を終わらせるもの、それは下からやってくる。

2　二月　歓喜の涙

開戦から三年目の、厳しく冷たい冬。まだ漆黒の闇に閉ざされた時間。ロシアにある無数の街の例に漏れず、ペトログラードでも住民は夜明け前から、ありつける保証もないパンを求めて街頭に集まり、なんとか凍えまいと身を縮めていた。食糧の配給はなくはないものの、材料はあっても燃料が足りなければ、パン屋は客の要求には応えられない。腹をすかせた人々が行列を作って何時間も待つうちに、じりじりとしか進まない列は小声で言葉をかわしあう集会となり、やがて抗議のるつぼとなった。そして待っても無駄である場合がほとんどだった。怒りと飢えに苛まれる群集は街頭をうろつき、店のウィンドウに石を投げつけたりドアを打ち壊したりして、食べ物を求めた。

住民が政治を語り合う言葉は、ロシア語のほか、イディッシュ語、ポーランド語、フィンランド語、さらには（まだ）ドイツ語もあった。ここは国際色豊かな都市である。富裕な中心部の周辺に労働者が寄り集まった都市の人口は、戦争のおかげで四〇万人にも膨れあがり、しかもそのかなりの部分が比較的教育程度の高い層だった。またここは兵士の街でもあり、一六万人が予備軍として駐屯していたが、その士気は上がらず低下する一方だった。

この年の一月、皇帝《ツァーリ》の政府は軍管区司令官のセルゲイ・ハバーロフ将軍に、ペトログラードの騒擾を鎮圧するよう命じた。ハバーロフは一万二〇〇〇人の兵士、警察官、コサック兵を動員してその態勢を整えていた。機関銃を戦略上の重要地点に配備し、暴動が起こった場合に備える。オフラナのスパイたちが活動を強化し、左派の内部にも潜り込んだが、彼らは指導層の多くが外国に流刑になり、士気阻喪していた。

弾圧をものともせず、血の日曜日事件の一二周年に当たる一月九日には、ペトログラードの労働者一五万人が通りに出て、行進に加わった。その多くにとっては、自分たちがいま祝っている反乱以来初めて行われるストライキだった。彼らはさほど注意を向けていなかったが、この日はひとつの前触れがあった。見物の兵士たちが労働者の赤い幟旗を見て歓声をあげていた、と警察の報告にはあった。これ以降ペトログラードの労働者階級は、執拗にストをくり返すようになる。

何か政治的な衝突が起きれば、そのたびに神話や安っぽいストーリーが生み出される。しかし、一九〇五年以降に労働者の文化が育ち、強固になっていた、というのは単なる感傷的な表現ではない。ロシアの所々で、散発的にではあっても、経済的な怒りや反戦、少数派の活動家にとっては階級闘争といった動機から、ストは行われていた。

こうしたストは、首都で最も盛んだったものの、そこだけに限られていたわけではない。ペトログラードほど急進的ではなく、労働者も比較的分散していて、自由主義の中産階級にほぼ支配された都市モスクワでも、三万を超える労働者が工具を置いた。ストは散発的に、二月に入っても続き、活動家たちは絶えず逮捕の危険にさらされていた。ペトログラードで一月二六日、正式な軍需産業中央委員会――政府による調整がまったくない状況に対応すべく産業資本家が立ち上げたもの――の労働者代表一一人が、「革命的活動」を行ったという理由で投獄された。

クルプスカヤとレーニンは、亡命先のスイスでくすぶっていた。チューリヒの人民の家で若い聴衆に向けて行った演説で、レーニンはまだ頑として、ロシアの革命は起爆剤に、「やがて来るヨーロッパの革命の幕開け」になりうると主張した。たとえ「今は墓場のように静かでも」、大陸は「革命をはらんでいる」と。そして陰鬱な調子でこう語りかけた。「古い世代の我々は、やがてくる最後の戦いを見るまで生きられないかもしれない」――ヨーロッパの社会主義「革命」を。

★

二月一四日には、ペトログラードの六〇の工場で、一〇万を超える労働者がストライキを続けていた。一八世紀の光輝を残すタヴリーダ宮で、「諮問的な」第四回ドゥーマが開かれ、ただちに食糧の不足をめぐってツァーリの政府への攻撃が始まった。過激な思想に駆り立てられた数百人の学生たちが警察に反抗し、街の中心を横切る華やかで垢抜けた商店街、ネフスキー大通りを行進していく。若いデモ参加者たちが大声で歌う革命歌が冷気のなかに響き渡った。

四日後、プチーロフ金属工場の労働者たちが賃金の五〇パーセント引き上げを求め、座り込みストライキを開始した。三日後、彼らは解雇された。だがこの処分も他の工員たちを思いとどまらせることはなかった。抗議行動は大工場全体へと拡大した。

二二日、皇帝は首都を出て東に三〇〇キロほど離れた、軍総司令部（スタフカ）のある田舎町モギリョフに向かった。そしてその日、プチーロフの工場主たちがおのれの力を見せつけようと決めた。ロックアウトである。工場の扉を閉め切り、戦闘的な労働者三万人を街頭へ追いやったのだ――それは奇しくも、左派によって近年提唱された国際女性デーの前日だった。

二月二三日には帝国の全土で、女性の権利を要求し、その貢献を称える祝典や行事が行われた。ペトログラードの各工場では、急進派たちが女性の置かれた状況や戦争の害悪、ありえないほど高い生活費について演説した。しかし彼らでさえ、その後の成り行きを予期してはいなかった。

各所での会合が終わると、工場から女たちが「パンを！」と叫びながら街頭へあふれ出した。ヴィボルグ、リチェイヌイ、ロジェストヴェンスキーといった特に戦闘的な地区を練り歩き、各ブロックの前庭に集まった住民に声をかけるうちに、その数はどんどん膨れあがり、広い通りを埋め尽くした。そして工場に押しかけ、男たちにも加わるよう呼びかけた。オフラナのスパイはこう伝えている。


午後一時頃、ヴィボルグ地区の労働者たちが集団で街頭にくり出し、「パンをよこせ！」と大声で唱えながら歩きはじめた……隊列はばらばらになり……道すがら仕事中の同志を引き入れ、路面電車を停め……デモ参加者たちは決然たる姿勢の警察と部隊に追われ……ある場所で散り散りになったかと思えば、すぐにまた別の場所に集まった。


警官は呟いた。彼らは総じて「とてつもなく強情だった」。

「我々はこの状態をいつまでも黙って耐え忍ぶのか？　胸にくすぶる怒りをときおり小商店の主たちにぶつけることでよしとするのか？」。小さな革命党派メジライオンツィ（地区連合派）が発行したビラは問いかけていた。「とどのつまり、住民が苦しんでいるのは彼らのせいではない。彼らは彼らで身を滅ぼそうとしている。責められるべきは政府なのだ！」

誰が計画したわけでもなく、ほぼ九万人の男女が、怒号とともにペトログラードの街頭にくり出していた。そしていま、その叫び声はパンだけでなく、戦争の終結を求めていた。さらに忌むべき君主制の終結も。


夜が来ても静穏は戻らなかった。翌日は異議申し立ての波が起こった。街の労働者の半数近くが街頭にあふれ出した。そして赤い幟旗の下、新たなスローガンを唱えながら――「ネフスキーへ！」――行進していった。

ピョートルの首都は、入念な計画のもとに造営されていた。ヴァシリエフスキー島や支流のフォンタンカ川に至るまでのネヴァ川左岸は、実に豪華絢爛たる一郭だ。ここにはマリインスキー劇場と、壮麗なカザン大聖堂に聖イサアク大聖堂、貴族の宮殿や専門職の人々が住む堂々たるアパートメント街区、そしてネフスキー大通りがある。それを輪のように取り巻くのが、地方からの移住者たちが移り住んで間もない地区だった。ヴァシリエフスキー島の外れ、ネヴァ川の右岸にあたるヴィボルグ、オフタ。ここまで来ると、川の西側にアレクサンドル・ネフスキー修道院、モスクワ、ナルヴァの各地区がある。このあたりの労働者は、だいたい黒い土の農村から出てきたばかりで、騒音を発する工場に挟まれた街区の、危なっかしい煉瓦造りの小屋や、木造のあばら屋に住んでいた。

これほどの住み分けがあれば、都市の貧困層が抗議の声を届かせるには、街の中心部まで侵入しなければならない。一九〇五年にも同じことがあった。そして今また、それが始まろうとしていた。

ペトログラードの警察は橋を封鎖した。だが、天候を司る神々も、この厳しい冬には人々への連帯を示そうとした。通りには雪が厚く降り積もり、幅の広いネヴァ川は凍りついたままだった。デモの数千人の群集が土手から氷の上に降りる。そして川面を横切って歩いていった。

英国大使ジョージ・ブキャナンは故国あての電信で、この騒乱は「深刻なものではない」とそっけなく切り捨てた。しかしまだ、何が本当に始まったのかを知る者はなかった。

デモ隊は川から街の垢抜けた側に上り、豪奢な通りを抜けて中心部へ向かった。警察がそれを不安げに見守る。一触即発の空気が漂っていた。

あざけりの声が、初めはためらいがちに一人、二人の口から漏れ、次第にその数と自信が増していった。群集のなかから棒や石、さっきその上を歩いてきた氷の破片などが、街の俗語で「ファラオ」と呼ばれ、忌み嫌われている警官たちに投げつけられた。

それとは打って変わって、デモ隊は軍の兵卒に対しては融和的だった。彼らは兵舎や軍病院の前に大挙して集まり、興味をもった兵士や友好的な兵士と立ち話をかわした。

ペトログラードにいる兵士の大半は、訓練中の召集兵や徴募兵、あるいは退屈して不機嫌な、規律と士気に欠けた予備兵だった。なかには前線から送り返されてきた傷病兵もいた。

A・F・イリン＝ジェネフスキーは以前から確固たるボリシェヴィキだったが、麻酔と戦争神経症のせいでしばらく記憶が途切れていた。彼が病院のベッドから見たものは、傷病兵たちの政治的覚醒、そしてこの絶望的な状態にある「兵士たちの急激な革命への傾斜」だった。「血なまぐさい戦争の恐怖を味わったあと、病院の平和な静けさのなかで目覚めた人々は、知らず知らず、あの殺戮と犠牲の大義に思いをめぐらせはじめた」。そして彼の目の前で、そうした思案は「憎悪と怒り」へと変わっていった。特に戦争傷病兵が、軍の生活に敵意を示すことで有名なのも不思議ではない。

では一万二〇〇〇人の「信頼に足る」部隊は？　首都の支配者たちが望みをかけている存在はどうなのか？

無慈悲なコサックとはいかなる存在か？　主にウクライナおよびロシアのドン地方にいた、スラヴ語を話す人々である。その共同体は農奴制とは無縁で、荒っぽくはあっても長きにわたる軍事的伝統をもち、民主制による自治を誇った。一九世紀にはすでに、神話的な存在になっていた。ユニークで誇り高く、それにふさわしい名誉を与えられた、半ばひとつの民族のような、半ば地縁に基づいた、生まれながらの騎兵隊。そのように描かれ、そのように信じられてもきた。ロシアの生きた象徴であり、ツァーリストの弾圧の先兵。彼らの鞭とサーベルは、一二年前には大勢の血を雪の上に撒き散らした。

だが、コサックも決して一枚岩の集団ではない。彼らにもやはり階級による区別がある。また彼らの多くも戦争に、そして自分たちが使嗾されていることに倦み疲れていた。

ネフスキー大通りで、デモの群集がコサックの騎兵隊とにらみ合いになった。コサックの槍が陽ざしにぎらりと光る。恐怖とためらい。長い時間、冷気のなかに何かが漂っていた。突然、コサックの将校が馬の向きを変えて遠ざかっていき、残されたデモ隊は驚きと喜びに沸いた。

ズナメンスカヤ広場では、他のデモ隊がコサックの騎兵隊を歓声で迎えた。このときコサックたちはわざとデモ隊を追い散らそうとはせず、それどころか笑みを返した。群集が拍手をすると、コサックたちは鞍上でおじぎをした、と警察は憤然と報告している。

タヴリーダ宮では、ドゥーマの代表たちが現体制を攻撃する演説を続けていた。彼らが要求したのは「連関性」だった。皇帝はドゥーマそのものに責任を負う内閣を作らねばならない。アレクサンドル・ケレンスキーは有名なトルードヴィキで、レナ金山虐殺事件を調査したことで大きく名を馳せていた。

そのケレンスキーが左派のために、仰々しく強烈な言葉で反政府の演説をぶったという報告を受けると、皇后は憤懣やる方なく、あの男を吊るし首にしてほしいと夫に書き送った。

　夜が来て、空気はいっそう冷たくなった。人波のうねる街頭に革命の歌が響いていた。プロメト工場の労働者たちがひとりの女性の後ろを行進するのを見て、あるコサックの将校が、おまえらはババ（女）のあとについていくのかとあざけった。その女性、ボリシェヴィキのアリシナ・クルグロワは、私は独立した女性労働者であり、前線にいる兵士の妻であり姉でもあると叫び返した。その毅然とした反撃に、対峙した部隊は銃を下ろした。

　ヴィボルグの工場労働者二五〇〇人は、サンプソニエフスキー大通りに通じる細い道を抜けようとしたが、そこで急に、恐怖に駆られて立ち止まった。手前でコサックの一団に出くわしたのだ。将校たちは顔を歪め、手綱を取って馬に拍車を当てると、武器を高く掲げ、部下たちに続けと叫んだ。そして今度は、コサック兵たちが命令に従いはじめ、群集の恐怖は高まっていった。

　ところがこのとき、コサックたちの従い方は、まさに正確無比だった。馬場馬術の騎手のように、騎乗馬は脚を高々と上げてエレガントにぬかるみを通り抜け、きれいに一列を保ってゆっくり進んでいく。度肝を抜かれた群集に、騎兵たちはウィンクを投げながら通り過ぎ、誰ひとり追い散らすことはなかった。

　工場労働者による、ある抵抗運動のテクニックを表す古いスコットランドの言葉がある。規則に一字一句まで過剰に従うことでその主旨を骨抜きにする、遅延またはサボタージュの形――順法闘争《コーカニー》。この凍てつく夜に、コサックは命令に背くことはしなかった――騎兵隊の義務をコーカニーによって遂行したのだ。

ペトログラードのデモ，1917年

怒り心頭の将校たちは、コサックたちに通りの封鎖を命じた。彼らはまたしても、命令を尊重することで応じた。伝説的な乗馬技術で馬を一列に並べ、白い息の霧を吐き出す生きたバリケードを作ったのだ。その服従そのものがやはり、異議申し立てだった。彼らは命じられたとおり、ただじっとしていた。とりわけ大胆なデモ参加者がそっと近寄ってみても、動かなかった。群集がみな、目を大きく見開いて近づいていっても、やはり動かない。そのときやっと、この人馬が異常なまでに不動なのは、自分たちへの無言の招待なのだということがわかった。彼らは頭を下げて、まったく動かない馬の腹の下をくぐり抜け、行進を続けていった。

明けて二五日には、二四万人がストに入り、パンの供給、戦争の終結、皇帝の退位を要求した。路面電車は動かず、新聞は出ない。商店は閉まったまま。現体制の無能ぶりに愛想を尽かし、スト側に共感を寄せる商店主は後を絶たなかった。今では、労働者の上っ張りばかりの群集のなかに、ちらほら小ぎれいな服装も見えるようになっていた。

スト側と体制側を隔てる空気は、さらに剣呑になっていった。アレクサンドル三世の記念碑は巨大な醜いブロンズ像で、がっしりした馬が鞍上に乗せた暴君を恥じるかのように、頭を下げている。その像の陰にいた騎馬警官たちが、群集に向かって発砲した。だがこの日は、敵側のみならず、デモ隊も唖然とするような光景が見られた。コサックも発砲したのだ――それも後ろの警察に向けて。

ズナメンスカヤ広場では、警察がデモ隊に激しく襲いかかった。参加者たちは空を切り裂く鞭から逃れようと、あわてて駆け出した。右往左往したあげく、コサックの部隊のほうへ走っていく。コサックたちは動かない馬の上で、不気味に中立を保って見守っている。群集は彼らに助けを求めた。

しばしの逡巡。コサックたちが馬を進める。ためらいがちな衝突があった。やがてうめき声と血しぶきが上がり、群集は快哉を叫びながら、ひとりの騎兵を肩にかつぎ上げた。彼はサーベルを抜き、警察の高官のひとりを斬り殺したのだ。その日の死者は他にもいた。ゴスチノイ・ドゥヴォルでは、軍隊が発砲してデモ隊の三人を殺害し、一〇人を負傷させた。群集は街を横断して警察署にたどり着くと、石を雨あられと投げつけて無理やり突入し、手当たり次第見つけた武器で武装した。攻撃が激しさを増すにつれ、警察官はつぎつぎ逃げ出し、制服を脱ぎ捨てながら消えていった。

政府の建物のあちこちの廊下で、不安げな空気がうごめいていた。ようやく、深刻な事態になっているという了解が生まれつつあった。

体制側が最初に示す反応は、つねに弾圧だった。舞い散る雪のなかで夜の闇が降りてくると、皇帝はハバーロフ将軍へ電信で指令を送った。「明日より、首都の街頭における一切の騒擾を鎮圧するよう命じる。祖国がドイツとの困難な戦争を遂行している時期に、これは看過しうるものではない」。まるで他の時期なら看過できるとでも考えているかのように。この日、軍隊が発砲したのはなぜか？　パニックに駆られたのか、怒りのせいか復讐か、あるいは無許可の蛮行だったのか。これを境に、群集がいつまでも解散しない場合、そうした攻撃が当然の方針となる。また、栄誉ある祖国のための戦いだったはずの戦争も、さらなる脅迫に使われるようになった。三日以内に任務に戻らない者は、前線の殺戮現場へ送られる、とハバーロフ将軍が街に向けて言い渡したのだ。

その日の夜、警察の逮捕班が人狩りに向かい、首謀者の疑いのある者たちが逮捕された。その数およそ一〇〇人。ボリシェヴィキ・ペテルブルク委員会の五人も含まれていた。だが、革命派はまだ反乱を始めてはいなかった。今になってもまだ、なんとか事態についていこうとしていたほどだ。逮捕もそうした流れを止めはしなかった。

「街は平穏です」。二月二六日日曜日、皇后は夫あてに、わざとらしく楽観的な電信を送った。しかし曙光が幅の広い川面を照らし、土手と土手に挟まれた氷にきらきら反射しはじめるころ、労働者たちはすでにその氷の上を渡り、また中心部へ向かっていた。しかし今日は、通りという通りに警察があふれていた。そして今度は、デモ隊が兵士たちに撃つなと嘆願したが、その訴えは聞き届けられなかった。

血なまぐさい一日となった。機関銃の咳のような音、ライフルの乾いた音が街並みにこだまし、逃げ惑う群集の悲鳴に交じり合った。人々はあわてて散らばり、大聖堂や宮殿の前を駆け抜け、攻撃から逃れようとした。この日曜日、部隊はたびたび、将校たちの発砲命令に従った――だがその銃撃は、銃の「作動不良」や逡巡、意図的な的外しのせいで効果をあげなかった。こうした秘かな連帯を示す事件があるたびに、噂はその何倍にもなって広まっていった。

兵士たちがみな、現体制の流儀に従ったわけではない。その日の午後早く、労働者たちがパヴロフスキー連隊の兵舎に押しかけた。そして中の兵士たちに、どうか助けてくれ、この連隊の教育訓練分遣隊がデモ隊に発砲していると、必死に叫びかけた。それを聞いても、兵士たちはなかなか出てこなかった。命令を尊重する気持ちが彼らをためらわせていた。それでも奥へ引っ込むと、長い集会を開いた。男たちがお互いに、街中で起こる銃声や衝突の音に負けじと声を張り上げ、とまどい恐怖する話者たちが何をなすべきか論じ合った。午後六時ごろ、ついにパヴロフスキー第四中隊がネフスキー大通りへと、名誉を汚している同志たちを呼び戻しに向かった。そこで騎馬警官の分遣隊に出くわしたが、今や彼らは血を滾らせ、さっきまでの逡巡を恥じてもいた。

彼らは退かず、発砲した。一人が死んだ。基地に戻る途上、兵士たちの首謀者が逮捕され、川を越えたところにある要塞の長く低い壁の向こう、刺のような尖塔の下の悪名高いペトロパヴロフスクの監獄へ連行されていった。

この日曜日、四〇人の死者が出た。専制政府による虐殺はデモ隊の士気を著しく阻喪させた。戦闘的な北部のヴィボルグ地区でさえ、地元のボリシェヴィキたちはストを収束させることを考えた。政府のほうは、ドゥーマのロジャンコ議長との気のない交渉を打ち切り、やはりすげない態度でドゥーマを解散させた。


ロジャンコは皇帝あてに電信を打った。

「事態は深刻です」。彼の警告は鉄道線路に沿った電線に乗り、凍てついた広い大地を越えてモギリョフに届いた。「首都は混乱の極にあり、政府機能は麻痺しています。即刻この国の自信を取り戻させられる人物に、新政府の組閣を任せることが肝要です。手遅れになることは死に等しいでしょう。今このときの責任が陛下に降りかからないことを祈るばかりです」

ニコライは返信をしなかった。

翌朝、ロジャンコはもう一度説得を試みた。「状況はさらに悪化しています。ただちに方策をとらねばなりません、明日では遅すぎます。祖国と王朝の命運が決せられる最後の時がすでに来ているのです」

軍総司令部では、皇室大臣のウラジーミル・フレデリクス伯爵が、機械から吐き出されてきた文面をニコライが読み終わるのを礼儀正しく待っていた。「あの太っちょのロジャンコがたわ言を書いてよこした」。ようやく皇帝が言った。「返事をするには及ばない」

★

首都では前日にあった殺人のことが、命令を受けてそれを犯した幾人かの心に重くのしかかっていた。パヴロフスキー連隊と同じくデモ隊に発砲したヴォルインスキー連隊の教育訓練分遣隊は、その夜兵舎に集まり、長い時間をかけて自己批判を行った。そしてついに隊員たちが大尉のラシケヴィチに対峙し、罪を贖うための反抗を宣言した。我々はもう銃を撃たない、そう伝えたのだ。

ラシケヴィチは傲慢な態度で皇帝の指令を読みあげ、秩序を回復しようとした。以前であれば、それで兵士たちはおとなしく従ったかもしれない。しかしいま、それは挑発となった。つかみ合い、怒号、制する声が起こった。兵士たちの輪のなかで、誰かが武器を掲げた。いやもしかすると、ラシケヴィチが恐慌を来たして自分の銃を上げ、おのれ自身に向けたのかもしれない。いずれにしろ、突然の銃声が響いた。兵士たちは大尉が倒れるのを見た。

それとともに、何かが死んだ。意識のなかのためらいが。

ヴォルインスキーの兵士たちは、兵舎の近いリトフスキー、プレオブラジェンスキーの各連隊を煽りたてた。モスコフスキー連隊では将校たちが必死に兵士を抑えつけようとしたが、逆に取り押さえられた。街に出た兵士たちは、ヴィボルグ地区をめざした。今度は彼らが労働者たちに交わろうとする番だった。

暗灰色の空の下、ペトログラードの街頭が怒りにうねりはじめた。

度肝を抜かれたハバーロフ将軍は、体制側に忠実な六つの中隊を動員しようとした。将校や兵士のなかには単独で、あるいは一時的に集団を作って忠誠を保ち、勢いを増す反乱に武力で抵抗する者もいた。だが総じて見れば、確信からか尻込みのせいか、疲れのためか迷いのせいか、部隊は再編成を拒んだ。一時だけの粗雑な実力主義で生まれたリーダーの下にいた兵士たちは、労働者たちに加わって共闘することもせず、ただ行方をくらました。目撃者たちによる描写には、同じ表現が何度も出てくる――忠実なはずの部隊でさえ、「いつのまにか消えうせた」と。

労働者と兵士からなる群集は、政府の建物を漁っては警察の武器庫に押し入り、手当たり次第に武器を奪って警官を追い回しては、片っ端から殺した。警察署に火を放って記録類もろとも灰にし、「ファラオ」が目に入るたびに銃を撃った。そのなかには、ひと足先に建物の屋根に駆け上り、ときどき身を乗り出して狙いをつけてくる警察の狙撃手もいた。さらに教会の内部に隠された武器を見つけようと、労働者も兵士も混ざり合って、荘厳かつ不穏な静寂のなかを探しまわった。監獄を襲撃して房の扉をつぎつぎ破り、戸惑い顔の囚人たちを解放していった。地方裁判所に火を放ち、新たな冬の祭りを祝うように、その篝火を眺めた。敵対する勢力のなくなった破壊者たちは、何はばかることなく、野放図に破壊をくり広げた。

この喧噪はペトログラードの外まで広がった。特にモスクワでは、当局が拡大する騒乱の報せを押しとどめようと努め、失敗した。何が起こっているかという噂はロシア第二の都市に達した。モスクワの労働者も外に出はじめ、ある者は家に帰り、またある者は街の中心部に向かって新たな報せや指針を得ようとした。

二七日の午後、皇帝は動じた様子もなく、スタフカで意味のない軍務に精出していた。平静だったのは皇帝ひとりではない。陸軍大臣のベリャーエフは皇帝に打電し、現実とはかけ離れた独りよがりの報告をした。ペトログラードの軍部隊で、ほんの些細な騒ぎが二つ三つ起こっている。まもなく沈静化するだろう、と。

反乱に揺れる街の大通りでは、革命派の社会主義者たちが、怒れる自由主義者やその思想的な間隙を埋めるさまざまな党派とともに押し合いへし合いし、沈静化どころではなかった。そこに共有されているのは、変化が、革命が必要だ、もう避けることはできないという確信だった。彼らは新しい都市に、爆発のなかにいた。赤い月曜日。古いものは息絶えようとし、新しい何かはいまだ定まらずにいた。

暮れゆく空の下、ガラスの割れる音やゆらめく火明かりのなかを、男女の群れがあてどもなく漂っていた。労働者、解放された犯罪者、過激な煽動者《アジテーター》、兵士、一匹狼のならず者、スパイに酔っ払い。みなそれぞれに手に入れた得物で武装していた。厚い外套姿の男が将校用のサーベルと弾のない拳銃を振り動かしているかと思えば、台所包丁を手にした一〇代の若者もいた。機関銃の弾帯を腰に巻き、両手にライフルを持った学生。路面電車の軌道を掃除する棒を槍か何かのように振るっている男。

何千もの群集がシパレルナヤ通りを怒濤のごとく駆け抜け、タヴリーダ宮の石造りの両翼まで押し寄せた。ここはドゥーマの議場である。無力で分裂していて弱点だらけでも、大多数の市民が政府の代わりになると期待しているもの。だからこそ情けないのは、この期に及んでもドゥーマ自体が、皇帝に反旗を翻すどころか、解散せよという皇帝の命令に背こうとすらしていないことだった。

臆病からくる忠誠ゆえか、忠誠からくる臆病ゆえか、ドゥーマの面々は指示されたとおり、公式の会議を終わらせた。皇帝の下知状にきちんと従い、議場から退出した。重い足取りで建物の廊下をしばらく進み――そして別の部屋に入ると、厳密に言えばまた新しい、私的な会合をもった。この残り物のドゥーマは必死に事態の打開を図り、自らペトログラードに留まって、なんらかの支配力を発揮しようとした。そして評議会に認可を与え、極右勢力とボリシェヴィキを除いたドゥーマの政党すべてから臨時委員会を選出させた。

このグループが選出される前に、今度ロジャンコはニコライの実弟ミハイル大公を伴い、牛のように落ち着き払った皇帝を動かそうとした。この国に平穏を取り戻させるには、立憲君主制への移行しかない。ロジャンコにはすでに確信があったし、ミハイルも原則では、その体制で権力を握ることに同意していた。

二人は今一度、現状の深刻さを皇帝に印象づけようと努めた。だが、予想できた成り行きで、誰も驚きはしなかったものの、ニコライは丁重だが冷淡な態度で、自分の始末はすべて自分でつけられるとつっぱねた。

自国の首都が炎に包まれ、警察は逃げ出し、兵士は反乱を起こし、部下の高官たちに、はては実の弟にまで何か手を打つよう訴えられながら、それでも現実を拒みつづけられる皇帝の精神には、何か人知を超えた強靭なものがある。その後まもなく、今度は狼狽した首相が、自分の任を解いてほしいと泣きついた。ニコライは頑なに、内閣改造の必要はないとゴリツィン公に伝え、騒擾を抑え込むための「強力な方策」をとるようあらためて要請した。

皇帝は威厳をもって水平線に目を向けつつ、超然と水の上を漕ぎ進めていた。しかしその流れは、ニコライを大きな滝へと押しやろうとしていた。

★

一二人からなる――その後すぐに一三人になったが――ドゥーマ臨時委員会は、ばかげて長ったらしい正式名称――首都の秩序回復と公共の組織および機関の確立のための国家ドゥーマの議員たちによる臨時委員会――をつけ、午後五時には発足した。政治的には立憲民主党（カデット）と進歩ブロックが優勢だった。ドゥーマ臨時委員会が漠然とではあるが早急に自らに課した任務は、ペトログラードの秩序を回復し、公共の組織および機関との連繋を確立すること。とはいえ、この大衆蜂起の時期にあっては、自分たちの力や声の届く範囲に限界があることもわかっていた。そこでデモ参加者たちの耳目も集められるように、進歩ブロックを超えた左派から二人の代表を呼び入れた。メンシェヴィキの指導者N・S・チヘイゼ、そしてすでに皇后の怒りを買っていた激しやすいトルードヴィキの弁護士、アレクサンドル・ケレンスキーである。

午後七時に、カデットの副党首イチャスは一五〇人の同僚と会議を行い、軍事問題を最優先に扱う委員会を立ち上げた。その直後に、第一予備歩兵連隊の兵士一万二〇〇〇人と将校二〇〇人が混沌とした市街を抜けて、タヴリーダ宮まで行進してきた。そして彼らはドゥーマへの――いやむしろ、ドゥーマ臨時委員会への忠誠を誓った。当時はまだ、何度となく妙案をひらめくことのできたケレンスキーは、いくつかの軍部隊に命令を伝え、オフラナ本部、憲兵隊《ジャンダルメリー》、重要な鉄道駅といった戦略的拠点を掌握しようとした。

その間にも首都の街頭からは、また別のタイプの支配が生まれていた。反乱勢力のなかに、一九〇五年当時の評議会、つまりあのソヴィエトのことを思い出す者たちがいた。活動家や街角の煽動者がすでに、その復活を呼びかけるビラを配っていて、群集からも盛んにそうした声があがっていた。

そしてドゥーマが委員会の構想を練っているまさに同じころ、タヴリーダ宮のなかの別の場所では、まったく性格のちがう別のグループが会合をもっていたのだ。

群集による襲撃のどさくさで監獄から逃れた囚人のなかに、軍需産業中央委員会のメンシェヴィキである、グヴォズジェフとボグダノフがいた。彼らは解放されるとすぐ、混乱の極にあるペトログラード市内の人込みをかき分けていき、宮殿にいる同僚たち、つまりエスエルとメンシェヴィキのドゥーマ代表、労働組合や協同運動の代表、ケレンスキー本人との協議に加わった。

その日、凍ったネヴァ川に架かるリチェイヌイ橋の上を南へ走っていたグヴォズジェフは、前方から猛然とこちらに駆けてくるもうひとつの人影を見た。橋の中央、人魚の装飾に挟まれたあたりで、彼はザレジスキーと対面することになった。ボリシェヴィキの指導者で、やはり監獄から逃れた彼は、街の中心部から逆方向のヴィボルグ地区へ向かおうとしていたのだ。メンシェヴィキはまっすぐ権力の回廊をめざし、ボリシェヴィキは労働者たちの地区をめざして。この橋の上の邂逅が史実であるかどうかはともかく、お話としてはそう伝わっている。

タヴリーダ宮では、グヴォズジェフやボグダノフ、その仲間たちが即席の集団を作り、自ら「労働者代表ソヴィエト臨時執行委員会」と名乗った。そしてただちに街の工場や連隊に向けて、今日の晩にソヴィエト会議が開かれることを伝えた。工場側はあわてて場当たりな会合をもち、慎重に討議する時間もまったくないまま、委員会に参加するための代表を選んだ。数時間後、いつもの外套を着たロシアの名士、ドゥーマの知識人やその仲間たちの輪に、いささか珍しい客人たちが加わってきた。美しい庭園のなかに安らうタヴリーダ宮の廊下が、みすぼらしく疲れきった兵士や労働者で埋め尽くされはじめた。

その晩、社会主義者のインテリたちと取り急ぎ選出された労働者および兵士の代表が、宮殿の左棟にある一二号室に集った。そこには一九〇五年のソヴィエトの前議長フルスタリョフ゠ノサーリがいた。さらにメンシェヴィキ左派に近いステクロフ、ユダヤ・ブントの指導者エールリヒ、地元ボリシェヴィキの不屈の指導者で、金属工のシュリャプニコフ。労働者と兵士たちは興奮の面持ちで話し合った。シュリャプニコフが少し時間をとってボリシェヴィキの活動家たちに電話をかけ、宮殿まで来て会合に加わってほしいと誘いかけたが、ボリシェヴィキたちは相手にしなかった。こんな豪華な部屋の中で行われそうなことより、街頭にいる大衆のほうに関心があったのだ。しかもボリシェヴィキは、この生まれかけの、右寄りの社会主義者たちの産物たる組織に大きな疑念を抱いていた。

午後九時、社会主義者の弁護士ソコロフが、荒れて騒がしくなった会合の参加者たちに静粛を求めた。部屋にいたのはおそらく二五〇人。だがソコロフの判断で、投票の資格が与えられたのは五〇人ほど。残りは陪席者としてその場にとどまることになった。その判断基準は、正式な形式に基づくのと同程度に、ソコロフの個人的な面識も大きかった。

会合はたびたび、ドアが激しく開く音で中断した。そのたびに新しい顔が飛び込んできては、どこそこの中隊が反乱に加わったと興奮してまくしたて、怒号や喝采が沸き起こった。兵卒たちの代表が労働者代表とともに、部屋に入ってきた。

このように、臨時執行委員会があらかじめ先手を打って提案した結果として、「労働者・兵士代表ソヴィエト」は誕生したのだった。

宮殿の壁の向こう、嫌われ者のツァーリスト警察が消えうせた街頭では、労働者たちが相変わらず、工場を守るため、自分たちなりの荒々しい秩序を押し通すために、体制側の備蓄から武器を略奪し、そこここで寄り集まっては自発的な武装グループを形成していた。大半が若者で、怒りに任せて過激化していたが、政治的にはまとまりがなかった。その夜ソヴィエトには、至急やるべきことがいくつかあった。まず最初に取りかかったのは、労働者の民兵を組織し、秩序を回復すること。次いで食糧委員会を立ち上げ、配給を管理させること。早々に一部の新聞の発行を許可すること。ドゥーマや臨時委員会とはちがって、ソヴィエトはそうした宣言を行い、街頭や労働者や兵士たちとある程度の連繋をとって動くことが可能だった。

幹部会を行う必要があった。会議はメンシェヴィキのチヘイゼを議長、スコベレフとケレンスキーを副議長に選出した。チヘイゼと同様、ケレンスキーは名ばかりの社会主義者で、この夜の早い時間にドゥーマ委員会の一員にならないかと声をかけられていた。そしてチヘイゼとはちがって、ソヴィエトの選挙結果に従い、彼らしくもないおざなりな演説をして、部屋を出ていった。

ケレンスキー不在のまま、ソヴィエトは幹部会とソヴィエト全体とをつなぐ執行委員会を作った。この委員会はソヴィエトの管理とその決定の多くに対して責任を負う。そして今後は、このレベルで重要な議論が行われ、決定も下されることになった。

幹部会のチヘイゼ、スコベレフ、ケレンスキーは自動的に、書記局のメンバー四人とともに執行委員会に席を用意された。他の八人は選出された。このうち計六人を占めるメンシェヴィキが、単独の党としては最大勢力となった。しかしその夜、短いあいだではあれ、執行委員会の一五人のうち三分の二を占めていたのは、急進的とはいえなくとも、国際派、社会主義反戦派、ボリシェヴィキなどといった左派勢力だった——が、内紛やソヴィエトの本質的な性格にまつわる不安、ソヴィエトとの関係、政治権力や新しい体制との関係などにむしばまれ、多数派でいられたのも短期間のことで、何ひとつできなかった。

実際に、まさにその翌日、ボリシェヴィキのシュリャプニコフ本人が工作を誤ったことで、多数派の地位は失われる。執行委員会でボリシェヴィキが少数であることに不満なシュリャプニコフは、社会主義の各党からメンバーを加えようと動いた。その提案は受け入れられた――が、彼の同志やメジライオンツィのユレーネフとともに、人民社会主義党、トルードヴィキ、エスエル、ブント、メンシェヴィキの各党からも代表がやってきた。こうして拡大した委員会には、社会主義者の右派や穏健派が前よりも多く含まれることになってしまった。

差しあたりソヴィエトが口論や取引を続けているあいだに、ケレンスキーは一目散に広い宮殿の中へ駆け戻り、反対側の右翼へ急いだ。そして自分もその一員であるドゥーマ臨時委員会の会議場へ向かった。

その夜遅く、追い詰められたハバーロフ将軍はわずか二〇〇〇の兵士とともに、闇に沈んだ剣呑なペトログラードの市街を突破し、皇帝の冬宮の前庭かその周囲に避難しようとした。やっとたどり着いたとき、皇帝の弟は彼らを拒絶するという屈辱的な扱いをした。将軍とその部下たちはやむなく、通りを隔てた海軍本部の建物に駆け込み、じっと身をひそめて一夜を明かした。

モギリョフでも、望ましからぬ事態が起きているらしいというおぼろげな認識は広がっていた。ニコライはイヴァノフ将軍に、首都へ戻って、この国最高の誉れ高い「聖ゲオルギー騎士隊」の突撃部隊をもって秩序を回復せよと命じた。それでもなお、皇帝もその顧問たちも、ペトログラードに最も近い前線から部隊を移動させる方策をとろうとはしなかった。イヴァノフ本人は、この新たな任務への準備にもありえないほど気のない態度で、故郷の友人たちへの土産物を副官に買いにいかせる始末だった。

蜂起のさざ波はなお、国全体へと広がりつつあった。

最も近隣でなおかつ重要な存在は、クロンシタットだった。フィンランド湾の小島コトリン島にある、ペトログラードを守備する海軍基地。海軍の乗組員や陸軍兵士や若い水兵に、多少の商人や労働者を加えた人口五万の町が、砲台や城塞に取り巻かれている。クロンシタットの将校たちは粗暴かつサディスティックなことで悪名高かった。つい七年前には、反乱を企てた数百人の水兵が処刑されている。その記憶はまだ生々しかった。

そしていま、その水兵たちのもとにも蜂起の報せは届いた。海の向こうに上がる火の手が見え、銃撃の音も聞こえるほどの近さだった。彼らは速やかに、自分たちも革命に加わろうと決めた。


二月二七日、深夜のペトログラード。聖イサアク広場の南にある広壮なマリインスキー宮で、皇帝の閣僚会議は最後の会合をもった。首都は今や、完全に革命派の手に落ちていた。閣僚たちはその事実を認め、自分たちの不名誉な在任期間に終止符を打ち、辞任する旨を皇帝に具申した。すべて無意味な形式にすぎなかった。

演説上手で左派からの信望と権威を備え、エネルギーと野心にあふれたケレンスキーは、わずか三〇代半ばにして、ドゥーマ臨時委員会で替えの利かない存在にまで上りつめていた。一定の軍事的秩序を確立する上で主導的な役割を果たし、ドゥーマでは革命をめざす顔ぶれがそろったと明言したあと、ペトログラードを精力的に走りまわり、意気軒昂な兵士の反乱グループに向かって、ドゥーマは君たちの味方だと宣言した。

賽は投げられた。アナーキーに直面し、この事態の先行きがどうなるかを恐れたドゥーマ委員会は――メンバーの多くがためらいを覚え、旧体制への忠誠心を捨てられずにいたものの――やむなく自ら権力を握った。そして「国家と社会秩序の回復、住民の要望に応えられる政府の創出を自らの手で進める」ことを宣言した。

ロジャンコは、ことの成り行きに深い不安を抱いた一人だった。しかしその現状を、抜け目なく感傷とは無縁な保守派の代表V・V・シュリギーンは、端的にこう言い表してみせている。「我々が権力を握らなければ、他の連中が握る。すでに工場から選出された、あのならず者たちが」

シュリギーンが指しているのはもちろん、いくつかドアを隔てた先で、やはり組織の仕事を引き受けているもうひとつの委員会、すなわちソヴィエトのことである。政治、哲学、社会勢力的には相容れない、それでいて重なり合う二つのグループの、動揺のなかでの共存が始まっていた。

普段はお役所のように清潔そのもので、メモ一枚落ちているという以上の乱雑さも混乱もありえないタヴリーダ宮の廊下が、今では軍の野営地になっていた。メインの円形ホールには、兵士ひとりの遺体が安置されていた。生きた同志数百人が宮殿の通廊に腰をすえ、仮ごしらえのストーブの前にうずくまり、紅茶を飲んだり、目をこすって煙草を吸ったりしながら、誰もが恐れている反革命の動きに立ち向かおうとする態勢だった。廊下は汗と泥、火薬の匂いがたちこめていた。ある広い会議室には略奪してきた大麦の袋がいっぱいに積み上げられ、死んで血を流している豚が上から吊るしてあった。

ロジャンコは、同僚のスタンケヴィチの回想によれば、いつも気難しい人物で、むさ苦しい兵士の一団の前を窮屈そうに通り過ぎるときは、「しかつめらしく威厳を保っていたが、青白い顔には深い憂慮の表情が張りついていた」。壁に立てかけられ、廊下の隅に積み上げられたがらくたは、そろそろと避けて通った。シュリギーンは回顧録で、このときの状況に自らが抱いていた感情をこうあからさまに記している。体制を転覆させたいま、宮殿という彼の職場をわがもの顔に占拠している大衆は、「愚かで獣じみていて、悪魔のようですらあった」。「機関銃だ！」彼はそんな夢想にふけった。「私がほしいのはそれだった。機関銃の舌をもってしかこの有象無象とは話ができない、そう感じていた」

シュリギーンのドゥーマ委員会とソヴィエトとの関係の根底には、こうした感情があった——ソヴィエトの支持層はここの廊下を占拠している人々なのだ。これがのちに、二重権力《ドウヴオエラスティ》というまぎらわしい名で呼ばれるようになるものの基盤である。

ドゥーマの代表たちに劣らぬほど速やかに、ソヴィエトも自前の軍事委員会を立ち上げると、首都に駐留する民兵たちに命令を発し、予想される皇帝の軍隊との戦いに備えさせた。しかし二八日の午前二時、ドゥーマ委員会軍事委員会のロジャンコ、オクチャブリストのエンゲルハルト大佐は敢然と廊下を渡り、ソヴィエトに自分たちの意図を伝えに向かった。軍事委員会の機能は我々が管理する、と。

ソヴィエト側の多くはその僭越さに怒り、こんなブルジョアジーの代表に権力を渡していいのかと深い不安を覚えた。そうした緊張をはらんだ膠着状態のさなかに再登場したのがケレンスキーである。

ケレンスキーはもちろん、両方の陣営に属する人間であり、それこそ彼の本領とするところだった。緊張しつつ、だが自信ありげに入ってきたケレンスキーは、熱のこもった演説で満座の注目を引きつけた。ソヴィエトはどうかこの連立を黙認してほしい、そう訴え、だいじょうぶ、革命の代表者たちがドゥーマ委員会を監督すると請け合った。

この彼の主張は、広く受け入れられることになる。実際のところ、生まれかけのソヴィエトの委員会には概して、歴史はまだ我々のものではないという分析と意識があった。その文脈でいえば、ソヴィエトの役割や権力にはおのずと限界があり、歯止めが必要となる。まだ初期の段階とはいえ、これが自分で自分に規制をかける奇妙なタイプの政治の始まりとなった。

二月二八日の早朝、ソヴィエト委員会はビラを配布した。

国家ドゥーマ臨時委員会は、軍事委員会の助けを借りながら軍隊を組織し、あらゆる部隊の長を任命している。ペトログラード・ソヴィエト執行委員会は、この古い権力との闘いを邪魔するには忍びないが、兵士たちがこの組織の存在や方策への従属、上司の任命などを拒むことを勧めはしない。

「古い権力との闘いを邪魔したくはない」——この言葉に、社会主義も戦略的にはブルジョアジーと手を組むことが必要だと唱える者たちのためらいが表れている。事態がどれほどの混沌のうちに進もうと、この先にはまだいくつもの段階がある。まず最初に権力を握るのはブルジョアジーであらねばならない。そして自分たちのこの国にはまだその準備ができていないとして、この段階で社会主義者を動員することを躍起になって妨げたのだ。

歴史を前提とするこの懸念を、「拒むことを勧めない」という複雑な二重否定でもってうわべだけ飾ることで、ソヴィエト軍事委員会はドゥーマ軍事委員会に吸収された。そして、反乱を起こした兵士たちに、元の守備隊へ戻り、将校たちのもとに出頭するようにと指示を発したのは、この草の根と結びついた権威を新たに得たドゥーマ委員会だった。

その深更の時間、紫煙の立ちこめるなか、疲れきったドゥーマ委員会の面々は規則の要件づくりに追われていた。歴史の捻れによって皇帝とその体制に盾つくことになり、否応なく革命政府を担わされてしまった者たち。委員会は緊急にコミッサールたちを、空席となったさまざまな大臣職に任命した。

皇帝がイヴァノフに与えた命令は、委員会の耳にも入っていた。彼の反革命軍が首都に到達するのを食い止めねばならない。またニコライ本人が、ロマノフ家の離宮があるペトログラード郊外の町、ツァールスコエ・セローに逃れるのを許すわけにもいかない。ニコライはすでに、妻と家族の待つその家に向けて出発していた。

午前三時二〇分には、軍事委員会がペトログラードの各駅に急行し、人や品物、武器や燃料や食糧、情報や噂話や政治が運ばれる鉄道線も掌握していた。こうした線路は権力の源泉だった。

★

二八日は、トロツキーによれば、「感激、抱擁、歓喜の涙」の一日だった。太陽がすっかり様変わりした街の上に昇った。

戦闘はまだ完全に終わってはいなかった。今なおカタカタと銃声が響いている。旧体制を守ろうとする者たちにとっては最後の、失われた一日となったこの日、ひときわ凄惨な暴力沙汰がいくつも起こった。

宏壮な冬宮の内部や海軍本部、参謀本部の建物では、屋根の彫像群のうつろな眼に見守られながら、いまだ抵抗が続いていた。上級将校たちとその家族は、アストリア・ホテルに身をひそめ、信用できる部下たちに守られていた。やがて外の通りに集まって喜びに沸いている群集のあいだに、ホテルに狙撃手がひそんでいるという噂が広がった。混乱のなか、歓喜が怒りへと変わった。窓から誰か銃を撃っていると叫び声があがる。本当なのか？　もう遅い。本当であろうとなかろうとかまわず、革命派の兵士たちは一斉射撃でガラスと壁を撃ち破った。同志たちがホテルの金ぴかな玄関に押し入って発砲し、体制派の兵士たちがそれに応戦する。

長く華々しい銃撃戦が続いた。銃弾が激しく飛びかい、石膏や金の破片やコルダイト火薬が舞い、弾丸が壁に跳ね返り、血しぶきが折り目のびしっとした金襴のジャケットから噴き上がる。ようやく硝煙と銃声が収まったときには、数十人の将校の死体が転がっていた。

軍事委員会は中央電話局を占拠し、郵便局と中央電信局を押さえていた。ドゥーマの一員であるブブリコフは五〇人の兵士を伴って運輸省へ出向き、ドゥーマ委員会に忠誠を誓わない者を残らず、前運輸大臣のクリーガー＝ヴォイノフスキーも含めて拘束した。その一仕事を終えると、ブブリコフは鉄道網を利用し、ロシア全土の駅に電信を送った。ほとばしる電流となって列車の通り道をたどった信号は、革命が起こったことを伝えた。そして鉄道労働者たちに、「エネルギーをまた倍増して」我々に加わるようにと急き立てた。

実際はドゥーマ委員会に、ブブリコフがほのめかしたような力が振るえたわけではない。彼のメッセージは言葉による行動でありパフォーマンスだったが、現実に影響力をもたらした。広大な国土の辺境にまで達するには数日を要したとしても、革命の報せは革命そのものを広げていく。

小さなグループが生まれては会合がもたれ、計画ができあがっていった。ラトヴィア人やフィンランド人、ポーランド人などは、祖国にいる者も移住してきた者も、どんな政治形態がいいかを議論しあった。近隣のモスクワは政治的、文化的影響力ではペトログラードに次ぐ第二の街だが、最も早く決定的な影響をこうむった。始まりが遅かった分、革命が懸命に追いつこうとしているかのように。前日には、総じてゆるやかなスタートを切ったが、今はゼネストが街全体をゆさぶっていた。労働者たちが警察署から武器を分捕り、警官を捕縛した。群集が監獄を襲撃し、囚人たちを解放した。

「これを集団催眠と呼ぶのはまったくの誤りだ」。一九一七年、モスクワで急進的な政治に関わりはじめたばかりの一〇代の少年、エドゥアルド・ドゥーネは言った。「しかし群集の気分は熱伝導のようにたがいに伝わっていった。笑いや歓喜、怒りの自然なほとばしりのように」。この街のほとんどの場所が、「朝のうちは皇帝一家の健康を祈っていた。なのに今は〝ツァーリを倒せ！〟と叫んでいて、喜びと蔑みの気持ちを隠そうともしていない」。

ヤウザ橋では、警察が勇敢にもデモ隊の大群衆を食い止めようとしていた。アスタホフという金属工が大声で失せろと叫び、ある怒りっぽい警官がそれに応えてアスタホフを射殺した。モスクワの二月では最初の、ほぼないに等しい犠牲者の一人だった。

怒りに燃えた群集が封鎖線に殺到して警察を叩きのめし、人殺しの警官をヤウザ川に突き落とすと、また街の中心へと進みだした。そこにはモスクワ市民が集って新秩序を祝っていた。カデットの実業家ブルイシキンはこう伝えている。「モスクワの体制は実のところ、ただひとりでに倒れた。誰もそれを守れなかった、いや、守ろうとすらしなかった」

そうした解放においても、階級による区別はあった。その夜は行商人が扱うリボン用の赤い更紗が売り切れてしまっていた。「身なりのいい連中は、テーブルナプキン並みに大きなリボンを身につけていた」とドゥーネは言った。「すると皆が彼らに言った。〝なぜそんなに出し惜しみをする？　我々みんなで分け合おう。いま我々は平等と友愛を手にしているんだぞ〟と」

ペトログラードでは、ドゥーマ委員会が元の大臣や高官たちの拘束を命じた。「命令」といっても実際には、革命派の群集に向けた、協力を求める暗黙の嘆願のようなものだった。だが、群集が人狩りに出るまでもなかった。概して新しい秩序を恐れる旧体制の代表たちは、新たな指導層を自任する連中は自分たちを荒々しい街頭の裁きに委ねるよりも生かしておこうとするだろうと信じていた。ツァーリストの大臣たち、たとえば嫌われ者だった前内務大臣のプロトポポフなどは、あわてて自ら投降しようとタヴリーダ宮へ急いだ。警察官たちも宮殿の壁の外に列をなし、自分を拘束してほしいと泣きついていた。

そしてドゥーマ委員会が二八日の朝にためらいがちに権力を握り、街が揺れに揺れるなか、ペトログラード・ソヴィエトもすでに自前の計画や権力を作り出していた。そして工場や軍の部隊もつぎつぎに集会を開き、ソヴィエトに送り込む代表を選出していった。

新たな代表たちは、その圧倒的多数が穏健な社会主義グループで、ボリシェヴィキや、エスエルでも特に革命的な最大限綱領主義者の一派や、戦闘的な小グループのメジライオンツィ（地区連合派）は一〇パーセント未満だった。

異色のメジライオンツィは、新生の急進的グループだった。ロシア・マルクス主義の亀裂の深まりを憂慮した創始者のコンスタンティン・ユレーネフ、ボリシェヴィキのエレーナ・アダモヴィチ、A・M・ノヴォショーロフ、メンシェヴィキのニコライ・エゴロフらが手を組んだのだ。労働者やインテリたちの共感を得ることでメンバーを増やしたが、そのなかにはユーリ・ラーリン、モイセイ・ウリツキー、ダヴィド・リャザーノフ、アナトリー・ルナチャルスキー、そしてトロツキーその人もいた。

ルナチャルスキーは非正統的な、博学で才気あふれる批評家であり、文筆家にして演説家だった。穏やかな人物だが、その聡明さはもとより、鋭い感性も高く評価されており、古くから二段革命論や機械的な正教信仰の名残には反対の立場で、そのためにプレハーノフとメンシェヴィキを批判していた。その代わりに提唱したのが、倫理的、審美的マルクス主義であり、「建神論」、つまり無神論的な、人間の本性そのものに基づく宗教である。こうした理論上の罪を犯したとして、以前はレーニンから攻撃されもしたが、一九一七年にはルナチャルスキーと同志たちは、ほぼボリシェヴィキの外部の分派となっていた。

メジライオンツィにとって、統合は戦争という大問題の二の次となっていた。彼らは「祖国防衛主義」は容赦なく叩いた。自分たちのなかには鋭敏な、自律した思想家がいたと、ユレーネフは誇らしげに振り返っている。「革命の幕開けとなる衝突が起きたときから、ビラを配布していた組織は我々だけだ」。早くも二七日の時点で、メジライオンツィのアジテーターは労働者たちに、代表を選出してソヴィエトに送るようけしかけていた――この時点ではボリシェヴィキよりもよほど熱狂的だったといえる。

今のソヴィエトのぞんざいな代表制では、兵士たちが代表を送ればたちまち代議員過多になってしまう。自由を味わって浮かれ気分でいる兵士にとって、ソヴィエトは自分たちの組織だった。ケレンスキーの介入にもかかわらず、彼らの多くはドゥーマ委員会を信用せず、自分たちが反抗した当の将校の代弁をしていると感じていた。

ドゥーマ委員会自体は、ある程度しぶしぶ権力を手にしたことのみならず、何をめざすかという点でも割れていた。まだ立憲君主制を望んでいる者たち。かつてはその制度が好ましかったかもしれないが、歴史がすでにその可能性を消し去ったと考える者たち。そして共和制が必要であるばかりか望ましいと考える者たち。

クロンシタットのその日は、歓喜の涙にくれる一日ではなかった。そのちっぽけな島では、二八日は革命の日だった。

クロンシタット要塞第三歩兵連隊の兵士がパヴェル通りの兵舎から続々とくり出し、楽隊が〈ラ・マルセイエーズ〉を奏ではじめた。そのあとに魚雷・機雷教育訓練分遣隊が続き、行進しながらひとりの将校を射殺した。それからバルト艦隊第一補充部隊が出てきた。続いて守備隊が。水兵たちも加わる。そして軍港にいる訓練船の乗組員たちも反乱を起こした。クローシュ司令官は上層部に対して簡潔にこう報告している。「守備隊の者たちと講和するための対策をとるのは不可能と思われる。私には信頼できる部隊がひとつもない」

街頭で、中央のヤーコルナヤ（碇）広場で、デモはくり広げられた。彼らは不規則に延び広がった基地や兵舎内を通り抜け、銃剣を手に、処刑された反抗者たちの歩んだ跡をたどった。敬愛されるわずかな将校たちは守られたが、広場に引きずり出され、排水溝に投げ込まれ、射殺される将校も多かった。殺害されたのはおそらく全体で五〇人ほど。逃亡したり、クロンシタットの監獄にぶち込まれる者はさらに多かった。

水兵たちは、本土から一日分遅れをとっていたこと、自分たちがすでに成された革命に加わっていることを知らなかった。体制派の反撃がくる、彼らはそう予想していた。復讐に駆られた蛮行がくり広げられるだろう。だがそれは最も恐ろしい戦闘に直面した者たちの焦りと恐怖でもある——階級間の戦争に。もはや規律を取り戻させられる将校はひとりもいない。

「これは反乱ではありません、同志提督」と水兵のひとりが叫んだ。「これは革命なのです」

一九一六年九月、ヴィレン提督は上官にこう報告していた。「ペトログラードでひとたび激震があれば、それだけでクロンシタットは……私に、将校たちに、政府に対して決起するでしょう。この要塞は導火線に火のついた火薬庫なのです」。それからまだ半年とたたない、二月が三月に変わろうとする深更の時間に、ヴィレンはワイシャツ姿で邸から引きずり出された。

ヴィレンは背筋を伸ばして立ち、言い慣れた命令を大音声で発した。「気をつけ！」。だがそのとき兵士たちは、ただ笑うばかりだった。

ヴィレンはほとんど下着姿のまま、海からの寒風に震えながら、ヤーコルナヤ広場まで歩かされた。兵士たちが提督に、マカロフ海軍中将のモットー「戦争を忘れるな」の文字が刻まれた記念碑に向き合うように言った。ヴィレンは拒絶した。兵士たちが銃剣でその体を貫いたとき、ヴィレンは彼らの目をにらみつけたままでいた。

二月最後のその日、皇帝は凍りついたロシアの国土をさまよいながら過ごした。もっともお召し列車のなかにいて、周りの環境は車輪付きの宮殿そのものだった。金ぴかのバロック風の内装、食堂車、優雅な寝室、褐色の皮革で装われた書斎、カレリア産の樺材、鮮紅色の絨毯が、硬い白で覆われた風景のなかをガタゴト進んでいくうちに、夕闇が降りてきた。ペトログラードから一五〇キロほど離れたマラヤ・ヴィシェラ駅に着いたのは夜のこと。だがブブリコフの電信はすでにその効果を発揮しており、線路沿いの駅はどこも革命派の部隊に押さえられていた。

鉄道当局はドゥーマ委員会から、列車を方向転換させ、皇帝を陸路で引き返させるよう、そしてもし可能なら、すでに旧体制を倒した勢力の待つペトログラードへ送り返すように指令を受けていた。線路の上でならうまく向きを変えられる。ニコライ一行は、到着時の状況をめぐる混乱した（偽の）情報を受け取って慎重になり、急遽計画を変更した。ポイントの切り替わる音が慌しく響き、お召し列車はまた速やかに進み出すと、ツァールスコエ・セローではなく、北部戦線の本部がある中世の古い街プスコフをめざした。プスコフから、どこかもっと落ち着ける場所へ行けるルートを見つけよう、うまくすれば皇帝軍の支援も得られるかもしれない。ニコライは思った。

最後の儀礼のかけら以外、すべてを剝ぎとられた男が、揺られながら闇の中へ向かう。だが、もう遅すぎた。

3　三月「〜限りにおいて」

月が替わる日の深夜、電信で首都の状況をロジャンコに知らせたアレクセーエフ将軍は、ついでイヴァノフ将軍に打電した。計画されていた首都への進攻はとりやめるように。「ペトログラードの平穏は完全に回復した」との内容だった。

これはまったく事実に反している。しかしアレクセーエフとドゥーマ委員会の言い分はこうだった――望みのない対反乱活動は阻止せねばならない。かくしてロマノフ家による反革命は撤回された。

タヴリーダ宮では、三月一日午前一一時、ソヴィエト執行委員会（イスパルコム）が再び集まり、緊張した空気のなかで権力の問題が議論された。右派の一部はドゥーマ委員会との連繋を主張した。歴史理論や政治理論にかんがみるなら、権力はまず、あの委員会がいま組閣している臨時政府に移譲されるべきなのは議論の余地がない。しかし執行委員会の左派は――ボリシェヴィキ三人、エスエル党内の極左に属する二人、そしてメジライオンツィ一人という少数派だった――代わりにドゥーマの代表抜きで「臨時革命政府」を作ることを求めた。これはレーニンの戦前の姿勢を想起させた。当時メンシェヴィキが、プロレタリアートとマルクス主義者は（避けては通れない）ブルジョア主導の政府からは身を引くべきだと主張していたのに対し、レーニンは対照的に、プロレタリアート主導の臨時革命政府こそ（やはりなくてはならない）ブルジョア民主主義革命の最良の器になると唱えていた。

実のところ、執行委員会における少数派であるにもかかわらず、ボリシェヴィキの党内は、ソヴィエトに対する姿勢でも（活動家の一部は相変わらず懐疑的だった）政府権力の問題への姿勢でも、意見の一致を見ていなかった。おりしも同日、左派ボリシェヴィキのヴィボルグ地区委員会が、大混乱のさなかにある街頭で、臨時革命政府の樹立を求める声明書を配布した。ボリシェヴィキ中央委員会は、彼らの規律に反する行動に譴責を与えた。

イスパルコムは、革命後の権力がとるべき形を議論し決定を下すのに一時間だけ猶予を与えていた。それですむというのはむちゃな希望的観測だ。会議は割り当ての時間をはるかに超えて続いた。タヴリーダ宮の大ホールの円蓋の下、ソヴィエト総会に臨む数百人の代議員たちが、イスパルコムからの報告が届くのを待っていた。苛立ちの声が次第に大きくなってくる。やがて正午を過ぎたころ、イスパルコムがメンシェヴィキのスコベレフに、もう少し時間がほしいと伝えてよこした。

スコベレフが話している途中に、ドラマティックな出来事があった。部屋のドアが勢いよく開き、制服姿の兵士たちの集団がどやどやと入ってきたのだ。新来の客たちが大声でわめきたてるなか、イスパルコムが報せを聞きつけ、急いでその騒ぎに加わった。

不安げな兵士たちは、ソヴィエトの指示を仰ぎにきたのだった。武器を引き渡せというロジャンコの要求に対してどう対応すればいいのか。将校たちの処遇はどうするべきか。将校に対する一般の感情はまだ非常に悪く、リンチが起こる怖れもある。我々はソヴィエトとドゥーマ委員会のどちらに従うべきなのか。

騒々しい一団はやがて、武器を手放してはならないという確信を得て出ていった。きわめて単純な一幕だった。

しかし、ソヴィエトの軍事委員会を解体してドゥーマ委員会に吸収させるという決定は、さらなる論争を呼んだ。左派はいっせいに怒号をあげ、それは妥協だと非難した。元ボリシェヴィキのソコロフは、軍の経験とブルジョアジーの「歴史的役割」をかんがみ、その方策を擁護した。

激しい議論の声がホールにこだまし、そのなかから合意が生まれはじめた。反革命の将校たちは信用ならないが、「穏健な」将校たちの指揮は有効となる——ただしそれは戦闘関連の指揮に限られる。あだこうだの応酬が続くなか、プレオブラジェンスキー連隊の兵士のひとりが、自分と同志たちが同じ階級の仲間のなかから管理委員会を選出したいきさつを説明した。

将校を投票で選出する。そのアイデアは根を伸ばしていった。

ソヴィエトはようやく決議草案をまとめた。兵士の委員会が重要であることを強調するものだった。部隊内でのソヴィエト的民主主義を提案し、勤務中の軍規と組み合わせようとした。そして兵士たちにドゥーマ軍事委員会に代表を送るように、またその権威を認めるように促した——ただしソヴィエトの見解から逸脱しない限りにおいて、、、、、、。

この異例ともいえる〝条件節〟には、急進主義と調停主義がともに渦巻きながら、しかし混じり合うことなく存在していた。

決意を新たにした兵士たちは、その決議を軍事委員会のエンゲルハルト大佐まで提出しに行った。そして彼らは、大佐がのちに振り返ったところでは、「下級将校」を選出するという命令を出してほしいと要請した。しかしドゥーマ委員会を代表するロジャンコは、その左派への妥協案を即座にはねつけ、怒り心頭の兵士たちをできるだけなだめるという仕事をエンゲルハルトに任せた。

攻防はまだ終わりではなかった。その夜遅く、彼らがソヴィエトを代表して再び軍事委員会にやってくると、軍の組織に関する規則をドゥーマ委員会と協力して作成するようエンゲルハルトに求めた。だがこのさらなる申し入れも拒否され、兵士たちは憤然と出ていった。

「かえって好都合だ」、去りぎわに、兵士のひとりが叫んだ。「俺たちが自分で書けばいい」

午後六時、ソヴィエトでは、満員の執行委員会が権力をめぐる議論を再開し、まもなく兵士たちが選出した代議員数名——ボリシェヴィキにメンシェヴィキ、エスエル、無党派、カデットは一名だけ——も加わった。穏健派があらためて、ドゥーマ委員会との連立を主張した。だが、左派メンシェヴィキに近い無党派の知識人スハーノフによると、この時点でソヴィエトの「任務」はむしろ、及び腰の自由主義ブルジョアジーに権力を握るように「強いる」ことにあるというのが優勢な見解だった。メンシェヴィキのモデルでは、そうした動因が必要になる。だから結局、どうしてもブルジョア革命でなくてはならない。そしてもちろん、妥協のための条件があまり厳しくなると、怖がりのブルジョア自由主義者がその歴史的役割の遂行を放棄してしまう恐れもあった。

そうした認識のもと、イスパルコムは臨時政府を支援するにあたって九つの条件を打ち出した。

(1) 政治犯、宗教犯の恩赦
(2) 表現、出版、ストライキの自由
(3) 普通で平等で直接的な、秘密の——男性のみの——選挙による民主共和制の導入

(4)恒久的政府の実現に向けた、憲法制定会議招集の準備
(5)警察組織の民警への置き換え
(6)項目(3)に基づいた地方の行政機関の選出
(7)階級や社会、民族に基づく差別の撤廃
(8)将校の選出を含む軍の自治
(9)ペトログラードからの撤退、および革命軍部隊の武装解除はしないこと

重要なのは、監督者の役割がちょうどふさわしいと自任した執行委員会も票決を行い、一三対八で、そのメンバーはドゥーマ委員会が組閣する臨時政府の内閣に加わってはならないと決めたことだった。これはまだ穏健な要求といえた。議場にいる左派はおおむね静かだった。特にボリシェヴィキは事態の激変ぶりにいささか戸惑い、一貫した反自由主義者たる自分たちの違いをどのように示せばいいか迷っていた。

このリストのなかでも特に過激な項目は、軍に関するものである。これらはエンゲルハルトの頑なな対応に激怒した兵士代表の案だった。そして彼らの怒りはまだ冷めていなかった。

疲労困憊の幹部たちは小グループを派遣し、兵士たちが独自の要求をまとめ上げるのに加わらせた。彼らは小さな別室に集まると、ソコロフが暗い机に向かい、兵士たちの要求を法律用語に書き換えていった。半時間後に出てきた彼らは、のちにトロツキーが「革命軍の自由憲章」「二月革命で唯一価値のある文書」と呼んだものを携えていた。ソヴィエト執行委員会ではなく、兵士たち自らが提案したもの——「命令第一号」である。

命令第一号は以下の七項目から成っていた。

(1) 軍部隊で兵士代表の委員会を選出する

(2) 軍部隊からソヴィエトに出る代表を選出する

(3) 兵士はあらゆる政治的活動においてソヴィエトに従属する

(4) 兵士は軍事委員会に従属する——ただし、これもまた重要だが、その指示がソヴィエトの指示から逸脱しない場合に限られる

(5) 兵器は兵士代表の委員会によって掌握される

(6) 勤務中の軍規は、それ以外の場合での市民権に従う

(7) 将校を敬称で呼ぶこと、および将校が部下を軽蔑的な呼び名で呼ぶことを廃止する

この命令はつまり、ソヴィエトの権力がドゥーマ委員会よりも優先されるということ、またペトログラード守備隊の兵器をソヴィエトに任せるということを意味していた。それでもなお、詭弁的なマルクス主義と政治的煮えきらなさの奇妙な融合であるソヴィエト執行委員会は、せっかく差し出された権力を手にしようとしなかった。今後も大した強制力をもたないにしても、またより慎重な人々にとって困惑の種になったとしても、本質的には命令第一号は伝統的な軍事当局への痛烈な叱責だったし、この先も覚醒の呼び声でありつづけるだろう。

一九〇五年以降、特に急進的な労働者たちが闘って勝ち得ようとしてきた人間の尊厳。最後の(6)、(7)の二項目は、そうした尊厳に敬意を払うようにとの軍からの表明だった。この二月まで兵士はまだ、ばかげた屈辱にさらされていた。許可を得なければ本や新聞を受け取ることも、政治結社に属することも、講演や観劇に行くこともできなかったのだ。非番のときに私服を着ることもできなければ、レストラン

で食事をしたり、路面電車に乗ることも許されなかった。そして将校たちは兵士たちを屈辱的なあだ名で呼び、見下すような言葉遣いをした。だからこそこれは、腹立たしい日常に対する戦いであり、階級的な文法への恨みつらみだった。

兵士たちも、労働者やその他の人々と同様、敬意をこめて「市民」と呼ばれることを望んだ。この言葉は大きな広がりを見せていて、詩人のミハイル・クズミンも書いているとおり「たったいま考案された！」かのようだった。革命と革命的言語はクズミンを惹きつけた。「硬い紙やすりがあらゆる言葉を磨きあげつつある」

イヴァノフ将軍と突撃部隊はその日遅く、ツァールスコエ・セローに到着した。皇后が看護師の恰好をして麻疹《はしか》にかかった子どもたちを看ていた。イヴァノフがこの場所にいると、政治的な状況が炎上するかもしれないと皇后は恐れたが、彼の任務はすでに終わっていた。アレクセーエフ将軍から、こちらは進軍するつもりはないという報告があったのだ。

午前八時少し前、皇帝その人がプスコフに到着した。ロジャンコは現地で出迎えると約束していたが、このときは謝罪の言葉を送ってよこした。ニコライは知らなかったが、ロジャンコはドゥーマ委員会とソヴィエトとが互いに交渉に臨むための下準備をしていた。

中世の街プスコフの守備隊を指揮していたのは、ルースキー将軍だった。皇帝への挨拶に出向いたとき、彼は遅れてきた上、疲れきった様子で愛想もなく、足にはゴム長靴を履いていた。不敬ぎりぎりの態度である。皇帝はなんとか耐えた。将軍に自由にしゃべるよう許可を与え、現状の評価を求めた。

古い流儀はもう廃れてしまいました、とルースキーは慎重に切り出した。

「元首は国に君臨し、政府は統治する」の原則を、皇帝陛下は採用なさるのがよろしいのでは。立憲君主制をとれと？　その遠まわしな提案を聞いただけで、ニコライはおのれの限界へのある種のおぼろげな悟りに至った。それは自分の「理解の外」だと、彼はつぶやいた。そうしたことに着手するのは、生まれ変わりでもしなければ無理だと。

午後一一時三〇分、ペトログラードでソヴィエトとドゥーマ委員会が会合の準備をしているころ、ニコライの下に電信が届いた。アレクセーエフ将軍が数時間前、皇帝の部隊の任務を解くのと同時に送ってよこしたものだった。

ニコライは読んだ。「後方で革命が進展しているというのに、軍におとなしく戦争をしていろと言うのは不可能です」

アレクセーエフは皇帝に、国を預けられる内閣を任命するように求め、そうした趣旨の宣言書に署名をするよう懇願した。これはドゥーマ委員会のメンバーが急いで作成したもので、彼らはこれを支えるための承認を集めていた――特に皇帝のいとこであるセルゲイ・ミハイロヴィチ大公に狙いを定めて。

皇帝にとって、忠実なアレクセーエフからのこの言葉は、痛烈な打撃となった。思案した。ついにはルースキーを呼び出し、自分の決断をロジャンコとアレクセーエフに伝えるよう命じた――ドゥーマに組閣をさせるようにと。それからイヴァノフに打電し、自分の出した命令を撤回して、ペトログラードへは進軍しないようにと命じた。

だがもちろん、その命令もすでに、出した当人と同じく、不要なものとなっていた。

三月一日の深夜、ソヴィエトのスハーノフ、チヘイゼ、ステクロフ、ソコロフは、スハーノフが言い出した任務のために、タヴリーダ宮の一方の側から反対側へと移動した。完全に公式というのではないが、まったく認可されていないわけでもない任務。彼らはドゥーマ委員会の面々と会って、ソヴィエトがドゥーマの権力掌握を支援するかどうかを話し合おうとしていたのだ。

メンシェヴィキ左派に近いスハーノフは、聡明だが底意地の悪い人物で、この一年を冷笑的に眺めつつも、歴史の重要な転換点にことごとく居合わせる不思議な能力に恵まれていた。彼の回想録には、この夜のことが生々しく描かれている。

天井の高いドゥーマの会議室には煙草の吸殻やびん類があふれ、食べ残しの皿から立ち上る匂いは腹ぺこの社会主義者たちの口に唾を湧かせた。部屋にはミリュコーフ、ロジャンコ、リヴォフらドゥーマの代表一〇人がいた。厳密にはソヴィエトの人間であるケレンスキーも居合わせた。いつもの彼に似合わず物静かだった。ロジャンコはむっつり顔で、ひっきりなしにソーダ水を飲んでいた。もっぱらしゃべっていたのは、委員会を代弁するカデットのパヴェル・ミリュコーフ、そしてソヴィエトを代弁するスハーノフだった。

その場の一団はこの二人の距離を測っていた。二つの政治的な問題、つまり戦争と土地の再分配について、二人の立場はまったく相容れない。だからどちらもこうした問題は避けて通っていた。それを別にすれば、自由主義者も社会主義者も――後者は前者が権力を握るのを思いとどまらせようとすることに気が進まなかった――交渉が思いのほかスムーズに流れていることを喜ばしく感じていた。

英国びいきのミリュコーフは、ニコライ本人の退位は受け入れていたが、今後も君主制を維持しつづけることを夢見ていた。ニコライを説得して、息子に後を継がせ、弟のミハイルを摂政に立てるようにさせられないものか。現在の共和主義左派の仲間たちに思い出させるように、ミリュコーフは勢いあまって皇帝父子を「病弱な子ども……そして底なしに愚かな男」と評した。その考えは受け入れがたいばかりか非現実的だと、チヘイゼは拒んだ。

厄介な論点については、憲法制定会議の招集まで待つという合意ができていたため、この問題もひとまず棚上げにされた。ソヴィエトによる九つの項目のうち、「民主共和制」に関する第三の項目は取り消された。

当面の面倒を避けるために、ミリュコーフは唇をゆがめつつ、街の革命派部隊を再配置しないことに同意した。しかし将校の選出については容認しようとしなかった。自由主義者や右派にとって、それは軍の解体を意味する。それに「命令第一号」、あれはなんだ？　部隊は政府に従う、ただしソヴィエトと衝突しない限りにおいてのみだと？　べらぼうな話だ。

シュリギーンが口を挟んできた。ミリュコーフほど外交的ではない男である。あの命令にほのめかされているほどの力をソヴィエトが持っているなら、ただちにドゥーマ委員会の面々を逮捕し、単独で政府を組織すればいいのだと、冷たく突き放した。

もちろん、現実に自ら権力を掌握するというのは、動揺した社会主義者たちが何より望んでいないことだった。

まさにそのとき、興奮した軍将校の一団が到着して、その議論を中断させた。彼らはシュリギーンを外へ呼び出した。

ロシア革命にはいろいろな謎がある。完璧なタイミングで起きたこの介入もそのひとつだ。この将校たちの身元は今もって不明で、彼らのメッセージも正確にはよくわかっていない。正体がなんであれ、彼らはシュリギーンにこうほのめかしたようだった。もし命令第一号に逆らえば流血沙汰になる。将校たちの大量殺戮が起こるかもしれないと。

この不可解な介入がどこから来たものにしろ、たしかに重要な役割を果たした。部屋に戻るなりシュリギーンは、命令第一号を撤回する必要はないが、命令の第二号を出して一号の内容をやわらげるということで同意した。

ドゥーマ委員会にも彼らなりの要求があった。まず、ソヴィエト執行委員会は秩序を回復し、兵士と将校との交渉を再開させねばならない。この事実がいくら保守派の気に入らなかろうと、それができる力を持っていそうな団体はあきらかにイスパルコムだけだ。またイスパルコムは、自らとドゥーマ委員会との間で合意された臨時政府が合法であることを宣言しなければならない。

ミリュコーフはこうした論点をめぐって論争が起きると身構えていた。だが、ソヴィエトの代表たちが聞き分けよく、むしろ進んで従ってくれたのは、ありがたい驚きだった。

三月二日午前三時、会議は閉会となった。しかし全員が睡眠をとれるわけではなかった。一部の人間は他にも用事があった。

★

それから間もないうちに、先端を切り詰めたような奇妙な形の二両の列車がペトログラードのワルシャワ駅を出発し、夜の闇を光で切り裂いていった。そのなかで、警備員に付き添われていたのは、シュリギーンと保守派のオクチャブリストの政治家アレクサンドル・グチコフだった。この右派の二人は、歴史を作り直すという任務のために、自ら不快な役目を引き受けていた。皇帝に謁見し、退位を説得する役目に名乗りをあげたのだ。

沿線の駅に着くたびに、ホームと列車には兵士や民間人の群集が押し寄せてきた。誰もが寒さをものともせず、暴動の空気に浮き立って飢えたように情報を求め、興奮して議論を戦わせていた。ルーガとガッチナでは、反乱に加わった兵士たちが熱心に挨拶をしてきた。グチコフとシュリギーンはドゥーマの代表であり、したがって多くの人たちの目には革命そのものに映っているのだ。二人はそのたびに短い演説をしなくてはならなかった。

まだ暗い朝の時間が続き、やがて日が昇った。この先の任務に緊張し、ぴりぴりした男たちは、それがすでに不要になっていたことを知らずにいた。

皇帝が行き先にプスコフを選んだのは、首都と電信でつながっていることも理由のひとつだった。タヴリーダ宮の奥の通信室にはヒューズの電信機があった。半世紀以上前に発明されたこの機械は、真鍮の円盤やワイヤーや木が精巧に組み合わさったもので、文字のついた黒と白のキーボードはピアノの鍵盤を模していた。こうした機械では、印字ホイールが回転するなか、名人級のオペレーターがメッセージのテキストを「演奏」すると、受信側では長いリボン状の紙に言葉が打ち出されてくる。

ロシアは果てしなく続く電信の帝国で、線の大半は郵便局と郵便局をつなぎ、鉄道に沿って延びていた。発信側が一度に一文ずつ、キーボードの扱いに慣れたオペレーターに口述すると、あらゆる事件や見解や情報が、異議や命令が、明瞭な文章や混乱した文章がキーを叩くカタカタという小気味よい音に乗って広がり、ほどける紙とともに吐き出されるのだ。

午前三時三〇分、グチコフとシュリギーンが出発して間もなく、ロジャンコがヒューズの電信機でプスコフに連絡をとった。すると向こう側から、疲労困憊のルースキーが電信技手を介して吉報を伝えてきた。ニコライはこのときお召し列車のなかにいて、いらいらした様子で日記を書いていたが、ついに責任内閣を作ることに同意したという。

「あきらかに陛下もあなたも、こちらで何が起きているかをご存じないようだ」とロジャンコは答えた。ルースキーは茫然と、ロジャンコの衝撃的なメッセージがカタカタと一語ずつ吐き出されてくるのを眺めた。機会はもう失われた。内閣を作る時期は過ぎていた。

それとほぼ時を同じくして、ロジャンコがまだその重大なやりとりを終えないうちに、ミリュコーフは弁護士のソコロフと左派で無党派のスハーノフに会い、協力をとりつけた。

ミリュコーフがのちに得意げに語ったところでは、その宣言は民衆に秩序を回復せよと命ずるもので、「[ミリュコーフ本人が]……連隊兵舎の演壇から兵士たちに語ったのとほぼ同じ内容だった。それをソヴィエトの名で発表することが認められたのだ！」。ただし将校の選出についての言及はなかった。ソヴィエト執行委員会が新内閣の人選に介入することもなかった。ドゥーマ委員会はすでに相談を持ちかけていたソヴィエトの二人のメンバー、チヘイゼとケレンスキーに大臣の地位に就くよう持ちかけた。こうした政府での役職を、ソヴィエトはすでに原則として拒否していた。

この決定はほどなく、劇的に覆されることになる。


ロジャンコとルースキーの長いやりとりが続いていた。これもやはりいつものように、他の関連組織に電信で伝えられ、悲報は拡大していった。午前六時、電信を受け取った北部戦線のダニーロフ将軍は、その一報をモギリョフのアレクセーエフ将軍に転送するよう電信技手に命じた。

アレクセーエフは文面を読み、即座にその重大性を悟った。午前八時三〇分、プスコフの随員に連絡をとり、すぐに皇帝を起こしてその会話の内容を伝えるよう指示した。

「作法や礼儀は無視してかまわん」とアレクセーエフは強く言った。が、彼の切迫感は伝わらなかった。ツァーリは眠っていらっしゃる、そう冷淡に告げられただけだった。

皇帝に事態を理解させ、避けがたいものに従わせるには、ニコライが尊重するごくわずかな機関のひとつである軍の代表たちが必要だと、アレクセーエフは気づいた。将軍はその衝撃的な議論の文面をロシアの艦隊や前線の司令官たちに送り、これを読んだら皇帝に諫言をしてほしいと頼んだ。

午前一〇時になってようやく、運の悪いルースキーは皇帝のもとに、ロジャンコと話した内容の記録を持っていくことができた。それを手渡した。ニコライが読んだ。読み終わると、皇帝は長いあいだ天井を見上げていた。自分は不幸の星の下に生まれたのか。そうつぶやいた。

畏怖に青ざめたルースキーは、将軍たちに送られたアレクセーエフの長い電信を読みあげた。その意味するところは誤解のしようもなかった。皇帝は退位せざるを得ない。

ニコライは無言のままでいた。

ルースキーは待った。皇帝がようやく立ち上がる。災厄が迫っていた。昼食をとりに行く、とニコライは告げた。

二〇〇〇キロあまり離れたチューリヒでは、レーニンが『ノイエ・チューリヒャー・ツァイトゥング』の第二面をめくった。そこにペトログラードの革命を報じる短い記事があった。レーニンもまた、目を大きく開き、思いにふけるように上を見上げた。

その日の朝、ミリュコーフはタヴリーダ宮の広大なエカテリーナ・ホールへ出向き、革命派の群集に向かって臨時政府の布告を行った。内閣の顔ぶれを読みあげていくと、耳慣れない名前への戸惑い、耳慣れた名前への嫌悪の表明で部屋じゅうが騒然となった。

だが、喝采を浴びた選任がひとつだけあった。法務大臣の職に、人気の高いエスエル（今は本人がそう表明していた）のアレクサンドル・ケレンスキーが就いたのだ。ソヴィエト執行委員会のメンバーは内閣に加わらないという合意があったにもかかわらずの登用である。

ミリュコーフは機を見るに敏だった。懐疑的な聴衆を引き込むために革命的なスローガンを考え出し、辛辣な反応を冷静にさばいた。「誰がお前たちを選んだ？」という怒号があがれば、即座に「ロシアの革命が我々を選んだ！」と返した。しかし彼にもままならないものがひとつあった。王朝の継続である。ニコライが退位すること「のみ」を彼が告げると――もちろんニコライ本人はまだ同意していない――群集は熱狂的な雄叫びをあげた。

皇帝の退位は当然、この国の一部の人間たちには災厄となる。ミリュコーフが革命派と激論を戦わせているころ、当時一〇歳の少女だったジナイダ・シャコフスキーは、級友たちとともに街の反対側の、貴族の令嬢が通う女学校のホールにいた。ジナイダは混乱していた。学校でのお祈りを先に立って唱える上級生が、いつものツァーリとご家族のためのお祈りを飛ばしてしまったみたいなのだ。今は耳慣れない代わりの言葉を、どう発音するのかもよくわからずに、つっかえがちに口にしていた。「臨時政府のためにお祈りをしましょう」。その子がふと黙り、しくしく泣き出した。戸惑ったジナイダが見つめるうちに、先生たちもハンカチを出して涙を拭いはじめた。まわりの女の子たちも泣き出し、そしてジナイダも泣いた。自分が何を悼んでいるかも知らないまま。

タヴリーダ宮の廊下には、そうした泣き声が響くことはなかった。兵士たちが富裕層の家を略奪し、体制派と見られる者を片っ端から拘束しているという噂が宮殿に届きはじめた。ニコライの頑迷さが国の安定を脅かしていた。

ミリュコーフの発表に意気揚がる労働者たちが宮殿の廊下に群がり、ソヴィエトの代表を捕まえては、君主制がまだ続くというのは本当か聞き出そうとしていた。もしそうだとしたら、まだやることは終わっていない、そう明確に意思表示をしながら。

その日の午後にペトログラード・ソヴィエトは、執行委員会がドゥーマ委員会と合意した事柄を論じ合った。しかし波乱の総会が始まって間もない午後二時、討議が中断する騒ぎが起こった。ケレンスキーの登場である。彼は議場に入ってくると、声を張り上げ、どうか話をさせてほしいと申し入れた。議長のチヘイゼはためらったが、集まった代表たちは、その介入を認めるよう求めた。

ケレンスキーが演壇に登った。群集に向かって呼びかける。

「同志諸君。諸君は私を信じるか?」

群集が叫んだ。信じる。信じるとも。

「同志諸君、この私の声は、魂からの声だ」と震え声で続ける。「もし証明が必要なら、もし諸君が私を信じないなら、いつでも死ぬ覚悟はできている」

この芝居がかったショーに、群集はまた歓声をあげた。

ケレンスキーはその場の一同にこう告げた。私はついさっき、臨時政府の法務大臣になるようにとの申し出を受けたところだ。決断するのに五分の猶予しか与えられなかった。ソヴィエトに諮るひまもなく、自ら歴史の尻尾をつかむ以外に選択の余地はなかった。私は同意した。そしていま、同志たちの承認を得られるか尋ねにやってきたのだ。

だが、歴史学者の長谷川毅が述べているように、これはとても長い五分間だった。実のところケレンスキーは、前日に申し出を受け、この日の早朝に承諾していたのだ。

ケレンスキーが群集の前で、私の大臣としての初仕事は、収監中の政治犯をすべて釈放することであったと叫んだ――もっともこの措置は、執行委員会とドゥーマ委員会から早いうちに同意を得ていたものだった。もちろん私は、この役職を受けるにあたってソヴィエトの正式な許可はとりつけていない。そのことを尊重して、私はソヴィエトの副議長の任を辞してきた。しかしだ！　もしも同志諸君が、そして諸君が代表している人々がそれを求めるなら――私はもう一度その役割を引き受ける。選ぶのは諸君だ。

歓呼の声。狂喜乱舞。そうするべきだ、もちろん。代議員たちは、彼がソヴィエトでの役職もこのまま続けるよう励ました。

それからさらに芝居じみた言動を少し弄してから、ケレンスキーは早々に去っていき、出し抜かれ困惑した同僚の幹部たちに質問するひまもあたえなかった。口論になる危険を冒したくないという彼らの気持ちに、巧みにつけ込んだのだ。この空言のトリックのおかげで、ケレンスキーによるイスパルコムの内規違反は事後に承認され、臨時政府でのケレンスキーの地位はソヴィエト総会の後押しを得た。

いわゆるボリシェヴィキのペテルブルク委員会ロシア・ビューローは、一九一五年にシュリャプニコフが創設し、最近彼の手で（官憲のスパイによる妨害はあったものの）再編されたばかりだった。そこに監獄から解放された多くのメンバーが加わり、中央委員会の代用ともいうべき機能を果たしはじめた。当初はシュリャプニコフ、モロトフ、ザルツキーという三人のメンバーの下で活動が続けられる一方、レーニン、ジノヴィエフ、スターリン、カーメネフらを始めとする実際の中央委員会の正式メンバーの大半は、外国にいるかシベリアに流されていた。

ソヴィエトでは、ロシア・ビューローが速やかにある決議を提出した。新しい臨時政府は「ブルジョアジーと大地主の代表」であり、したがって革命の目的を実現できる存在ではないと宣言する内容だった。そして再び、いささか漠然とではあるが、別の「臨時革命政府」を作ろうと呼びかけた。が、この動きは抑えつけられる。

一部ボリシェヴィキの、特にペトログラードのヴィボルグ地区からのこうした過激な宣言はあったものの、選挙で選ばれたわけではない臨時政府への権力移譲を認めるかどうかの投票が行われたとき、ソヴィエト総会のボリシェヴィキ四〇人で反対票を投じたのはわずか一五人だった。この結果は当時の政治的混乱ぶりを、またこの目まぐるしい革命初期には左派勢力がいかに穏健で、また揺らいでいたかを物語っている。

三月二日、午後二時三〇分。皇帝はプスコフ駅のホームを歩きまわっていた。取り巻きの貴族やゴマすりどもが遠慮がちに距離を置いて、それを心配げに見つめていた。

ニコライが取り巻きたちのほうを向いた。ルースキー、サヴィチ、ダニーロフの三人の将軍を呼び寄せた。各自が受け取った電信をすべて携えてくるようにと。

ニコライは専用の車両のなかで将軍たちを迎えた。落ち着きなく歩きまわる皇帝のそばで、ニコラエヴィチ大公は「ひざまずいて」帝位を譲り渡すよう訴えた。将軍たちは臨時政府の「蛮行」を口汚く非難し、その背信を咎め、激しく罵った——だが、それがひととおり終わると、もはや動かしがたい現実に直面していることを認めた。

忌憚なく話してほしい、皇帝はそう促した。将軍たちは退位を迫った。他に道はありません、とダニーロフは言った。サヴィチは話そうとして口ごもり、絞り出すように同意した。

皇帝は机の脇に足を止め、首を横に向けて、窓の外の冬景色を見つめた。長い、長いあいだ黙っていた。ふと顔をしかめた。

「我は心を決めた」。ついにそう言い、振り返った。「わが息子のために、帝位を退く」

そして十字を切った。周囲も同じ仕種をした。

「諸君のすばらしい、忠実な献身ぶりに感謝する」とニコライは言った。「息子の下でも、同様に尽力してくれるものと信じている」。そして全員を引き取らせ、アレクセーエフとロジャンコに送る電信の文面を考えようとした。

ウラジーミル・フレデリクス伯爵は急ぎ足で車両の通路を歩いてくると、控えていた皇帝の随員に伝えた。幾人かが泣き出した。ニロフ提督は、これはルースキーのせいだと決めつけ、やつを処刑してやると毒づいた。宮内長官ウラジーミル・ヴォエイコフ、ナルイシキン大佐はヒューズの電信機に駆け寄り、キーやワイヤーが仕事をするのを止めよう、ニコライの打った電信を引き戻そうとした。だが、彼らの世界はすでに終わった。もう遅すぎる、とルースキーが伝えた。

その言葉は、少なくとも半分は嘘ではなかった。彼はすでに皇帝の電信をアレクセーエフに送っていた。将軍はそれを受け取るとただちに、皇帝退位の声明書を作るよう指示した。だが、ドゥーマのグチコフとシュリギーンがこちらに向かっているのを聞いたルースキーは、ニコライのメッセージをロジャンコには知らせずにおいた。直接彼らの手に渡したかったものと思われる。

取り巻きたちが必死に引き延ばし工作を図っているあいだに、皇帝は私的な会話を交わしていた。侍医は皇帝にこう語った。幼いアレクセイにいま、帝位の重荷が負わされようとしているが、血友病を患う彼はおそらく長くは生きられないだろう、と。

ルースキーはグチコフとシュリギーンに、遅れずに自分の下にやってくるよう指示を与えた。しかし午後九時、二人がようやくプスコフに、道中で殴り書きした間に合わせの退位書を携えて到着したとき、宮廷内の内紛と策謀が最後に噴き出したのか、彼らはルースキーの知らないうちに皇帝の専用車両へ直接連れていかれた。これがロマノフ朝最後の、わびしい喜劇の幕開けだった。

グチコフがニコライに向かって、ロシアの直面する脅威のことを語りはじめた。脅しともとれそうな口調で、残された道はひとつしかないと強調する。ちょうどそこへルースキーが入ってきた。彼は新来の男二人を見て仰天し、二人が無言の皇帝に向かって、すでに彼が同意したとおりのことをやるよう説得していたと知り、さらに肝を潰した。

ルースキーは強引に割り込み、唖然とする二人にその情報を伝えた。話しながらニコライに、自ら署名をしたが、打電されなかったロジャンコあての電信を手渡した――そして皇帝がそれを折りたたみ、うわの空でしまい込むのを見て、胃がぴくりとするように感じた。あれをどうすればいいのだ？

「我は午前のあいだ熟考し、善と平和、ロシアの救済のために、わが息子に帝位を移譲する意向を固めた」、皇帝はそう言った。ルースキーの鼓動が乱れた。「されどいま、改めて現状にかんがみ、息子の病状ゆえに、我のみならず息子も退位させねばならないという結論を得た。我は息子と離れることはできないからだ」

そしてつぎの言葉は、その場にいる全員を当惑させた。彼は弟ミハイルを後継者に指名したのだ。シュリギーンとグチコフは大いにまごついた。二人で相談しあった。「皇帝陛下」とグチコフが言った。「お父上としての人間らしい感情からくるご発言であり、そうした問題に政治が出る幕はないでしょう。ゆえに我々には、陛下のご提案に反対することは叶いません」

それでも宣言への署名が必要だと、二人は言い張った。アレクセーエフの立派な退位書を見て、シュリギーンは自分のひどい代物を引っこめた。文面の細部が詰められた。「我らの愛する息子から引き離されることを望まないがゆえに、我らは皇位を我らの愛する弟、ミハイル・アレクサンドロヴィチ大公に継承させるものとする」。この宣言には数時間さかのぼった日時が付された。ニコライがドゥーマ委員会の圧力の下に動いたという含みを持たせないためである。だが、実際はまさにそのとおりだった。午後一一時四〇分、皇帝は署名を行い、ツァーリであることを辞めた。

三月三日午前一時、ニコライ・ロマノフの列車はプスコフを出発し、モギリョフをめざした。

精神的な内面といったものをめったに見せないニコライだが、かつての君主はこのとき珍しく、「陰鬱な気持ち」に襲われたと日記に記している。

グチコフとシュリギーンは、急遽ペトログラードに取って返した。首都ではニコライの決定を受け、同僚たちのあいだで策動がうごめきはじめていた。曙光のなかで列車が到着したとき、二人は反君主制の空気をひしひしと感じた。

駅は情報を求めてうろつく兵士たちでごった返していた。彼らは戻ってきた二人を取り囲み、また演説をするように求めた。シュリギーンは長々と語った。熱を込めてニコライ退位の旨を読みあげた。しかし最後に「皇帝ミハイル三世万歳！」と締めくくったとき、その声は皇帝退位への激しい歓声に呑み込まれた。まさにそのとき、残酷かつ露骨な皮肉というべきか、彼は駅の電話に呼び出された。そして万事につけ慎重なミリュコーフから、いま彼が公に伝えたばかりの情報を、まだ公表してくれるなと言われたのだった。

その間にグチコフも、さらなる熱狂を呼び起こそうと、戦闘的な鉄道労働者の会合へ向かった。しかしその場で彼がミハイルの即位を告げたとき、返ってきたのはすさまじく暴力的な敵意で、ある話者が彼の逮捕を求めたほどだった。グチコフは同情的な兵士に手引きされ、やっとのことでその場を逃れた。シュリギーンとグチコフは自動車で街を横断し、ミルリオンナヤ通り一二番地へ——大公の妻プチャーチナ女伯の住む豪華なアパートメントへ急いだ。午前九時一五分、ニコライの弟はそこで臨時政府、そして政府を作ったドゥーマ委員会のメンバーと会った。

この期に及んで、君主制をまだ維持しようと躍起になり、大ロシアを、勇気を、愛国心を訴えていたのはミリュコーフひとりだった。ペトログラードの反体制的な空気に影響され、他の大半の者たちは大公の即位に反対していた。シュリギーンとグチコフが到着し、二人が駅で語った話は、悲観論者たちにさらに勢いを与えた。ケレンスキーが大公に向かって、もし即位するなら、「殿下のお命は保障できません」と言ったのだ。

その日の朝、ツァールスコエ・セローでは、看護師姿のアレクサンドラが夫の退位を知らされ、泣きながら「二匹のヘビ」、すなわち「ドゥーマと革命」が互いに殺し合うように、義理の弟が一匹目のヘビと善後策を話し合い、二匹目を退治してくれるようにと祈った。

午後一時ごろ、数時間に及ぶ議論のあと、長いあいだ独りきりで過ごしていたミハイルは、招かれざる客たちのもとに戻ってきた。ロジャンコと、やはりカデットのリヴォフ公に向かって、もし自分が皇帝になったら身の安全は保障されるのかと尋ねた。

二人とも、はいとは答えられなかった。

「そうした状況下では、私は帝位に就くことはできない」とミハイルは言った。

ケレンスキーが椅子から跳び上がった。「殿下」と叫ぶ。「あなたはなんと気高いお方だ！」。他の者たちはただ茫然と座っていた。

ちょうど昼食時のことだった。かくしてロマノフ朝は終わりを告げた。

その日の朝、新しいソヴィエトの『イズヴェスチヤ（報道）』を始めとする各紙は、ソヴィエトとドゥーマ委員会とで合意済みの八項目に基づき、新たな臨時政府が成立したことを伝えた。そして『イズヴェスチヤ』は、「新政府が［その］義務を果たそうと務める限りにおいて」、支援を与えるようにと呼びかけた。

「〜限りにおいて」、ロシア語では「ポストル・ク＝ポスコル・ク」。二重権力、そしてその矛盾を解くための鍵である。

★

この悪魔のサバトの煙のなか
騒々しい魔物どもの支配のなか
やつらは言う、「この地上におとぎ話はない」

やつらは言う、「おとぎ話は死んだ」
いや、信じるな、葬送行進曲を信じるな

歓喜が再び爆発する。三月四日、数多の大衆の悦びが絶頂に達した。新聞がいっせいにニコライの退位と、ミハイルが帝位を拒絶したことを公表したのだ。またこの日、エスエルの機関紙『デーロ・ナロード（人民の事業）』は読者にこう語りかけた。我々は嘘を教えられていた。おとぎ話は実在したばかりか、人の心を通じて生きていたのだと。『デーロ・ナロード』はこう続けた。むかしむかし、「老いた巨竜が住んでいた」。竜は「まやかしの狂気と力のなかで」、特に善良で勇敢な市民たちを喰らっていた。だが、雄々しい英雄が現れた。〝多数からなる〟英雄が。「わが闘士とは人民のことだ」

獣の最期の時が来た
老いた竜はとぐろを巻いて息絶えるだろう

まさに新しい、巨竜の死後の世界だった。ほんの数日前には考えられなかった、嵐のごとく遠大な改革が始まった。臨時政府は嫌われものの警察署を廃止した。ファラオはもう消えた。地方の知事たちの解任も進みはじめた。帝国の地方および少数民族への譲歩や和解の道も慎重に探っていった。革命から数日後に、ドゥーマのムスリムたちはひとつのグループを形成し、五月一日に会議を開催して民族自決について論じ合おうと呼びかけた。三月四日、キエフではウクライナの革命派、民族主義者、社会民主主義者、急進派がウクライナ中央ラーダ（評議会）を結成した。三月六日には臨時政府が、フィンランドの部分的自治を回復するべく、一三年にわたる直接統治のあとにフィンランド議会の再開を認め、来たるべき憲法制定会議で各国との関係が最終的に定められると発表した——こうした先延ばしは、政治的な難題を避けるのによく使われる手法だった。一六日にはポーランドの自治を認めた——もっともこのときポーランドは敵勢力に占領されていたため、これは象徴的なジェスチャーにすぎなかった。

こうした初期のころ、ソヴィエトの社会主義者たちは政府を監視するという試みを行った。「臨時政府の諸兄よ！」とメンシェヴィキの機関紙『ラボーチャヤ・ガゼータ（労働者新聞）』は呼びかけた。「プロレタリアートと軍は、革命の強化とロシアの民主化に関して、政府からの直接の指示を待っている」。このとき大衆の役割は、自由主義者に支援を提供するだけでなく、彼らに従属することでもある——ただし無条件にではない。「我々の支援は、政府の振る舞い如何に懸かっている」。「ポストル・ク＝ポスコル・ク」、すなわちその限りにおいての支援ということだ。そんな願望が首尾一貫したものだとでも言わんばかりだった。

こうした文脈において、ソヴィエトの三月五日の声明は効果的だった。ドゥーマ委員会に確約していた、物議をかもす命令第一号をやわらげたもの——命令第二号である。

グチコフがほしかったのは、命令第一号は後方の部隊にのみ適用されるというソヴィエトからの明確な保証だった。実のところ、命令第二号ではその点は曖昧だった。第二号には、このペトログラードでも、兵士代表の委員会は軍務に介入しない、兵士は「軍務に関係する軍当局のあらゆる命令に従わねばならない」と明記してあったからだ。しかしイスパルコムは依然、投票による将校の選出を支持するとほのめかしていた。

翌日、イスパルコムはすべての連隊にコミッサールを置き、兵士とソヴィエトとの結びつきを補うとともに、政府と軍との関係を監視させることに同意した。だがそうした関係がある上に、命令第二号はどうとでも取れる曖昧な、妥協とも信条ともつかないようなものであり、そうした文書のなかに記されたコミッサール自体、その権力が及ぶ範囲は必ずしもはっきりしないように思われた。


臨時政府に対する極左からの抵抗は、階級間の連立というその成り立ちと、祖国防衛主義による戦争の継続が根底にあったが、当初はボリシェヴィキのなかでも意見が一致していなかった。三月三日、党のペテルブルク委員会は、中心的な活動家がのちに「メンシェヴィキもどき」の解決と呼ぶようになるものを採用した。共和制とはいえ、臨時政府の政策が「ポストル・ク＝ポスコル・ク」――「人民の……利益に一致する」限りにおいては、反対を表明することは控えようというのだ。だがこうした調停主義はまもなく、深刻な衝撃に直面することになる。

チューリヒに取り残されたレーニンは、この一五年間で数カ月しかロシアで過ごせていなかった。そして今は本国の情報を早急に集めていた。三月三日、自らの政治的立場をボリシェヴィキの同胞アレクサンドラ・コロンタイに説明した。この女性はきわめて多岐にわたる分野に精通した、聡明で挑発的な思想家だが、性道徳に関しては悪名が高く、そうした部分での姿勢には同志の多くでさえ憤慨するほどだった。

レーニンは彼女に書き送った。「これは革命の最初の段階であり、最後になることはない」。この予言に彼はこうつけ加えた。「もちろん我々は、祖国の防衛主義に反対しつづけねばならない」

ウラジーミル・イリイチ・ウリヤノフ．レーニンの名で広く知られる

「コンスタンチン・ペトロヴィチ・イヴァノフ」．髭を剃って変装したレーニン，1917年8月

アレクサンドラ・コロンタイ．挑発的で聡明なボリシェヴィキの指導者

これは仮定の話ではなかった。左派の多くは、かつての「祖国敗北主義者」たちの大多数を含め、社会主義者に監視された民主制が始まれば、戦争の性質は根本的に変わると見ていた。彼らはもうロシア防衛に反対することはないだろう。対照的にレーニンにとって、革命的祖国敗北主義は彼の反帝国主義を構成するものだった。そして彼の考えではロシアはいまだに帝国主義国家であり、新政府ができようと反戦の姿勢を変えることはなかった。

こうした考え方は強硬ではあっても、党内で他に見られなかったわけではない。党中央委員会ロシア・ビューロー——党の左派——は七月に、「この戦争は帝国主義的戦争であり、今もそれは変わらない」という見方から、自分たちなりの敗北主義を継続すると述べている。三月四日、レーニンは自らの見解を、ジノヴィエフと共同で書いた数編のテーゼに発表しはじめた。ジノヴィエフは一九〇三年の分裂以来のボリシェヴィキのメンバー、つまり「オールド・ボリシェヴィキ」と呼ばれる活動家のひとりで、レーニンの特に近しい協力者だった。

レーニンは帰国したくて矢も楯もたまらなかったが、ロシアでの受け入れがどうなるか心もとなかった。彼は戦争地帯を通る、つまりスウェーデンを抜けてロシアへ向かうという無謀な計画を考えた。偽の旅券を携え、何かしゃべらねばならない危険を聾唖者のふりをして避けながら、秘密裡に飛行機で飛び立つのだ。そうした企てを練りながら、彼は自らの政治的姿勢を先鋭化していった。

三月六日、レーニンはペトログラードの党中央委員会に打電した。「我々の戦術を伝える。新政府は完全に不信任、支援は行わない。特にケレンスキーは疑わしい」——奇遇にもケレンスキーは、レーニンの通っていた学校の校長の息子だった。「プロレタリアートの武装のみが保証となる。ペトログラードの市ドゥーマ（市会）の即時選挙。他の党との和解もなし」

皇帝の退位から一週間後、七日から一二日にかけて、レーニンはのちに「遠方からの手紙」と呼ばれるようになる一連の文書に自らの立場を詳述した。スイスで配布されたものだが、本当はどこよりもロシアの、ペトログラードの同志たちに、新たに復刊された『プラウダ（真実）』紙上で広めたかった。オスロでは、同志コロンタイが彼の便りを待ちわびていた。「我々は士気を高めるためにも党の指針を得なくてはならない」と彼女は日誌に書いている。「我々はただちに、臨時政府および祖国防衛主義者たちとの間に明確な一線を引かねばならない……私はウラジーミル・イリイチからの指示を待っているところだ」。「遠方からの手紙」の一通目は彼の非妥協的な認識を説明するもので、書き終えるなりすぐに、ウラジーミル・イリイチ・レーニンはそれをコロンタイに送った。文書は一五日に届き、コロンタイは「あなたの考えにわくわくした」という電信を打ってから、スウェーデン、フィンランド、ロシアへの長い旅に出発した。

帰還を切望していた亡命者は、レーニンひとりではない。当時パリに拠点を置いていたマルトフは、レーニンよりはいくぶん異常でない計画を思いついていた。スイスの仲介者を通じて、彼はこんな提案をした。亡命中のロシア人たちがドイツ政府にかけあって、ロシアにいるドイツおよびオーストリア人被抑留者の解放と引き換えに、ドイツの領土を無事に通れるように求めてはどうか。この提案はほどなく、伝説の「封印列車」という形をとることになる。

ニコライはモギリョフから、頑なな威厳をこめた要請を行った。臨時政府に対し、ツァールスコエ・セローの家族のもとに帰る許可を求めたのだ。そして子どもたちの病が癒えるのを待ち、しかるのちに出国する。リヴォフ首相は英国に打診し、皇帝がどこかに身を寄せられるかどうか探った。

だがソヴィエトと人民は、ロマノフ家を裁きの場に引き出すことを望んでいた。臨時政府はこの大衆の怒りに従った。三月八日午後三時、政府代表の四人がモギリョフ駅に降り立ち、熱狂的な大群集に迎えられる一方、ニコライはお召し列車のなかで待っていた。そして新来の者たちに無抵抗で投降した。こんな証言が残っている。「ツァーリは青白い顔で敬礼をし、いつものくせで口髭を指でひねった。そして護衛に付き添われ、すでに妻が逮捕されたツァールスコエ・セローへ向かう列車に戻った。取り巻きたちが無言でホームに立ちつくすなか、列車は駅を出ていった」

大勢の見物人のなかで、一部の者たちはこの革命政府の新しいコミッサールたちに敬礼した。他の者たちは悲しみを覚えながら、帝位を追われた支配者を見送った。

反乱が新たな現実となった。古い機構は動くのを止めていた。臨時政府はお召し列車をペテルゴフの待避線に閉じ込め、美しい飾りが朽ち果てるのにまかせた。それはまもなく、新たな彫刻に見下ろされることになる。消えかかった豪華な皇室の双頭の鷲が、二本の首を鶴のように曲げ、至上主義者《シュプレマティスト》による爆破で空に舞い、宙に留まるのだ。専制は静かなモダニストの爆発に倒された。

★

三月九日、大国のなかで初めて臨時政府を承認し、祝福をよこしたのは米国だった。ほどなく英国、フランス、イタリアがそれに続いた。こうした動きはある現実をいやというほどつきつけるものだった。米国の承認があったその当日、グチコフは、今やしぶしぶながら最高司令官となったアレクセーエフに不満を打ち明け、苦々しい口調で言った。「臨時政府には実際の権力はなく、命令を出しても実行されるのはソヴィエトが認めた場合だけだ……ソヴィエトは現実の権力を構成する最も重要な要素、たとえば軍部隊や鉄道、郵便、電信といった機関や事業を押さえている」

ソヴィエト自体は、自分たちが手にした権力には相反する感情があった。だがそんな疑念にもかかわらず、革命、そしてソヴィエトという形は、場所にむらはあっても加速度的に広まっていった。三月三日、ウクライナのポルタヴァに住む六四歳のある住民は、日記にこう記している。「ペトログラードとハルコフから来た連中が、三月一日に革命が起こったと言った……わしらのいるポルタヴァは静かなものだ」。それから一週間もたたないうちに、老人の口調は一変した。「いろいろな出来事が恐ろしい速さで起きていて、そのことを話し合うひまも、書きとめるひまもないほどだ」

モスクワ・ソヴィエトは早くも三月一日に一堂に会した。六〇〇人を超える代表は、構成上は労働者階級が圧倒的多数で、その上に七五人にも膨れあがった執行委員会（このなかではボリシェヴィキが左派で多数派）、そして七人からなる幹部会があった。帝国内でも交通の便の悪い地域には、新しい報せや新しい制度が到着するのに長い時間がかかるだろう。ヴォルガ地方の辺鄙な場所で、電信や人づてに噂が届いて本当に事態が進みはじめるのは、やっと三月も後半に入ってからだった。

小さな共同体は伝令を近くの町まで送り、自分たちの耳に入っている蜂起の詳細を明確に伝えた。初めて村人たちが集まって集会を開き、地元の問題だけでなく、国家的な問題も考えはじめた。戦争、正教会、経済。あきれるほど多種多様な臨時委員会が土地土地に湧いて出てきた。脱中央化の混沌《カオス》。村や町、地域のなかには、よくわからないまま独立を宣言したところもあった。まるで雨後の筍のように、この国に数えきれないほどのソヴィエトが生まれ、その数はさらに増えつつあった。だが一般に「ソヴィエト」と言う場合は通常、ペトログラード・ソヴィエトのことを指していた。

地方ソヴィエトと「二重権力」の現実は、つねに穏健派の青写真に従うとは限らなかった。ウドムルトのイジェフスクでは、職場委員が三月七日に強力なソヴィエトを立ち上げ、たちまち地元の政治を牛耳るようになった。同名の県の中心都市サラトフでは、街の工場労働者の六〇パーセントが自分たちで急遽立ち上げたソヴィエトの代表を選出したが、その月末には当地のドゥーマとの一時的な連繋を成立させていた――が、すぐに重要な存在ではなくなり、会合ももたなくなった。ここでは、二重権力は単独の権力に取って代わられてしまった――（穏健な）ソヴィエトの権力に。

政治的な衝突は、革命以後に急にあふれ出した短命な階級間の同志愛で避けられる場合もあった――この後まもなくロシアにやってくる、ジャーナリストで歴史家のウィリアム・チェンバリンは、これを「感傷的な演説と交歓の饗宴」と呼んだ。三月一〇日のペトログラードでは、ソヴィエトが工場所有者たちと協議し、長らく要求してきた一日八時間労働のほか、労働者が選出した工場委員会と労使間仲裁の制度の原則に関する合意を見た。

こうした取り決めはもちろん、合意についての経営者の不安と労働者の自信の表れといえる。そもそも多くの場所で、労働者は八時間以上働くのを拒んでいたし、新しい権威に対しては直接的な行動で規制していた。不人気な職長はねこ車に押し込まれ、手近な運河に落とされたりした。モスクワの経営者たちは八時間労働に抵抗したが、三月一八日にモスクワ・ソヴィエトは、労働者たちが何を既成事実として制度化しているかを察すると、臨時政府を無視し、それを法令として定めた。その法令は確固としてありつづけた。

ラトヴィアでは、急進主義と融和の動きが顕著だった。三月七日には、三〇の団体の代議員一五〇人からなるリガ・ソヴィエトが成立し、三月二〇日にそこから選出された執行委員会は（一時的にではあれ）すべてボリシェヴィキが占めていた。しかし彼らの路線はまだ、モスクワに亡命しているラトヴィ

皇帝退位の報が流れるなか，ペトログラードの街頭に出た革命派の兵士たち，1917年3月

「3月6日，革命支持のデモがアゼルバイジャンのバクーをゆさぶった……中世の建物と近代建築が混在する街を，傾斜の急なピラミッドのような油井やぐらが見下ろしている」

ア・ボリシェヴィキの同志たちほど戦闘的ではなかった。リガ・ボリシェヴィキ委員会は三月一〇日、「新政府のすべての決定に全面的に従う」、そして「混乱を生み出そうとする試みはすべて破壊活動家の行為である」と明言し、モスクワの同志たちを唖然とさせた。

三月六日、革命支持のデモがアゼルバイジャンのバクーをゆさぶった。アゼルバイジャン人、ロシア人移民、ペルシャ人、アルメニア人などからなる、石油で潤った都市。中世の建物と近代建築が混在する街を、傾斜の急なピラミッドのような油井やぐらが見下ろしている。五二人の代議員がバクー・ソヴィエトの第一回会議に集結した。開催を呼びかけたのはメンシェヴィキのグリゴーリ・アイオロで、議長に選出されたステパン・シャウミアンは、一九一四年の伝説的な石油労働者のストで大きな役割を果たした有名なボリシェヴィキだった。しかしバクー・ソヴィエトも、社会的な平和を守ることには熱心で、市政府から生まれた地方自治組織という触れ込みのＩＫＯＯ（公共組織の執行委員会）との協力を進めていた。

こうした協調に加え、多くの地方でのメンシェヴィキとボリシェヴィキの協調、また相手との亀裂にただ無関心であるような状態は、やはり長続きしなかった。もうすでに例外が出てきていた。たとえばクロンシタットの水兵たちは、不釣合いなほど教養があって政治意識も高く、最も急進的なグループに加わり、最も急進的な姿勢をとる傾向があった。あの際立ったグループ、クロンシタット・ソヴィエトをすでに掌握していたのは、ボリシェヴィキ強硬派、アナーキスト、左派エスエルの反戦派だった。

エスエルの組織的なインフラは概して急速に発展し、新聞やクラブ、アジテーションの講座や会合などが急増していった。メンバーは恐ろしい速さで、数千人単位で増えていった。労働者やインテリ層、農民や兵士――伝統的にこの党は、特に「制服を着た農民」である兵士に焦点をしぼっていた。そのすさまじい成長ぶりに、ベテランの活動家たちからは、「三月のエスエル」は政治的にあてにならない新顔たちを示す皮肉な略語になってしまったという声もあがった。

伝統的な農民の蜂起も、こうした動乱の日々から表面的にかけ離れていたわけではない。早くも三月九日には、農民による騒擾がカザン地方を揺るがした。一七日、臨時政府はかなり不安げに、「土地問題はいかなる形であれ奪取という手段で解決できるものではない」と明言した。だが、それが最後の呼びかけにはならなかった。やがて三月二五日、土地をめぐって起こりそうな蜂起への対応策として、穀物を国が独占的に扱い、人間と家畜の食用や種子として必要なもの以外は国がすべて公定価格で買い上げると宣言した。

しかしこれは一時しのぎでしかなかった。根本的な土地問題は未解決のままだった。

「デモクラシー」は一九一七年のロシアでは社会学の用語で、もちろん政治手法としての意味はあるが、少なくともそれと同程度に、大衆、つまり下のほうの階級を指す意味もあった。この動乱の時期、多くの人間にとって、ケレンスキーは「デモクラシー」を体現していた。とにかく人気者だった。画家は彼を描き、彼を称えるバッジやメダルが作られ、詩人は彼を謳い、ありとあらゆるキッチュがあふれた。「あなたは自由な市民の理想の具現化であり、人間の魂が時代を超えて育んできた存在である」、モスクワ芸術座はそう言った。著名な作家のアレクサンドル・クプリンは彼を「深遠かつ神聖な霊的受信者、聖なる共鳴器、人民の意志を伝える神秘の代弁者」と呼んだ。

「我々にとって、ケレンスキーは首相ではない」、あるパンフレットにはこうあった。「民衆の代弁者でもない。彼は単なる人間であることをやめた。ケレンスキーは革命の象徴なのだ」。史的弁証法論者たちのカルト的な論理によれば、ケレンスキーの「首相であり民主主義者」、つまり政府とソヴィエトの架け橋という地位は、単なる付け加えでも、また総合《ジンテーゼ》ですらない。究極の理想だということだ。

リヴォフの下、ソヴィエトからの圧力を受けて、臨時政府は速やかに社会対策を進めた。まず三月一二日、死刑を廃止した。その翌日、前線で開かれる場合をのぞき、軍法会議を取りやめた。三月二〇日、信仰や民族にもとづく法律上の差別を根絶した。

「奇跡が起こった」と詩人のアレクサンドル・ブロークは書いている。「何も禁じられない……ほとんどどんなことでも起こりうる」。あらゆる路面電車、あらゆる行列、あらゆる村議会が政治論争の場となった。新たな混沌のお祭り騒ぎが、二月の事件の再現が急増した。各地でツァーリストの像が引き倒され、一部はなんらかの目的でまた再建された。

モスクワで行われた「自由の行進」には、あらゆる階級から数十万人が参加し、それぞれの幟旗の下で祈ったり浮かれ騒いだりした。サーカスが登場し、駱駝や象の体にプラカードが貼りつけられ、馬車に載せられた黒い棺には「旧秩序」、目つきの悪いこびとには嫌われ者の元内務大臣「プロトポポフ」という張り紙があった。人々は新しい本を読み、〈ラ・マルセイエーズ〉のさまざまな新バージョンを歌い、新しい演劇を観た――多くはしばしば猥褻で粗雑な、ロマノフ朝終焉の新しい焼き直しである。不敬こそが復讐だった。

一九〇五年当時の気兼ねは消えていた。帝国じゅうの市民たちが、リチャード・スタイツ言うところの「象徴の戦争」、つまり肖像画や写真、彫像、鷲などツァーリストたちのシンボルの破壊に勤しんだ。革命の熱狂は思いも寄らぬところにまで感染した。正教会の修道士や修道女たちが急進的な言葉をしゃべりはじめ、「反動的な」上長を追い出した。正教会の高位聖職者たちは革命的な空気を嘆いた。主要な宗教紙がひどく過激な「反教会的」路線をとり、掌院（修道院長）のティーホンは「ボリシェヴィキの代弁者」と呼んだ。ある修道院では「ちょっとした革命」があった、と英国人ジャーナリストのモーガン・フィリップ・プライスは書いている。「修道士たちがストを打って修道院長を追い出し、院長が聖務会院に泣きついてきた……修道士たちはすでに地元の農民との取り決めに入っていた。自分たちが働けるだけの土地を確保し、残りの土地は地元の共同体に行くと」

デモとは、収入を犠牲にしてでも、自らの実存的要求を表明するものだ。「当店はチップを取りません」、レストランの壁にそんな張り紙が出ていた。ペトログラードのウェイターたちは尊厳を求めた。一張羅に身を固め、チップという習慣の「屈辱」を、上流の義務《ノブレス・オブリージュ》の偽善を訴える幟旗を掲げて行進した。「ウェイターにも人間として敬意を払う」ことを要求したのだ。

政府は女性の選挙権問題では煮えきらない態度だった。革命の動きのなかでさえ、多くの場合でためらいを示した。「原則的には」女性の平等を支持しているものの、ロシアの女性は政治的に「後進的」であるため、女性が投票すると進歩が妨げられる恐れがあるというのだ。一八世紀同然の祖国に帰ってくるなり、コロンタイはそうした偏見に真っ向から立ち向かった。

「しかし飢えやロシアでの無秩序な暮らし、貧困、戦争から生まれる苦痛に不平を鳴らし、一般大衆の怒りを目覚めさせたのは、私たち女性ではなかったか」とコロンタイは問うた。この革命は国際女性デーに生まれたのではなかったか。「そして同胞たちの自由のために闘おうと真っ先に街頭へ出ていったのも、死すら辞さずに抗ったのも女性たちではなかったのか」

三月一九日、女性の投票権を求める大規模なデモ隊四万人がタヴリーダ宮に押しかけたが、そのなかには男性も多く含まれていた。幟旗にはこうあった。「女性が奴隷であるかぎり、真の自由はない」。デモ隊の頭上には、戦争支持を唱える幟旗も翻っていた。これは階級を超えた、広範囲に及ぶフェミニズムであり、労働者の女性たちが身なりのいい女性たちと肩を並べていた。自由主義者もエスエルも、メンシェヴィキもボリシェヴィキも――だがコロンタイが失望したように、ボリシェヴィキはこの行進をあまり重視していなかった。その日は悪天候だったものの、デモ隊はひるまなかった。参加者が宮殿前の長い通りを埋め尽くしたとき、チヘイゼは、自分は声が嗄れているので、デモ隊に会いに出ていくのは無理だと言いつのった。

デモ隊は納得しなかった。チヘイゼはソヴィエトを、ロジャンコは臨時政府を代表して、この運動に敬意を払うべきではないか。デモ隊は女性の普通選挙権を認める議案をつきつけ、七月に可決するよう迫った。

行進する女性たちは、戦争支持のプラカードを掲げていたものの、デモの相手はソヴィエトだった。きわめて多くの憧れと期待をかけられたソヴィエトではあるが、その権力に対する姿勢は曖昧だった。ソヴィエトはそのいびつな構造を合理化しようと努めたものの、あまり成果はなかった。この月、組織は最大で三〇〇〇人にも膨れあがったが、その騒々しいメンバーに左派が占める人数はごくわずかだった（たとえばボリシェヴィキは四〇人）。労働者は一〇〇〇人ごとに一人、兵士は中隊、当初は大規模な予備中隊につき一人の代議員を選出していたが、まもなくその定数はどんどん変わり、代表制はきわめて兵士たちに有利なほうに歪んでいった。そしてしまいには一五万人の部隊の代表が、ペトログラードの労働者四五万人の代表の二倍に膨れあがる。兵士の代表は大半がエスエルの支持者で、戦争に関しては往々にして急進的なものの、他の問題ではプロレタリアートの代表たちと比べてはるかに急進的ではなかった。

その年の三月の典型的なある一日に、ペトログラードのソヴィエト総会で論じられた議題はつぎのとおり。社会民主党のある組合に対するツァーリスト警察の策謀。南部地方の反ポグロム委員会の開催。ペトログラードのパン焼き職人に向けた、仕事を中断しないようにとの呼びかけ。ある事務所スペースをめぐる新聞二紙間の論争。アニチコフ宮の接収。中央食糧委員会の決定を説明するポスター。そして臨時政府との交渉(なぜか具体的なことは記されていない)。兵士のための新聞を出すという案。ペトロパヴロフスク要塞の後ろ暗い点。パンの配分をめぐる労働者と兵士たちの小競り合い。各地の守備隊の代表団、およびその妻たちの受け入れ。米国大使館のこと。リストが尽きることはない。

こんな熱狂と混乱は、見る者の見方次第で、悪夢のようにも、ぐらぐら揺らぐ異様な祝祭のようにも見えてくる。

カデット、メンシェヴィキ、エスエル、ボリシェヴィキはペトログラード守備隊の重要性をわかっていて、その内部への影響力を強めようと、それぞれ軍内の組織作りにかかった。そこからボリシェヴィキが一歩抜け出せたのは、三月一〇日という早い時期から、きわめて熱心に取り組んだおかげである。委員会を運営するネフスキー、ボグダティエフ、ポドヴォイスキー、スリモフといった活動家は、スリモフをのぞいてすべて党左派の人物だった。

こうした初期のころには、彼らも特に兵士たちに歓迎されたわけではなかった。だが彼らはしぶとかった。作戦開始から二週間足らずで、ポドヴォイスキーと同志たちは守備隊の代表を軍事組織の選挙会議へ招き入れた。そこから三月最後の日、ボリシェヴィキ軍事組織が生まれた。

二月の革命のほぼ直後に、ある同志は、ポドヴォイスキーが「革命は終わっていない。まだ始まったばかりだ」と言明するのを聞いた。軍事組織は最初から、そうした独立心旺盛な、妥協を知らないボリシェヴィキの「左派」が掌握していた。一度ならず党規に背こうとしたこともあり――ときには劇的な結果をもたらしもした。

その一度目のときは、三月一二日に、より穏健な党合意の後押しとなった。この日は革命に殉じた一八四名（正確な数は定かでない）の埋葬の日だった。市街戦で命を落とした人々だ。場所は共同墓所だった。ペトログラード中央にある広い公園、マルス広場の硬い地面に長く深い溝が何本も掘られた。早朝から夜遅くまでひきも切らず、弔問者が訪れた。首都の広い通りを埋める群集はおそらく一〇〇万にも及んだ。街のあらゆる場所から人々がゆっくりと、遺体の赤い棺を広場まで運んでくる。新たな、宗教ならぬ宗教。哀切な音楽とともに、それぞれの部隊を、工場を、機関を、市民グループを、党を代表して。民族集団もやってくる――ユダヤ・ブントの列、アルメニアの革命派ダシナクツチュン党の列、その他もろもろ。

盲人たちの列が、仲間のひとりを運んできた。彼らは立ち止まらなかった。どのグループも立ち止まらず、演説をする者もない。行列はつぎつぎ同志の冷たい亡骸を運び、おごそかに棺を埋葬人へ受け渡し、また行進を続けていった。川向こうの城砦から弔砲が轟き、死者たちが穴のなかへ下ろされる。生きた者たちは小降りの雪のなか、迷路のような墓所の間に渡された木の歩道の上をとぼとぼ歩いていく。彼らの死は犠牲ではない、ルナチャルスキーは頌徳の辞でそう主張する。彼らは英雄であり、その命運は悲哀ではなく羨望を生むべきものだと。

そして市民たちが歌い、失われたものを思い出しているなか、党に属する歴戦の活動家三人が、シベリアへの流刑から首都へ帰ってくる。ひとりはオールド・ボリシェヴィキのレフ・カーメネフ。トロツキーの妹オリガ・ブロンシテインと結婚した、レーニンにきわめて近い同志だが、つねに党内では「情にもろい」とされる（ミハイル大公が帝位を拒んだときは、その決断を称える電信を送ったりもしたが、のちに当人は恥じ入った様子で、とうてい信じがたい行為だと否定している）。ドゥーマの代議員ムラノフ。死刑に抵抗し、強硬な祖国敗北主義の路線をとったことで名高い。そして党中央委員会の一員、ヨシフ・スターリンなる男だ。

スターリンはもちろん、まだスターリンではなかった。現在書かれる革命の話には、必ず未来からの亡霊がつきまとっている。あのきらきら光る目の、口髭をたくわえた怪物、「アンクル・ジョー」、虐殺者、奇怪で抑圧的な専制国家の立役者――名前に〝イズム〟がつくほどの存在。スターリニズムの原因論については、何十年も議論が戦わされているし、この人物や体制の残忍さを扱った話は何千巻にも及ぶ。やがて来るそれらが逆に影を落としているのだ。

しかし、このときはまだ一九一七年だ。スターリンは四〇歳にもなっていなかった。当時はただのスターリン、イオセブ・ジュガシュヴィリ、同志たちからはコバと呼ばれていた。ジョージアに生まれ、聖職者の教育を受けたことのある気象局員で、古くからのボリシェヴィキの活動家である。才気煥発とは言えずとも、有能な組織者だった。よく言えばまずまずのインテリ、悪く言えば面倒な人物。党内の左派でも右派でもない、風見鶏的存在。彼の残す印象は、あまり印象に残らないというもの。スハーノフが語る彼の記憶は、「灰色にぼやけていた」。

ペトログラードのロシア・ビューローによる評価にも、それ以上の難点はほとんどうかがえない。ロシア・ビューローはスターリンの参加を認めたものの、顧問としてで、投票権は与えなかった——それは「この人物特有のある個人的特徴」のためとのことだった。それ以外のスハーノフの描写は正確なものだったと言える。スターリンはまだ、「ときおりぼんやりと現れるが、ほとんど印象を残さない」、つかのま垣間見られるだけの存在だった。

帰ってきたこの三人は、ほとんど間を置かずに『プラウダ』でちょっとした改革を断行し、三月一三日、ムラノフを編集長に据えた。党機関紙は彼らの断固とした穏健な姿勢を鮮明に打ち出しはじめた。三月一五日、カーメネフはこう書いている。

我々のスローガンは「戦争をやめろ！」という空疎な叫びではない——革命派の軍、そしてさらに革命に向かおうとしている軍の解体だ。我々のスローガンは臨時政府にそれをまちがいなく実現させるよう、全世界の民主主義者たちの目の前で、公然と圧力をかけていく。これはすべての交戦国に、ただちに世界戦争終結の交渉を開始するよう促す試みだ。そのときが来るまでは全員、今の任にとどまろう。

カーメネフはさらに、軍は「その任地に忠実にとどまり、弾丸には弾丸に、砲弾には砲弾で応えるだろう」と主張した。

このように、ボリシェヴィキのリュドミラ・スタールの言葉を借りるなら、党は「闇のなかを手探りしていた」——こうした路線をとっていれば、『プラウダ』もメンシェヴィキの左派や急進的な左派エスエルと大差はない。前線でのアジテーションに自ら対立しようとするこの三頭制《トロイカ》は、レーニンからはかなり離れたところにあった。

コロンタイはペトログラードに到着するなり、レーニンの「遠方からの手紙」を『プラウダ』に送りつけた。妥協を許さないこの文書は、及び腰の同志たちを啞然とさせ、震え上がらせた。編集者たちは最初の手紙以外の内容を発表するのに二の足を踏んだ。そしてその極左的な表現に度を失い、せっせと大幅な削除改変を行った。

それに先立って、レーニンの衝撃的な手紙がオールド・ボリシェヴィキをいかに悩ませたかという有名な話がある。それはたしかに事実だった。

実のところ、『プラウダ』がレーニンの最初の手紙だけを発表したのには、ほぼ確かな理由がある。単にそれしか受け取っていなかったからだ。また、大幅に編集されたというのが事実だとしても、レーニンのテーゼや挑発的な舌鋒はほとんど鈍らされていない。革命は明確でありつづけねばならないという彼の主張もだし、労働者への訓戒もそうだ。「諸君はプロレタリアと大衆の組織の奇跡を演じ、革命の第二段階で勝利する準備を整えなければならない」——このあとすぐ、レーニンはこうあきらかにしている。これはつまり、社会主義の段階ではなく、政治的権力を奪取し、ソヴィエトを味方に引き入れて、革命（必然的にブルジョア民主主義革命となる）に勝利することだと。このときレーニンはせいぜい（国際的な文脈に目をやりながら——ヨーロッパではおそらくロシアの情勢に刺激を受けて、資本主義を倒し、乗り越えていく革命が起こるという期待があった）、彼らが社会主義への不安定な第一歩を踏み出すのをかなり漠然と許したにすぎない。

ペトログラードのボリシェヴィキは、この手紙への熱狂的称賛を表明した。レーニンの妹マリア・ウリヤノフは、『プラウダ』に勤める党の同志だったが、さっそく兄に連絡をとり、同志たちの「全面的連帯」を伝えた。コロンタイも満足していた。ボリシェヴィキが数日前に書かれた記事に施した編集とは、ツァーリズムへの回帰の可能性に触れた古く無意味な記述、そして連合国による反ニコライの謀略についての不確かな当てこすりを削除し、さらに不適切な言葉を訂正するというものだった。

また編集者たちは、レーニンが自由主義者、右派、非ボリシェヴィキの社会主義者などさまざまな政敵にいつもぶつける悪意ある非難の言葉をやわらげてもいた。特にソヴィエト執行委員会議長のチヘイゼ、ケレンスキー、臨時政府の首相である穏健な自由主義者リヴォフにまで向けられる侮辱は、慎重に削除した。ボリシェヴィキの流刑者たち――当のレーニンも含まれる――を祖国に戻すには、彼らの助けが必要になるだろうと信じる理由があったからだ。しかし自分たちにとって役に立たないカデットや、右派メンシェヴィキに対する攻撃は検閲しなかった。つまり軟弱であるというより、戦略的であったのだ。

センセーショナルな「遠方からの手紙」という後世の神話は、『プラウダ』による編集への誤解と、党内での地位争いという文脈での偏向した改編――とりわけトロツキーのそれから生まれたもののようだった。

ところがこの衝突は、概して過去のフィクションであるにもかかわらず、レーニンの巧みな言葉の使い方――たとえば乱暴な論争術、あきらかな妥協知らずの性向、党内で実際に起こる他の論争でも鍵となるであろう際立った政治論理――によって、否定しようのないほどの信憑性を帯びるようになった。決して黙っていられないわけではないが、ボリシェヴィキの穏健路線や連立には必ず嚙みつこうとする。このように「遠方からの手紙」はボリシェヴィズムの「継続」ではあるが、またそれとは異なるさらに強力な姿勢の種子を内包していた。その種子はレーニンの帰還でさらに明らかになる。

三月一五日、ソヴィエトの機関紙『イズヴェスチヤ』が発行した「兵士の権利宣言」は、つい最近ソヴィエトの兵士部会で回覧されたもので、ツァーリスト軍隊の悪名高い体制の終焉を宣言する内容だった。もはや強制的な敬礼や手紙の検閲、将校が兵士に懲戒処分を科す権限などはなくなる。さらに兵士たちに代表委員会を選出する権利も付与していた。伝統主義者にとって、これはロシア軍の破壊を意味していた。

武力、軍隊、警察機能、ひいては新たな寄せ集めの民警といった問題は、権力の確立と安定化のあきらかな中核となるものだった――だが、そうした認識はエスエルの頭にはないらしく、機関紙『デーロ・ナローダ』がこの問題についての議論を取り上げた記事はゼロに等しかった。カデットに関していえば、警察機能のために市・民警を設置する――そして早急にそれを現在の自警団に代える必要がある、と強調した。と同時に、急進派の一部からも、二月には完全な主流となっていた武装した労働者民警の役割や兵士たちとの関係についても、慎重に再考しようとする動きが出始めていた。

三月八日という早い時期に、メンシェヴィキの機関紙『ラボーチャヤ・ガゼータ』は、いま緊急に必要なのは信頼の置ける、なるべくなら投票で選出された市民の警察だと論じた。「武装した人民」という意味での民警を組織して革命を守ることは、革命派の軍隊が存在する以上、不可能だし不必要でもある、と。ボリシェヴィキたちはいろいろな文章で、初期の市・民警は不満足なものだったし、革命派の軍が存続したのも当然のことだとはみなせない、と述べている。だからこそ――自分たちの姿勢と他の社会主義者たちの姿勢をたびたび区別しながら――自ら組織することの重要性を力説したのだ。

三月一八日、ボリシェヴィキの知識人ウラジーミル・ボンチ゠ブルエヴィチは『プラウダ』紙上に「武装した人民」という文章を発表し、そのなかで労働者階級による常設の市・民警の必要性を訴えた。革命派の兵士から訓練を受けた、民主的で規律正しい民警。彼はそうした集団のことを、ある種の檄として、「プロレタリアートの赤衛隊」と呼んだ。この名前、この構想、この物議をかもす団体は、ほどなく再浮上することになる。

命令第二号が出されたにもかかわらず、命令第一号にも兵士の権利宣言にも、軍階級間の猜疑心を減らす効果はなかった。ある若い大尉は家族にあてた手紙でこう嘆いている。「我々と兵士たちのあいだには深い溝があります」。そしていま、その溝は危険な域に達していた。大尉が感じ取っていたのは、反抗やあからさまな怒りといった新たな姿勢、「数世紀に及ぶ隷属への復讐の念」であり、それはときおり、前線で不人気な将校を殺害するといった行為となって現れた。

たしかに活動家のなかには、軍の組織的な政党化をめざす者もいたが、のちに「塹壕ボリシェヴィズム」と呼ばれるようになるそれは、ほとんどが兵士の運命に対する嫌悪、将校たちへの憎悪、忌むべき戦争で戦って死にたくないという当然の欲求にすぎなかった。二月以降、脱走率は急増した。塹壕から、捨てずにおいた装備を持って武装した男たちが、町や市へ、田舎へ、農場の泥のなかへと黙って戻っていった。

反戦ムードが広がるなか、愛国者がいくら躍起になって好戦的ナショナリズムをかきたてようとしても、そうした脱走は必ずしも恥とは受けとめられなかった。「街頭は兵士でいっぱいだった」。三月半ば、ウラル山脈にほど近いペルミの街から来たある将校はこう嘆いている。「彼らは身分の高い婦人にちょっかいを出し、娼婦を車に乗せて走りまわり、まるでならず者のように振る舞っている。誰にも罰せられはしないのを知っているからだ」

一七日にレーニンは、マルトフの計画こそ、自らが常日頃容赦なく叩いていたスイスという国から脱出する「唯一の希望」だと表明した。ドイツの助けで旅をしたりすれば、祖国を裏切ったと責められかねないことは重々承知の上だった——そして事実、そういう事態はやがてやってくる。臨時政府を代表してミリュコーフは、そうした手段でこの国に入った者は誰であれ法的に訴追されると宣告した。それでも必ず行く、たとえ「地獄を通ってでも」、とレーニンは決意を固めていた。

スイス社会党の仲介を得て、彼はドイツ当局と懇ろになったとみなされる危険を最小限にとどめようと努め、この旅に入国審査はない、途中で止まったり調べられたりすることもない、乗客のくわしい身の上をドイツが詮索する権利もない、と主張した。「封印列車」は厳密な意味で〝封印〟されるわけではない。それ以上に奇妙な、治外法権の存在であり、全車両とも法的に無効なのだ。

三月二一日、ドイツ大使館は彼の申し立てを認めた。帝国《ライヒ》の力を借りて、レーニン他数名の革命家たちは祖国をめざした。

★

その組織としての一貫性のなさ、活動の幅、自らの権威に対する不安などを考え合わせれば、ペトログラード・ソヴィエトにそもそも何かしらの影響力があること自体、驚きに値したかもしれない。しかし臨時政府がこのライバル勢力に複雑な感情を抱いていたのは確かだ。ソヴィエトの声明は、政府の政策に直接の影響を及ぼしうる。特にそれが顕著だったのは、戦争そのものに向ける敬意である。

三月一四日にソヴィエトは、左派の有名作家マクシム・ゴーリキーの協力を得て書きあげた宣言を発表した。ただ平和を、「世界の人民」が「自らの手で戦争と平和の問題に対処し」、「支配階級の貪欲な政策に対抗する」ことを求める内容だった。

こうした働きかけが国際的に受け入れられたかといえば、成果はまったくのゼロだった。だがロシア国内でのこの宣言は、併合や賠償を拒否するといった内容からプロパガンダ的な影響をもたらし、それが平和に向けての一歩となりそうに思われた。軍での一連の会議もこれに同調し、兵士たちはソヴィエト支持を表明した。一週間後、ソヴィエトは公式に、この「革命的祖国防衛主義」を採択した。

こうした平和への呼びかけの裏で、革命ロシアが自衛する権利を維持しつづけ、戦争努力の継続、あるいは強化の可能性を残していることには、ある種の二面性があった。とはいえソヴィエトの宣言は、右派自由主義者には呪わしいものだった。たとえば、今や臨時政府の外務大臣であるミリュコーフは、愛国という原則と、専制の打倒がロシアとその軍事力を生き返らせたという理由の両方から、そう感じていた。今のこの国は、もし許されるなら戦って結果を出せると、彼は思っていたのだ。

三月二三日、ミリュコーフはある記者会見に臨み、平和会議でオーストリア＝ハンガリー帝国に占領されたウクライナの一部をめぐるロシアの主張が立証されることを期待している、とはっきり述べた。古くからの念願だったロシア拡張主義者の夢が叶う、つまりコンスタンチノープルとダーダネルス海峡が手に入るだろうと。「平和主義的目的」というばかげた主張はあったとはいえ、これは露骨な挑発だったし、事実ソヴィエトは腹を立てた。このソヴィエトの怒りを受けて、臨時政府は三月二七日、ソヴィエトのそれにきわめて近い戦争目的についての声明を発表することを余儀なくされ、結果的に「各国の自立」への気運をかきたて、トルコとオーストリアの領土への主張を暗黙のうちに取り消すはめになった。しかしその方針から勝手に外れたミリュコーフは、『マンチェスター・ガーディアン』紙に、このことはロシアの――あまり「革命的」とは言いがたい――同盟国への配慮を変えることはないと大っぴらに語った。ソヴィエトはさらに怒りの反応を示した。その指導者たち、特にエスエルの中心を担うインテリで、まもなくペトログラードに戻るヴィクトル・チェルノフなどは、政府による三月二七日の声明は、外務大臣の見解とはまったくちがうトーンにして、同盟国に「外交覚書」として送るべきだと主張した。ミリュコーフとは鋭く対立するケレンスキーに促され、臨時政府はやむなく従った。しかしこの問題での衝突が回避されたわけではない。ただ先送りにされただけだった。

政府の声明が出された同じ日、革命派の雑多な寄せ集め集団がチューリヒに集合した。そして列車に乗り込み、荷物を確認し、食糧を積み込んだ。一行の内訳は、ブントが六人、トロツキーの信奉者が三人、ボリシェヴィキが一九人。ヘビー級の革命家の寄せ集めだ。まずレーニンとクルプスカヤ。ジノヴィエフ――知的で勤勉なぼさぼさ頭の、レーニンの右腕と目された男。ズラータ・リリナ――ボリシェヴィキの活動家で、ジノヴィエフの幼い息子シュテファンの母親。そしてカール・ラデック――じつに非凡な、何かと物議をかもすポーランド人革命家。さらにイネッサ・アルマンド――フランス系ロシア人の共産主義者にしてフェミニスト、作家にして音楽家、レーニンの近しい協力者にして同志。この女性と彼との関係は、精神的なものだけにはとどまらないという噂が絶えなかった。

スイス国境で、亡命者の一行は特別な二両の列車に乗り換えた。一両はロシア人たちが占め、もう一両はドイツ人の護衛たちが乗る。ドイツ横断の旅が始まった。レーニンは書きものと計画の立案に何時間も費やし、夜も更けたころに作業を中断して、陽気な同志たちが立てる騒音に文句をつけにいった。

トイレの外にたむろする連中を追い払うために、ここを本来の目的に使うのか、煙草を吸うために使うのかを申告するシステムを作った。レーニンはその割合を三対一だと踏んだ。カール・ラデックは冷ややかに振り返っている。「これは当然、人間の欲求についてのさらなる議論を引き起こすことになった」

列車は「封印」どころでなく、駅で停車するたびに、ドイツ当局は地元の社会民主党員が有名なレーニンに面会して近づきになろうとするのを防ぐのに大わらわだった。レーニン自身はいっこうに気が進まず、あるしつこい労働組合員にせがまれたときは、「悪魔の祖母さん」のところへ行けと言ってやれと同志たちに頼んだほどだ。

列車がのろのろ進んでいるあいだに、ロシアではカーメネフとスターリンが、党労働者の全ロシア会議で全体の見解をまとめ上げた。ところが一部の同志から、政府を条件付きで支持することへの抵抗が見られ、革命的祖国防衛主義に対してはさらに大きな反対があった。モスクワのオールド・ボリシェヴィキであるヴィクトル・ノギンは、のちには党の穏健派となるが、このときは「今の我々は、支持ではなく、抵抗のことを話すべきだ」と論じた。スクリプニクは「政府は守りを固めているのでなく、革命の大義を妨げている」と賛同した。しかし敬意を集める有力な党右派、特にスターリンが穏健路線へ大きく傾き、ボリシェヴィキとメンシェヴィキの統合を支持するに至った――イラクリー・ツェレテリの提案どおりである。メンシェヴィキの傑出したインテリ演説家は、シベリアへの流刑から帰還したばかりでありながら、今はペトログラード・ソヴィエトを司っていた。

二一日にペトログラードに到着するなり、ツェレテリは演説を行った。右派メンシェヴィキの歴史分析と、ソヴィエトと政府の関係について党の指導層がどの立場をとるかという、すばらしく明快なスピーチだった。それは行きすぎた急進主義への戒めのようにも聞こえた。プロレタリア革命に走ろうとしない労働者たちを、彼は称賛した――これはツァーリズムの打倒に勝るとも劣らない偉業であると。

「諸君は現状を正しく評価した……時機がまだ来ていないとわかっていた」

「諸君はブルジョア革命が起ころうとしていることを理解していた」とツェレテリは言葉を継いだ。

「権力はブルジョアジーの手にある。諸君はこの権力をブルジョアジーに移譲したが、同時に新たに得た自由の監視をするに至った……臨時政府は、この権力が革命を強化する限りにおいて、完全な行政権をもたねばならない」

メンシェヴィキは多くの活動家の敬意と協力を要求したが、ツェレテリ、チヘイゼ、スコベレフら指導者たちは、決して彼ら全員の代弁はしなかった。その二週間後、彼らが調停主義、「革命的祖国防衛主義」へ、政治的穏健路線に傾いているというあてこすりを耳にして、まだ流刑中の左派メンシェヴィキの大物マルトフは「疑念にかられ」、噂が「疑わしい」ものであることを望むと言った。

しかしペトログラードの内部で、ボリシェヴィキが検討していたのは、ツェレテリの統合の提案だった。

党の労働者会議がペトログラードで開かれた翌日、全ロシア・ソヴィエト会議も開催された。これはソヴィエトという形がいかに大きく広まったかを示す印象的な証でもあった。一三八の地方ソヴィエト、七つの方面軍、一三の後方部隊、二六の前線部隊から四七九名の代表が集まってきたのだ。

いろいろな呼称が入り混じっていた。その年のロシアには、委員会や集会や会議、常任、半常任、永続的、非永続的といった謎の名前が渦巻いていた。開かれる会合は際限なく増えていった。このソヴィエトの第一回会議は、一部には最初のソヴィエト大会を計画することが目的で、六月に行われる予定だった。ペトログラード・ソヴィエトは、今や国じゅうに代議員を抱え、厳密には全ロシア労兵代表ソヴィエトとなっていた。会議のあとで、成長するイスパルコム、毎日の決定や管理に責任を負うソヴィエト執行委員会は、今や地方の代表も包括し、正式に全ロシア・ソヴィエト中央執行委員会（VTsIK）と改称された。このように、とにかくありとあらゆる名称が使われていたといっていい。

メンシェヴィキにとっては、ツェレテリが発言し、議論の流れを調整し、新たなプロフェッショナリズムを吹き込み、「ポストル・ク＝ポスコル・ク」の姿勢と革命的祖国防衛主義を強固にしたのは、このソヴィエト会議だった。他国の人民がそれぞれの政府を倒し、あるいはやり方を変えさせるようになるまで、「ロシア革命は自国内の勢力に対して示した勇気を、外国の敵との戦いでも示さねばならない」とツェレテリは明言した。ボリシェヴィキにとって、カーメネフが代わりに提唱しているのは、国家の防衛ではなく革命そのものを輸出せねばならない、ロシアの経験を「すべての交戦国の人民が蜂起するプロローグ」へと変えねばならないという、党の国際主義者の主張の焼き直しだった。

カーメネフの見解は、具体的で際立った政策の表明というより、ちょっとしたニュアンスや願望の色合いが濃かった。それでもやはり、五七票のカーメネフは三二五票のツェレテリに敗れた。にもかかわらず、ボリシェヴィキの実力者たちが右に舵を切り、ソヴィエト内の他の社会主義者たちが左に舵を切ったおかげで、両陣営が中央で出会うことが可能になった。メンシェヴィキのステクロフから動議として出されたソヴィエトと臨時政府との関係については、ソヴィエトが油断なく監視するという姿勢を厳しく主張したので、カーメネフは満足してボリシェヴィキ的決議の代案を引っこめた。

こうした歩み寄りが行われるのも、あとほんの数日のことだった。

三月二九日、シュトゥットガルト、フランクフルトを経由したのち、「封印列車」はベルリンに着いた。そこからは海岸のほうへ向かった。ドイツ国内を移動する間じゅう、レーニンは書きものをしていた。自分の車両に引きこもり、なぜか付属していた食堂車から運ばれてくる飲み物で喉を潤しながら、林や町が窓外を飛び過ぎていくなか、ひたすら書きつづけた。こうして三月、国籍のない列車のなかで、のちに「四月テーゼ」の名で知られる文書が誕生したのである。

ドイツ・ヤスムント半島の荒涼とした海岸沿いの町ザスニッツで、スウェーデンの蒸気船が一行を待ちうけていた。黄昏が迫るころ、一行は不安定に揺れるタラップをよたよたと降り、スウェーデン最南端の町トレレボリに入った。彼らの旅はすでにニュースとなっていて、記者たちがぞろぞろ後をついてきた。ストックホルム市長からの歓迎を受けたあと、さらに移動してスウェーデンの首都に着いた。そこでレーニンは本を買い求め、新しい服を買ってくれという同志たちの嘆願を鼻であしらうと、時間を割いて左派ロシア人たちとの会合に出た。

革命ロシアの最初の一カ月が過ぎようとする最後の日、同志たちは伝統的なフィンランドのそりに乗り込み、乾いた雪原の上を滑りながらストックホルムからフィンランドへと向かった——ロシアの領土へと。

4　四月　蕩児の帰還

イデオローグや狂信者、たとえば黒百人組などはポグロムに熱狂する絶対君主主義者で、ファシストの原型、憎悪の権化のような存在だ。彼らは汚泥のなかにこそ隠れ、閉ざされた扉の向こうで計略をめぐらし、時機をうかがっていた。革命初期のころ、極右勢力がどれほど水面下に身をひそめ、散らばっていたかを思うと驚かされる。有名な人物たちの大半は、二月以降は国外に出るか、逮捕されていた。変わり者のプリシケヴィチだけは、大した力もないということで、おおむね見逃された。特にペトログラードは表面的にはぐっと左へ傾き、急進派は穏健派に、穏健派は右派にとその立ち位置が変わっていた。このころには誰もが社会主義者であるか、もしくはそう名乗っていた。誰もブルジョアジーではいたがらなかった。

革命前夜までは、カデットは折々に自由主義を奉じる政党だったが、党大会を終えたばかりの一九一七年四月には、民主共和制の実現を唱えていた。ところがいま、革命という歴史のなせる業で、彼らは保守派となっていた。党の右派に属するミリュコーフは、早いうちからこの流れに乗っていた傍系の人物で、あの抑圧の時代に弱い自由主義を強い戦術で導いた人物だった。

とはいえ四月になったばかりの今は、極左勢力ですら、我々はみな臨時政府の敵であると公言してはいなかった。その事態を変えるきっかけは、フィンランドから列車とともにやってきた。

四月二日、ボリシェヴィキたちはレーニンから、明日にはペトログラードに戻るという報せを受け取った。我々のリーダーが帰ってくる。彼らは準備を急いだ。そして翌日、フィンランドとロシアが出会う国境の小さな停車場べロオストロフで、ボリシェヴィキ選り抜きの一団が顔をそろえ、列車を待っていた。コロンタイ、カーメネフ、シュリャプニコフ、レーニンの妹マリア他数名が。

レーニンの帰還を耳にしていたのは彼らだけではなかった。熱心な労働者たち数百人もホームに詰めかけ、蒸気を吐きながらゆっくり近づいてくる列車を迎えた。同志たちが見守る前で、機関が半時間ほどアイドリングを続けるあいだに、集まった群集は車両の外からレーニンの名を呼び、彼を肩にかつぎ上げて歓声をあげながら練り歩いた。レーニンは恥じ入った顔で、「やさしく頼むよ、同志たち」とつぶやいた。やっと解放されると、レーニンはほっとしてまた座席に戻り、そこに興奮した党の一団が加わった。

彼らを待っていたのは衝撃だった。

レーニンは事情が許すかぎり、戦争や臨時政府を扱った同志たちの文章に目を通していた。「我々が列車に乗り込み、腰を下ろすか下ろさないかのうちだった」。クロンシタットの海軍将校で、ボリシェヴィキのラスコーリニコフはこう語っている。「ウラジーミル・イリイチ（・レーニン）がいきなりカーメネフに嚙みついた。〝君が『プラウダ』に書いているこれはなんだ？　何号分か見て、毒づかずにはいられなかったぞ〟。これが懐かしい同志への、彼の挨拶だった」

暗さを増していく風景のなかを、革命家たちは揺られながら首都へ向かった。私に逮捕の危険はあるのか？　レーニンが不安げに訊いた。歓迎の一行はにこりと笑みを返した。その理由はまもなくわかった。

列車が午後一一時、ペトログラードのフィンランド駅に入線すると、駅の構内に歓迎の声が響き渡った。やっとレーニンも革命の首都で、自分の置かれた状況がわかりはじめた。同志たちは今の党がもつ力を端的に示す例証として、友好的な守備隊を呼び集めていたが、彼を求める群集の興奮ぶりはまさに現実のものだった。駅にはあざやかな赤い幟旗がいっぱいに飾られ、レーニンが茫然としてホームに降り立つと、誰かがこの場には不似合いな花束を手渡してきた。数千人が彼に向かって敬礼をした。労働者も兵士も、クロンシタットの水兵たちも。

支持者の群れに押し流されるように、レーニンはまだ「皇帝《ツァーリ》の間」と呼ばれている豪奢な部屋に入った。そこではソヴィエトの幹部たちが、彼に一言挨拶をするために待っていた。ジョージア出身のメンシェヴィキで、まじめで誠実な活動家であるソヴィエト議長のチヘイゼには、ふだんの愛想のよいうわべは見えなかった。ボリシェヴィキの指導者がやってくると、チヘイゼは歓迎のスピーチを始めたが、実際は歓迎でもなければスピーチでもなかった。当然ながらその場にいたスハーノフは、それを「説教」と呼んだ。しかも「陰気な」説教だと。

「同志レーニン、ペトログラード・ソヴィエトの、そして革命の名において、ロシアへようこそ」とチヘイゼが言い、落ち着かなさげに言葉を継いだ。「革命的民主主義の主要な課題は、内外からの攻撃から革命を守ることにあります。この目的のために必要なのは分裂ではなく、民主主義的な集団として団結することだと我々は考えます。あなたも我々とともに、この目的を追求してくださいますよう」

レーニンの手から、なかば忘れられた花束がぶら下がった。彼はチヘイゼを無視した。天井を見上げた。懇願するメンシェヴィキ以外の、あらゆる場所に目をやった。

ようやくレーニンが答えた。ソヴィエト議長に向けてでも、代表団の誰にでもなく、その場にいる他の全員、群集すべてに語りかけた――「同志諸君、兵士、水兵、労働者の諸君」。この帝国主義の戦争は、ヨーロッパの内戦の幕開けなのだ、と声を轟かせた。待望の世界革命が近づいている。そして挑発的に、ドイツの同志カール・リープクネヒトを名指しで称賛した。国際社会主義者たる彼は、この第一歩から生まれてくる呼び声を受けてこう締めくくった。「世界に広がる社会主義革命、万歳！」

彼を迎えたソヴィエトのホストたちは茫然としていた。そして、群集がさらに演説を求めるのをただぼんやり眺めるしかなかった。レーニンは急いで駅の外に出ると、手近な自動車のボンネットによじ登り、話を始めた。「恥ずべき帝国主義者の殺戮に手を貸す」ことを糾弾し、「嘘とペテン」を、「資本主義の海賊たち」を罵倒した。

「ポストル・ク＝ポスコル・ク」の終わりだった。

★

二月と三月は建築物の収用が相次ぎ、さながら祭りの様相だった。いくつもの革命派グループが旧政府ビルのほか、そこここの豪華な建物を占拠し、わがものとした。臨時政府とソヴィエトは、そうした行為を黙認する以外、ほとんどなす術がなかった。街全体が揺れ動く二月二七日、伝説のバレリーナ、マチルダ・クシェシンスカヤと息子のウラジーミルが自宅を捨てて逃げ出した。ネヴァ川の北側、クロンヴェリスキー大通り一‐二の、ペトログラード一大きなモスクのひときわ高い尖塔を見上げるモダンな邸宅である。それとほぼ同時に、革命派の兵士たちがその場所を接収した。邸の内部は、部屋や階段やホールが非対称に連なる、奇妙で印象的な構造だった。三月中旬にボリシェヴィキは、本部として使うのにすばらしい場所だと判断し、大した騒ぎもなくそこへ移った。四月三日夜、そのメインの会議室のアール・ヌーヴォーの装飾に囲まれながら、レーニンは彼の帰国祝いに参集した同志たちの前で、自らの考えをあきらかにした。

折りしも全ロシア・ソヴィエト会議の最終日だった。その場でボリシェヴィキの集会は、指導部による臨時政府に対する「監視と制御」政策を満場一致で承認し、スターリンとカーメネフによる前線での「組織破壊的活動」への反対を多数決で認めた。翌日にはメンシェヴィキとボリシェヴィキの統合の協議が始まるはずだった。だが、そうした基調音に待ったをかけたのはレーニンだった。

「私は一生忘れないだろう」とスハーノフは言った。「あの雷鳴のごとき演説を。あれは異端者である私のみならず……純粋な信奉者たちも意表をつかれ、度肝を抜かれた……彼らのいる場所からあらゆる分子が立ち上っていき……クシェシンスカヤ邸の応接間のなか、魅入られた門弟たちの頭上を……漂っていた」

レーニンが求めたのは革命の継続だった。「油断なく見張る」などという空論は鼻であしらった。ソヴィエトの「革命的祖国防衛主義」はブルジョアジーの論法だと切り捨てた。そしてボリシェヴィキの「規律」のなさを猛然とあげつらった。

同志たちは打たれたように、無言で聞き入った。

翌日のタヴリーダ宮で、レーニンは再び介入を行った。しかも二度も。一度目はソヴィエト会議に出るボリシェヴィキの代議員たちの会合だった。ボリシェヴィキ＝メンシェヴィキの統合を議題とする会合に割り込もうというのだから、驚くべき無鉄砲さだった。自分が孤立しているのを感じとり、これは党の方針ではなく個人的意見だと明言した上で、彼はのちに大きな意味をもつことになる革命の文書を披露した。「四月テーゼ」である。

その一〇の項目のなかには、臨時政府への「限定的支持」と、ボリシェヴィキ・ペテルブルク委員会の「反対はしない」という誓約の全面的拒否もあった。レーニンは「わずかばかりの譲歩も示さず……〝革命的祖国防衛主義〟を」退け、前線の兵士との交歓を続けるようにとの主張を続けた。そして地主所有地の没収および土地の国有化、農民ソヴィエトによる処理、さらに国営銀行をひとつに統合してソヴィエトの管理下に置くこと、警察、軍、官僚機構の廃止を要求した。差しあたっての課題は、政府から権力を奪取し、「議会による共和制」を「ソヴィエトによる共和制」に替えるための闘いが必須であることをいかに説明していくかである。

この演説は大混乱を巻き起こした。「テーゼ」の衝撃はすさまじく、レーニンの孤立はほぼ決定的となった。怒り心頭の話者たちがつぎつぎと彼を糾弾した。レーニンが蛇蝎のごとく嫌う有名なメンシェヴィキのツェレテリは、マルクスとエンゲルスを蔑ろにするものだと非難した。かつて有力なボリシェヴィキだったメンシェヴィキのゴルデンブルクは、レーニンはアナーキストだ、「バクーニンの後継者だ」と言った。メンシェヴィキのボグダノフは激怒し、レーニンの主張は「狂人のうわ言」だとわめきたてた。

エスエルの指導者チェルノフは、レーニンから遅れること五日、流刑先から潜水艦だらけの海を渡るという危険な船旅を経て、ペトログラードに到着した。そしてこの騒ぎを目のあたりにして、レーニンは「政治的に行き過ぎた」せいで自分自身を追いつめてしまったと感じた。革命の蕩児によるショッキングな演説のあった夜、やはりメンシェヴィキのスコベレフはミリュコーフに、レーニンはあの「常軌を逸したアイデア」のせいでもはや危険な存在ではなくなったと請け合い、リヴォフ公には、ボリシェヴィキの指導者は「過去の人」になったと語った。

ボリシェヴィキはどうだったか？　彼らはどこまで驚いていたのか？

四月一八日、党のペテルブルク委員会は「テーゼ」を一三対二、棄権一で退けたとされることが多い。だが、その話のもとになっている議事録は不正確なものだ。その場に居合わせた二人、バグダテフとザレジスキーはのちにこう主張している。委員会の票決は「テーゼ」を承認するという結果になった。だが、ザレジスキーがへつらうつもりで提出した、「テーゼ」は批判や留保なしに受け入れるべきだとする動議が、一三対二で否決されたのである。そして委員会は、詳細な点に異議を唱える権利を保留したのだった。

それから異議が出された。クシェシンスカヤ邸でのレーニンの演説のあと、同志たちは臆せずに懸念をぶつけてきた。

議論はもっぱら戦術的な問題をめぐって戦わされた。たとえば党の名前を変更するというレーニンの提案や、旧来のプロパガンダ要員のように憲法制定会議の招集を強調するのではなく、新たにソヴィエトのほうを政治的に重視するといったことである。とりわけ争点となったのは、レーニンが「臨時政府に対して、とうてい認めがたい、幻想を生むような〝要請〟を行う」のに強硬に、というか不快感すらあらわに反対したことで、これはどうしても受け入れかねる点だった。代わりにレーニンは、政府が信用できないことをソヴィエトのなかで「辛抱強く説明する」ことを推奨した。対照的にバグダテフ、カーメネフら多くの人間は、そうした「要請」はむしろ、政府は決して応じようとしないだろうからこそ、幻想を壊す手段になるはずだと見ていた。カーメネフはこれを「暴露の手法」と呼んだ。

その後、「オールド・ボリシェヴィズム」とレーニンの「テーゼ」をつなぐ継続性はたしかに議論されたし、実際にリュドミラ・スタールなど多くの活動家がそうしている。しかし戦術と分析——そして強調される点のあいだには、透過性の膜が存在する。共通点があるのはたしかだが、妥協を排する「テーゼ」の骨子は「単なる」レトリックの域には収まらなかった。党のなかに、これはボリシェヴィキの伝統からの訣別だと考える者がいたのも無理はない。こうした論争は、実際に共有される部分の大きさが誤解されていたためだが、それと同時に、「遠方からの手紙」で示したとされるものより実体のある、双方の本当の相違を示してもいた。

レーニンの方針をめぐるボリシェヴィキの懸念は、大きく広がっていった。キエフとサラトフの組織は「テーゼ」を完全に拒絶した。レーニンはロシア国外に長くいすぎたせいで、状況を把握できていないのだと、組織のメンバーは語った。やはり流刑中の同志で、親しい協力者のジノヴィエフは、このテーゼに「当惑を覚える」と評した。党内にはさらに厳しい見方も多かった。

『プラウダ』の委員たちは当初、「テーゼ」を活字にすることに二の足を踏んだものの、レーニンの強い主張もあり、四月七日に発表した——その直後には、カーメネフの「我々の見解の相違」が発表された。レーニンの「個人的意見」からボリシェヴィキを遠ざけることが狙いである。「レーニンの企図全般は、我々には受け入れがたく思われる」とカーメネフは書いた。「ブルジョア民主主義革命が達成される前提から出発し、またこの革命がただちに社会主義革命に変わるという認識に基づいているためだ」

党自体は、左派の多くの人々よりも、ずっと以前から農民と労働者階級が手を組む手段に焦点を当てていた。一九〇五年以後の「オールド・ボリシェヴィキ」は、漠然とではあったとしてもロシアの革命を一貫して望み、「プロレタリアートと農民による民主的独裁」をめざすことで封建制のぬかるみを一掃し、必然的に起こるブルジョア民主主義体制への移行を土地所有も含めて監視したいと考えていた。一九一四年の時点でも、レーニンはまだ、ロシアの革命は「民主共和制……所有地の没収と一日八時間労働」に限定されると書いていた。しかし今は、カーメネフの方式を「時代遅れ」「まったく価値がない」「通用しない」と評していた。四月テーゼでレーニンは、ロシアは今現在、「革命の第一段階を過ぎ……第二段階に至るところだ。この段階で権力は、プロレタリアートと、最貧層の農民の手に渡らねばならない」と書いた。

これは大きな変化だった。「第二段階」については、「我々の喫緊の課題」はヨーロッパの社会主義革命に先んじて「社会主義を〝導入する〟こと」ではないと、レーニンは明言していた。メンシェヴィキが提唱する政治的な階級間の協力を進めることではなく、労働する人々の手に権力を握らせることなのだと。ボリシェヴィキの活動家サプロノフはのちに、エドゥアルド・ドゥーネという若者に向かってもっともらしく説明している。「ブルジョアジーには商売と工場建設を続けさせればいい。だが権力は、工場の所有者や商人やその召使ではなく、労働者の手中になくてはならない」。とはいっても、一方の手が「商売と工場建設」を握り、別の一方の手が「権力」を握ることのあいだに、いつもうまい具合に防火壁があるとは限らない。加えてレーニンの姿勢には、控えめに言ってもそれ以降のことをほのめかしているような、遠くの地平線に目を向けているようなところがあった。結局のところ、権力を握るということ自体、言外に政治的なロジックがある――社会主義を導入することは喫緊の課題ではない――

しかし……。

レーニンが、トロツキーの「永続革命」なる異説に取り込まれてしまった二月の政変を、完全な社会主義的反乱のほうへと引き寄せた――少なくとも確信をもってそちらへじりじり進もうとしている――などと自身の党からそしりを受けたのも無理はない。

だが、ボリシェヴィキの流刑者がさらに帰還を果たしていた。彼らは総じて、国内に留まっていた者たちより急進的だった。ロシアの経済的苦境が深まるなか、臨時政府の弱みが露呈するにつれて、階級を超えた協力体制というつかの間の蜜月もこじれていった。そしてボリシェヴィキが勧誘していたのは、もっぱら現状に幻滅した、怒りっぽく衝動的ですらある若者たちだった。こうした文脈のなかでレーニンは、同志たちを口説き落とす活動を始めたのである。

また彼の頑固さは、党の現在の「メンシェヴィキもどき」の立場がいかに不安定であるかを浮き彫りにするものだった。ボリシェヴィキ右派の一部によれば、歴史はいまだ社会主義に達する「段階にはない」が、ブルジョア政府にはその準備ができるという。

レーニンの帰還から一〇日後、ボリシェヴィキの第一回ペトログラード市大会が開かれた。そこでもレーニンは持論を展開し、臨時政府を「〝ただ〟倒す」のではなく、まずはソヴィエトの多数派を取り込むことが必要だと主張した。それでも代議員がつぎからつぎへと、アナーキズムだ、図式主義だ、「ブランキスム」――一九世紀フランスの社会主義者オーギュスト・ブランキの急進的な謀議を現代によみがえらせるもの――だと彼を非難した。だがそのころには、帰国からすでに一週間半がたち、彼にも支持者ができていた。アレクサンドラ・コロンタイやリュドミラ・スタールのような、つねに変わらぬ味方たちはずっと発言を続けていた。それに消極的な支持者も多くいたにちがいない。なにしろ、話者の大多数が反対を表明したにもかかわらず、臨時政府に反対する彼の決議案は、三三対六、棄権二で可決されたのだから。

党の中枢のこの変化はまもなく、臨時政府の悩みの種となった。

★

四月に入ってからも、三月の浮かれ騒ぎの名残は続いていたが、今はそこに何か、より硬く苦いものが加わっていた。全面的危機の最初の兆しは、なかなか見つけにくいものだった。

四月上旬、兵士の妻《ソルダトキー》数千人が首都を行進した。この女性たちは、脅しや危険にさらされる不利な状況のなかで、不十分だった国からの支援を求める戦いを始めていた。しかし夫が不在であるのは、思いがけない自由を得られるということでもある。二月中に彼女たちの食糧や支援、敬意への要求は急進的な色合いを帯びるようになった。その傾向はずっと続いていた。ヘルソン地方では、そうした妻たちがあちこちの家に押し入り、不当な贅沢品とおぼしきものを「徴発」していたという目撃談もあった。

彼女たちは可能なかぎり法律を嘲り、当局を怖気づかせようとしたが、そればかりでなく直接的な暴力行為もあった。国の小麦粉を扱う商人が、商品を割引価格で提供しようとしなかった場合、その商人は兵士の妻たちの一団に袋叩きにされ、救出に駆けつけようとした土地の警察署長《プリスタフ》が、間一髪で同じ目にあうのを免れたりもした。

ヴォロースチやゼムストヴォといった地方組織ができあがっている土地で、ソヴィエトや会議や大会や農民集会が混沌と熱狂のうちに広がり、次第に不穏な形をとりはじめていた。三月という早い時期から、ヴォルガ地方では、戦闘的な地方共同体が地代や入会権をめぐって地主との争議を始めた。農民の一団が斧や鋸を持って私有林に入り、地主の木を切り倒すといったことが増えた。そして四月になったいま、特にバラショフ、ペトロフスク、セルドブスクなどの北西地方でその動きが活発化していた。ときには農民が、自分たちのために貴族の牧草地を耕し、種子の価格に見合った公正な額だけを支払うといったこともあった。

　重要なのはこの「公正」の感覚だった。たしかに、階級がらみの粗野な怒りや暴力沙汰もあるにはあった。だが、村の共同体が地主に対抗する行動は、道徳経済《モラル・エコノミー》の正義という観点から良心的に語られることが多かった。そこには、地元のインテリが同情してまとめた宣言書や声明書、あるいは細心だが長ったらしい独学の成果による、法律的な形式を模した要求が付属することもあった。これはつまり、土地をそこで働く者全員で平等に分け合うこと――「黒の再分配」と呼ばれるようになる――への伝統的、千年至福説的な憧れと、そのあとに続くはずの自由を一時的に認識することだった。

「内閣、資産、修道院、教会、大土地所有者の土地は、無償で人民に譲り渡されねばならない。それらは労働ではなく、さまざまな性的冒険によって得られたものだからだ」。ヴィヤトカ地方のラカロフスク郷の非識字の農民一三〇人が、自分たちの要求を代筆させて一通の手紙にまとめ、四月二六日付でペトログラード・ソヴィエトに送りつけた。「ツァーリ周辺の狡猾で卑怯な態度については言うまでもない」

　これは帝国各地で政治に目覚めた、熱心かつ熱狂的な人々から送られた手紙の一通にすぎない。二月以降、そうした手紙はこの国を横断し、ソヴィエトへ、政府へ、土地委員会へ、新聞へ、エスエルへ、メンシェヴィキへ、ケレンスキーへ、何かしら力を持っているか重要そうな人間や組織の下へと押し寄せた。その最初の何カ月かは、まだ何かに脅されてでもいるような注意深い書き方のものもある一方、不確かではあっても希望と喜びに満ちたものも多かった。関心をもった人々の命令、嘆願、申し出、問いかけ、悲嘆の言葉の数々があった。段落もなければ句読点もない文字の塊、たたみかけるような切迫した比喩、書くことに慣れていない人々の堅苦しい法律用語もどきがあった。詩や祈りや呪いがあった。

トゥーラの弾薬工場の怒れる労働者が自分たちの製品を守った経緯が、『イズヴェスチャ』に掲載された。ヴォログダのロデイナ村の農民がソヴィエトあてに、社会主義者の新聞を送ってほしいという手紙をよこした。メンシェヴィキの機関紙では、アトラス金属工場の「労働者の長老委員会」がアルコール依存を非難した。カフカースの第二バッテリー組立工場の兵士たちが「深く敬愛する議長」チヘイゼあてに書いた手紙は、自分たちの教育のなさを嘆き、どうか本を送ってほしいと懇願する内容だった。キエフの第二輸送船修理工場もチヘイゼに手紙を書き、革命の殉難者たちのために四二ルーブルを同封してきた。

これからの数カ月で、こうした手紙は怒りと絶望の度合いを増していく。だがこの時点ですでに怒っている者も多く、苛立っている者はさらに多かった。「私たちは借金を抱え、隷属して生きることに疲れ、うんざりしている」。ラカロフスクの農民は自分たちの議長にこう代筆させた。「土地が、光がほしい」

四月一八日、臨時政府は同盟国あてに、公式の「革命的祖国防衛主義」的な戦争目的を打電した。これは先月のミリュコーフの挑発的な会見のあとでソヴィエトが要求したことだった。しかしミリュコーフはそうした動きをすべて潰そうと、彼の目に〝弁解の余地のない反逆行為〟と映るものを消し去ろうと決めてでもいるようだった。その文書、「三月二七日の宣言」のくり返しに、ミリュコーフは、例の電信はロシアが戦争をやめるという意味ではないことを「明確にする」覚書を付した。ロシアは今後も連合国の「高邁な理想」のために戦いつづけると、その覚書にはあった。

まもなく「ミリュコーフ覚書」の名で呼ばれるようになったそれは、右派カデットのはぐれ者の策動というわけではない。覚書を付けようという彼の草案と計画は、臨時政府内の左派と右派の妥協の産物として内閣の承認を受けていた――まさしくソヴィエトを傷つけるために。

四月一九日、ソヴィエト執行委員会がこの覚書の内容を知ったとき、チヘイゼはミリュコーフを「革命の悪しき天才」と呼んで非難した。激昂したグループはイスパルコムひとつではない。二〇日にその内容があちこちの新聞に載ると、たちまち自発的な怒りのデモが勃発した。

フィンリャンツキー連隊に勤務する熱血軍曹フョードル・リンデは、政治的にはどこにも属さないロマンティストで、二月には五〇〇〇人強のプレオブラジェンスキー連隊を煽って反乱を起こさせる重要な役割を果たしていた。そしていま、ミリュコーフの覚書に、これは戦争終結という革命の確約への裏切りだと烈火のごとく怒った。革命的祖国防衛主義者のリンデは、この覚書が軍の戸惑いと怒りをかきたて、きわめてまずい方向に向かわせるのではないかと恐れを抱いた。

ミリュコーフの介入が公になったとき、リンデは連隊内の一個大隊を率いて壮麗な新古典主義のマリインスキー宮へ向かった。自分はソヴィエト執行委員会のメンバーでもあるし、委員会はこの行動を認めてくれるだろう、権力を行使し、不実な政府閣僚を逮捕してくれるにちがいないと心から期待していた。モスコフスキー連隊、パヴロフスキー連隊の兵士たちも彼の示威行動に合流し、まもなく二万五〇〇〇人が宮殿の外で怒りと抗議の声をあげる事態になった。

だがあろうことか、ソヴィエトはリンデを非難した。そして逆に、臨時政府が権威を回復するのに手を貸さねばならないと主張したのである。

ミリュコーフ覚書と、覚書に反対するデモの激化は、ボリシェヴィキのあいだに疑念と緊張を作り出した。この問題にレーニンは彼なりの解決策を出し、その朝の第一回ボリシェヴィキ・ペトログラード市大会の緊急会合で伝えたが、それは彼らしくもない曖昧なものだった。覚書を非難し、戦争の終結はソヴィエトへ権力を移譲することによってのみ可能になるとする内容だった——が、労働者と兵士に向けての、デモに加わろうという呼びかけはなかった。

だがすでに、何千人もの兵士と労働者が街頭にくり出し、ミリュコーフとグチコフの辞任を求める雄叫びをあげていた。ソヴィエトが解散するよう命じると、憤懣やる方ないリンデも含め、ほとんどが従った。しかしデモの参加者たちはまだ、こう書かれたプラカードを掲げていた——「帝国主義政策を倒せ」、そして「臨時政府を倒せ」と。

こうしたスローガンは、ボリシェヴィキの地区代議員にも受けがよかった。党左派にはこうした見ものや介入を是とするムードがあったのだ。すでにその日、ボリシェヴィキ軍事組織のネフスキーが、ソヴィエトによる権力奪取を促すために部隊を動員しようと主張していた。リュドミラ・スタールは、「レーニンその人よりも左寄りに」なってはいけないと同志たちに訴え、代議員団は結局、「中央委員会の決議に連帯」しようと呼びかけることで合意した。これはレーニン自身の、かなりその場逃れの動議に従ってのことだ。

だが翌日、外にくり出したデモ参加者は再び数千人に膨れあがったものの、そのなかに兵士の姿は少なかった。本当に政府を倒すのか？　そうした思いがボリシェヴィキのあいだにも摩擦を生んでいた。あるビラの写しが何百枚も風に吹き散らされ、ただ踏まれるだけのものもあったが、多くは人の目にとまって読まれた。そこには匿名の不埒者の考えが書かれていた。見出しは「臨時政府を倒せ！」。同志たちは、極左ボリシェヴィキであるプチーロフの労働者で、中央委員会の候補者ボグダティエフが犯人だとささやいていた。手ごわいクロンシタットのボリシェヴィキは政府転覆に強く賛成している。彼らには「いつでも革命軍を支援する」用意がある、と。

二一日の午後、デモはモスクワにも広がっていた。いっぽう首都では、労働者たちがネフスキー大通りを埋め尽くし、臨時政府の終焉を声高に訴えた。だが今回は行進の途中で、彼らのものでない幟旗が目につきはじめた。カザン大聖堂の外に別の群集が、大きく振った腕のようにカーブして並んだ柱の間に蠢いていた。カデットの反対デモである。

カデットたちは剣呑な目でにらみつけ、自分たちのスローガンを唱えはじめた。「ミリュコーフ万歳！」「レーニンを倒せ！」「臨時政府万歳！」

円蓋の陰で衝突が起こった。手にしたプラカードを武器がわりに使う。互いにつかみ合い、振り回す。そのとき衝撃的な、カタカタカタという音が響いた。銃声に驚いた群集が、パニックに駆られて逃げ出す。死者が三人出た。

午後三時、労働者が再び冬宮をめざして行進を始め、ペトログラード軍管区を預かるラーヴル・コルニーロフ将軍は部下の部隊に、聳え立つアレクサンドル円柱に取り巻かれた宮殿の前の大広場に陣を構えるよう命じた。

コルニーロフは、タタールとコサックの血をひく職業軍人で、オーストリア゠ハンガリー帝国の捕虜となったあと、一九一六年に脱走したことで有名になった。攻撃的で直情的で想像力に欠け、粗暴だが勇敢なコルニーロフは、ペトログラードの軍規を立て直すというありがたくない責務を負っていた。その任務のつまらなさを思い知らせてやろうとでもいうように、兵士たちはこのとき、彼の命令を鼻であしらった。そして代わりに従ったのは、戦闘態勢を解くようにとのソヴィエトの指令だった。

コルニーロフは、血の気は多くとも馬鹿ではなかった。怒りと蔑みをぐっと呑み込み、自らの指示を撤回することで衝突を避けた。

ソヴィエトはこの危機を暴力で解決しようとはせず、軍部隊が許可なしに街頭に出ることを禁じる布告を行った。これは四月危機と呼ばれるこの騒擾を収束させる効果的な指令だった。その夜、ソヴィエト執行委員会は票決を行い、三四対一九で、臨時政府によるミリュコーフの覚書の「説明」を受け入れた――この説明は、事実上の撤回に等しかった。

活動家たちの血はまだ滾っていた。その夜、ボリシェヴィキ・ペテルブルク委員会の執行委員会の会合では、政府転覆を支持する動議が賛成を集めつつあった。ボリシェヴィキの穏健派を憤らせたレーニンはいま、党の「極左」の意気込みに水をさす方向に転じた。

「〝臨時政府を倒せ〟のスローガンは、現時点では正しくない」と四月二二日のレーニンの決議案は述べている。革命的労働者階級の側についている勢力がまだ多数派ではないからだ。その重みがないかぎり、「こうしたスローガンは空疎なフレーズとなるか、客観的に見て、冒険主義的な性格を帯びることになる」。そしてこうくり返した。「ソヴィエトが……我々の政策を採択し、自らの手に権力を握ろうとしたときに初めて」、自分はそうした移譲を主張するだろう。

四月危機は図らずも、ある重要な教訓を伝えていた。ソヴィエトが望むと望まざるとにかかわらず、ソヴィエトは臨時政府や将校たちよりもペトログラード守備隊に対しての権威を多く有していることがあきらかになったのだ。


四月危機の盛り上がりは、首都ではたちまち影をひそめたかもしれないが、国全体を見れば、進歩と変革の潮流はまだ非常に強かった。広大なロシア全土にわたって、あの二月がもたらした騒乱と実験はそれぞれ独自の形をとり、さらに真摯かつ本格的な自由の探求へと向けられていった。各民族やマイノリティは目覚め、自立への動きが起こった。

仏教が優勢なシベリアのブリヤート人居住地域には、シベリア横断鉄道が中心都市のイルクーツクに到達した一八九八年以降、ロシア人の移住が進んだ。その後の数年間で一度ならず、この地域は差別法に反対するブリヤート人住民の暴動に揺れ、ロシアの体制による愛国主義的な文化的、政治的脅迫に直面してきた。一九〇五年にはブリヤートの議会が自治権と言語および文化の自由を要求したが、抑え込まれていた。新しい自由の波が押し寄せてきたいま、イルクーツクには新たな議会が生まれ、票決によって独立が支持された。

カフカース山脈のオセチア地域では、住民が議会を招集し、新たな民主的国家内に自治組織を打ち立てようとする動きが生まれた。黒海に面した南ロシアの地域クバンでは、これまではラーダのコサックたちが皇帝からその長を任じられていたが、今後はラーダがその地方の最高行政権をもつことを宣言した。ムスリムの近代化をめざす進歩的なジャディード運動のメンバーは、二月革命のおかげで自分たちのプログラムの正当性が立証されたと意を強くし、タシケントなどトルキスタンの全域にイスラム評議会を設立、すでに地方ソヴィエトが発達したせいで衰えていた旧政府を解体し、現地のムスリムの地位を高めるのに一役買った。四月の終わりに、評議会は第一回汎トルキスタン・ムスリム会議を招集した。一五〇〇人の代議員は臨時政府を承認し、大幅な地方自治を求めた。

進歩をめざすこうした探求は民族という枠のなかには留まらなかった。二月の革命直後にドゥーマのムスリムたちが要求した、全ロシア・ムスリム会議が早くも迫っていた——だがそれより前の四月二三日、タタールスタンのカザンに、全ロシア・ムスリム女性議会の代議員たちが集まった。五九人の女性代議員が三〇〇人強の聴衆——圧倒的に女性が多数——の前で、イスラム法の地位、複婚、女性の権利とヒジャーブなどの問題を議論しあった。広範な政治的、宗教的姿勢をもつ女性たち、たとえば社会主義者ズライハ・ラフマンクロヴァや二二歳の詩人ザヒーダ・ブルナシェヴァに加え、宗教学者ファティマ・ラティフィヤとラビバ・フセイノヴァ、イスラム法の専門家からの貢献があった。

代議員たちは、コーランに書かれた禁令が歴史的に特殊なものであるかどうかを論じた。歴史を超えた正統性を支持する勢力でさえ、その多くが保守的な見方に反して、女性にもモスクに礼拝する権利がある、また一夫多妻はそれが「正当」である場合にのみ許されると解釈した。第一夫人の許しがあればということだ。だが、複婚に関するこの進歩的でありながら伝統主義的な見解が承認されると、フェミニストおよび社会主義者たちは不満を抱き、ブルナシェヴァを含む三人を選出して、翌月モスクワで行われる全ロシア・ムスリム会議に一夫多妻制に代わる案を提出することを決めた。

会議は一〇の原則を採択したが、そのなかには女性の投票権、男女の平等、ヒジャーブの非強制といった内容があった。議論を牽引する中心には、あきらかにジャディーディズム、つまり極左の思想があった。不穏な時期の到来を告げる徴候だった。

★

ペトログラードはリンデの冒険の影響から回復しつつあった。四月危機直後の四月二四日から二九日にかけて、ロシア社会民主労働党——一九一二年以来のボリシェヴィキの正式名称——の第七回全ロシア会議が行われた。その席上レーニンは、ボリシェヴィキ右派に対する左派からの批判に加え、左派に対する「右派」の視点からの批判も新たにつけ加えた。あの四月危機は争いであってはならなかった、とレーニンは言った。あれは「敵勢力の平和的偵察」の機会だったのだ——敵とは臨時政府のことである。ペテルブルク委員会は熱狂にかられ、「ほんのわずか左に偏りすぎる」という「重罪」を犯してしまったのだ、と。

スターリンは、より穏健なほうの元々の立場から鞍替えし、今はレーニンに賛同するようになった数人のなかのひとりだった。四月テーゼには、カーメネフの一派や、臨時政府を「油断なく見張る」という姿勢に固執する右寄りの少数派からの反対の声がやまなかった。それでもレーニンの「すべての権力をソヴィエトに」という呼びかけは、ボクダティエフとその一派への戒めのなかでも説明されているように、圧倒的多数で採択された。帝国主義戦争と「革命的祖国防衛主義」にはともに反対すべきだというレーニンの見解も同様だった。

ほんの三週間足らず前に、彼の提案が恐怖をもって迎えられたことを思えば、驚くべき変化である。党内でのレーニンの株はうなぎ上りだった。

しかしボリシェヴィキも一枚岩とはいえなかった。レーニンは現在の情勢についての動議を、カーメネフらに配慮して緩和せざるを得ないと譲歩したのだが、その動議すら七一対三九、棄権八で可決されたにすぎなかった。中央委員会の九議席のうち、右派が四議席を確保し、ひとつはカーメネフが占めたため、レーニンの足元は火がついた状態になった。そして、戦争賛成の方向に傾いたことで体面を汚した第二インターナショナルの問題では、レーニンはただひとり、袂を分かつほうに票を投じた。

だがそれでも、議会が四月二九日に閉会したとき、レーニンは慎重にではあるが、事態の進展を喜ぶことができた。

二六日、臨時政府は率直な、情緒に訴える要請を行った。四月危機で露呈したとおり、自らがロシアを掌握できていないことを認めたのだ。そして「これまでは直接的な役割を果たしていなかった、この国の創造的な勢力の代表たち」に行政に参加するよう促した。

これはソヴィエトに協力を求める、正式で直接的な訴えだった。この要請にどう応じるかをめぐって議論は分かれ、ソヴィエトは揺れて分裂した。

軍事大臣グチコフ、嫌われ者ミリュコーフの地位はもう支えきれなくなっていた。両名ともに二九日に辞任した。

四月のドラマがくり広げられているあいだも、ソヴィエトは、外国に取り残されたまま、おそらくは法律が届くかどうかすらあやしい状況に留め置かれ、帰国が叶わずにいる多くの革命家たちの窮状に思いを馳せていた。ソヴィエトは政府の仲介を求めた。外務大臣であるミリュコーフの最後の仕事のひとつは、連合国への脅威になるとされ、英国によってカナダのノヴァスコシアの収容所に拘束されているロシア国籍の人物の身柄に関して交渉することだった。この囚人の名は、レオン・トロツキーといった。

グチコフは「二重権力」は持ちこたえられないと考え、代わりに右派による連繫を模索した。臨時政府内のブルジョアジーと、たとえばコルニーロフ将軍のような軍の「健全な」勢力、それにさまざまな実業界のリーダーたちをつなごうとしたのだ。ソヴィエトは当然、賛成はしなかった。しかしだからといって、自分自身の立場をどう扱うべきか知っていたわけではない。もう統治はできないと率直に公言した政府を「監視する」というばかげたことを、いまだに続けていたのだ。

ミリュコーフとグチコフが辞任した同じ日、ソヴィエト執行委員会は臨時政府との連立を、二三対二二というぎりぎりの票数で否決した。ティフリス、オデッサ、ニジニ・ノヴゴロド、トヴェリ、エカテリンブルク、モスクワなどの地方ソヴィエトは、ブルジョア政府に社会主義者が加わることには依然として断固反対だった。その間に、ボリシェヴィキなどさらに左寄りの人間の多くは、臨時政府に対してますます否定的になっていた。

しかしその半面、連立へ向けての圧力も高まっていた。連合国の愛国的な社会主義政党の代表たちは、妥協を是とする国際的左派を代表していたが、ロシア政府の参画を強く煽りたてた。これがツィンマーヴァルトで語られた、社会愛国主義者たちである。彼らは大挙ロシアにやってきて、ロシア国民に戦争を支持させようと努めた。フランスのアルベール・トーマとマルセル・カシャン、英国のアーサー・ヘンダーソンとジェイムズ・オグラディ、ベルギーのエミール・ヴァンデルヴェルデとルイ・ド・ブルッケルである。彼らはロシア国内と前線を旅し、ロシアの将軍たちの部隊に合流しては、この戦争に向けて士気を鼓舞しようとした。フランスの社会主義者ピエール・ルノーデルは、今やこの戦争は「何はばかることなく」、「正義の戦い」と評することができるとまで言った。

しかし彼らが説得しようとした相手の大半は、戦争に疲れ、よくて無関心、悪くすれば敵意を抱いていた。そのこともこうした客人たちの目には映らないようだった。一度、なんら意味のない芝居がかった場面があった。アルベール・トーマがバルコニーから群集に向け、ほとんど誰もわからないフランス語で呼びかけながら、まるで子どものパーティに現れたパントマイム役者よろしく、道化た身振り手振りをしてみせたのだ。そして架空のカイゼル髭をいじくり、架空のロシアを怒らせ、この茶番に聴衆が漏らした不平の声を称賛の言葉と受けとめて、締めくくりに山高帽を麗々しく振ってみせた。

ソヴィエトを支援しつつも、政府も絶対不支持というのではない労働者や農民、兵士にとっては、政府内に社会主義者がいるというのは感覚的に唯一納得できる話だったかもしれない。ある地方の当局は次第にそうした主張を行うようになった。ケレンスキーはすでに内閣の一員ではないのか？　そしてケレンスキーは人気があるだろう？　さらに多くのケレンスキーがいて何が悪いのか？

エスエル党内ではその方向へと潮が流れはじめ、それが左派と右派の亀裂の拡大という形で現れた。下士官兵たちは、政府が戦争を「革命的手法」によって遂行するよう求めた。ペトログラードの部隊もそうした理由から、今やボリシェヴィキびいきの装甲車師団までもが、連立支持の意思を伝えてきた。

この種の「左派」の潜入工作に加え、いささか奇妙な論法から、ある種の「右派」社会主義も生まれてきた。急進派がソヴィエトに対する信頼から政府との連立を望む一方で、右派にあたる者たちも、より穏健な党やソヴィエト自体に属する多くの「公式の」社会主義者も含め、もしも権力がより伝統的な形に戻らなくてはならないのなら、こうしたソヴィエトこそが完成した形ではないか、と考えるようになっていた。

ペトログラード・ソヴィエト内では、数の上で多数派であるにもかかわらず、エスエルの穏健派は政治的にはメンシェヴィキの指導層に追随する傾向があった。二つの組織の優勢なほうの翼の距離は、互いに縮まっていた。そしてメンシェヴィキのフョードル・ダン、チヘイゼ、ツェレテリは、お飾りのようなエスエルの多くの指導層とは能力の面で段違いだった。尊敬を集めるチェルノフですら、従来はエスエル左派に属していたが、ロシアに帰還してからは、アフラム・ゴーツのような以前の政敵のほうへ、そして「革命的祖国防衛主義」のほうへ急速に傾いていった。チェルノフは、以前は自分から見て右寄りにいたあのエスエル知識人たちの穏健路線を容れて、二月の「革命における進歩」を強化することを主張し、反動を引き起こす恐れのある急進的な動きには反対した。左派の無組織ぶりを非難し、「有産階級」のほうが管理するには適当な対象だと考え、社会主義＝自由主義の連立と臨時政府の支持を表明した。

妥協を拒むアナーキスト、ボリシェヴィキ、左派エスエル、左派メンシェヴィキ、さまざまな伝統をもつ最大限綱領主義者をのぞいて、左派の左派、そして左派の右派も連立のほうへなびきはじめていた。政府の舵取りもなく、軍事大臣は不在のまま、四月は終わった。ソヴィエトの社会主義者たちは、自分たちが不在のままの機関、ブルジョアジーすら見限りつつある機関を基盤に、ブルジョア革命の成功に尽力しようとしていた。ケレンスキーが混沌や混乱を、破滅を予言したのも不思議ではない。秩序の崩壊が広がっていく、彼はソヴィエトの同志にそう警告した。軍も早晩、戦う力を失うだろう。

戦争に関するそうした認識は、革命的祖国防衛主義者たちの懸念がこの国の帝国主義者たちのそれと緊密に嚙み合っているという議論の鍵だった。それはロシアの崩壊が迫りつつあるというケレンスキーの予言に融合していった。

5　五月　協調と離伏

五月一日、前回同じ件で投票を行ってからわずか二日後に、ソヴィエト執行委員会はあらためて臨時政府との連立という原則を問うた。今回は四四対一九、棄権二と、賛成の票決が出た。階級の独立性を守ること、極左の立場からブルジョア革命における権力には与しないことを是とするマルトフは怒り、メンシェヴィキの同志たちに連立政府は「容認できない」と打電したが、結果的にはその甲斐もなかった。

ただちに交渉が始まった。ソヴィエトは支持をするにあたっての条件をつけた。留保なき自己決定の原則にのっとり、戦争終結に向けて多大な努力を払うこと。軍の民主化。産業および分配をある程度まで管理すること。労働者保護。富裕層への課税。民主的な地方行政。「土地を働き手に譲り渡す」ことを目標とする農業政策。そして誰もが憧れてやまない憲法制定会議の招集へ向けて動き出すこと。

ソヴィエトに統治に加わるようお願いしているとはいえ、こうしたリストのなかには、ブルジョア的秩序の守護者たちには受け入れがたいものもあったかもしれない。だが実際には、こうした条件はいきおい解釈の幅が広くなり、実施までの期間は長く、曖昧なことも多々あった。メンシェヴィキとエスエルの主流派および右派、とりわけ往年の急進的テロリストも多く含まれる指導層やインテリたちは、政府との協調路線をとらなければ、左派への危険な流れが生じてしまうと感じるようになっていた。党内文化の面で強い影響力をもつエスエル右派はペトログラードのエスエル左派の活動家たちを攻撃し、「党内のボリシェヴィキ」と呼んで非難した。

ブレシコ゠ブレシコフスカヤが資金を提供した新しい機関紙『ヴォーリャ・ナローダ（人民の意志）』はこう書いた。この選択は今や「率直かつ明確に臨時政府に参加する、すなわちこの国の革命政府を強く支持するか、あるいははっきりと断る、すなわちレーニン主義を間接的に支持するかの選択」となっている。自由主義者や右派の側からすれば、二月に行った議論のとおり、今度は自分たちが社会主義者側から譲歩を引き出す番だった。カデットはどんな内閣にしろ、少なくとも党の人間を四人は入閣させるように要求した。戦争という重要問題については、臨時政府が最終的な権威をもつ、つまり国防軍を指揮できる唯一の存在であることを認めるよう、イスパルコムに迫った。

ソヴィエトの対外政策と戦争に対する方針は、カデットの嗜好からすれば平和主義的にすぎたが、合意されたプログラムはある重要な点でカデットを納得させるものだった。軍が防衛的な作戦のみならず、攻撃的な作戦の準備も行うことを認めたのだ。実のところ、革命ロシアの国際的威信は、その曖昧かつ無力な軍事政策のためにいたく傷ついていたし、ソヴィエト内部ですら攻勢に反対する声は次第に弱まっていた。

組閣交渉の最終日となる五月四日、第一回全ロシア農民ソヴィエト会議がペトログラードで開催された。そして同じ日、ある人物が長らく延び延びになっていたこの街への帰還を果たした。家族とともに米国を発ってから、さまざまな陰謀の渦巻くなか、警察の介入や投獄などでさんざん足止めされたあげく、ようやく帰ってきた男の名は、レフ・ダヴィードヴィチ・ブロンシテイン——レオン・トロツキーといった。

　トロツキーは一九〇五年のソヴィエトの指導者として、左派から信頼されているとまでは言えずとも、広く敬意を集める人物だった。話題に上ることは多いものの、その評価はまだ完全には定まっていなかった。異端的な理論、厳しく容赦のない論争術、敵を作りやすい性格、執念深い意固地さのために、「メンシェヴィキからもボリシェヴィキからも悪意と不信の目で見られていた」とイタリア系ロシア人のボリシェヴィキ、アンジェリカ・バラバーノフは振り返る。ただしそこには、彼と「対決することへの恐怖」がかなり働いていたという。誰もが頭脳明晰と認めるトロツキーは、政敵にとっては目の上のこぶだったし、また彼が忠実なのは、活発だが小さな左派グループ、メジライオンツィに対してだけである。彼が今どう出るかは、誰にも予測がつかなかった。

　五月五日、新政府が誕生した。第二次臨時政府、もしくは第一次連立政府である。首相兼内務大臣として留任したリヴォフ公をのぞき、すべての顔ぶれが変わった。新大臣には六人の社会主義者が名を連ね、残る一〇人では、カデットのミハイル・テレシチェンコがミリュコーフに代わって外務大臣に登用された。テレシチェンコはウクライナ出身で、若く裕福な製糖業者だった。熱に浮かされたようなかすれ声をした、政治家らしからぬ雰囲気を漂わせる人物だが、フリーメーソンであることで知られるだけに、この任命の裏に何かしら陰謀があると疑うのはたやすかった。こうしたフリーメーソンがらみの陰謀論は今日でも、ロシア革命に関する議論で実によく見かけられる。とはいえ、身内びいきの推挙であろうとなかろうと、テレシチェンコは連合国とソヴィエトの関係の調整という至難の任務を無難にこなす有能さを示してみせた。

入閣した社会主義者の顔ぶれは、食糧供給を担当する人民社会主義党のA・V・ペシェホーノフ。逓信大臣、労働大臣となった二人のメンシェヴィキ、ツェレテリとスコベレフ。そしてエスエルが三人――農業大臣のチェルノフその人、法務大臣のP・N・ペレヴェルゼフ、そして最も重要なのが新たな軍事大臣の（やはり有名なフリーメーソンである）アレクサンドル・ケレンスキーだった。

ペトログラード・ソヴィエトの総会で、六人の社会主義大臣は、連立という冒険に乗り出すためにソヴィエトの支援を求めた。ソヴィエトはその要請を聞き入れた。まとまった反対票は、左派のボリシェヴィキがかき集めた一〇〇票だけだった。

折りしもいま、トロツキーがタヴリーダ宮のホールへ、一九一七年という舞台に足を踏み入れ、嵐のような喝采を浴びた。

彼の姿を見るなり、新大臣スコベレフは大声で呼ばわった。「敬愛される師のお出ましだ！」

トロツキーが立ち上がった。最初のうちは言葉がとぎれがちだった。偉大な演説家の面影はどこへやら、緊張で体が震えていた。彼の言葉を聞こうと、周囲が静かになった。彼なりの情勢判断を話していくうちに、自信が戻ってきた。

トロツキーは革命を称賛した。ロシアがいかに大きな衝撃を与えたかを語り、その影響はさらに広く世界へ及ぶだろうと力説した。これは国際的な舞台の事件であり、なんとしても完遂せねばならない。

砂糖をたっぷり撒いたあとで、トロツキーは苦い薬も投与した。「だが、伏せてはおけないこともある」と彼は言った。「実は私は、この国で起きていることの多くには反対だ」。自信が深まるにつれてより舌鋒鋭く、社会主義者の入閣を、二重権力の欺瞞性を非難した。そして「革命において信条とすべき三つの項目」を挙げてみせた。「ブルジョアジーを信用するな。指導層を制御せよ。おのれの信念のみを頼れ」。静まり返った部屋のなかで、彼は呼びかけた。我々に必要なのは二重ではない、単独の権力だ。労働者と兵士の代表による権力なのだ。

「我々の次なる一手は、全権力をソヴィエトの手に移譲させることだ」。そのスローガンはレーニンのものでもあった。

やがてトロツキーは、入場してきたときよりはるかに気のない拍手を浴びつつ、ホールを出ていった。けれどもボリシェヴィキたちは、彼の言葉に耳をそばだてていた。

トロツキーの挑発的な登場から五日後、レーニンがメジライオンツィに、機関紙『プラウダ』の委員の席をひとつ用意した（ボリシェヴィキに加わるという条件付きではあったが）のも不思議ではない。レーニンはさらに、左派のメンシェヴィキ国際派にも同じ申し出をすることを検討した。国際派の指導者マルトフは、帰国が遅れに遅れ、ペトログラードの同志たちからのさしたる助力もないまま、レーニンに似た手段で（ずっと大きな列車に乗って）首都へ帰ってきた。

トロツキーとしては原則的に、もはやこうした各勢力の糾合には反対でなかったものの、なし崩し的にボリシェヴィキに加わることは受け入れられなかった。彼はその代わりに、二つの組織が新たに、メジライオンツィというい小グループとボリシェヴィキが肩を並べて結びつくような形を提案した。レーニンはこの傲慢な提案をはねつけた。今は機を待ったほうがいい。

七日から一二日まで、メンシェヴィキはペトログラードで第一回全ロシア会議を開いた——その中途、左派の指導層マルトフ、アクセリロード、マルティノフが到着し、会議に加わった。

ある友人にも語っているように、マルトフは自分の党の、戦争終結についての言質もとらずに政府に加わるという「究極の愚行」に仰天していた。しかし彼が到着する前日、会議はすでにその件を承認しており、祖国防衛主義の問題でもツェレテリが強硬に賛成したために、亡命者たちのメンシェヴィキ国際派は敗れた。だがマルトフらは、こうした決定に縛られることを拒んだ。

マルトフが演壇から話をしようとすると、聴衆は遠慮なく怒号を浴びせかけた。左派勢力は恐れをなし、自分たちがすっかり傍流に追いやられたことを悟った。特にペトログラードでは、メンシェヴィキ左派から数名が去り、ラーリンなども(彼はメジライオンツィでもあった)離脱を主張した。それでもマルトフは、反対勢力として党内にとどまることを決め、七月に予定された党大会までに多数派の地位に戻れることを望んでいた。

賭けの代償は高く、登るべき山はさらに高かった。「あいつを潰せ!」と代議員たちは叫んでいた。「追い出してしまえ!」「やつの言うことは聞きたくない!」

自由主義政府との連立にこれほど激しい不一致があるにもかかわらず、党の左派も右派もまだ、労働者は権力を握れる状態にはないという点では一致していた。メンシェヴィキの幹部たち、とりわけ穏健派の人物たちがある種達観したような、ごく静穏な政治的姿勢を保っていたのも、こうした共通理解が根底にあったからだといえる。

若きボリシェヴィキのドゥーネは、モスクワにある自分の職場にいるメンシェヴィキの重鎮たちに敬意を払いつつ、「年長で思慮深く、見聞の広い同志たち」「最も熟練した労働者」、すばらしい知識と経験をもつ「労働者の貴族階級」——ではあるが、「革命への熱情が冷めてしまった」人たちだとも見ていた。四月テーゼ以降にあった工場での討論で、こうしたメンシェヴィキはもちろん、ソヴィエトによる権力掌握に対し、例証も交えて縷々反対意見を述べた。この国はまだ成熟していない、「労働者は権力を握る前に学ばねばならないことがたくさんある」という理由からだ。ドゥーネはこう振り返る。

会衆は話者すべての話を注意深く聞いていたが、［メンシェヴィキの］社会主義とブルジョア民主主義革命に関するベーベルとマルクスの著作を援用した議論になると、その注意は逸れてしまった……ボリシェヴィキはもっとわかりやすい話し方をした。我々は革命のあいだに得た力を保持し強化せねばならないし、決してブルジョアジーに譲り渡してはならない。ソヴィエトを権力の組織として切り捨てるのではなく、彼らに権力を移譲せねばならないのだと。

★

五月が過ぎていき、国内の緊張は高まっていた。兵士や労働者たちのなかでは不安や不機嫌が危険なレベルにまで達していたが、それが特に顕著なのは農民だった。まだはっきりと政治的な形はとっていないものの、たえず形を変えては現れ、破壊的でしばしば暴力的だった。

各地方で反乱が立て続けに起き、不吉にもどんどん頻繁になっていった。カデットの機関紙『レーチ〔言葉〕』は、「ロシアは無法地帯のようになってしまった」と書いている。怒れる農民の集団にしばしば兵士が交じり、領主の邸を襲うケースが増えつつあった。軍事大臣のケレンスキーがいくら芝居がかった呪いの文句や甘言を並べたてても、兵士たちの大量脱走は続いた。隊列を組んで野原や森のなかをのそのそ歩き、あちこちの街にあふれた。戦争で傷を負い、倫理の混乱を来たし、法の誤った側に落ちた異形の者たち。彼らの多くは、今や生きるために法を破り、さらに暗い側へと向かっていた。

兵士たちだけではない。犯罪率も上昇した。その年ペトログラードで起きた殺人は、前年とは比較にならないほど多く、目を覆うような恐ろしいものもあって、不安と恐怖を蔓延させた。脱走兵たちがレスノイの民家に押し入り、召使を絞め殺したうえ幼い男の子をひどく殴打してから、現金や金目のものを奪った。街全体で一万人強しかいない中国系住民の若い女性が斬り殺され、両眼がえぐり取られた。特に戦々兢々となったのは中産階級だった——防衛手段を講じられる富裕層に比べ、自分たちのほうが無防備だと感じたのだ。また、人間関係の緊密な労働者居住区では、市・民警よりも労働者の民警のほうがよく機能していた。この月になって、サモスード、つまりリンチや群集による裁判といった現象が、『ペトログラーツキー・リストーク（新聞）』の言葉を借りれば、「急カーブを描いて増加した」のも不思議ではない。『ガゼータ・コペイカ』は「今日の群集裁判」というコラムを定期的に掲載しはじめた。

兵士と比べると、概して政治的な形をとって現れてはいたが、労働者たちのなかにも激しい怒りがくすぶっていた。人使いの荒い現場監督の下、ねこ車を押して運河まで往復するといった労働が増えるとともに、ストの回数も増していった。ペトログラードや、一般にそうしたアジテーションと結びつけられる工場労働者だけではない。たとえば、スモレンスク地方のロスラヴリの街でストを打ったのは、婦人帽作りの職人だった。大半が若いユダヤ人女性で、その戦闘的な伝統は一九〇五年までさかのぼれるものだ。彼女たちは一日八時間労働、賃金の五〇パーセント増、週休二日制、有給休暇などの要求を掲げてデモにくり出した。しかも、おもねるような慎ましさなどまったく見せることがなかった。

五月一三日には、クロンシタット・ソヴィエトが、この海軍の島の唯一の権力であると宣言した。連立政府は認めず、ペトログラード・ソヴィエトとしか交渉をしないと。この二重権力の徹底的な拒絶は、地元ボリシェヴィキの影響を色濃く受けての行動だったが、ペトログラード・ボリシェヴィキ中央委員会からは無謀な冒険だとして否定された。今はまだ、こんなおもちゃの街ひとつが反乱の力を手にできる時機ではない、と中央委員会は主張した。レーニンはあるパンフレットにこう記した。ボリシェヴィキは「今現在の美辞麗句ばかりの革命的お祭り騒ぎから［自分たちを］切り離し、本当の意味でプロレタリアートと一般大衆双方の意識を目覚めさせねばならない」。いま党に課せられた責務は、現状を読み取り、「人々が理解できるような形で巧みに」説明することである。それに応じて中央委員会は、クロンシタットの指導層であるラスコーリニコフとローシャルをペトログラードまで呼び寄せた。

レーニンは二人に向かって抗議をした。が、効果はなかった。二六日には、ペトログラード・ソヴィエトから正式に、クロンシタットの部隊に事態の収拾を図るようにとの要請があったが、それもやはり無駄だった。二七日にトロツキーの調停による妥協が行われ、ようやくクロンシタット・ソヴィエトは威厳をもって引き下がった。それ以降もソヴィエトは、この島で唯一実効性をもった機関でありつづけた。

そんな目まぐるしい時期、連立政府がこの国の制御を失うまいと懸命な一方で、左派の批判勢力もまた、自分たちの支持者を抑えるのに四苦八苦していた。

帝国に従属していた各民族は手足を伸ばし、新たな可能性を探ろうとしていた。

五月一日から一一日にかけてモスクワでは、二月にドゥーマのムスリムたちが要求した大会が開催された。バシキール、オセチア、トルコ、タタール、キルギスなどからムスリム系の住民や民族を代表する九〇〇人がモスクワに集結した。

その出席者のほぼ四分の一は女性で、新たにカザンのムスリム女性議会からやってきた数名もいた。幹部委員会一二人のなかのひとりが、タタール人女性セリマ・ヤクボヴァだった。なぜ男が女の政治的権利を認めなくてはならないのかと、ある男性が問いかけたとき、女性のひとりが勢いよく立ち上がって答えた。「あなたがたは宗教家の言うことは素直に聞いて反論もしないのに、私たちに権利を与えられるのは自分たちだといわんばかりだ。でもそうではない、私たちが権利をつかみ取る！」

会議はいくつかの軸に分かれた。だが女性の権利を推進する強力なプログラムが採択され、またムスリム女性議会左派が主張したとおり、象徴的な意味合いしかないとしても、一夫多妻が禁止された。また、有力なタタールのブルジョアジーによる治外法権的な文化的＝民族的自立の計画、あるいは汎イスラム的な自立の要求に対抗して、この大会では連邦主義的見解に立った文化的自立を主張した。これはのちに成熟して、民族解放の呼びかけへと形を変えることになる。

同様の要求はどんどん増えていった。五月一三日には、遊牧民が住民の多数を占める中国との国境地方セミパラチンスクから、キルギス＝カザフ議会がペトログラード・ソヴィエトへの連帯の挨拶を送ってよこした。この議会の主張もやはり、「文化的＝民族的自治」と「政治的自立」の権利だった。フィンランドでは、二月革命によって自立への動きが活発化し、またさらにエスカレートしそうになっていた。ペトログラードの政府は、憲法制定会議を待ってほしいと懇願した。フィンランドは他の国民にとって、悪しき先例になろうとしていた。

ベッサラビアでは、モルドヴァの農民たちの心をつかもうとする争奪戦が起こった。左派が「全面的な自立」を要求する気難しく新しいモルドヴァ人民党の指導者層を迎え入れたのだ。五月一八日から二五日にかけては、キエフで第一回ウクライナ軍議会が行われ、前線、後方、艦隊も含めたおよそ一〇〇万人を代表する七〇〇人強が出席した。これも民族自決を求める声となる。

メンシェヴィキの機関紙『ラボーチャヤ・ガゼータ』によれば、革命後のいま、「臨時政府は帝国主義の影響から自らを完全に切り離し」、「世界的な平和」に向けて邁進していた。五月六日にソヴィエトの『イズヴェスチヤ』は、ロシアの兵士たちが戦いつづけねばならないことは悲しみに堪えないものの、少なくとも「自分たちの英雄的努力が悪に利用されるのでなく……同じひとつの目標――革命を破壊から守り、そして最も早く世界的な平和を達成することに役立つという固い信念のもと……勇気凜々として戦うことができるだろう」と力説した。

このように戦争の新たな正当性を訴える一方で、連立政府はロシアの国際的な立場を理解してもいた。特に連合国におけるロシアの位置づけはまちがいなく、戦争の勝利に貢献していると見られるかどうかに大きく左右される――それも社会主義的とは無縁の連合国側の理屈に基づいて。これが矛盾であることと、そして戦争の継続が反帝国主義のために必要だという論法のおかしさを、一部の人間はよく理解し、すっかりシニカルになっていた。斜に構えたところのない、誠実な多くの社会主義者たちにとっても、その精神的ねじれはつらく耐えがたいものだった。そして政府が軍の攻勢を準備していると聞くと、彼らの苦痛はさらに増した。

五月一一日、ケレンスキーは「兵士たちの権利について」という文書を発表した。命令第一号の内容の多くを踏襲した布告だが、それは世論におおむね上で必要なことだった。しかしより重要なのは、前線における将校の権威を回復させようとしたことである。ここには兵士委員会に諮ることなく下位の将校を任命または解任できる権利、体罰を行使する権利が含まれていた。ボリシェヴィキはただちに、この旧弊なヒエラルキーへの恥ずべき回帰を「兵士の失権宣言」と呼んで揶揄した。

天性の役者であるケレンスキーは、各部隊を呼び集めて集会を開き、大規模な軍の攻勢に向けて備えさせようとする、無謀で奇怪なキャンペーンに着手した。

爆風に蹂躙された前線の荒野で、「最高説得官」と呼ばれていたケレンスキーは、ありったけのショーマンシップを発揮した。非の打ちどころのない軍服風の出で立ちに身を固め、にこやかな笑顔で泥と血と糞便にまみれた戦線を歩きまわった。兵士たちを集合させ、目と目を合わせて温かい称賛の言葉をかけた。スキンシップも惜しまなかった。木箱や切り株やぼろぼろの軍用車のボンネットの上に立ち、集合した部隊に向かって独特の甲高い声で語りかけ、犠牲を求め、ときとして自ら卒倒しそうになるほど激しい熱情をこめて弁舌を振るった。

限られた形、限られた時間ではあったが、こうした介入は功を奏した。ケレンスキーが訪れれば、兵士たちは花を投げた。笑顔の指導者を肩の上にかつぎ上げて運んだ。彼が求めれば、皆が声援を送った。あと一押しだ、それで平和が訪れる、と彼がかきくどくと、それを聞いた兵士たちは祈りを唱え、涙を流した。

あるいは、そんなこともあったと言うべきだろう。歓迎の意思は本物だったが、深くもなければ長続きもしなかった。軍は攻勢を求め、態勢も整っている、ケレンスキーは心からそう信じ込んでいたが、現実はちがった。先の見える将校たち、たとえば四月二二日に、ケレンスキーがアレクセーエフに代えて最高司令官に据えた思慮深いブルシーロフ将軍などには、そのことがわかっていた。

また、ケレンスキーが演説をするのは一部の部隊の前に限られていた。ケガやさらに深刻な事態を招きかねない場所からは遠ざけられた。演説をしたあとはすぐその場所を離れた。そしてその説教の短い麻薬的効果が弱まったとき、兵士たちはまだ敵陣からほんの数十メートルのところで身動きもならず、凍るような泥に浸かりながら、機関銃の照星にさらされているのだ。いくつかの場所では、ケレンスキーが最高の演説をしても野次が飛んだ。断固たる反抗の証である脱走率は、相変わらず異常な高さだった。ボリシェヴィキなどによる戦争反対のアジテーションも弱まることがなかった。

軍上層部の保守勢力は、戦争の向かう方向に、そして効果の薄い昔ながらの術策に顔をしかめていた。ブルシーロフは任官の初日、スタフカ（軍総司令部）に顔を出したとき、「ひどく冷淡な空気」をひしひしと感じたと言っている。頑なで旧弊なままの将校たちには、兵士委員会との協調を進めようとするブルシーロフは裏切者と映ったのだ。彼は高官たちには民主主義的な人物であることをぎごちなく示そうとし、兵卒たちには顔を見るなり挨拶をして握手を求めた。相手の兵士はぎょっとして、思わず手にした武器をまさぐったという。

だが、士気の低下が見られ、上層部には不信が、下層部では脱走がはびころうとも、攻勢への気運は衰えることがなかった。反乱を抑えつけようとする圧力もまた、ゆるみはしなかった。

★

第一回全ロシア農民ソヴィエト会議がペトログラードで、五月四日からほぼひと月にわたって開かれた。農民と兵士の層が大きく重なることを反映して、代表一二〇〇人のうち半数近くは前線からやってきた人々だった。

代議員のかなりの部分を占める少数派（三二九人）は、互いに協力関係をもたなかった。社会民主主義者一〇三人の多数派はメンシェヴィキ。この農業国家にあって予想されるとおり、支配的なのはエスエルで五三七人を擁していた。絶対多数とまではいかなくとも、臨時政府との連立を支持する政策、戦争と平和や民族問題に関する姿勢を推し進めることができた。だが、国内の難しく剣呑な情勢を反映して、そうした勝利は必ずしも簡単には得られなかった。

ボリシェヴィキは完全な少数派で、わずか九人のグループに加え、一四人の「無党派」代表の会派が投票のときに概ね同調してくれるだけだったが、その影響力は強まっていた。その理由は主に、五月七日にレーニンが議会にあてた公開書簡であきらかにしたように、戦争と土地所有という重要な問題をめぐる明快かつ一貫した姿勢にあった。

二二日、レーニンは代議員たちの前で直接、貧農への支持を強調し、土地の再分配を要求した。にわかに農民政党としての地位を奪われそうになったエスエル左派は、これに対抗するように、「すべての土地は例外なく土地委員会の管轄下に置かねばならない」という条項を急遽プログラムにつけ加えた。その後のレーニンは、エスエル左派から政策を盗むことをためらいはしなくなる。だが今のところは、エスエルに花をもたせることにした。

エスエル内部の厄介な事情を反映し、その月末に開かれた第三回党大会で、チェルノフはボリス・カムコフ、マーク・ナタンソン、マリア・スピリドーノヴァらエスエル左派の大物からの激しい攻撃にさらされた。スピリドーノヴァは一一年に及ぶ苛烈な監獄暮らしを経て、二月に解放され、華々しくペトログラードに凱旋したばかりだった。出獄するとすぐに、刑期を過ごした場所にほど近いシベリアの街チタの市長に選出され、ただちに刑務所の爆破を命じていた。いま、彼女を始めとするエスエル左派は、チェルノフが党のプログラムを「骨抜きにした」ことを非難した。そして土地の収用、即時平和、社会主義政府の樹立など独自の提案を行った。

エスエル左派の支持基盤は、代議員全体の二〇パーセントと、一部の票決で支持を得られる四〇パーセントのみで、中央委員会ではひとつの議席(ナタンソン)しか獲得できなかった。そして党が公式に全ロシア農民ソヴィエト会議で主張したのは、穏健派の政策だった。急進派はひっそりと「情報ビューロー」を発足させ、自分たちの活動の調整を図った。その噂がチェルノフの耳に入ったとき、エスエル左派は警戒する彼を納得させようと、そんなものは作っていないと公式に嘘の返答をした。

　レーニンとボリシェヴィキ急進派（党内で特に冒険主義の一派は数に入らない）が非妥協的な政治姿勢を根気よく押し進めたことが実を結びはじめ、およそありえなそうな支持層も生まれてきた。ヴィボルグ地区で「兵士の妻を救う委員会」を組織するニーナ・ゲルトは、自由主義者でありながらクルプスカヤの旧友でもあった。そのゲルトが五月になって、クルプスカヤに組織を引き渡したのだ。ある慈善家の記憶では、三年前のこの兵士の妻《ソルダキー》は「よるべない存在」「目の見えないモグラ」にすぎず、助けを求めてボリシェヴィキに泣きついてきた。そしていま、委員会を手放すにあたって、ゲルトはクルプスカヤにこう言った。女性たちは「私たちを信用しない。私たちが何をしても喜ばない。彼女たちが信用するのはボリシェヴィキだけ」だと。まもなくこの妻たちは、自前のソヴィエトを組織しはじめた。そしてこの不屈の試みは次第に広がっていった。

　だが、公正を期するために言っておくと、当時は帝国の大半の地方が、民族問題のために状況が複雑化し、穏健な活動家に舵取りをされた結果、ボリシェヴィキ強硬派の好みよりも急進的でない姿勢をとるようになっていた。たとえば五月初めに、ジョージアのボリシェヴィキであるミハ・ツハカヤとフィリップ・マハラーゼがペトログラードからジョージアのティフリスに到着し、同志たちに「連立推進論者」のメンシェヴィキとは手を切り、左派のメンシェヴィキ国際派とだけ手を結ぶよう促した。だがその勧告は懐疑的に受けとめられた。

バクーでも、地元のボリシェヴィキがメンシェヴィキに協力していたし、レーニンの四月テーゼはいまだに動揺を引き起こしていた。このテーゼをめぐる社会民主党の機関紙の議論は、制限だらけでまだるっこしいものだった。五月中旬に行われたバクー市の社会民主党大会では、ボリシェヴィキ支持の多数派が連立政府への反対を表明したものの、「すべての権力をソヴィエトに」という姿勢への賛成票を投じはしなかった。バクー・ソヴィエト自体にも、極左的姿勢への抵抗は根強く残っていた。五月一六日、ボリシェヴィキのシャウミアンが出した、新政府を信任しないという発議は、一六六対九、棄権八で完膚なきまでに否決された。そしてソヴィエトは、臨時政府にペトログラード・ソヴィエトのメンバーが含まれることを支持するというメンシェヴィキ＝エスエル＝ダシナーク（アルメニア人の左派政党）の発議を可決した。

こうした地方の穏健化にももちろん例外はあり、その最たるものがラトヴィアだった。この土地にはメンシェヴィキと結びついた強い伝統があり、初期のボリシェヴィキはその影響を受け、三月に「従順な」声明を出したリガ委員会と同様、穏健な姿勢をとっていた。しかしその後、より強硬なロシアに本拠を置く中央委員会に尻を叩かれ、戦闘的な亡命者たちが帰ってきて集団が膨れあがると、その姿勢は変化した。地元のボリシェヴィキはソヴィエトで圧倒的多数を占め、臨時に選出された評議会でも自由主義者に勝《まさ》ったために、きわめて強い力をもつに至った。歴史家アンドリュー・エセルガイリスの表現を借りるなら、「三月以降ラトヴィアに現れた制度的枠組みの特異性は……二重権力という概念が実現しなかったことだ」。

この変化の立役者となったのが、ラトヴィアのライフル銃兵だった。彼らのソヴィエトはわずか数週間であっという間に左傾化し、五月一五日の大会では、戦争と臨時政府、ソヴィエトをめぐるレーニン主義的見解を表明した「現状」に関する決議が可決された。ジュリス・ダニセフスキスは、つい最近までいたモスクワで、ボリシェヴィキの同志たちとともにその決議案を準備していた。決議が可決された二日後、兵士たちは新しい執行委員会を選出したが、そのメンバーでボリシェヴィキでない者は一人だけだった。

ブルシーロフは一定の民主的規範を取り入れようと真摯に努めたものの、ケレンスキーが伝統的な軍律を再び課したこと、そして前線に送るという脅しがなおも続いていることがあいまって、兵士たちに引き起こされた怒りはすさまじいものだった。とりわけペトログラードの革命派兵士たちにはそれが顕著で、彼らのあいだにはボリシェヴィキの影響力がゆるやかに増しつつあった。

第一回全ロシア労兵代表ソヴィエト大会が、六月三日から二四日にかけて首都で予定されていた。極左のボリシェヴィキ軍事組織にとっては、その軍事力をアピールするチャンスである。軍事組織は腕を撫した。そして五月二三日、パヴロフスキー連隊、イズマイロフスキー連隊、擲弾兵連隊、第一歩兵連隊などの連隊が「独自行動をとり」、街頭に出てケレンスキーの軍事政策に対する大規模な武装デモを行う準備に入ることを認めた。

軍事組織の活動家たちのあいだで交わされた議論は、問題はデモをするべきかどうかということではなく（その点で反対意見はひとつもなかった）、デモをどのように、どんな条件下で行うか、兵士の大多数を引き寄せる必要はあるかどうかということのみだった。主催者たちは来月早々にも、クロンシタットの代表と会合をもつことを決めた。その結果をもとに、この示威運動をいつ、どのように起こすかを決めようと。

だが、この決定の影響は深刻なものとなった。

五月三〇日、さらにもうひとつの会議が開かれた。ペトログラード工場委員会（ファブザフコミー）第一回会議である。この種の委員会は二月革命の始まりのころに多く生まれたが、たいていは公営の軍需工場からで、やがて民間工場へと広がっていった。まだ二月直後の目まぐるしい時期に、経営者たちの同意に基づき、ペトログラードのすべての工場にソヴィエト・イスパルコムが導入され、四月には労働者を代表する権限を与えられた。

当初ソヴィエト・イスパルコムは、比較的穏健な経済的要求をする傾向があり、左派社会主義者なら「サンジカリズム」と言いそうな一種の急進的労働組合主義路線をたどっていた。その後物資の不足が続き、社会的緊張が徐々に大きくなるにつれ、工場委員会は左傾化し、強硬さを増した。国内の労働組合の大半をメンシェヴィキが掌握する一方で、五月にはすでに、工場委員会会議の代表の三分の二以上をボリシェヴィキが支配していた。そしていま委員会は、労働者に工場経営を決定する投票権と、会社の帳簿を閲覧する権利を与えよという挑発的な要求を行った。

工場勤務の労働者階級は概して、農民や兵士よりも早く戦闘的になっていった。三一日、ペトログラード・ソヴィエトの労働者部会では、その予兆のように、「すべての権力をソヴィエトの手に」と主張する動議が一七三対一四四で可決された。

そうした票決がソヴィエト全体で可決されることはなかったものの、このボリシェヴィキのスローガンは、連立政府はもちろん、二重権力の支持者たちやソヴィエト内部の穏健派たちの横っ面をも張り飛ばすものだった。

6　六月　崩壊の文脈

六月一日、ボリシェヴィキ軍事組織はクロンシタットの代表と面会し、守備隊のデモ計画を容認した。そして党中央委員会に、参加するよう説得できると踏んだ連隊のリストを送付した。その兵士の数は合計六万に及んだ。

そのころ中央委員会は国事に専念していた。六月三日から二四日にかけて、第一回全ロシア労兵代表ソヴィエト大会（四月初めの全ロシア・ソヴィエト会議で計画された会合）がペトログラードで開会された。その代表のうち党籍があきらかな七七七人には、無党派の社会主義者七三人、エスエル二八五人、メンシェヴィキ二四八人、メンシェヴィキ国際派三二人、ボリシェヴィキ一〇五人が含まれていた。会議は急遽、エスエルとメンシェヴィキが牛耳る新たな執行委員会を選出した。

議事が開始されるやいなや、マルトフは怒りもあらわに攻撃を始めた――その矛先は仲間のメンシェヴィキたちだった。ツェレテリが臨時政府に協調していることをあげつらい、特にスイスの同志ロバート・グリムが先立って強制退去させられたことを非難した。彼はホール内のメンシェヴィキたちにこう訴えた。「かつてともに革命を志した同志たちよ、君たちはいかなる市民でも好き勝手に国外退去させられる大臣に白紙委任を与えるのか？」
メンシェヴィキから返ってきた言葉は耳を疑うものだった。

「ツェレテリは大臣ではない、革命の良心だ！」

その後、スハーノフは称賛をこめてこう記している。「華奢で柔和で、いささかぎごちない」マルトフは、群集という「貪欲な、甲高い声をあげる怪物」に雄々しく立ち向かった。自身の属する党からの攻撃は聞くに堪えないほどで、親しい同志とはいえないトロツキーまでが、この四面楚歌の国際主義者への連帯を示すべく飛び出したほどだった。「誠実なる社会主義者マルトフ万歳！」とトロツキーは叫んだ。

対照的にツェレテリの演説は、自分の派閥から「熱烈な、いつやむとも知れぬ喝采」を浴びた。これは党内主流の穏健派が「ゴスダルストヴェンニク」と呼ばれる一種の国家主義へと向かう変化の表れだった。四月危機は、そうしたメンシェヴィキたちの、権威ある政府には社会主義者の政権参加が必要であり、それは自分たちの政策を推し進める手段にもなるという信念を強めた。またそれとともに、国家を管理するのは我々だという意識も育っていた――何かを成し遂げられるかもしれない国家を。

とはいえ、その国家がとんとん拍子に力を蓄えていたわけではない。連立政府の成立から一カ月後、この国の空気は剣呑さを増しつつあった。地方や都市、前線での混乱は、深刻な社会不安を引き起こすまでになっていた。都市部の犯罪や暴力は相変わらず増加の一途。物資不足はさらに悪化。そんな真夏のペトログラードの混雑した通りをのろのろと歩いている馬は、どれもがりがりにやせ衰えているありさま。人間たちも飢えていた。

党左派の一部も苛立ちを覚えていたが、こうした状況だというのにレーニンはいまだに、ボリシェヴィキがなぜ連立に反対であるのかを、またさまざまな社会問題を生み出す本当の理由を辛抱強く「説明」しようとするプログラムにこだわっていた。彼は会議の場でこう訴えた。「ブルジョアジーの窃盗行為こそが、アナーキーを生むもとなのだ」

六月四日には、非妥協的な姿勢に反対する逓信大臣のツェレテリが、集まった代議員たちの前で、ソヴィエトとブルジョアジーの連繫が合理的である理由をこう語った。「ロシアには今の時点で、〝権力を我々の手によこせ〟と言えるような政党はひとつもない」

するとホールの奥から、すかさず野次が飛んだ。

「そうした政党はあるぞ」。レーニンの叫び声だった。

★

四日、ボリシェヴィキ左派はその力を見せつけた。ペトログラードのマルス広場で、党は二月の殉難者たちを頌する集会を開いた。クロンシタットの水兵たちと並んで、軍事組織が動員したのは、モスコフスキー連隊、擲弾兵連隊、パヴロフスキー連隊、フィンリャンツキー連隊、第六工兵大隊、第一八〇歩兵連隊、第一機関銃連隊の兵士数百人。軍事組織を代表して演説を行ったA・I・セマシコは、クロンシタットの急進主義を名指しで称賛した――そのときの聴衆のなかには、ボリシェヴィキ中央委員会のクルイレンコの顔もあった。中央委員会は兵士たちをたしなめるほうに回っていて、その姿勢は急進派のあいだに怒りをかきたてていた。

二日後、中央委員会とペテルブルク委員会幹部の合同会議で、軍事組織は再び武装デモを提案した。このときはレーニンが賛成した。つねに慎重なカーメネフは、ペテルブルク委員会のジノヴィエフら数人と同じく反対に回った。いつもとはちがってクルプスカヤまでが、レーニンに同調しなかった。彼女の目からもこのデモは平和的にはすみそうになく、したがって党の制御を超えてしまう危険を考えると、許可を出すべきではないと感じられたのだ。

結局、指導部は決定を下さなかった。そしてほどなく、彼らに対してある決定が下されることになる。

ボリシェヴィキは極左としては最も組織された最大のグループだが、唯一の存在だったわけではない。さらに左を見れば、さまざまな規模、傾向、影響力をもつアナーキストのグループがいた。少数派で傍流なのはあきらかだが、それでもアナーキズムは帝国の至るところで局所的な支援を受け、さまざまな拠点を築いていた。たとえばオデッサ——そしてペトログラードにも。

首都にいるなかで、最も急進的で影響力が大きいのは、無政府共産主義のグループだった。その指導者たちには尊重されている人物も多く、たとえばヨシフ・ブレイフマンは、激しやすくがさつだがカリスマ的な人物で、トロツキーが「ユダヤ系米国人なまり」と表現する流暢なロシア語で話し、聴衆を楽しませた。シレマ・アスニンは、第一機関銃連隊に属する有名な闘士だが、元は泥棒で、黒い髭につば広の帽子、さらに銃やら何やらの装備と、ゴシック風のカウボーイのような恰好をしていた。

二月以降に吹き荒れた収用の嵐のなかで、ボリシェヴィキがクシェシンスカヤ邸に移ったように、革命家たちもヴィボルグにあるP・P・ドゥルノヴォという高官の別荘を占拠し改造していた。家の庭はいまは公園となって、地元の子どもたち用の施設が造られ、建物からは「すべての資本家に死を」と書かれた黒い幟旗が垂れ下がっていた。この屋敷はいくつかのグループの本部になっていた。たとえば地区のパン焼き職人組合、極左のエスエル最大限綱領派、そして「ペトログラード民警のソヴィエト」と仰々しく自称するアナーキスト＝ボリシェヴィキのグループ。この最後のグループはビラの製作により適した設備を求め、六月五日に右派の新聞『ルースカヤ・ヴォーリャ（ロシアの意志）』の印刷所を占拠したものの、二日後、二個連隊にたやすく追い出された。しかし当局はこれが癇に障った。こうしたアナーキストは捨てて置けない、そう決めたのだった。

七日には法務大臣ペレヴェルゼフが、二四時間以内に屋敷から立ち退くようにと最終期限を通告してきた。アナーキストたちはヴィボルグの労働者たちに保護を訴えた。時期が時期だけに、またこうしたアナーキストたちが敬意を集めていたこともあり、翌日には大規模な武装デモ隊が支援に現れた。数千人の労働者が彼らのためにストを打ち、二八の工場が閉鎖された。

たちまちソヴィエトの矛盾が再び表に現れてきた。イスパルコム（執行委員会）は労働者の代表から働きかけを受け、ペレヴェルゼフに最後通告を撤回するよう求める一方、事態の調査を始めた。それと同時に、デモ参加者たちに仕事に戻るようにとの呼びかけを行った。全ロシア・ソヴィエト会議の代表たちは、リヴォフの政府への全面的協力と支持を圧倒的多数で可決し、ソヴィエトの認可なく武装してデモに参加することを禁じた。

こうした秩序維持への姿勢は、ボリシェヴィキにとっては抗しがたい煽動《アジテーション》の好機だった。党は急遽日程を早め、その日の夜に中央委員会、ペテルブルク委員会、軍事組織、各連隊や労働組合や工場の代表による討論を行った。そしてこのときは、一三一対六、棄権二二で、今がデモを組織するべき時機だということで合意を見た。

しかしこの多数票の裏には、不安が潜んでいた。民衆のあいだにデモをしようという全般的な傾向があるかどうか、またソヴィエトの反対を押し切ってまでデモをする気があるかどうかという疑問を票決にかけたところ、結果ははるかに心許ないものになった。一つめの問いかけには賛成が上回ったものの、五八対三七にすぎず、棄権も五二で賛成とほぼ同じだった。二つめの問いかけでは、得票差はさらに小さく、四七対四二だった。しかもこのときは、いささか熱意に欠けるとされる闘士グループのなかから賛成票と反対票を合わせたのとほぼ同数の八〇もの棄権があった。これはソヴィエトの意向に逆らってデモを打てるのかという疑念がいかに大きいかを如実に表すものだった。

それでも決定はなされた。デモは六月一〇日、土曜日の午後二時に行われる。準備にはたった一日の猶予しかない。軍事組織の日刊紙、『ソルダーツカヤ・プラウダ（兵士の真実）』は、『プラウダ』よりも直接的で無骨な、あまり教育程度の高くない読者を念頭に置いた出版物だったが、その号外が急いで準備され、デモのルート、指示、スローガンなどが掲載された。中心となる要求は、ドゥヴォエラスティ——二重権力——を終わらせること、そしてすべての権力をソヴィエトに移譲することだった。

その夜、革命派の闘士たちを対象にした、デモとは無関係な手入れで、当局はボリシェヴィキ軍事組織の前線新聞『オコプナヤ・プラウダ』の編集長ハウストフを逮捕し、軍の攻勢への反対意見を書いたことが反逆の罪にあたるとして告発した。だが、この先わかるように、ハウストフの投獄はなんの影響も及ぼさなかった。

無政府共産主義者たちはもちろん、やがて来るデモを全面的に後押ししていた。午後遅くにメジライオンツィはその計画について知らされると、トロツキーがルナチャルスキーの反対を押し切って支持を表明し、準備に参加することを投票で決めた。首都全域の軍部隊や工場の内部で、ボリシェヴィキの煽動者《アジテーター》たちがデモ賛成の決議案を提出し——そして大半が可決された。彼らは党内では少数派であるだけに、すべての権力をソヴィエトにという呼びかけは党派的なものではないと感じられたのだろう。ところが、ある重要なグループがまだ陰に隠れていた。信じられないような話だが、悲しむべき手落ちのせいか、へたな策謀のせいなのか、党の組織者たちが、全ロシア・ソヴィエト会議に出る自分たちボリシェヴィキの代表に伝えていなかったのだ。

九日の午後三時ごろ、デモに関するボリシェヴィキのビラが街に出回りはじめた。臨時政府はただちに法と秩序を呼びかけ、力には断固として力で相対すると警告した。そうした噂が広まったおかげで、ボリシェヴィキの会議代表はそのころになってようやく、デモの計画をかぎつけた。ペトログラードの同志たちがいくぶん右に舵を切っているいま、この決定の裏に政治的意図があるのではという懸念は大きくなっていた。それに加え、自分たちへの扱いに激昂したのも当然だった。

ヴィクトル・ノギンを始めとする中央委員会の代表も緊急会議を開き、自分たちの怒りをはっきり表明した。「代表であるはずの私は、いま初めて、デモが計画されていることを知った」とある人物は言った。ノギン自身はデモ反対の立場だったが、そのノギンが中央委員会を説得して計画を実行させないようにするべきだと、彼らは主張した。

ソヴィエト執行委員会も、デモ阻止のために全力を尽くそうとした。ソヴィエトの多くの人間は、そうした武器を手にしての挑発は右派の反応を硬化させ、流血の衝突を引き起こしかねないと危惧していた。また、この騒ぎが先触れとなって一部のボリシェヴィキが実権を握るのではないかという恐れもあった。実際に党左派にも、オールド・ボリシェヴィキのラーツィス、スミルガ、セマシコらを始めとする少数派がいて、彼らは今回の行動が首都の通信を掌握する手段にはきっとならず——権力を握れることもないだろうと考えていた。

議論や誤った情報伝達、準備が目まぐるしく続けられるうちに、日が暮れた。あらゆるデモを潰すためにケレンスキーが軍を動員した、という流言が広まっていた。ソヴィエト会議幹部会のチヘイゼ、ゴーツ、ツェレテリ、ダンが必死に秩序の維持を呼びかけた。ルナチャルスキーらメジライオンツィは、会議が反デモの行動を宣言するのを止めようとしながら、ボリシェヴィキのあいだで慎重な空気が支配的になるのを期待して、時間稼ぎをしていた。

午後八時三〇分、ジノヴィエフ、ノギン、カーメネフがクシェシンスカヤ邸に到着し、党代表たちの怒りようを報告した。ボリシェヴィキの指導層は急遽会議を招集した。緊張した状況にかんがみて、悲観論者たちは口うるさく撤回を勧めた。だが、反対の声が高まったにもかかわらず、会議は一四対二でスト決行を決めた。

数時間後にソヴィエト会議は、ボリシェヴィキとメジライオンツィを除外した上で深夜の会合をもち、満場一致でボリシェヴィキの計画を非難した。そして「今日はひとつたりとデモを行わない」と定め、向こう三日間にわたってそうした抗議行動を禁止した。この動きを監視するために、会議は速やかに、反デモンストーレション・ビューローなるすばらしい名前の組織を発足させた。計画に反対する勢力は多岐にわたり、さらに怒りと力を強めていた。

日付が一〇日に変わった午前二時、さらに興奮をつのらせたレーニン、ジノヴィエフ、スヴェルドロフが再び、ノギン、カーメネフ、そして会議のボリシェヴィキ代表たちと会った。会議代表たちは中央委員会に残ったわずか五人に、計画を撤回するよう求めた。中央委員会は票決に入った。カーメネフとノギンは断固反対の立場を変えなかった。ジノヴィエフは早い段階でデモ支持に回っていた。だが、残りぎりぎり数分というところで、また元に戻った。そしてスヴェルドロフとレーニンが棄権した。

全員が不安から解放される結果だった。三対〇、棄権二。この棄権票がものをいい、中央委員会はデモの中止を決めた。

ばかばかしいほど小人数の票決である。ペテルブルク委員会のメンバーも軍事組織そのものもいない。この土壇場での決定にもし反対の人間がいたら、定足数に足りない、非民主的だというもっともな批判をして受け入れられていただろう。しかしレーニンは反対を唱えず、デモは中止された。

威厳も何もない、慌てふためいたどたばた騒ぎだった。不機嫌なボリシェヴィキたちは党の組織と幹部会、そして無政府共産主義者たちのもとに駆けつけ、抗議行動が中止になったことを知らせた。午前三時、党の印刷所にも報せが届いた。緊急に『プラウダ』と『ソルダーツカヤ・プラウダ』の紙面を作り直し、記事をあちこち入れ替えたり書き直したり、デモの指示を削除したりした。夜が明けると党の闘士たちが各工場や兵舎に飛んでいき、せっかく自分たちが懸命に準備して数時間後に迫っているものを思いとどまるよう説得した。

ソヴィエト会議の代議員たちもペトログラードじゅうに散らばり、労働者や兵士たちにデモをしないよう訴えてまわった。いくつかの地方の委員会は、自分たちは引き下がったけれども、それはボリシェヴィキの要請に応じてのことで、ソヴィエト会議や臨時政府に屈したわけではないという決議を可決した。

ボリシェヴィキが厳しい叱責から逃れられたわけではない。ヴィボルグ地区の工場や兵舎や中庭では、闘士たちが党の方針転換に激怒していた。党を激しく罵りもした。ソヴィエトの機関紙『イズヴェスチヤ』は、疑い深い党員が指導者たちに侮辱の言葉を浴びせたと伝えた。『ソルダーツカヤ・プラウダ』

はこの決定から距離を置き、この指示は上から来たものだと強調した。スターリンとスミルガは、自分たちの不在中に行われたはなはだ疑わしい票決に抗議し、中央委員会からの辞任を申し出た（この二人の辞意は却下された）。ラーツィスによれば、多くのメンバーが党の名刺を破り捨てた。クロンシタットでは、有名なボリシェヴィキのフレロフスキーがその朝の仲間の水兵たちの怒りようを評して、これまで生きてきたなかでも「指折りに不愉快な」時間だったと記している。独断でデモを敢行しようという声もあがったが、とりあえず代表をペトログラードへ向かわせ、何が起こっているのか中央委員会から聞き出すことをフレロフスキーが提案して、なんとか思いとどまらせることができた。

ボリシェヴィキの指導層には、釈明すべきことが山ほどあった。

六月一一日に開かれたメンシェヴィキとエスエルの特別委員会で、ツェレテリは穏健派の怒りを言葉で示した。ここ最近の事件は、ボリシェヴィキの戦略があきらかに、プロパガンダから武力による権力奪取の試みへ変化したことの証左であり、党による抑制を求める、と。

論争は会議のあいだも続いた。

フョードル・ダンは四〇代後半の、著名で献身的なメンシェヴィキの医師だった。外科医として従軍した経験もあるが、反戦派の「ツィンマーヴァルディスト」で、知的な部分でも私的にも、メンシェヴィキ左派に親しい人物である――妻のリディアはマルトフの妹でもあった。しかし二月以降、ダンは祖国防衛主義の立場をとり、新たな革命ロシアは戦争に参加する権利と義務をもつべきだと主張した。左派急進派の傾向があるにもかかわらず、本人は〝否応なしに〟と言いながらではあったが、「民主主義」――ここでは一般大衆のためのもの――に賛成して臨時政府への協力を唱え、ツェレテリが五月に逓信大臣になったことも支持した。だが、党内の同志たちとの絆があり、またボリシェヴィキからの痛烈な攻撃があったにもかかわらず、今はボグダノフ、ヒンチュクら党の数人とともに、左派の立場からツェレテリに反対した。

とりたててボリシェヴィキを支持するわけではなく、革命的民主主義の原則に従って、ツェレテリの懲罰的な姿勢に異を唱えたのである。ダンのグループが提案したのは妥協案だった。武装してのデモは禁止する、ボリシェヴィキに対しては糾弾しても、公式に抑えつけることはしない。

レーニン不在のなか、ボリシェヴィキ擁護に口を開いたのはカーメネフだった――彼が実現することのなかったデモに一貫して反対だったことを思えば、興味深い選択である。このときカーメネフは、あまり説得力はないものの、これまでもデモはつねに平和的だったし、権力奪取を呼びかけるものではなかったと主張した。しかも今回は会議からの要請に応じて取りやめになった。何を大騒ぎすることがあるのか、としれっとした様子で問いかけた。

ダンの軽い叱責と、カーメネフの邪気のない驚きの顔で、状況は静まりかけたように見えた。だがそのとき、規則を無視して、ツェレテリが発言に立った。

「彼は顔面蒼白で、おそろしく興奮していた。その場を張りつめた沈黙が支配した」と『プラウダ』の記事にはある。

ツェレテリは容赦ない攻撃に出た。ボリシェヴィキは陰謀家たちだと決めつけ、やつらの計画に対抗するために、やつらの武装を解き、法的に抑えつけるべきだと要求した。

空中に火花が走った。すべての目がカーメネフに注がれるなか、彼は応答に立った。もしツェレテリがそうした見解に与するのなら、この私を逮捕して裁判にかけるがいい。この反撃をきっかけに、ボリシェヴィキたちはいっせいにホールを出ていった。

彼らの不在のなか、険悪な議論が続いた。ツェレテリ側についたのは、アヴクセンティエフ、ズナメンスキー、リベルなど多くの右派社会主義者——そしてケレンスキーも含まれていた。反対にまわったのは中道派、左派エスエル、トルードヴィキ、メンシェヴィキ、そして極左のメジライオンツィなど。他にはダンのように、民主主義の原則にのっとった主張をする者。これは陰謀だというツェレテリの主張には根拠がないと言い立てる者。そしてまた、特に雄弁なのはマルトフだったが、労働者大衆は多くの争点でボリシェヴィキを支持していると指摘する声もあった。したがって、右派に属する社会主義者の責務とは、左派を槍玉に上げることではなく、そうした労働者を取り込むことではないか。

いよいよ採決というとき、エスエルとメンシェヴィキがダンの妥協案への賛成にまわった。ボリシェヴィキを抑えつけるというツェレテリの決議案は、かろうじて否決された。

ボリシェヴィキ・ペテルブルク委員会の緊急会議が開かれ、レーニンはデモ中止の裡にある事情を説明しようとした。あらためて「可能なかぎりの平静、注意、抑制、準備」が必要だと強調したものの、今度はさらに一歩踏み込んだ。ツェレテリがまったくちがった政治的立場からそうしたように、革命は新たな局面に入ろうとしているとほのめかしたのだ。

ごく抽象的な言い方でもないかぎり、レーニンは謝罪をしたりミスを認めたりしない。それは彼の流儀ではなかった。それどころか、中央委員会には二つの理由から、抗議行動に待ったをかける以外の「選択肢がなかった」のだと主張した。理由のひとつめは、ソヴィエト自体が「公式に禁じていた」こと、そしてもうひとつ、信頼できる筋から、黒百人組が暴力をもって反撃し、反革命の波を引き起こそうとしているという情報があったことを挙げた。

前者の理屈がおかしいのは、もしそのほうが得なら、命令や法を破ることをためらわない人物の口から出たものだということ。後者については、ラーツィスも指摘しているとおり、反対デモが起こる可能性には誰もが気づいていたということだった。「もしその準備ができていなかったというなら、そもそも最初からデモの問題には否定的に対処するべきだった」

レーニンはどうしたかといえば、ただ黙っていた。そして票決の際に棄権したのは、単に彼らしくないばかりか、理解に苦しむような責任回避でもあった。もし彼がいま主張しているように、他に選択の余地がなかったというなら、なぜデモへの反対票を投じなかったのか？　もし棄権という行動の裡に、自分が撤回したことへの批判をかわそうという意図があったのだとしても、その効果はなかった。

ヴォロダルスキーやスルツキー、誰にも御せないラーツィスらさまざまな人間が、トムスキーの言葉を借りれば、「その許しがたい煮えきらなさゆえに」中央委員会をあざ笑った。ソヴィエトのボリシェヴィキ代表であるナウモフは、極左の気分を言葉に表し、上層部の評価が傷ついたのはよかったと思う、いまは「おのれ自身と大衆のみを信じることが必要だ」からだと頑なに主張した。そしてこうも言った。「この中止が正しいものだというなら、我々はいつミスを犯したのだ？」

妥当な問いかけだった。このときだけには限らないだろうが、社会主義の左派はとにかく、自らの成功を大げさに吹聴する傾向がある。辛辣なユーモア作家ナジェージダ・テフィはこんな皮肉を飛ばした。「もしレーニンが、自分とジノヴィエフとカーメネフと五頭の馬が出た会議のことを話すとしたら、きっとこう言うだろう――〝我々は八人で会議をした〟と」。そして自らの失敗をなかなか認めようとしない。誤りを犯すと権威が傷つくという思い込みでもあるのだろうか。左派の典型的なやり口は、誤りを認めずにそのまま押し通すというものだ。そして可能な限りほとぼりが冷めてから、何かのついでのように言うのだ。「もちろん」、遠く霞んだ過去に「誤りがあった」ことは誰もが知っていると。

六月一二日、ケレンスキーは全ロシア・ソヴィエト会議を説得し、ボリシェヴィキその他の反対を押し切って、「純粋な軍事的、戦略的観点からの決定として……ロシア革命的民主主義はその軍を、攻勢と防衛のどちらにも出られる状態に保たねばならない」との決議を行わせた。これは軍事作戦を――攻勢も含めて――再開することへの許可だった。言い換えるなら、「祖国防衛主義」は、「革命的」の言葉で限定される、つまり革命で得たものを守るという名目でも、「従来的な」形の戦争に接続されうるということである。チェルノフはこの点をはっきり認め、「攻撃なくしては、防衛もない」と語った。

それがすむと、会議はダンによるボリシェヴィキへの譴責の決議にかかった。さらにダン、ボグダノフ、ヒンチュクが左派の士気を削ぐための別の方法を提案した。ソヴィエトの穏健派は、認可を受けたはけ口と大衆の空気を醸成することで、首都の急進的なエネルギーを急進派のほうではなく、自分たちの有利な側に流そうと努めていた。その一環として、会議は六月一八日の日曜日に、自前のデモを行う予定だった。そうすることで、ペトログラードの大衆を掌握しているのが誰であるかをボリシェヴィキに思い知らせることができる、と考えたのだ。

★

前線では、戦争は膠着状態に陥っていた。奇妙な死の下部構造。

ライ麦畑やじゃがいも畑や草を食む牛の向こう、鬱蒼たる森の奥深くの空き地に、赤十字のテントがぬっと聳えている。防空壕に、低く細長い小屋。急ごしらえの礼拝堂。断続的な耳鳴りのように響く迫撃砲。塹壕のなかで濡れそぼち、裂けた地面と同じ色になった兵士が数時間の休息を許され、ブリキのマグで紅茶を飲んでいる。交互に訪れる無聊と恐怖のリズム。迎撃の炎が上空に向かって伸び、頭上でドイツ機がプロパガンダか、やはり炎を撒き散らす。絶望的で滑稽な交歓の場面。とぎれがちなドイツ語とロシア語の叫び声が緩衝地帯を挟んで飛びかう。機関銃の咆哮、悪霊の訪い、魔女バーバ・ヤーガのあだ名のついた一二インチ砲の悲鳴が世界を切り裂く。

兵士たちは戦場につきものの金属の罠に捕まり、よろめいていた。それ自身の意志をもつかのようにからみついてくる有刺鉄線。前線の後ろでは、恐れおののく男たちと、わずかな数の女性戦闘員も肩を寄せ合い、縮こまっていた。本末転倒のコスモポリタニズムで帝国じゅうから召集され、墓場になりそうなこの場所で、銃剣を指でまさぐっている。

前線の後方ではその間ずっと、インフレと物資不足のために、生活状況が崩壊に瀕していた。農民の苛立ちはすでに爆発寸前だった。土地収用の報告が徐々に増えたが、それは荒っぽくとも慎重な村の正義によるものより、力や破壊や放火、ときおり起こる殺人によるもののほうが多かった。

破局が広がっていた。六月一日のバクーでは、一〇〇〇人のアゼルバイジャン人が市庁舎に押し寄せて穀物を要求し、彼らとアルメニア人との関係は険悪になりつつあった。ラトヴィアでは土地を持たない農民が土地評議会に圧力をかけ、貴族の土地の収用を求めた。ウクライナでは一三日、ペトログラードとの交渉を何度も試みたあとで、ウクライナ中央ラーダ（評議会）が「第一次ウニヴェルサール」を出し、「ウクライナ共和国の自治」を宣言した――これは正式な分離ではないが、ロシア右派にしてみればきわめてまずい事態である。だが連立政府には、承認する以外どうしようもなかった。

左派の一部は、紛糾する地方の緊張もほとんど気にかけなかった。バクーではソヴィエトの『イズヴェスチャ』がムスリムの民族主義に論戦を仕掛けたが、同じ土地のアルメニア人やユダヤ人、ロシア人のことには触れずにいた。地元のボリシェヴィキは、ムスリム民族委員会の「ブルジョア的」、民族主義的、連邦主義的要求に反対する一方、そうしたソヴィエトの視野狭窄も批判した。そしてムスリムの「民主的」運動に対してはコミュニケーションの回路を開きつづけようと努めた。

社会民主主義の左右両翼の乖離はどんどん広がっていった。六月初めに、あのバクー・ボリシェヴィキがジョージアのティフリスの同志たちにならい、メンシェヴィキとのあらゆる関係を断った。地方の各組織もようやく、レーニンの呼びかける分離の方向へ振れようとしていた。

臨時政府は、民族主義と急進主義の危険なエネルギーをロシア愛国主義によって希釈するため、またそれ以上に連合国を納得させるために、すでにソヴィエト会議の認可を得た軍事攻勢の計画を速めていた。六月一六日、リヴォフ近くの南部戦線で、ロシア軍の重砲兵隊が二日にわたる猛攻撃を始めた。かつて最高説得官と謳われたケレンスキーは、ガリツィアのロシア軍部隊に向けて、攻勢はほどなく開始されると通告した。始まるのは一八日――ソヴィエトの計画するデモ行進のまさに当日だった。

メンシェヴィキとエスエルはさらに別の組織委員会を発足させ、それぞれの機関紙でデモを強く推進した。そして一時的にではあるが、アナーキストたちも印象的な強情さをあらわにして、代わりに自分たちのデモを一四日に行うという計画を立てた。業を煮やした『プラウダ』は、そうした計画は「破壊的」である、なんの足しにもならずに消えていくと言い放った。

ボリシェヴィキとメジライオンツィも、ボリシェヴィキ中央委員会の「ソヴィエトの意思に逆らい、デモの趣旨を〝すべての権力をソヴィエトに〟を支持する表現に変える」という意向に反応して、興奮を抑えきれずにいた。彼らが望んだのは、ジノヴィエフが言う「デモ内部のデモ」だった。そして幸いなことに、六月一六日から二三日まで全ロシア・ボリシェヴィキ軍事組織大会がペトログラードで開かれ、経験豊富な活動家およそ一〇〇人のノウハウが党にもたらされる予定だった。

ソヴィエトが行進のために用意したスローガンは、「民主共和制」「社会の平和」「憲法制定会議の即時招集」を漠然と呼びかけるものだった。ボリシェヴィキは中止になった六月一〇日の行進に使うつもりでいた戦闘的なスローガンに立ち戻った――「ツァーリスト・ドゥーマを倒せ！」「一〇人の資本家大臣（社会主義者でない閣僚のこと）を倒せ！」「軍事攻勢の政治を倒せ！」「パンを！　平和を！　土地を！」。一四日付の『プラウダ』はボリシェヴィキの支援者たちに、たとえ工場の他の従業員が無視しても、こうしたスローガンを掲げてデモに参加するようにと呼びかけた。ソヴィエトの上層部は及び腰に、認められるのは公式のスローガンだけだと主張しようとして、左派からの嘲笑を浴びた。ボリシェヴィキのフョードロフは、わが党のスローガンは「すべての権力をソヴィエトに！」だと誇らしげに応じ、ソヴィエトを戸惑わせた。

だがそれでも、穏健派たちは好戦的だった。一七日、ツェレテリはカーメネフを嘲って言った。「明日は孤立したグループを除いた、首都の労働者階級すべてがデモをするだろう。ソヴィエトの意思に反してではなく、ソヴィエトの招きに応じて。これで君たちと我々のどちらについてくるのが多数派かがわかる」

たしかにそのとおりだった。

六月一八日、快晴だが風の強い朝。労働者と兵士は早くから集まっていた。その日はモスクワ、キエフ、ミンスク、リガ、ヘルシングフォルス（ヘルシンキ）、ハルコフなど、帝国全土で姉妹デモが計画されていた。

午前九時に楽隊が、今や世界的な自由への賛歌となったフランス国歌〈ラ・マルセイエーズ〉を演奏しはじめた。パレードは最初にネフスキー大通りを進んでいった。

そのとてつもない規模が次第にあきらかになってきた。行進の隊列は広い街路を数キロにわたって埋めつくしていた。四〇万人にも及ぼうかという人々が街頭に出てきたのだ。

巨大な隊列は、二月の殉難者たちに敬意を払うために、墓地を経由するルートをとった。先頭を歩くのはイスパルコムのデモ組織者、全ロシア・ソヴィエト会議に属するメンシェヴィキ、エスエルのメンバーで、チヘイゼ、ダン、ゲゲチコリ、ボグダノフ、ゴーツらも含まれていた。マルス広場に近づくと、彼らが集団から離れた。墓地のそばに周囲より高くなった演壇があった。彼らはその上に立ち、群集を見渡した。

恐怖がじわりと這い寄ってきた。

スハーノフはひしめき合う厖大な数の幟旗を眺めた。「またボリシェヴィキだ」、そう考えたのちに振り返っている。「やつらの背後には、別のボリシェヴィキの隊列がいる……そしてきっと、つぎの隊列も」。彼の目が大きく見開かれた。頭をめぐらし、ゆっくりとすべての事態を吸収した。そこここで、エスエルやソヴィエトの公式スローガンが目に入った。だがそれは「人の波に沈んでいった」。唖然とする組織者たちのほうへ進んでくる圧倒的多数の幟旗は――スハーノフに言わせれば、マクベスに向かってくるバーナムの森のような――ボリシェヴィキのものだった。

「一〇人の資本家大臣を倒せ！」の海。「平和を！　パンを！　土地を！」の波また波。そしてなぜか、ソヴィエトの調停者たちを嘲ろうとする、いつ終わるともないくり返し――「すべての権力をソヴィエトに！」

ツェレテリはソヴィエトの行進が「闘技場での公開決闘」になるのを楽しみにしていた。しかしいま、逆流がすさまじい勢いで押し寄せてきた。結果は壊滅的、一義的、屈辱的だった。作家ゴーリキーの新聞『ノーヴァヤ・ジズニ（新しい生活）』は「ペテルブルクのプロレタリアートのあいだで、ボリシェヴィキが完全勝利したことがあきらかになった」と書いた。

隊列が通り過ぎていくあいだ、ボリシェヴィキがつぎつぎ仲間たちから離れ、チヘイゼのもとに駆け寄ってきた。最近になって投獄された党の前線新聞の編集長ハウストフを釈放してほしい。チヘイゼはなだめるような声を出した。もうまもなく、事態は自分の手から離れてしまうと。

午後早く、異様な労働者たちの隊列が視界に入ってきた。高度に訓練された兵士のように正確な足取りだった。「どこの地区だ？」と叫び声があがった。

「おいおい、わからないのか？」とグループのリーダーが誇らしげに言った。「模範的な秩序だろう！つまりヴィボルグだってことさ」。戦闘的な地区の住人たちがボリシェヴィキ・ソヴィエトに率いられてやってきたのだ。ヴィボルグの赤い旗に黒い幟旗がちらほら混じり、不屈のアナーキストたちの「政府と資本家を倒せ！」の文字が見える。公式の呼びかけを無視して、ヴィボルグの労働者の多くは武器を携えていた。

午後三時、二〇〇〇人の無政府共産主義者と同情的な兵士たちが行進から離れ、急いでヴィボルグ地区の川沿いに延びる悪名高いクレストイ刑務所の荒涼たる煉瓦壁へと向かった。入口のゲートで、彼らは武器を警備員に突きつけ、ハウストフを出せと要求した。縮みあがった看守は砦のような迷路に飛び込んでいき、ハウストフを連れてきた。自由になったハウストフは傲然たる面構えで、一瞬たりとためらわず、他の政治犯数人も解放するよう求めた。同志たちが姿を見せるとようやく、大胆不敵なアナーキストたちは街に散っていった。

その日の午後、有頂天の左派が勝利を祝っているころ、法務大臣のペレヴェルゼフ――あの幟旗で槍玉に上げられた一〇人の資本家大臣のひとり――は政府の緊急会議を招集した。彼は逃げ出した囚人全員を逮捕するための全権を望んだ。そして必要ならどんな手段も行使できる権利を要求した。その望みは叶えられた。

日付が変わった六月一九日の午前三時、兵士やコサック、装甲車両がドゥルノヴォの別荘を取り囲んだ。あの不気味な白夜のなか、壁を照明が照らし出した。この街の真夏の空は、夜でもほの明るく、埃っぽい日没のように光っている。兵士がメガホンを口に当て、中にいる六〇人のアナーキストたちに、前日に刑務所から脱獄させた囚人たちを引き渡すよう大音量で要求していた。ハウストフを始め、囚人の大半はとうにここにはいなかった。それでもアナーキストたちは協力を拒んだ。包囲された建物の窓を上げ、ひょいと爆弾を投げつけたが、爆発はしなかった。部隊が別荘のドアに殺到した。

騒々しい混乱のさなか。アスニンという男がある兵士のライフルをつかもうとした――公式の取り調べではそう証言された。発砲があった。アスニンは死亡した。

彼の殉難の噂は、たちまち地区じゅうに広がった。その日の朝、別荘に最も近いローゼンクランツ、フェニスク、メタリスト、プロメト、パルヴィアイネンほかの工場で、激しい抗議行動が起こった。群集が集結した。アスニンを悼む同志たちが別荘に彼の遺体を安置し、弔問者が列をなした。

怒った労働者たちがイスパルコムに掛け合おうとし、イスパルコムは彼らに落ち着くようなだめ、スト参加者に仕事に戻ってほしいと要請した。そして自ら捜査に着手した。政府に対しては、問題の夜に拘束され、特に罪を問われていない者たち全員を解放するよう求めた。だがそうしたやり方では、血気盛んな闘士たちはほとんどなだめられなかった。ローゼンクランツのアナーキストたちは急進的な第一機関銃連隊とモスコフスキー連隊に代表を送り、合同で反政府デモに打って出ようと持ちかけた。兵士たちはその提案をかわしたが、具体的な考えの種はすでに蒔かれ、怒りはかきたてられていた。ここからペトログラードの抗議行動の波が加速しはじめることになる。

その日、六月一九日は、ペトログラードがいかに分断され、政治的に過熱しているかがあらわになった日でもあった。前日にはボリシェヴィキのスローガンの声と何十万もの長靴の音で震えたネフスキー大通りで、この日はカデットの将校に組織されたパレードが行われた。基本的には中産階級によるデモで、規模も一八日とは比べものにならなかったが、それでもある種の純粋な愛国的熱狂の高まりは伝わってきた。参加者は軍部隊への激励を唱えた。ナショナリストの歌を歌い、手にしたケレンスキーの肖像を打ち振った。右派たちの目には、ロシアの名誉は回復の途上にあると映っていた。彼らは街頭に出て、ちょうど首都にまでその反響が届いてきたある出来事を祝った。軍の前進である。これは戦局の変化であり、当事者たちが長らく議論を続けてきた賭けだった。六月、あるいはケレンスキー、攻勢。

ガリツィアでは第八軍が、士気阻喪したオーストリア軍部隊と対峙する前線を三〇キロにわたって突破した。連合国を納得させ、戦況を変え、落ち着きがなく面倒の多い後方を躾けるために仕掛けた攻勢が、圧倒的な成功を収めたかのようだった。中央部と北部の前線では、第七軍、第一一軍が一万八〇〇〇を超える敵軍兵士を捕虜にした。進攻が続くにつれて、愛国主義が帝国じゅうを席巻していき、ソヴィエト内部の社会主義者の多くもその例外ではなかった。全ロシア会議の公式声明が熱狂的に、ロシアの英雄的な兵士たちに報いるべく、農民はパンを、市民は支援を送ろうとまくしたてた。

だが、そうした熱狂も長続きはしなかった。ほどなく前線から、事は計画どおりに進んでいないという噂が届いてきた。

特に労働者階級の区域では、不穏な空気が戻ってきた。いくつかの連隊や工場の委員会は、ボリシェヴィキの新聞で軍の攻勢を明確に非難するまでになった。

六月二〇日、ペトログラードの第一機関銃連隊が、五〇〇挺の機関銃を前線に送るようにとの指令を受け取った。連隊委員会は承知したものの、連隊の全体集会の反応はちがった。たとえ仲間の兵士を助けるためとはいえ、革命の首都から武器が失われるのは歓迎できない。極左からの強力な後押しを受け、兵士たちは新たな反政府デモをできるだけ早く行うことを投票で決めた。そして他の守備隊にも働きかけ、午後五時には擲弾兵近衛連隊の支持をとりつけた。

ソヴィエトは速やかに彼らの行動を「背後からの一刺し」だと非難し、機関銃兵たちに再考を促した。そして翌朝、隊員の三分の二を前線に配置転換するよう命じられた連隊は、三〇の分遣隊のうち送るのは一〇、それも「戦争が革命的性格を帯びているときだけ」だと回答した。命令第一号を踏まえれば、こうしたペトログラードからの強制的な部隊移動は違法であり、急進的なペトログラード守備隊を分断しようとする計算ずくの試みである、と機関銃連隊は主張した。そしてさらに、不穏な決議を行った。「もしもソヴィエトが……革命的な当連隊や他の連隊を力ずくで解体しようとするなら、我々は……武力をもって臨時政府やそれを支援する他の機関を打倒しようとするのを止めはしない」

彼らはソヴィエトの権威には臆さなかった。だがそれでも、機関銃兵たちはその日のうちに、煽動的な行動は控えるという決定を下した――これはもしかすると、直観的にはぴんとこないが、ボリシェヴィキの要請に応じてのことだったのかもしれない。というのも、この騒ぎの間じゅうボリシェヴィキ軍事組織大会では、レーニンと慎重派の党指導層が闘士たちに「過剰な」抗議行動を控えさせようと努めていたからだ。四月には党を左に向けて引っぱったレーニンが、今は右へ向かわせようとしていた。

興奮し狼狽した様子のレーニンは、会議の場で演説をし、彼なら自分たちの「革命的精神」を認めてくれるだろうと思っていた者たちを仰天させた。今すぐ権力を掌握するといった話は時期尚早だと強調したのだ。敵は我々を罠にかけようとしている、我々はまだ、こうした企てに必要になる大衆の支持を得られていない。現時点で優先すべきは、根気よくその支持を増やしていくこと――ソヴィエトでの影響力を強めていくことだと。


「ここはもはや首都ではない」。ゆるやかに強まっていく黙示録的な感覚のなか、ゴーリキーはこう書いている。「ここは汚物溜めだ……通りは汚れ、庭ではゴミの山が悪臭を放ち……人々には怠惰と怯懦が蔓延し、あらゆる原始的な犯罪の本能が……今のロシアを壊しつつある」

ストは続けられた。六月二二日、全ロシア・ソヴィエト中央執行委員会（VTsIK）のボリシェヴィキ代表が、プチーロフの金属工場の労働者たちがデモに入りそうだ、自分たちには抑えられない、と警告してきた。二三日にはいくつかの労働団体が、賃上げでは物価の上昇を埋め合わせられない、生産調整を望むという決議を行った。くり返される大衆集会で、クロンシタットの水兵たちが、アナーキストといっしょに逮捕された兵士仲間を解放すると決めた。これは秘密の謀議でもなんでもなかった。二五日、水兵たちは法務大臣に自分たちの計画を包み隠さず知らせた。

この間ずっと、軍の攻勢はますます多くの人員を要求してきた。かつて前線に勤務し、お役ご免となった四〇歳以上の兵士たちも呼び戻されはじめていた。命を一度危険にさらしただけでは足りないのか。アストラハンやイェレッツなどの地方の街では、そうした召集が暴動を引き起こした。

ボリシェヴィキは第六回党大会の準備で忙しく、加えてペテルブルク委員会の第二回市大会も七月上旬に予定されていた。その間も党内での議論は続いていた。ペテルブルク委員会の内部では、カリーニンら穏健派が一九対二で勝利し、孤立した革命的行動は控えたうえで、今の運動とソヴィエト内部での政治的影響力を高めるという決議が行われた。しかしラーツィスはこの決議を以下のように修正させた――もし大衆を抑止することが「不可能だとわかれば」、そのときはボリシェヴィキが運動を自らの手に掌握する。

『プラウダ』の紙面ではレーニンとカーメネフが、注意せよ、慎重に、ゆるやかに勢力を強化せよと力説したが、一方で『ソルダーツカヤ・プラウダ』はより性急に異議を申し立てよと煽りたて、「プチブル幻想」を乗り越えねばならないという指導層の見解をあからさまに無視した。六月二二日には、中央委員会、軍事組織、ペテルブルク委員会のメンバーに、ボリシェヴィキを支持する連隊が加わった非公式の会合で、一万五〇〇〇人の急進的な機関銃兵を実質的に指揮するセマシコが、中央委員会は党の力を過小評価していると苦言を呈した。

この不穏な六月下旬の時期に、ペトログラードでも特に戦闘的なグループ、とりわけ伝説的存在となりつつある第一機関銃連隊などの煮えたぎるエネルギーのなかから、ある漠然とした大がかりな計画が浮上してきた。そして日がたつにつれ、その曖昧模糊とした考えは次第に明確な形をとっていった。

第一機関銃連隊の軍規違反に業を煮やした全ロシア・ソヴィエト会議は、動揺のうねりを抑え込むべく、六月二三日、すべての守備隊に向けてただちに命令に従うようにと呼びかけた。しかしソヴィエトの策動は確信に欠けていた。その同じ日、ぎいぎい軋むロシア帝国のぐらつきが表面化する出来事があった。フィンランド議会が「ヴァルタラキ」――国内の問題は我々が統制するとの意図を宣言する「権限法」を発したのだ。お祭り気分に沸くフィンランド人を驚かせたのは、かつて独立条約の締結交渉を認めたはずのソヴィエト指導層が、このときは激しい怒りを示したことだ。限られた自治とはいえ、そうした一方的な宣言がソヴィエトの想定に入っていないことはあきらかだった。

その一方で、ボリシェヴィキ軍事組織大会の最終日に、急進派と穏健派――今はレーニン主義者もこちらの側にいた！――とでかわされた激論が会報で報告された。攻勢が順調に進展しているあいだ、前線でのアジテーションを積極的に行うかどうかという議題だった。しかしこの議論は前提そのものが誤っていた。攻勢は順調に進展してなどいなかったのである。

攻勢開始からの二、三日は士気の高まる時期だったが、その退潮は早かった。前線の禿げ鷹どもが、大惨事と変わりつつあるものに群がってきていた。

早くも六月二〇日には、疲弊し準備も足りないロシア軍部隊は前進をやめた。攻撃命令に従うことを拒んだのだ。その翌日にはドイツ軍の反撃が始まった。ロシア軍にパニックが広がっていった。二四日には、陰鬱に沈んだケレンスキーが臨時政府あてにこんな電信をよこした。「突破したかと思えた状況が不安定になることが多々あった。そして最初の数日以降は、ときには戦闘開始からわずか数時間で気持ちの変化が起こり、士気が下がった。当初の成功で意気が揚がるどころか……各部隊は決議案を作りはじめ、ただちに後方に退きたいという要求をつきつけてきた」

若きウクライナ人、アレクサンドル・ドネプロフスキーが無許可離隊の数年間を描いた『脱走兵の手記』では、攻勢前の数カ月にわたって「ずっと苦しんでいる人間の頭の上に……何杯もの活字のゴミを浴びせかけた」愛国的な新聞を痛烈に罵倒している。新聞は従順に愛国的なたわ言を焼き直しては使っていたが、戦闘の悲惨な実態はたちまちこの国全体に漏れ伝わっていった。それもしばしば当人たちの口から。

状況はもうとっくに、個人が、あるいは大隊全体が命令にそむくといった問題ではなくなっていた。これはもはや、ロシアの部隊が両極端の方向へ向かう大衆運動だった。ひとつは塹壕を出て、闘うのではなく友愛の精神をもって前へ前へ、挨拶の文句を叫びながら蹂躙された風景のなかを進んでいき、自分たちが殺すはずだったドイツ兵と酒を分け合い会話のようなものをかわすこと。そしてもうひとつは、大挙して前線から退却すること。いわゆる大量脱走だ。何千人もの兵士が黙って去っていった。

その年の夏、偉大な詩人で批評家のヴィクトル・シクロフスキーは、ソヴィエトの軍コミッサールとして、ガリツィアの戦争地帯へ向かった。最後の数キロは自らの足で、オーストリア戦線に近いトウヒの生えた沼地を歩いていった。

森を抜けていくあいだ、はぐれた兵士に絶えず出くわした。みなライフルを携え、大半が若者だった。「どこへ行くんだ?」と私は尋ねる。

「病気なんだ」
要するに、前線から逃げ出したのだ。彼らをどうすればいいのか？ 無駄だとは知りながら、こう言うしかない。「戻りたまえ。不名誉なことだ」。だが彼らは行ってしまう。

その規模はとてつもなかった。すでに厖大な数だったのが、さらに増加の一途をたどっていた。ヴォロチンスク近くでは第一一軍の襲撃大隊が一晩だけで、闇のなかに隠れている、あるいはさまよっている脱走兵一万二〇〇〇人を逮捕した。これは一種の大衆運動といえる。攻勢のあいだに逃げ出した兵士の数は、公式の発表で一七万人。実際の数はこれよりはるかに多かった。

兵士たちは前線から列車を走らせてきた。屋根や緩衝器にしがみついた男たちの重みで、蒸気機関がきしみながら振動し、線路が悲鳴をあげる。ひしめき合う兵士たちは疲れきって不機嫌な様子で、のろのろ走る客車とともに揺られていた。北部前線の近くでは、何千人もの脱走兵が「兵士の共和国」と称するものを作った。ペトログラードの競馬場近くの野営地に生まれた、新しく奇妙な組織だった。彼らは首都に押し寄せ、しゃにむに現金収入を求めた。暑い七月になるころには、五万人を超える脱走兵が街に入り込んでいた。

男たちは単純労働の仕事を見つけた。そこいらにあるものを拾って利用した。乱暴な無法者となり、古い制服を引き裂いて形を変え、肩で風切って歩きまわった。彼らの脱走はもちろん死への恐怖の所産ではあったが、必ずしもそれだけというわけではない。

トロツキーはこう書いている。「大量脱走は現在の状況を見るに、兵士たち個人の意志が奪われた結果というものではなくなりつつある」――これはどの時点であっても厳しい、冷淡な評価といえるだろう――「政府が革命的な軍と、内的な一貫した目的意識とを一体化させることが完全にできなくなっている証なのだ」。そうした何十万もの兵士のなかからは、雄弁なドネプロフスキーのようなタイプも次第に多く現れ、自らの脱走を文章にしようという意欲がかきたてられる。そして彼は、悪臭を放つ血の川のなかで死にたくないという切実な気持ちに、政治的な怒りと絶望、憎むべき戦争へのすばらしく明晰な分析とを組み合わせたのだ。

「労働者ゼムスコフ」なる人物はケレンスキーにあてた手紙で、何を詫びるでもなく当たり前のように自分のことをこう書いていた――「クバンの草原《ステップ》に二年以上も潜んでいました」。「でも、それがなんだというのでしょう」と彼は抗弁する。

これはどういった自由なのでしょうか？　何百万人もの声なき奴隷がいまだに羊の群れのように大砲や機関銃のもとへ曳かれていき、将校はいまだにその奴隷をただのモノのように扱い、粗野な強権が軍という名の何百万もの灰色の奴隷を抑えつけ、新しい政府は（古い政府とまったく同じく）男たちすべてをこの血なまぐさい深淵（戦争）に送り込む権威をもっているのです。

今や脱走兵のなかから、彼らが言うところの「解放」を求めるプラカードを掲げて、ペトログラードの街を行進する者たちも現れた。ひとつの社会運動としての脱走。

攻勢が始まる以前からあった厭戦気分は、厖大な数の兵士やその家族や支援者、労働者や農民にすぐに戦争を終わらせなければという意識を生み出し、ボリシェヴィキに政治的な影響力を与えた。特に六月下旬からは、軍のなかでのプロパガンダを増強した。ボリシェヴィキの話者やアジテーターのネットワークは、前線に配置された五〇〇の連隊に及んでいた。

レーニンの意図はずっと変わらず、ボリシェヴィキはどこよりも戦争には断固として反対であり、その姿勢は決してぶれないという認識を打ち立てることにあった。左派の批判者たちも指摘していたように、彼の言う革命的祖国敗北主義はたしかに、細かく見れば曖昧な点があったかもしれない。回避的で、明確な立場をとらず、一部の聴衆を戸惑わせたかもしれない。いずれにしろ、「祖国敗北主義」という両義的な言葉に話を限れば、レーニンの帰還以降はあまり物議をかもさなくなっていた。そして反戦を旨とする党の評判は依然として、たしかに上がっていた。

この点はレーニンという人物そのものと緊密に結びつけられることもあった。攻勢の前からすでに、北部前線にいる第五軍の兵士たちは、我々が認める権威はレーニンだけだと表明していた。戦争を憎む気持ちが強まるにつれ、民衆はボリシェヴィキが一貫して戦争反対を唱えてきたことを思い出したのだ。

これは具体的にいえば、ボリシェヴィキの幹部たち、とりわけなかなか日の当たらない中位の活動家たちの惜しみない尽力のたまものである。彼らは帝国全土に延びる党組織の背骨だった。せっせと働き、専門知識にもより精通していた。モスクワのエドゥアルド・ドゥーネは同志たちとともに、はるか遠くの周辺地域まで足を運んでは話をした。彼の地元の党員数百人のなかに、人前で話す才能に恵まれた者はほとんどいなかった。しかし二月以降、彼らの技量はぐっと高まり、聴衆のことも、自分たちの強みについてもよくわかるようになっていた。

「我々は適応しはじめた」とドゥーネは書いている。同志のひとりサプロノフは、数千人規模の集会で本領を発揮した。カルミコフという穏やかな人物は、物乞いのようなぼろをまとって小さな工場をまわ

って は、心温まる印象的な説教を聞かせた。またアルタモフは、「彼の声が印象的な低音だからか、モスクワ郊外の方言を話したからか、他の理由があったのか……聴衆の農民たちの人気を大いに博した」。そうした村人たちはとりわけ、「戦争に反対し平和を求める演説に、進んで耳を傾けた」。

党の政敵であっても頭の回る人間たちには、このぶれることのない戦争不要論は、穏健派が是とする交渉と比べて、魅力や論理性があることがわかった。ブルシーロフ将軍は、インテリではなくとも思慮深い人物だが、のちにこう振り返っている。「ボリシェヴィキの姿勢は私にも理解できた。彼らが唱えるのは〝戦争を打倒し、いかなる代価を払っても即時平和を〟だ。しかしエスエルとメンシェヴィキの戦術はまったく理解できない。彼らは反革命を避けでもするように軍と袂を分かっておきながら、同時に戦争を続けて勝利することを望んでいた」

六月二六日、擲弾兵連隊の代表たちが首都に帰還してきた。この連隊はドイツ軍に向かって進軍するのを拒否した多くのうちのひとつで、彼らは予備大隊の前で前線の真実を語った――直属の司令官に、機関銃のすぐ鼻先での戦闘に駆り立てられたことなども。彼らは力を貸してほしいと訴え、すべての権力をソヴィエトにと要求した。『ソルダーツカヤ・プラウダ』は全面的支援を誓った。

首都と帝国全土に、その名前を帯びた攻勢の悲惨な実態が広まっていくと、ケレンスキー崇拝のわずかな残骸は塵と消えた。

★

切迫した熱狂的な介入を続けた末に、レーニンは消耗しきり、体を病んでしまった。家族は心配した。同志たちは、休息をとらなくてはと彼を説得した。二七日、レーニンは妹マリアに伴われてペトログラードを発った。いっしょに国境を越え、フィンランドの村ネイヴォラに着いた。ここには同志ボンチ＝ブルエヴィチの田舎家があった。兄妹はその小屋で日々を過ごし、湖で泳いだり、陽光の下で散歩をしたりした。

その間にも機関銃兵たちは、大量の人員と武器を移動させるようにとの新たな命令を受け取った。月の末日、ペトログラード・ソヴィエトの兵士部会はＧ・Ｂ・スカロフという人物を遣って、そうした事柄を議論させた。

エスエルとメンシェヴィキが掌握する連隊委員会は、連隊の兵士たちの怒りに背中を押され、タヴリーダ宮のあちこちの部屋で会談に入った。その場には兵士たちの姿もあり、多くがアナーキストまたはボリシェヴィキで、結局実現しなかった第二〇、第二一連隊による反乱の中心人物ゴロヴィンもいた。この新しい命令は、欺瞞か裏切りの前触れだと、彼らは抗議した。

機関銃兵たちは、連隊の武装解除あるいは解体を認めようとしなかった。彼らの意志はひとつだった。部屋に断定の声が響いていた。この命令をどう阻止するかという大っぴらな議論が始まった。宮殿という穏やかな環境のなかで兵士たちは、街頭では武器の力が必要かといった意見を戦わせていた。

7　七月　熱い日々

ヴィボルグ地区の奥深くで、群集が怒号をあげながらひとりの男を引きずり回していた。でこぼこした道路の上を引きずられながら、男は大声でわめき、後ろに赤い筋をつけていた。本人の血だけではない。男はこすっからい実業家であり、仲買人であり、腹を空かせた街の食糧投機家だった。彼が売った肉は古く、腐っていた。地元民は彼を捕まえて打ちすえ、本人が売っている腐った商品をその体になすりつけた。それで彼の後ろには、肉片や血の筋ができていたのだ。「大きなうねりが表に現れつつある」とラーツィスは書いている。「これは始まりだ。この地区には不安が渦巻いている」「ロシア人が戻ってきた。そう、ただお手上げだとばかりにすべてあきらめ、それを混乱と称するロシア人が」。児童文学の傑作シリーズ『ツバメ号とアマゾン号』はまだ、アーサー・ランサムの頭のなかには生まれていない。この当時、彼は英国紙『デイリー・ニューズ』の特派員を務め、ペトログラードの興奮を、各地区に渦巻く不安を懸命に伝えようとしていた。「人はみな、きわめて暴力的な心的葛藤の領する空気のなかでたえず暮らしている」

七月一日、ソヴィエトは第一機関銃連隊に、本来の兵舎に戻って今後の指示を待つようにと悲壮な呼びかけをした。だが機関銃兵たちは武装デモ（あるいは蜂起）の計画を推し進めた。その日、張りつめた空気が沸き立って犯罪や工場の蜂起、食糧や燃料の不足をめぐる衝突といった形をとるなか、第二回ボリシェヴィキ・ペトログラード市大会がクシェシンスカヤ邸で開かれた。

党の左右両翼間の緊張はさらに刺々しいものになっていた。熱狂的な革命派と極左勢力が穏健派とぶつかり合った。軍事組織は機関銃兵たちの計画を知ると、中央委員会に向かって、あの連隊なら政府をひっくり返せるとかきくどいた。いずれにしろ、兵士たちが行動に出るのはもう避けられない。ここにいたって問題は、「許す」かどうかではなく、党がいかに関与するかに変わっていた。

指導層の側は、まだ反乱の機は熟していないという認識を変えようとはせず、ひたすら抑制を求めつづけた。軍事組織にはあらゆる反抗を禁じると命じた。

数年後に軍事組織のネフスキーは、自分がどのようにこの義務から逃れたかを語っている。「軍事組織は機関銃兵たちのデモのことを知ると、軍事組織ではまあいちばん名の通った演説者として私を送り込み、計画を中止させようとした。私はいちおう彼らに話をしたが、それでデモはやめようという結論に至るような馬鹿がいるわけはない」。軍事組織の同志たちで、こうした左派的「コーカニー」を実行したのは、ネフスキーひとりではなかった。無政府共産主義者たちはもちろん、こうしたごまかしには訴えなかった。彼らはごく大っぴらに、武装蜂起の支持を表明した。

二日午後、「人民の家」とも呼ばれているオペラハウスで、コンサートがあった。いつもの前線へ送られる部隊の送別会ではない。これはボリシェヴィキそのものが後援した、兵士たちが前線へ赴くときに携えていく反戦小説や詩を発行する資金集めのイベントだった。驚くべき挑発といっていい。

五〇〇〇人の観客の前で、ミュージシャンや詩人がパフォーマンスを行い、その合間にボリシェヴィキとメジライオンツィの演説が挟まれた——メジライオンツィは今や、ボリシェヴィキときわめて緊密に連繫しており、もはや実質的には区別がつかなかった。イベントは過激な反戦、反政府集会となり、ケレンスキーへの糾弾の声が絶えず轟いていた。さらに観客を喜ばせたのは、トロツキーとルナチャルスキーが「すべての権力をソヴィエトに」と唱えたことである。こうした集会は、機関銃兵たちに強い決意を固めさせる結果となった。

その晩、政府閣僚は協議を行い、ウクライナの独立宣言への対応策を話し合った。ウクライナ中央ラーダは革命ロシアへの忠誠を誓い、常設の軍をあきらめることには同意したものの、すでに広範な正統性を獲得し、今ではウクライナ人の声として暗黙裡に組織されていた。そしてそれは、カデットの大臣たちにとってはとうてい看過しえない権威の喪失だった。

長い、敵意むきだしの議論が夜まで続けられた末に、カデットの一員であるネクラソフがウクライナの案を受け入れるという提案に賛成票を投じ、それによって離党した。あとの四人は反対票を投じ、内閣を辞任した。

残ったのは穏健派の社会主義者が六人に、「資本家」が五人だけ。連立は崩壊しようとしていた。

七月三日の夜明けからすぐ、空気は緊張感に満ち、まるでぴんと張りつめた皮膚のようだった。ごく早い時間から、ペトログラードの郵便局員たちが賃金をめぐるストライキに入った。やがて暑さが感じられはじめた午前半ば、一〇〇〇人強の「四〇歳以上」の兵士たちが、またしても戦争に召集されたことに抗議し、ネフスキー大通りを行進した。

その日のハイライトというべきデモは、午前一一時ごろ始まった。第一機関銃連隊委員会が部隊と兵器の移転について論じ合い、ソヴィエトとの交渉の準備をしているあいだに、ボリシェヴィキ軍事組織に支援されたゴロヴィンの指揮下にある機関銃兵の活動家数千人の大集会が、自分たちのとる方針を定めていた。

精力的な無政府共産主義者のブレイフマンが熱心な説得を試みた。今こそ臨時政府を打倒し、権力を奪取する好機だ——それもソヴィエトに渡すのではなく、直接我々が手にする。組織化については?「街頭が我々を組織する」と彼は言った。そして午後五時にデモを提案した。好戦的、熱狂的な雰囲気のなか、その提案は満場一致で可決された。

兵士たちはただちに、ボリシェヴィキのアジテーター、A・I・セマシコの指導の下、臨時政府委員会を選出した。セマシコはいま、党の指令に明確に背いていた。兵士の代表団は船でクロンシタットへ向かい、あるいは装甲車両に乗って首都を走り抜けながら、窓から幟旗をなびかせて言葉をかけ、モスコフスキー連隊や擲弾兵連隊、第一歩兵連隊、装甲車師団に加え、ヴィボルグ地区の工場労働者たちの支援もとりつけていった。彼らの訴えすべてが明白な支持を得たわけではない。「好意的な中立」に直面することもあった。しかし対抗する動き、積極的な反対が起こる兆しはなかった。

午後の半ば。怒りを滾らせた大衆があちこちの街外れに集まり、おもむろに市の中心へ向かいはじめた。

今は上流人士の姿はなかった。二月の行進に加わっていた、あの身なりのよい、裕福な層はほとんど姿を消していた。ここにいるのは、武装した怒れる労働者と兵士たち——ボンチ゠ブルエヴィチが赤衛隊と呼んでいた勢力だった。

午後三時ごろ、デモの隊列が収斂するようにタヴリーダ宮に向かいはじめると、ソヴィエトのボリシェヴィキの代議員たちが予告なしに労働者部会を招集した。党のメンバーがまとまった数で現れ、急遽出席していたメンシェヴィキとエスエルのメンバーを上回った。ボリシェヴィキは速やかに、すべての権力をソヴィエトにという動議を可決させることができた。出し抜かれた形の敵勢力は、抗議のために議場を出ていった。

クシェシンスカヤ邸では、第二回ボリシェヴィキ・ペトログラード市大会が三日目に入っていた。激しい意見の衝突が続いていた。ペテルブルク委員会がレーニンの反対を押し切って独立した新聞を作るかどうかを――『プラウダ』が自分たちの求めに応えないという理由で――議論しているとき、軍事委員会の機関銃兵二人が部屋に飛び込んでくると、我々はいま臨時政府に向けて行進を行っていると告げた。

大混乱に陥った。ヴォロダルスキーは兵士たちを、党の意向に背くのかと罵倒した。兵士たちはしょげたように、自分たちの連隊を敵にまわすよりは党を離れるほうがいいと答えた。それをしおに機関銃兵たちは出ていき、会議は唐突に打ち切られた。

労兵代表および農民代表の全ロシア・ソヴィエト中央執行委員会は、すでにタヴリーダ宮に集合していた。カデットが抜けて縮小した臨時政府にどういった支援を申し出るのが最善かを検討しているところだった。午後四時ごろ、膨れあがったデモの隊列が宮殿に向かっているという報告が入った。ソヴィエト上層部は即座に、これはソヴィエトの権威の――あるいは自分たち個人の実存的脅威だと察した。

彼らはただちに、メンシェヴィキの知識人ウラジーミル・ウォイチンスキーに、宮殿の警備を整えるよう命じた。さらに各守備隊とクロンシタット基地に電信を送り、デモは厳禁であることを厳然とくり返した。そしてこの行進は背信行為であると非難する声明文を書き、「可能なかぎりあらゆる手段」をもって対処すると警告した。ソヴィエトのメンバーはペトログラードじゅうに散り、街頭の騒ぎを沈静化しようとした。

デモの報せは、やはりタヴリーダ宮の何室か隣で会合をもっていたボリシェヴィキ中央委員会にも届いた。ただちに険悪な議論が始まった。今ではトロツキーも加わっていた中央委員会は、慎重に「レーニン主義」路線を維持しつつ——この時期にこうした冒険をするのは正解ではない——デモに加わらないという決定を下した。指導層は急いで活動家たちを遣って機関銃兵を引き止めようとした。ジノヴィエフとカーメネフは翌日の『プラウダ』の第一面に掲載するための、抑制を示すようにとの大衆への訴えを準備した。中央委員会はその決定を第二回市大会に伝えた。

しかしその会議で、衝突が起こった。

反乱を支持する意見は敗れ、中央委員会の意見が可決されたものの、目立ちたがりの代表の多くから批判が相次いだ。会議の左派は、工場や軍、メジライオンツィやメンシェヴィキ国際派の代表との会談を行い、首都の「熱を冷ます」よう求めた。これは中央委員会に対して左へ舵を切るようにとの要求であり、事実そう理解された。

妥協案が急遽まとめられたが、党のいつもの辛辣な言語で表されてはいたものの、実際のところは混乱のなかでの悪あがきを形にしたものだった。この先どうなるかを急進派たちが理解するのは、まだ数日か数週間先のことだ——やがて起こる出来事によって、彼らは立場を変え、「権力をソヴィエトに」のスローガンを捨てて、新たにより戦闘的な展望を描くことになる。

このときの党のどっちつかずの姿勢を、トムスキーの言葉が端的に表していた。彼はこう言ったのだ。「この動きがどうなるか、しばらく様子を見よう」。当面のあいだ、火付け役でも火消し役でもないボリシェヴィキには、ただ傍観しつづけるしか道はなかった。「様子を見よう」

★

デモは端から暴力的だった。怒号をあげるデモ隊が力を合わせて路面電車をひっくり返し、レールから外れた車両が側面の割れた窓を地面につけて横倒しになっていた。橋の上では、革命派の兵士たちが機関銃の台座を設置した。暴動の空気そのものだった。

左派だけではない。「黒百人組やならず者、煽動家、アナーキスト、自暴自棄の連中などが加わって、デモにすさまじい混乱と愚行をもたらしている」とルナチャルスキーは言った。いっせいに飛びかう銃弾、狂ったように繰り出される拳、叩き割られ飛び散るガラス片のなかで、左派と極右がぶつかり合った。街に銃声とひづめの音が響き渡る。ネフスキー大通りの市ドゥーマ近くで、流血の戦闘が勃発した。

機関銃の弾がつぎつぎ人をなぎ倒した。負傷者がよろよろとペトログラードの冷淡な通りを、丸い柱廊の横を逃げていく。その壮麗なファサードから見下ろすライオンの顔。彫り出された口は閉じられているが、汚れた街の空気がそこに煤の舌を描いていた。運河を見れば、深い森から切り出されてきた木材を運ぶはしけが橋の下をつぎつぎ通り過ぎていく。上の通りがいななきや悲鳴に満ち、装甲車が頭上をけたたましく走り抜けても、はしけの乗員はどこ吹く風とばかり、砲弾や銃弾の飛びかう音に首をすくめもしなかった。遠い村から来た黒髭の男たちは、街の切れ目をのんびりと進む平底船から上を見上げていた。

午後七時四五分、武器を満載したトラックがバルト駅の前に停まった。目的はケレンスキーの逮捕である。彼がこの駅に来ると聞いたからだが、一足ちがいだった。ケレンスキーはすでに街を離れていた。

機関銃連隊の三個大隊がヴィボルグ方面へ行進を始めた。プラカードには「一〇人の資本家大臣を倒せ！」の文字。カデット大臣が内閣を辞職し、六人しか残っていないという報せは、まだ彼らには届いていなかった。密集した闘士たちがミハイロフスキー砲兵学校から運ばれてきた武器を手に取り、猛然とリチェイヌイ橋を渡る。そこで群集の一部が第六工兵大隊と合流し、タヴリーダ宮をめざした――さらに別の一部がそこから分かれ、クシェシンスカヤ邸へ向かった。

クシェシンスカヤ邸では、ボリシェヴィキの指導層がまだ今後の対応策を協議しているところへ、武装した群集が近づいているという一報が届いた。部屋のなかの誰かが喘ぐように言った。「中央委員会の許可なしにか？」

急進的《ラディカル》であるとはまぎれもなく、他者を導くということであり、その考えを変えさせ、自分に従うよう説得することである。やりすぎることでも急ぎすぎることでもなく、後までぐずぐずすることでもない。「辛抱強く説明すること」だ。民衆は許可などなくても動き出す、じっと待っていたりはしないということを忘れるのはなんとたやすいことか。

戦闘的な大群集は、交差点や川の分岐点で大きく広がり、モスクと邸の間の空間を埋めつくした。党のほうは、ポドヴォイスキー、ラシェヴィチ、ネフスキーが邸の小さな低いバルコニーに現れ、群集より少し上の、手を伸ばせば届きそうな場所に立った。彼らは挨拶の言葉をかけ――それから、ばかげたことだが、いきりたった数千人に、ヴィボルグに帰るよう促した。

しかしこの動きはもう、止めようはなかった。今の時点でボリシェヴィキが取れる選択は、避けるか、加わるか、先頭に立つかの三つに一つだった。

これが分岐点となった。戦闘的な軍事組織がついに独自に動きだし、党は大慌てでこの事態に追いつこうと、タヴリーダ宮へ向かったデモ隊に急遽しどろもどろの祝福の言葉をかけ、既成事実となった状況への影響力をなんとか拡大しようとした。デモ隊はいったん南に退いたあと、市街の橋を渡り、川沿いに東へ向かった。宮殿に到着し、包囲するのは時間の問題だった。

宮殿のなかでは、ソヴィエトが緊急会議を開いていた。この武装したデモ隊の波を押しとどめるすべはなく、第一機関銃連隊の代表たちが強引に宮殿内へ入り込んできた。廊下に重い軍靴の音を荒々しく響かせ、まずチヘイゼを見つけた。チヘイゼが警戒もあらわに招かれざる客を見つめる。兵士たちは冷淡に告げた。ソヴィエトが新たな連立政府に加わることを考えていると聞いて、我々は心配している。それは許すわけにはいかない。

群集のなかには、わざと丁重に振る舞おうとしない者たちもいた。外の市街、宮殿の塀の向こうから、連立政府の指導者を逮捕しろとわめく声が聞こえてきた。ソヴィエトそのものを逮捕しろというのだ！しかし、そんな計画や指示があるわけではなかった。ブレイフマンの自信とはうらはらに、街頭は誰も組織しはしなかった。

ようやく夕闇が訪れ、緊張はまだゆるんではいないものの、群集は散っていった。さしあたってのところは。

その夜、六人だけ残った連立政府の「資本家大臣」たちは、宮殿広場に近い参謀本部でポロフツェフ将軍を交え、鳩首凝議を行った。冬宮と参謀本部を守っているのは、この時点で思いどおりになる部隊、つまり体制派の戦傷兵だけだった。増強部隊が合流するのは翌日の晩になるという。待つには長すぎる時間だった。

その夜は時間がたつのが遅かった。コサックの分遣隊が街をうろつき、ときおり暴徒と交戦した。イスパルコム守備の任を負ったウォイチンスキーはぴりぴりしていた。もしタヴリーダ宮に本格的な攻撃があった場合、撃退できるほどの備えはここにない。彼にはわかっていた。メンシェヴィキとエスエルも承知していた。

デモに加わっていたあまり急進的でない連隊には、ある程度のためらいが感じられた。とはいえ、朝が来ればまたさらにデモ隊がくり出し、不安は高まるだろう。彼らはボリシェヴィキを非難した。これは「反革命的」デモだ、「不吉な分裂の兆し」だと糾弾した。

夜明けが近づくと、ソヴィエトの代表たちはそっと外の通りに足を踏み出し、各連隊や工場へ行ってデモをやめるよう説得するというありがたくない任務に散っていった。

その日の深更の時間、ボリシェヴィキ中央委員会は緊急にM・A・サヴェリエフをボンチ゠ブルエヴィチの別荘《ダーチャ》へ遣り、レーニンを連れ帰らせようとした。午前四時にはもう、スターリンが書いて大急ぎで印刷されたビラを配布していた。内容はどちらかといえば、自分たちの関与を強調するものだった。どうとでも取れる曖昧な書き方で──「我々はこの動きが……ペトログラードの労働者、兵士、農民の意思を平和的、組織的に表現したものになることを望んでいる」──何やら目的と分析を統合し、党がまだもちえていない影響力をもっているような風を装っていた。

巻き返しを図るボリシェヴィキには、選択の余地はほとんどなかった。やむなく戦闘的な軍事組織への手綱をゆるめ、この反乱に参加することを許した。もちろん、党の路線が変わった今は、ジノヴィエフとカーメネフによる『プラウダ』の発行差し止め措置は逆効果になりかねない。しかしもう時間はなく、それに代わる手段もなかった。実際、代わりに何をすればいいか、誰にきちんとした判断ができるだろう？　党はどういった方向性をとるのか？　答えが出ないまま、攻撃的な文言はただ削除された。

七月危機の二日目となる四日は、一日目よりさらに暴力的になった。『プラウダ』が発行されたが、第一面の中央は空白だった。文章のない穴がぽっかり空いていたのだ。


七月四日。じめじめと生暖かい夜明け。首都の商店がまだどこも閉まったままのころ。反乱者を乗せたトラックがつぎつぎ道路を走り抜けていった。兵士たちは現実または仮想の敵に備えて攻撃態勢をとり、銃声が何度も朝の静けさのなかに響いた。街頭にまた人が満ちはじめる。午前半ば、ペトログラードは再び群集に埋めつくされた。この日は一〇〇万人がデモに加わることになる。

午前九時、レーニンと妹のマリア、同志のボンチ＝ブルエヴィチとサヴェリエフを乗せたおんぼろの列車は、フィンランドとロシアを隔てるセストラ川を渡り、国境の町ベロオストロフを通り抜けた。ロシア帝国の一部とはいえ、フィンランドとの国境には検問所があった。審査官が書類を調べるあいだ、ボンチ＝ブルエヴィチは息を詰めていた。苦悶の最中にあるペトログラードを前にして、足止めを食うのが恐ろしかった。だが審査官は手を振って四人を通し、一行は首都への旅を続けた。

列車が進むにつれ、ネヴァ川の河口に見える海軍の艦艇が近づいてきた。ごった煮のような寄せ集めの群れ。タグボートが八隻、魚雷艇が一隻、客船、トロール船が三隻、砲艦が三隻、平底船が二隻、そしてあちこちに散らばる民間の船。甲板に目をやれば、手すりの向こうから手を振る者、宙を向いた砲、クロンシタットの水兵たちが、流れに乗ってぐんぐん進んでくる。指揮を執るのは、精力的なボリシェヴィキにして『クロンシタット・プラウダ』の編集長ラスコーリニコフ。本土がいま革命のたけなわにあると信じ、自分たちも加わろうと、数千人を引き連れて航行してきたのだ。革命の砦であるクロンシタットの怒りが、徴発できる船すべてに分乗して。

艦船がさらに勢いを増して近づいてくると、ソヴィエト執行委員会も自前のタグボートを送り出し、この奇妙な艦隊の到着を出迎えた。甲板上に立った使者は、向こうの船に届くよう大音声で、ソヴィエトは君たちを望んではいない、どうか帰ってほしいと訴えた。雑多な艦隊は聞く耳をもたず、波立ちうねる航跡のなかに使者を残していった。

クロンシタットの二月は、絶望に駆られた流血の時期だった。ぽつんと離れた小島で革命を夢みる兵士たちが、やがて反革命の攻撃が来るのも覚悟の上で行動に出た。今の基地には、幅をきかせる将校はおらず、水兵ソヴィエトには地元の革命を完遂させることへのためらいはなかった。また彼らの到着の意味は、ペトログラードの人口が増えるということだけではない。彼らはむしろ、赤い砦から使わされた使者だった。生きた〝多数〟であり、ひとつの政治的前兆だった。

クロンシタットの船が市街へと入っていく。水兵たちはニコラエフスキー橋付近に係留し、銃を掲げて首都への敬意を示した。水際にいた街のデモ隊がそれを見て歓声をあげ、政府を倒してくれと新来の男たちに声をかけてきた。だがラスコーリニコフにはまだ、タヴリーダ宮へ向かうつもりはなかった。彼はこう伝えた。まず最初に、水兵たちを率いて堤防沿いを進み、北の橋を渡ってペトロパヴロフスク要塞の長く単調な壁を通り過ぎて、そこから宮殿とは川を挟んで反対側のクシェシンスカヤ邸に向かう。そしてクシェシンスカヤ邸で、兵士仲間をボリシェヴィキその他の人々に紹介する。

水兵たちが上陸したとき、その場で、歓迎の言葉をかけようと待っている女性がいた。マリア・スピリドーノヴァだ。

エスエルの伝説的人物スピリドーノヴァは、民衆のために暗殺を実行し、その代価を支払うことになった。一九〇六年に拷問のすえ投獄されたが、自由主義者ですら良心のある者たちは衝撃を受けた。彼女の勇気、高潔さ、犠牲心――そして疑いなくその美貌から、市井の聖女のようにみなされている人物である。今もかつての怒りを忘れずに党の極左に属し、ケレンスキーと政府には厳しく敵対の姿勢をとっていた。

なのにこのとき、要らざるけちなセクト主義から、ラスコーリニコフはスピリドーノヴァに――あの偉大なスピリドーノヴァにだ！――水兵たちの前で話をする機会を与えなかった。代わりにラスコーリニコフは、彼女を屈辱と傷心のうちに立ちつくさせたまま、楽隊の奏でるリズムに合わせ、水兵たちを先のほうへ導いていった。

水兵たちは「すべての権力をソヴィエトに」と書かれた幟旗を掲げながら、ヴァシリエフスキー島を抜け、証券取引所橋を渡った。隊列がようやくクシェシンスカヤ邸に到着すると、バルコニーからスヴェルドロフ、ルナチャルスキー、ネフスキーがそれを迎える言葉をかけた。邸の前に集まっていたアナーキストと左派エスエルは、スピリドーノヴァへの同志愛に欠ける仕打ちに腹を立て、抗議の意を示すためにその場から離れていった。

ラスコーリニコフとフレロフスキーが邸のなかに入っていくと、なんとレーニンの姿があった。首都に帰ってきたばかりで、そこに身を潜めていたのだ。

クロンシタットのボリシェヴィキ二人は、どうか兵士たちに挨拶してくれ、話をしてくれと懇願した。だがレーニンは困り顔だった。

自分はこの日の成り行きには不満だし、今のこの軽率な挑発行動も認められない、と彼はほのめかし、要請を断ろうとした。だがデモ隊は解散もしなければ去りもせず、レーニンを求めて叫びつづけるのもやめようとしない。その声は邸の壁を通り抜けて響いてきた。

そしてとうとう、緊張が危険な水域に達する前に、レーニンは執拗な群集からの要求に屈した。彼がバルコニーに足を踏み出すと、嵐のような拍手喝采が轟いた。

だが、レーニンのためらいはあきらかだった。その演説は彼には似つかわしくない、気の抜けたものになった。水兵たちへの挨拶は驚くほど穏やかで、「すべての権力をソヴィエトに」の呼びかけも要求というより、実現してほしいという希望のようだった。そして彼は自制と警戒を訴えた。

多くの忠実な党員たちでさえ、当惑しきりだった。とりわけ、あるクロンシタットのボリシェヴィキの言葉を借りれば、レーニンが「武装し、早く戦いたくてたまらない男たちの隊列」に向かって、平和なデモが必要だと強調したことが意外でならなかった。

★

「あれを見て」と英国大使の娘が、クロンシタットの兵士たちを指して言った。「誰かが言ってたわ。あの顔も剃っていない、熊みたいにのそのそ歩くごろつきたちが、あんなふうに野蛮まる出しで好き勝手に振る舞ったら、ペトログラードはどうなってしまうのかって」。実際のところはどうなのか？　彼らは本当に街を占領するだろうか？　しかしこれは、デモ以上ではあっても、反乱とまで言えるものではなかった。

軍事組織はペトロパヴロフスク要塞の守備隊にアジテーションを行い、叫び声と議論のなかで八〇〇〇人の兵士を味方につけた。武器を手にした急進派が街中に展開すると、反ボリシェヴィキの新聞を統制下に置き、各駅に警備を配置した。弾丸の音がたえまなく響くなか、左派と右派が流血の小競り合いをくり広げた。

そして午後も半ば。六万人ほどの人間がサドーヴァヤ通りとアプラクシナ通りの角にある教会のそばを練り歩いていた。頭上から連続して銃声が響き、行進者たちはパニックを起こして四散した。路上には五人の死体が残されていた。

午後三時、水兵たちの大規模なデモ隊が、ネフスキー大通りとリチェイヌイ大通りの垢抜けたファサードをつなぐ道にひしめいていた。商店のウィンドウには、軍の攻勢と政府を支持する言葉が誇らしげに貼り出してあった。物見高い金持ち連中が上から行進を見物している。どこからか銃声が轟いた。黒旗を掲げていたアナーキストがひとり倒れ、息絶えた。群集がまたいっせいに駆け出し、応射と混乱のなか、首をすくめながら安全な場所を求めてジグザグに逃げまわる。水兵たちがざっと数人の組になって分かれ、両側に並んだ家に押し入って武器を探しまわり、いくつか目当てのものを見つけた。流れ出した血のなかで、血を煮えたぎらせた男たちがさらに報復の血を流させ、抵抗する者たちを押さえつけてリンチを加える。

怒りにまかせて発砲し、発砲を受けながら、各所の行進がタヴリーダ宮へ集結していった。皆飽くことなく叫びつづける――すべての権力をソヴィエトに。やがて空から豪雨が降り出し、とどまっていた大勢の人間に、この世の終わりのような雰囲気を感じさせた。夕闇が迫りはじめたころ、誰かが濡れそぼった銃を宮殿に向けて撃ち、パニックが広がった。クロンシタットの水兵たちは法務大臣のペレヴェルゼフへの面会を求め、ドゥルノヴォ邸で拘束されたアナーキストのジェレーズニコフが解放されない理由を聞き出そうとした。

群集がドアを破って彼を探しはじめたちょうどそのころ、ペレヴェルゼフは執務室で、記者やペトログラードの軍部隊の代表を迎えているところだった。彼は言った。諸君に見せたいものがある。政府がしばらく前から集めてきた証拠――レーニンがドイツのスパイであることを示す証拠だ。

攻囲されたタヴリーダ宮のなかで、ソヴィエト指導部は恐慌を来たしていた。急いで協議した結果、エスエルの指導者チェルノフを使者として送り、ペレヴェルゼフを出せという怒号やシュプレヒコールを落ち着かせることにした。愛想がよく博識で、かつては尊敬を広く集めていたチェルノフなら、いつもの引用をたっぷりちりばめた演説でデモ隊をなだめられるだろうと踏んだのだ。

しかし彼が現れたとき、誰かが叫んだ。「民衆に発砲したやつらの仲間が来たぞ!」。水兵たちがつかみかかろうとする。ぎょっとして身を引いたチェルノフは、手近な樽の上に登り、雄々しく演説を始めた。

軽く群集を喜ばせるつもりだったのだろう。彼はカデットの四人が閣僚を辞めたことを告げ、こう言い放った。「いい厄介払いだ!」

すると群集のなかから叫び声があがった。「じゃあ、あんたはなぜ、前にそれを言わなかった?」

雰囲気が剣呑になっていく。チェルノフがひるみ、よろけながら下がろうとするのを胡乱な男女がわれ先にと取り囲み、なんとか踏んばろうとする彼のほうに迫った。大柄な労働者が進み出てさらに近づき、チェルノフの顔の前で拳を振り動かした。

「権力を握れよ、この野郎」と男が怒鳴った。これは一九一七年で最も有名な文句のひとつとなる。

「あんたの前に差し出されてるんだぞ!」

宮殿のなかのチェルノフの同志たちは、彼が危険な状況にいることを察した。救出のために決死の覚悟で、敬愛される左派の人物――マルトフ、カーメネフ、ステクロフ、ウォイチンスキー――を向かわせた。しかしラスコーリニコフを隣に従え、人垣をかき分けて最初にたどり着いたのはトロツキーだった。

甲高いラッパの音が響き渡り、群集が静まった。トロツキーが進み出て、誰かがチェルノフを押し込んだ自動車のほうへ近づいていく。熱に浮かされた群集を制しながら、自分の話を聞くようにと訴えた。そして自動車のボンネットの上に乗った。

「クロンシタットの同志諸君！」とトロツキーは叫んだ。「革命の誇りと栄光を忘れるな！　諸君はおのれの意志を表明し、労働者階級はもはやブルジョアジーが権力を握るのを見たくないとソヴィエトに伝えるためにやってきた。しかしなぜ、たまたま見つけた個人に暴力を振るうなどというけち臭い行為で自分たちの大義を傷つける？　君たちが気にするべきは個々の人間ではない」

トロツキーは野次を飛ばす連中を睨みつけた。特に口の達者な水兵のほうへ手を差し伸べる。「君の手をよこしたまえ、同志」と叫んだ。「手をよこすんだ、兄弟！」

相手は従わなかったが、混乱しているのが誰の目にもあきらかだった。ついにトロツキーが叫んだ。

「ここにいるなかで暴力に与する者は、手を上げよ」

誰の手も上がらなかった。

「市民チェルノフ」とトロツキーは自動車のドアを開けて言った。「あなたはもう行ってけっこう」

傷を負い、恐怖と屈辱にまみれながら、チェルノフは宮殿のなかに駆け戻った。いま生きていられるのはおそらくトロツキーのおかげだろうが、それでも怒りは収まらず、彼はその夜、机の前で、ボリシェヴィキを痛罵する言葉を延々と書き連ねた。

午後六時ごろ、ソヴィエト執行委員会の合同会議が開かれた。穏健派は軍に助けを求めた。郊外に駐屯している部隊では、すべての兵士が政治的な議論の影響を受けていたわけではなく、まだ一部は体制派だった。だから保守的なポロフツェフ将軍に、そうした部隊を動員して自分たちを守ってくれるよう懇願したのだ。ポロフツェフはその皮肉さをこう振り返っている。「このとき私は、ソヴィエトの救い手という役割を、その気があれば担えるようになった」

外では何万人もの民衆がまだ怒号をあげ、今はツェレテリその人を出せとわめいていた。ボリシェヴィキのなかでも人気の高いジノヴィエフが現れ、気さくな言葉をかけながら、デモ隊に解散するよう訴えた。それでも全員を思いとどまらせることはできず、意志強固な集団がいきなりエカテリーナ・ホールへ飛び込んだ。ホールではソヴィエト委員会が会合の最中で、皆がぎくりとした顔を向けた。

この闖入に対して、ソヴィエトのメンバーの幾人かは、スハーノフの絶妙な表現を借りるなら「十分な勇気と自制を示すことはなかった」。我々が権力を取ると息巻く者たちを前に、ただ恐れをなして縮こまったのだ。

だが、チヘイゼは驚くほど冷静沈着だった。先鋒の男が勢いを殺がれて黙り込むと、彼は早く帰るようにとの正式な文書を手渡した。

「これをきちんと読んでもらいたい」とチヘイゼは言った。「そして我々の仕事の邪魔をしないでくれ」

軍に対してと同様、ソヴィエトは艦隊にも呼びかけた。午後七時を少しまわったころ、海軍大臣の補佐役ドゥドロフが四隻の駆逐艦にクロンシタットの水兵たちを威嚇するよう呼びかけた。そしてさらに驚くべきエスカレートぶりを見せ、こう命令した。「明確な命令を受けずにクロンシタットを出港しようとする船は、潜水艦艦隊で沈めるべし」

ところがこの呼びかけは、極左のバルト艦隊中央委員会《ツェントロバルト》に傍受されていた。そのため司令官のヴェレフスキーは、こう答えざるを得なかった。「そちらの命令を遂行することはできない」

マルス広場では、コサックがクロンシタットの水兵たちに攻撃を加えていた。

ソヴィエトは議論を続けていた。デモ隊と同様に、ボリシェヴィキ、スピリドーノヴァの左派エスエル、マルトフのメンシェヴィキ国際派は、現在の合意が継続するのを許すわけにはいかないと主張した。一方、主流派と穏健派のエスエルおよびメンシェヴィキは、頑として持論を崩さなかった。この国では資本主義がまだ未発達で、ブルジョアジーの局面は終わっておらず、比較的小規模な労働者の運動がある現在、社会主義者のみの政府は災厄をもたらすだろう。現段階では、連立は絶対に必要である。

タヴリーダ宮のホールでは、労働者と兵士の代表たちが、農民に土地を、平和を、労働者による統制をと訴えていた。

「我々はソヴィエトを信用しているが、ソヴィエトが信用している連中は信用できない」と、ある代表は言った。さらに別のひとりが言う。「こうしてカデットが我々とは組まないと宣言したいま、我々は問いたい。あなた方は他の誰に代えるつもりなのだ?」

外では銃声が、そして膠着状態が続いていた。待ち伏せ、突然の一斉射撃、硝煙の匂い。機関銃が馬上の騎手を撃ち倒す。乗り手を失い、その血しぶきを浴びた馬がつぎつぎ恐怖に駆られて駆け出し、堤防沿いにひづめの音をこだまさせながら遠ざかっていく。
まだ夕刻で、空は十分に明るかった。突然、第一七六連隊が到着し、宮殿に入っていった。メジライオンツィを支持するこの連隊は、「革命を守護せよ」という呼びかけを受け取り、クラスノエ・セローから駆けつけてきたのである。そしてたまたま、彼らと最初に出会った有力者が、メンシェヴィキのダンだった。ふだんから軍の服装をすることの多い彼は、このときも軍服姿で、新たにやってきた武装集団を見ても冷静を保ち、ただちに歩哨の任務に就くよう命じた。第一七六連隊はそれに従った。

のちにスハーノフは、この連隊は敵の命令に従ったとあざけった。しかしトロツキーは、彼らの行動は戦略的なものだった、向こうの命令をある程度受け入れながら、敵がどこにいるかを探ろうとしたのだと言い張った。いずれにしろ、これは稀有な瞬間だった。自ら権力を握りたいソヴィエトの敵が、今の時点で自ら権力を握ることに強硬に反対しているソヴィエトを守るために、「すべての権力をソヴィエトに」と唱える極左を後押ししたのだから。

権力をめぐるこうした議論は延々と続いた。午後八時、リチェイヌイ橋の上で、コサックと労働者たちとの戦闘が起こった。二月とはわけがちがった。激しい銃撃、負傷者のうめき声や断末魔の叫び声、跳ね橋が二つに割れて持ち上がっていく、その隙間に染み込んでいく血。クシェシンスカヤ邸から川を隔てたペトロパヴロフスク要塞では、武装したクロンシタットの水兵二〇〇〇人が入口を突破し、軍の施設を統制下に置いた。華々しい、しかし意味のない行動だった。手に入れたはいいが、この先どうすればいいのか。ソヴィエトの議論はなおも続いていた。体制派の部隊がついにペトログラードに到着しはじめた。馬の死体が点々と、散らばった弾薬筒やガラスの破片のなかに転がっていた。

深夜零時までに、ソヴィエトの前に三つの方針が示された。右派の代表ゴーツは、ソヴィエト執行委員会の総会が開かれるまで、縮小した臨時政府を支持することを提案した。左派のマルトフは、「ロシアのブルジョアジーはあきらかに、農民と労働者による民主制を攻撃している」「歴史は我々が権力を手にすることを求めている」と言い――そして今度は新しい急進的な臨時政府を、ソヴィエトの代表が多数を占める政府を求めた。極左のルナチャルスキーはソヴィエトが全権を握ることを要求した。

代議員がひとりずつ、立ち上がって票を投じた。ゴーツの名が呼ばれた。そしてメンシェヴィキのダン、トルードヴィキのコンドラテンコ、人民社会主義党のチャイコフスキー、エスエルのサーキアン。さらにさまざまな人物、さまざまなグループが続いた。左派はもう負けを覚悟しながら、最後まで持論を述べようとがんばりつづけた。

午前一時近く、ツェレテリが演壇で熱弁を振るっているときに、重たげな足音が聞こえてきた。代表たちが再び恐怖に青ざめ、立ち上がった。

やがてダンがほっとしたように叫んだ。「革命に忠実な連隊が到着した。中央執行委員会を守るために！」

まずイズマイロフスキー近衛連隊が、次いでプレオブラジェンスキー連隊、セミョーノフスキー連隊がやってきた。軍楽隊が〈ラ・マルセイエーズ〉を演奏し、メンシェヴィキとエスエルの面々も喜び勇んでその曲を口ずさんだ。ソヴィエトは救われた。自ら権力を握らずにすんだのだ。

各連隊の兵士たちは表情が硬く、つい最近伝えられた情報に意気阻喪したままだった。いまだ公にはされていない情報――レーニンがスパイだというショッキングな報せに。

★

七月危機は地方の大都市にもさざ波のように伝わっていった。地方での暴動はその激しやすさを反映し、とりわけ守備隊が前線へ配置転換されるという脅しを受けた場所、サラトフ、クラスノヤルスク、タガンログ、ニジニ・ノヴゴロド、キエフ、アストラハンでは激烈だった。ニジニ・ノヴゴロドでは、四日に第六二歩兵予備連隊への召集があったのを契機に、体制派と不満分子のあいだに衝突が起こり、数人の死者が出た。五日には反抗した兵士たちが臨時委員会を選出し、短期間ながら地元の権力を握った。織物業で栄える戦闘的な労働者階級の街、イヴァノヴォ＝ヴォズネセンスクでは、ソヴィエトがつかのま完全な権限を確立した。

しかし各地の大半のケースは、慌てて集会が組織されるという程度にすぎなかった。たとえばロシア第二の都市では、ペトログラードでの出来事の報せが入ったあと、モスクワ・ボリシェヴィキが七月四日に「権力をソヴィエトに」のデモを行うという気のない呼びかけをした。このデモはただちにモスクワ・ソヴィエトから禁じられ、大多数の労働者が従った。ボリシェヴィキの多くも、それで事態が落ち着いて満足していただろう。しかし新たに急進的になった熱狂的な若いメンバーは、とにかく何か行動を起こしたくてたまらず、そこいらで偶発的に起こるようないささか情けないデモにもしぶしぶ加わった。

ペトログラードでは、午前二時から三時のあいだにボリシェヴィキ中央委員会が、労働者と兵士に街頭デモを終わらせるようにとの「呼びかけ」なるものを出した。より正確にいうなら、動きが収束しつつある段階になっての、事後承認のようなものだった。

五日の朝、『プラウダ』の第二面に、デモを収束させるという党の「決定」に関する説明が載った——まるでそれが本当に決定で、党がその決断を下したとでもいうような、説得力に欠けるものだった。そしてその理由は、「デモの目的が達せられた」、すなわち「プロレタリアートの、そして軍の旗印となるスローガンが印象深く、成功裡に伝えられた」からだということだった。たしかに印象は深かったかもしれない。だがそんなふうに「伝える」ことが適切なのかどうなのか、ボリシェヴィキたちはずっと頭を悩ませていた。

いずれにせよ、このスローガンが示していた目標は、控えめな言い方をしても、達せられてはいなかった。


五日の夜明け。当局が跳ね橋を上げた。橋桁が天を向き、反乱勢力は分断された。

レーニンの逮捕に向かった体制派の兵士が『プラウダ』の印刷所に到着したとき、彼は一足先にそこを出たばかりだった。兵士は腹いせに工員たちを逮捕し、書類をあさっては設備をたたき壊し、やつはスパイだ、ドイツの手先だ、裏切り者だとわめき散らした。

その前日、ペレヴェルゼフがレーニンのスパイ疑惑を広めているころ、内閣にいたボリシェヴィキのシンパが中央委員会に注進に及び、中央委員会はただちに、中傷を止めるようイスパルコムに要請した。まだ連帯の名残があったからか、適正な法的手続きへの不安からか、ツェレテリとチヘイゼはペトログラードの各新聞に電話を入れ、確証のない主張を公表するのはやめるように指示した。

大半がそれに従った。しかし五日の朝、兵士たちが急襲した朝に、センセーショナリズムを売りにする極右の三流紙『ズィヴォエ・スローヴォ（生きている言葉）』が見出しでわめきたてた――「レーニン、［その同志である］ガネツキー、コズロフスキーはドイツのスパイだ！」

噂はもう止めようがなかった。

ケレンスキーはこの公表から急いで距離をとろうとしたが、これは目くらましだった。彼は四日、すでに前線からリヴォフあてに（リヴォフは否定している）、「我々が入手した情報の発表を急ぐ必要がある」と打電していた。このきわめて陰謀じみた誹謗は、イェルモレンコという中尉と、Z・ブルシテインという商人の証言に基づいていた。後者の主張は、ストックホルムにはドイツのスパイ網があり、これを統括しているのはマルクス主義の理論家からドイツの愛国者へと転じたパルヴスという男で、今もボリシェヴィキとの関係を保っているというものだった。イェルモレンコのほうは、ドイツの参謀部からレーニンの役割について聞いたと証言した。イェルモレンコは戦争捕虜となったとき、そのドイツ人たちが（人づてに聞いたその情報源が実際とはちがっていた可能性もある）徴募をしようとしていた――そして最終的に成功したという印象を受けたと、彼は言った。

これらの証言は、虚言と作り話、偏向が絡み合ったものだった。イェルモレンコは奇矯なところのある、よく言っても夢見がちな人物だし、ブルシテインについては、本人と取引した政府関係者ですら、まったく信用ならないと評していた。関連書類を準備したのは元ボリシェヴィキのアレクシンスキーだが、これもしじゅう面倒を起こしているうえに、ソヴィエトへの加盟を拒否されて敵意の塊になっているという評判もあった。だからまっとうな人間でこんな話を信じる者は、右派のなかにもほとんどいなかった。人品卑しからぬ、より慎重な右派の人々が『ズィヴォエ・スローヴォ』の記事に激怒したという話が、それを物語っている。

だがそれでも、直接的な言葉がもたらす効果は壊滅的だった。

七月五日は、暗い反動の一日だった。振り子が逆方向に振り切れた。

その日のペトログラードは、左派にとって安全な場所ではなくなった。『プラウダ』の売り子が街頭で殺された。コサックやその他の体制派が、脅しや暴行を通じて支配力を行使した。極右勢力は勝ち誇った。

しかし危険は、右派からだけでなく、左派の拠点であるはずの場所からもやってきた。E・タラソヴァという党の活動家が、すっかり顔なじみになったヴィボルグ地区の工場を訪れた。すると何日か前に話をしたばかりの女性労働者たちが、ドイツのスパイが来たと言ってナットやボルトを投げつけたのだ。彼女は両手と顔に酷い切り傷を負った。パニックが去ったあと、女性労働者たちが恥じ入りながら説明したところによると、あるメンシェヴィキが、ボリシェヴィキを排除するよう煽動していったのだという。

その日、恐れる理由があるのはボリシェヴィキに限られなかった。左派メンシェヴィキのウォイチンスキーはこの空気を「黒百人組が跋扈する」ような「反革命の乱痴気騒ぎ」と呼んだ。このサディスティックな自警団の連中が街頭をうろついては、家々のドアを叩き破って押し入り、「反逆者」や「騒擾分子」を狩り立てた。しかも彼らには、大衆の支持がないわけでもなかった。ウォイチンスキーは陰鬱にこう記している。「世論が過激な手段を求めたのだ」

ラスコーリニコフを始めとするボリシェヴィキ左派は、クシェシンスカヤ邸の守備態勢を整えた。再び優勢に転じるという幻想を弄ぶ者もなかにはいた。しかし指導層の大半は、自分たちが置かれた危険な状況を理解していた。その日の午後にジノヴィエフは、ペトロパヴロフスク要塞に籠った最後のデモ参加者に投降するよう、強く求めた。他にどんな道をとろうと、それはばかげた、絶望的な挑発にしかならない。

ボリシェヴィキは身の安全を求め、また取り締まりに備えて散り散りになりはじめた。上層部の多くは進んで身を隠し、ひそかに計画を練ろうとした。

三人の若い活動家、リーザ・ピラエヴァ、ニーナ・ボゴスロフスカヤ、イェリザベータ・コクシャロヴァが看護師に変装してペトロパヴロフスク要塞を抜け出し、党の資金と書類を包帯の下に隠して持ち出した。三人はすぐに政府勢力に止められ、手に持った籠のなかに何を入れているのかと訊かれた。ピラエヴァはにんまりと笑い、こう言った。「ダイナマイトと回転拳銃《リボルバー》よ!」。男たちは悪趣味な冗談だとたしなめ、そのまま彼女を通した。

今になってボリシェヴィキ中央委員会は、「デモを終わらせる決定を覆さない」という票決を下した――これもやはり、「決定」を下したのが自分たちであり、その決定を覆すという決定に何かしらの意味があるとでもいわんばかりだった。

こうして七月危機は終わった。

ボリシェヴィキの指導層は、不安に駆られながらソヴィエトに代表を送り、自分たちの党の置かれる立場を確認しようとした。ソヴィエトのほうは、執行部代表をクシェシンスカヤ邸に送った。そしてこれ以上ボリシェヴィキを抑圧する施策をとらないこと、具体的な罪を問われていないデモ参加者を釈放することを確約した。ボリシェヴィキは支援する軍の装甲車両を帰還させること、ペトロパヴロフスク要塞を明け渡し（ジノヴィエフがそう主張したのだが、なかの連中がずっとのらりくらりかわしていた）、水兵たちをクロンシタットに送り返すことに同意した。

もしソヴィエトが、建前の上でも、もう懲罰的な手段には訴えないという姿勢をとっていれば、これは臨時政府の案件にはならなかった。

翌日の早暁、ポロフツェフ将軍はクシェシンスカヤ邸とペトロパヴロフスク要塞に大規模な攻撃部隊を差し向けた。装甲車八台にペトログラーツキー連隊、水兵、士官学校生、航空学校生に加え、恐ろしいほど大量の火砲の支援もあった。さらには前線の自転車連隊も加わっていた。こういった兵の存在は、今でこそいささか滑稽にも思えるが、当時はスピードと現代性を感じさせる存在で、強国はどこも実験的に自転車を導入していた。英国のある旅団副官は、軍のなかでも「特に歴史の浅い、この無用の長物」と呼んでいた。攻撃部隊は出撃の前に、景気づけに大勢の演説を聞かされたが、うち何人かは案の定というか、ソヴィエトの高官だった。

午前七時、司令官は邸のなかの人間たちに、投降まで一時間の猶予を与えた。軍事組織はまだ現実を受け入れていなかった。何人かのメンバーがすばやく抜け出し、サンプソニエフスキー橋を渡ってペトロパヴロフスク要塞に入った。ここでならまだ抵抗できるかもしれないと甘い想像をしていたのだ。クシェシンスカヤ邸に残った五〇〇人は抵抗しなかった。邸に向けられた火力の規模はそれほど度を越してすさまじかった。政府側の兵士が逮捕に踏み込むと、七人のメンバーが党の書類を急いで燃やしているところだった。その後まもなく、ペトロパヴロフスク要塞にたどり着いた水兵たちも、みじめな様子で投降に応じた。

軍の他の兵士たちへの警告のつもりか、当局は機関銃連隊をただ罰しただけでなく、屈辱を味わわせた。武装を解き、公衆の面前を歩かせたのだ。クルプスカヤはその場面を目撃していた。「鞍に手をかけて馬を歩かせる彼らの目には、すさまじい憎悪の火が燃えていて、およそ考えうるかぎり最悪の手段であることはあきらかだった」――もしも政府の目的が社会の平和だとするならば。

ことここに至っても、ペテルブルク委員会の極左の数人が、ヴィボルグ地区の奥のほうで集会を開き、この闘争を継続させようとした。同日午後、ラーツィスと同志数人が敵対的な市街をこっそりと抜け、レノ工場まで行った。そこでは見張り番の小屋に身をひそめたレーニンが待っていた。

ラーツィスは熱に浮かされたように、自分がゼネストを呼びかけた事情を彼に説明した。

レーニンは信じられないという顔で怒りもあらわに、不都合な真実を縷々説明した。我々はこの挫折の途方もない規模をきちんと評価し、現状の性質を理解せねばならない。彼は聞き分けのない子どもに対するようにラーツィスを叱責した。しまいには、ペテルブルク委員会には任せられないとばかりに、自ら「仕事に戻るように」という呼びかけの内容を考えた。

★

その夜、ヴィボルグ地区の小さなアパートの部屋に、ジノヴィエフ、カーメネフ、スターリン、レーニン、ポドヴォイスキーが集まり、自分たちの苦境がどれほどのものか協議した。レーニンはこう言い放った。エスエルとメンシェヴィキは、皿に載せて差し出された権力であっても受け入れないことを明言した。きっとブルジョアジーに譲り渡すほうを選ぶだろう。したがって「すべての権力をソヴィエトに」のスローガンはもう意味をもたない。その代わりに、たとえ言葉は不恰好であっても確信をもって、

10月の新刊 ●7日発売

ちくま文庫

ほんとうの味方のつくりかた

松浦弥太郎

装画：南川史門

人生はもっとうまく行く！

一人の力は小さいから、豊かな人生に〈味方〉の存在は欠かせません。自分を知り、大切な味方の見つけ方と育て方を教える人生の手引書。（水野仁輔）

43473-9
680円+税

笑いで天下を取った男

難波利三 ●吉本王国のドン

朝ドラ『わろてんか』が話題

吉本興業創立者・吉本せい。その弟・林正之助は、姉を支え演芸を大きなビジネスへと築きあげたのだった。「小説吉本興業」改題文庫化。（澤田隆治）

43467-8
880円+税

アンチクリストの誕生

レオ・ペルッツ 垂野創一郎 訳

20世紀前半に幻想的歴史小説を発表し広く人気を博した作家ペルッツの中短篇集。史実を踏まえて花開く奔放なフィクションの力に脱帽。（皆川博子）

43466-1
900円+税

ひりひり賭け事アンソロジー

わかっちゃいるけど、ギャンブル！

ちくま文庫編集部 編

勝てば天国、負けたら地獄。麻雀、競馬から花札や手本引きまで、ギャンブルに魅せられた作家たちの名エッセイを集めたオリジナルアンソロジー。

43475-3
820円+税

アテネのタイモン

松岡和子 訳 ●シェイクスピア全集29

なみはずれて気前のいいアテネの貴族タイモンをとりまく人間模様。痛烈な人間不信と憎悪、カネ本位の社会を容赦なく描いたきわめて現代的な問題作。

04529-4
800円+税

6桁の数字はJANコードです。頭に978-4-480をつけてご利用下さい。
内容紹介の末尾のカッコ内は解説者です。

好評の既刊

＊印は9月の新刊

文庫手帳2018
安野光雅 画
かるい、ちいさい、使いやすい！ 見た目は文庫で中身は手帳、安野光雅デザインのロングセラー、ちくま文庫の文庫手帳、２０１８年版。
43469-2 660円+税

増補 へんな毒 すごい毒
田中真知 動植物から人工毒まで。毒の世界を網羅する
43394-7 840円+税

人間なき復興 ●原発避難と国民の「不理解」をめぐって
山下祐介／市村高志／佐藤彰彦 当事者の凄惨な体験を描く
43400-5 1200円+税

紅茶と薔薇の日々
森茉莉 早川茉莉 編 甘くて辛くて懐かしい！ 解説・辛酸なめ子
43380-0 740円+税

贅沢貧乏のお洒落帖
森茉莉 早川茉莉 編 鷗外好みの帯に舶来の子供服。解説・黒柳徹子
43404-3 780円+税

幸福はただ私の部屋の中だけに
森茉莉 早川茉莉 編 贅沢貧乏の愛しい生活。解説・松田青子
43438-8 760円+税

仁義なきキリスト教史
架神恭介 世界最大の宗教の歴史がやくざ抗争史として甦える！
43403-6 880円+税

青春怪談
獅子文六 昭和の傑作ロマンティック・コメディ、遂に復刊！
43408-1 880円+税

聞書き 遊廓成駒屋
神崎宣武 名古屋・中村遊郭の制度、そこに生きた人々を描く
43398-5 840円+税

マウンティング女子の世界 ●女は笑顔で殴りあう
瀧波ユカリ／犬山紙子 やめられない「私の方が上ですけど?」
43431-9 700円+税

消えたい ●虐待された人の生き方から知る心の幸せ
高橋和巳 人間の幸せに、本当に必要なものは何なのだろうか?
43432-6 780円+税

自由な自分になる本 増補版 ●SELF CLEANING BOOK2
服部みれい 心身健やかに！ 解説・川島小鳥
43430-2 780円+税

ブコウスキーの酔いどれ紀行
チャールズ・ブコウスキー 名言連発！ 伝説的作家の笑えて切ないヨーロッパ紀行
43435-7 840円+税

セルフビルドの世界 ●家やまちは自分で作る
石山修武＝文 中里和人＝写真 驚嘆必至！ 手作りの家
43440-1 1400円+税

末の末っ子
阿川弘之 著者一家がモデルの極上家族エンタメ
43444-9 980円+税

英絵辞典 ●目から覚える６０００単語
岩田一男／真鍋博 真鍋博のイラストで学ぶ幻の英単語辞典
43442-5 1100円+税

半身棺桶
山田風太郎 飄々と冴えわたる風太郎節
43458-6 1000円+税

バナナ
獅子文六 獅子文六の魅力がつまったドタバタ青春物語
43464-7 880円+税

ビブリオ漫画文庫
山田英生 編 本がテーマのマンガ集。水木、つげ、楳図ら18人を収録
43468-5 780円+税

＊**新版 女興行師 吉本せい** ●浪花演藝史譚
矢野誠一 朝ドラ『わろてんか』放映にあわせて新版で登場！
43471-5 680円+税

＊**箱根山**
獅子文六 これを読まずして獅子文六は語れない！
43470-8 880円+税

6桁の数字はJANコードです。頭に978-4-480をつけてご利用下さい。

chikuma primer shinsho

ちくまプリマー新書《さいしょのしんしょ》

★10月の新刊 ●6日発売

285
人生を豊かにする学び方
教育学者 汐見稔幸

社会が急速に変化している今、学校で言われた通りに勉強するだけでは個人の「学び」は育ちません。本当の「学び」とは何か。自分の未来を自由にするための一冊。

68991-7
780円+税

286
リアル人生ゲーム完全攻略本
作家 架神恭介＋会社経営者／作家 至道流星

「人生はクソゲーだ！」しかし、本書のような攻略本があれば、話は別。各種職業の特色から、様々なイベントの対処法まで、全てを網羅した究極のマニュアル本！

68989-4
840円＋税

好評の既刊 ＊印は9月の新刊

- 人はなぜ物語を求めるのか　千野帽子　私達は多くの事を都合よく決めつけている?!　68979-5　840円＋税
- 正しく怖がる感染症　岡田晴恵　その正体を知って、リテラシーを上げよう！　68978-8　820円＋税
- アイドルになりたい！　中森明夫　面白くて役に立つ本格的なアイドル入門本！　68972-6　780円＋税
- はじめての哲学的思考　苫野一徳　哲学の力強い思考法をわかりやすく紹介する　68981-8　840円＋税
- 先生は教えてくれない大学のトリセツ　田中研之輔　卒業後に向けて、大学を有効利用する方法を教えます　68982-5　820円＋税
- 大人を黙らせるインターネットの歩き方　小木曽健　大人も知らないネットの使い方、教えます　68983-2　820円＋税
- 建築という対話——僕はこうして家をつくる　光嶋裕介　建築家には何が大切か、その学び方を示す　68980-1　880円＋税
- 高校図書館デイズ——生徒と司書の本をめぐる語らい　成田康子　本と青春を巡るかけがえのない13の話　68984-9　840円＋税
- これを知らずに働けますか?——学生と考える、労働問題ソボクな疑問30　竹信三恵子　働く人を守る仕組みを知り、最強の社会人になろう　68985-6　840円＋税
- 歴史に「何を」学ぶのか　半藤一利　「いま」を考える、歴史探偵術の奥義！　68987-0　880円＋税
- 「いじめ」や「差別」をなくすためにできること　香山リカ　見ないふりをしない、それだけで変わる！　68988-7　780円＋税
- ＊13歳からの「学問のすすめ」　福澤諭吉　齋藤孝 訳／解説　名著をよりわかりやすい訳文と解説で　68986-3　840円＋税

6桁の数字はJANコードです。頭に978-4-480をつけてご利用下さい。

「すべての権力を、革命を担う党、すなわちボリシェヴィキが率いるプロレタリアートに」と要求する時が来た。

しかし当面、ボリシェヴィキはとても何かを要求できる立場にはなかった。より切実な問題は安全の確保である。その夜、内閣は今回の暴動の「組織者」全員の逮捕令状を発行した。そこにはレーニン、ジノヴィエフ、カーメネフ、コロンタイ、ルナチャルスキーの名があった。トロツキーはいつもの傲慢な機知を発揮して、このリストには即刻自分も加えるべきだと言い、政府もその要請に応えてみせた。

七月七日の夜も更けた。首都の橋の上をまた路面電車が通りはじめ、その明かりがネヴァ川の水面に揺れている。それでも銃の音はまだ聞こえてきた。ヴィボルグ地区のヴァシリエフスキー島近くで突然、立て続けに銃声が響いた。カタカタという自動小銃の音。ペトログラードの街の上には秘密のルートが存在する。建物と中庭の上をうねうねと延びる、空と屋根にはさまれた秘密の通路だ。「おそらくならず者たちがどこかの家の屋根から銃撃しているのだろう」と、ハロルド・ウィリアムズは『デイリー・クロニクル』に記した。いま耳にしているのは、掃討作戦の一環だろう。極左や反逆者が武装解除されつつあるか、さらに酷いことが起こっているのだ。

逮捕リストに載ったボリシェヴィキたちのなかには、政府に捕まることも意に介さず、大っぴらに動きまわる者もいた。あるいは自ら出頭する者も。レーニンも当初、公開の裁判に臨もうと腹を固めていた。だが、いろいろな同志たちから――妹のマリアにも――思いとどまるよう諭された。この首都で断固たる態度をとれば、彼の立場は恐ろしく危険なものになる。レーニンは身をひそめることを選んだ。その決断は論議を呼んだ。カーメネフらは、彼にかけられたスパイ行為の嫌疑が事実であるように受け取られることを案じていた。

レーニンは同志の家を転々とした。マルガリータ・フォファノヴァのアパートに身を潜め、つぎにロジェストヴェンスカヤ通り一七番地の最上階にいるアリルーエフ一家に匿われた。あの有名な髭を剃り落とし、労働者の上っ張りを着て、似合わない帽子をかぶった。群集のなかに溶け込もうとしたのだ。そして七月九日、まだ警察に追われるなか、ペトログラードを完全にあとにした。

それが波乱万丈の逃亡劇の始まりだった。

夜が更けてから、レーニンとジノヴィエフはプリモルスキー駅へ行き、軍需工場の労働者である同志イェメリャノフと落ち合った。いつもの酩酊した深夜の旅行客たちをひじで押し分け、酔っ払いどもの高歌放吟を無視しながら、三人は午前二時の最終列車に乗り込んだ。最後尾の客車のステップにしゃがみ込み、手すりを握る。列車が冷たい夜気のなかをガタゴトと進みはじめた。緊張を絶やさず、もし自分たちの名を叫ぶ声が聞こえたら、すぐに飛び降りて闇のなかへ逃げ込める態勢をとる。どんなにスピードが出ていようと、そのまま乗っていくリスクは犯せない。飛び降りるほうがましだ。が、特に何も起こらず、三人は首都から目と鼻の先の、イェメリャノフの故郷の村ラズリフにたどり着いた。

逃亡者たちはイェメリャノフの家の納屋で数日過ごしたが、警察の捜索の手がこの地域まで伸びてくると、下生えのなかをかき分けて、ラズリフ湖の人気のない南東の岸辺にある粗末な小屋にたどり着いた。ジノヴィエフとレーニンはフィンランド人の農民に変装していたので、干し草の山まで備わった農家風の小屋はうってつけだった。二つある木の切り株のひとつをテーブル、もうひとつを椅子代わりに、レーニンは人目の及ばない場所で、容赦のない蚊と雨に耐えながら書き物を続けた。

七月の事件の残滓があった。ペトログラードの犯罪率は依然、上昇していた。だが七月の反乱のあとでは、ある種の殺人の数が急激に増えた。暗い社会的徴候だ。政治的な議論の末の殺人。気短な罵り合いが昂じていきなり乱闘になり、ときには武器に訴えての暴力沙汰に変わる。二月以降、政治的議論は熱気と熾烈さを増した。そして今は、命を奪いかねないものになっていた。

いたるところで衝突が起き、ときにはそれは醜い形をとった。奇妙な脅迫もあった。『ペトログラーツキー・リストーク』の紙面に見られる、街頭の正義や徒党によるリンチに注意をという奇怪な警告、昔ながらの犯罪者本人たちからの交渉の誘いや最後通牒。そうした連中の代弁者がこう語っていた、我々がやるのはもう強盗だけには限らない。「通りの暗い角で出くわした者は誰でも殺す」。住居侵入は殺人の準備となる。「家に押し入ったときは、ただ金品を分捕るだけでなく、子どもだろうと誰だろうと皆殺しにする。集団の暴力沙汰が止むまで、我々の血の復讐は止まることはない」

「七月危機」の災厄は、ボリシェヴィキを数年前に後退させたかのようだった。ステクロフは逮捕された。当局はレーニンの姉アンナ・エリザロヴァの自宅を捜索した。九日にはカーメネフを連行した。月の末にはルナチャルスキーとトロツキーがボリシェヴィキの指導層に加わったが、他の活動家たちはクレストイ刑務所に入れられ、看守が犯罪者の囚人たちを「ドイツのスパイども」にけしかけていた。

それでも収容された政治犯たちは、書くため、そして議論するための空間と時間と条件を作った。『イズヴェスチヤ』『ヴォーリャ・ナロータ』『ゴロス・ソルダータ（兵士の声）』など、穏健な左派の新聞はまだ、スパイ容疑に関する論評を控えていた。カデットの機関紙『レーチ』ですら、ボリシェヴィキは有罪が立証されるまでは無罪であると、慎重に主張した。これはもちろん、右派メンシェヴィキや右派エスエルからの、懲罰的な手段をとるようにという要求への後押しを禁じるものではなかった。こうした節度ある対応をのぞけば、レーニンはロシアじゅうのメディアから叩かれていた。七月一一日には、ゴーリキーの新聞『ノーヴァヤ・ジズニ』に送った文書で嫌疑への反論を試みて、囂々たる非難を浴びた。

「反革命が勝利を得た」とラーツィスは七月一二日に書いた。「ソヴィエトに権力はない。ユンカー学校生たちが暴力的になり、メンシェヴィキまで襲いはじめている」。左派エスエルも警察に追われるようになっていた。

ボリシェヴィキ・モスクワ地方委員会は党からの辞任者を発表し、「内輪での混乱があった」と伝えた。ウクライナのヴィセルキでは「ポグロムの空気」が蔓延し、党は分裂や離党で「炎上していた」。入党者は頭打ちとなった。コルピンスキーのある活動家は、労働者たちが「我々に敵対してきた」と報告している。六つの地区で、ボリシェヴィキは工場から、労働者仲間たちによって放逐された。七月一六日には、不吉な懲罰的意味合いで、ヴァシリエフスキー島の工場委員会が地元ボリシェヴィキの代表たちを、動乱のさなかに死んだコサック兵の葬式に強制的に参列させた。

メジライオンツィがようやくボリシェヴィキに加わったことも、この落ち込みの埋め合わせにはほとんどならないようだった。地方のボリシェヴィキのグループ内にさえ、それぞれの指導層に反対する動きが出てきた。ティフリス、そしてこともあろうに戦闘的なヴィボルグの党執行委員会がソヴィエトを全面的に支持すると誓い、ボリシェヴィキの指導層に投降するよう要求した。

挫折続きのあいだに、わずかな勝利の報せもあった。なかでも左へ向かうラトヴィアの動きほど重要なものはなかった。ボリシェヴィキが労働者ソヴィエトと小作農のソヴィエトを維持し、非妥協路線を貫いたのだ。七月危機の余波のなか、リガではラトヴィアのライフル銃兵たちと「死の大隊」一個、そして体制側の襲撃部隊のあいだで衝突があり、双方に数名の死者が出た。その直後の七月九日から一九日にかけて、第五回ラトヴィア社会民主主義会議が開かれ、ボリシェヴィキたちは自分たちの影響力を統合し、食糧の分配、地方自治など、社会全体を制御する手段を行使した。このようにラトヴィアではすでに、党は次期政府ともいうべき機能を果たしていた。だが、こうした信頼を得られるのも、離れた場所だったからこそだ。

国全体を見て最も不吉だったのは、極右勢力、反ユダヤのポグロム主義者の台頭である。「聖なるロシア」という集団が『グローザ（雷雨）』でくり返し暴力を呼びかけ、街角のアジテーターたちがユダヤ人排斥を激しく唱えた。

こんなひどい時期、レーニンは隠れ家から同志たちに記事を書き送り、自分のスパイ容疑は事実無根だと何度も訴えた。寂しい湖畔まで出向いてきた連絡役を迎え、イェメリャノフの息子が暗い水辺で張り番に立ち、見かけない人間が現れたときには鳥笛で異変を知らせようと待ちかまえていた。

レーニンは反動勢力の手にかかって死ぬ覚悟もしていた。カーメネフにこう書き送っている。「厳密にここだけの話にしてほしいのだが、もし私が死ぬようなことがあったら、どうか私のノート『マルクス主義と国家』を出版してほしい」

それでもレーニンはへこたれず、まもなくフィンランドで、その国家と革命に関するノートを練りあげるチャンスを得ることになる。

★

七月危機の直後から、路上で暴れる右翼は力を増したかもしれないが、臨時政府はちがった。それどころか、その中心にある亀裂はやはり埋めようがなかった。

七月八日、首相のリヴォフ公は、内閣の社会主義者大臣たちとの深い断絶をつきつけられ、辞任した。そして自らの後釜に招いたのは、わずかでもこの両者の架け橋になれる可能性のありそうな、ドゥーマでありソヴィエトでもある人物、ケレンスキーだった。

ケレンスキーはもちろん承諾した。そして新たな統一政府をまとめるという、誰からも羨まれない仕事にとりかかった。

民衆が熱に浮かされたようにケレンスキーを礼賛していた初期のころ、詩人のマリーナ・ツヴェターエヴァはこの崇拝の対象をナポレオンになぞらえてみせた。

そして地図の上を訪える者
夢を夢で終わらせない者
かのボナパルトが
この私の国に現れた

ところで、レーニンも数カ月後に『ラボーチー・イ・ソルダート（労働者と兵士）』で、ケレンスキーの統治はボナパルティズムだと論じることになる――ただしこれは、いい意味を込めた形容ではない。彼はこの言葉を、マルクス゠エンゲルスのように専門的な意味で使い、「軍閥に頼る国家権力の策略で……敵対しあう二つのある程度バランスを保った階級や勢力のあいだで支持をとりつける」ことと説明している。レーニンにとって、ケレンスキーの堕落したボナパルティズムは、対立する社会勢力のあいだでバランスをとろうとする行為でしかなかった。

前線での破局はもはや隠すべくもなかった。ケレンスキーは首相となったその日、手ごわいコルニーロフ将軍を、ロシア軍部隊が最も劇的に崩壊している南西戦線の司令官に据えた。この措置には、政府代表として南西戦線に送られた非凡な人物、ボリス・サヴィンコフの強い後押しがあった。

この騒然とした数カ月間、サヴィンコフはある重要な政治的役割を果たした。ドラマティックな政治遍歴をたどってきた人物である。ただエスエル党員であるというだけではなく、一九〇五年の革命に至るまでの数年間はエスエルのテロリスト部門である戦闘団の華々しくも悪名高い活動家として、ツァーリストの高官数名の暗殺に関わった。そして一九〇五年以降は、センセーショナルな小説の作家となった。戦争の到来は、彼の裡《うち》に盲目的愛国主義と軍国主義を呼び覚ました。亡命中はフランス軍に参加し、一九一七年四月にロシアへ戻ってからは、ケレンスキーに接近するようになった。熱烈な独裁的愛国主義者であるサヴィンコフは、人民の代表であるコミッサールを将校と兵士の仲介役として慎重に活用するのが得策だと信じてはいたが、軍規の乱れにはまったく容赦ない手段をとるべきだと唱えてもいた――軍事独裁制と呼んでもいいと思われるほどに。

やはり鉄の規律を信条とするコルニーロフは、自らの任命の条件として、逃亡した兵士たちを処刑する権限を要求した。実のところ、彼の丁重とは言いかねる要請を受ける以前から、ケレンスキーは司令官たちに、逃げようとする兵士に対する発砲許可を与えていた。また数日以内に政府は、要請されたとおりに、前線での死刑を再び制度化した。それでも、コルニーロフのケレンスキーとの対立的なやり取りが細部にわたって新聞にリークされ、右派の鉄の男というコルニーロフの評判は敵味方を問わずぐんと高まった。

七月一六日、ケレンスキーはサヴィンコフと、その親しい協力者で第八軍の右派エスエルのコミッサールであるマクシミリアン・フィロネンコに伴われ、軍の状況を評価するために、モギリョフにあるスタフカ（軍総司令部）を訪ねた。コルニーロフ将軍は不在だった——本人の受け持つ地域の部隊が混乱と崩壊状態にあり、とても余裕がなかったのだ。それで自ら、かなり穏やかな報告を打電した。しかしその場にいた将軍たち、たとえばアレクセーエフや最高司令官のブルシーロフ、西部戦線のデニキンなどは、まったく歯に衣着せなかった。

とりわけデニキンは革命勢力に痛罵を浴びせ、軍の崩壊の原因を革命のせいにした。コミッサールを怒鳴りつけてケレンスキーを啞然とさせ、命令第一号への不満をぶちまけ、権威が損なわれたことを非難した。こうした二重権力の主眼はすべて消えうせたと、将軍たちは主張した。

七月危機で死んだコサックの葬儀をいつもの調子で仕切るという仕事があり、ケレンスキーは動揺したまま、ペトログラードに戻る列車に乗り込んだ。現状のゆゆしさをかんがみ、最高司令官の首をブルシーロフからコルニーロフにすげ替えるのが得策だと判断した。そして二日後には、思慮深くてそこそこ進歩的でもある職業軍人の任を解き、強硬路線をとる野心的な反革命の人物に軍を託していた。

このところの成り行きには意を強くしても、国の現状には我慢ならない右派の不満分子たちは、反動の到来を切望し、ますます声高に独裁への夢を口にした。

七月一八日、ケレンスキーの政府は冬宮に移転した。ソヴィエトには、タヴリーダ宮を出て、第四回国家ドゥーマのために場所を明けるようにとの小ばかにした要請があった。これは断れるような注文ではなかった。

七月一九日、商業・産業会議は、政府が「ロシア国民が毒されるのを許した」ことを攻撃し、「ソヴィエトの独裁からの……完全な訣別」を求めた。そして「母国を救うには独裁的権力が必要」なのではないかと大っぴらに問いかけた。このようにソヴィエトに向けられる騒音は高まるばかりだった。権力を握れ、と街頭は要求したが、ソヴィエトはその誘いを断った。そして今、そのかつての力を抜き取られようとしていた。

カデットに急き立てられて、ケレンスキーは公開の集会に厳しい制限を課す法律を通した。つかのまウクライナ人とフィンランド人の民族主義を認める方向に開いていた窓も、また閉じられた。フィンランドが半独立を宣言して以降、ロシアは派遣部隊を増強した。そしていま、七月二一日、フィンランドの議会は解散した――それがきっかけで、フィンランド社会民主党（多数派の地位を維持していた）とボリシェヴィキは同盟を結ぶ。社会民主党の機関紙『トゥヨミエス（労働者）』は怒りを伝えた。「ロシア臨時政府はフィンランドの反動的ブルジョアジーと手を組み、議会を、そしてフィンランド民主主義すべてを裏切ったのだ」

反動はペトログラードはもちろん、国じゅうに及び、農民の暴力的な反抗が増え、アナーキーな状態が続いた。特に憎むべき戦争と、数十万の命を奪った破滅的な攻勢への怒りはすさまじかった。七月一九日、サラトフの県都アタルスクで事件があった。前線へ向かう列車を待っていた歩兵少尉たちの一団が駅のランタンを叩き壊し、銃を構えて上官を狩り立てに出たのだ。そしてある人気の高い少尉がその場を仕切り、将校の逮捕を命じた。暴動を起こした兵士たちは直属の将校を拘束したり脅したり、ときには殺害したりもした。

七月一六日に、コルニーロフから比較的穏やかな電信が入ったことで、ケレンスキーはこの将軍が本当の協力者になってくれるかもしれないという甘い望みをもった。だがそんな期待はすぐに、跡形もなく潰えた。同月一九日、この新最高司令官はぶしつけに、作戦手順の完全な独立と、規準とするべきなのは「良心とロシアの人民のみ」という条件を要求してきたのだ。彼の部下がその内容を新聞にリークしたとき、世論はその強靭な神経に驚いたかもしれない。ケレンスキーは自分が怪物を作り出してしまったのではないかと恐ろしくなりはじめた。そしてその恐れは当たっていた。

警戒の意識をつのらせていたのは彼ひとりではなかった。同月のコルニーロフの昇進からまもなく、「真の友人にして同志」と称する匿名の人物がソヴィエト執行委員会に、簡潔な予言めいた覚書を送ってよこした。「同志たちよ。どうかあの最悪の畜生コルニーロフ将軍を追放してほしい。さもなくばやつは自ら機関銃を手に、君たちを追放するだろう」

ケレンスキーは当面、新政府の組閣に精力を注ぐことで、この右翼の揉めごとから気をそらせていられた。組閣に数日間を要したものの、七月二五日、なんとか第二次連立政府の発足にこぎつけた。今度は九人の社会主義者大臣が入り、わずかな差で多数派となったが、チェルノフ以外はすべて党の右派に属していた。さらに重要なのは、彼らは党やソヴィエトの代表としてではなく、個人として入閣したという点だった。

実のところ新政府は――こうした大臣たちも含めて――ソヴィエトの権威を認めていなかった。二重権力は終わったのだ。

あきらかに友好的ではないこの空気のなかで、ボリシェヴィキは第六回党大会を延期した。

七月二六日、ヴィボルグ地区の私邸の一室で、ロシア全土から集まったボリシェヴィキ一五〇人が一堂に会した。半ば違法であるという極度の緊張感のなか、指導層は投獄されるか逃亡中のため、舵取り役もいないままの集会だった。開会から二日後、政府は安全保障に、あるいは戦争遂行に有害とみなされる集会を禁じ、会議はひそかに南西部の郊外にある労働者のクラブへ場所を移した。

追いつめられたボリシェヴィキたちは、なんであれ連帯の証が得られれば喜んだ。ラーリンやマルトフといった左派メンシェヴィキたちが出席すれば、客人が挨拶とともに叱責の言葉を投げかけてきても、手放しで歓迎した。

しかし何日か討議が続き、縮小された党が不安のなか、人目を忍んでいるうちに、少しずつあきらかになりはじめたことがあった。破局はまだ現実に起こってはいない。相変わらず緊張した雰囲気ではあるが、二週間前よりは明るくなっていた。七月危機はボリシェヴィキに傷を負わせた――が、傷は深くはなく、いつまでも続くものではなかった。

右派からはもちろん、かなりの穏健派社会主義者たちからも攻撃される恐れがある一方で、地区のソヴィエトが反革命とおぼしき動きに対して結束を固めはじめた。四月の時点では、党には七八の地方組織と八万人のメンバーがいた。そして今は、七月危機のあとで、少しのあいだ意気消沈させられる党員の流出はあったものの、まだ一六二の組織と二〇万人が残っていた。ペトログラードには四万一〇〇〇人、ウラル鉱山地方にも同様の数の党員がいたが、モスクワ周辺にはボリシェヴィキは少なく、政治的により「穏健」だった。対照的にメンシェヴィキは、ソヴィエトの党であり、いまだに重要な団体だが、八〇〇〇人の党員しかいなかった。

七月の最後の二日にわたって延々と続けられた議論のあと、レーニンの分析と訴えのとおり、ボリシエヴィキは「すべての権力をソヴィエトに」のスローガンを引っこめた。そして新たな道をとることを企図しはじめた。ソヴィエトの強さと可能性を前提とするのでなく、労働者と党が直接、権力を握るための道を。

8　八月　潜行と謀議

そうした晩夏の日々、右派が徹底した浄化を目論んでいるあいだに、放埒な至福の時期が花開いていた。楽団に合わせてダンスが夜を徹してくり広げられ、絹のドレスやネクタイは染みで汚れ、ぬるまったケーキや吐物やこぼれた酒のまわりを蠅が飛びまわった。長い昼、熱い狂乱の夜が続いた。世界の終わりを前にした遊蕩三昧。キエフではスペランスキー伯爵夫人がこう言った。「ジプシーの楽団と合唱付きの夕食、ブリッジにタンゴ、ポーカー、そしてロマンス」。キエフのように、ロシアじゅうの都市でも、金持ちは夢うつつのなかにいた。

八月三日、第六回ロシア社会民主労働党大会、つまりボリシェヴィキ党大会は、新スローガンを支持する決議を満場一致で採択した。これは苛立つ「レーニン主義者」と穏健派との妥協の産物で、前者は革命がソヴィエト以後の新たな局面に入ったと見ており、後者はまだ右派の社会主義者たちと協力して革命を守れるかもしれないと考えていた。にもかかわらず、この局面の移行がもつ象徴的な意味合いは非常に大きかった。教訓が絞り出され、呼びかけが変わった。七月はその役割を果たしていた。ボリシエヴィキはもはや「すべての権力をソヴィエトに」とは呼びかけなくなった。代わりに「反革命的ブルジョアジーによる独裁の完全な清算」を希求した。

ソヴィエトは要請されたとおりに場所を移した。一八〇〇年代初期に建てられたスモーリヌイ教会は、街の中心から見て東のスモーリヌイ地区のネヴァ川沿いにある、豪壮な新古典主義様式の建造物だ。がらんとした廊下に白い床、青白い電灯のともった一階には広い食堂があり、廊下に沿って並んだ部屋はソヴィエトの各党の事務官や代表や分派、それぞれの軍事組織や委員会や幹部会などで満杯だった。テーブルの上は新聞やパンフレットやポスターの山。窓からは機関銃の銃身が突き出していた。兵士や労働者が通路にひしめき、椅子やベンチの上で寝ていたり、集会の準備をしたりしている。皇帝や皇后たちの肖像画が切り取られ、空になった金の額縁がそれを見下ろしていた。

革命の直前まで、この教会は貴族の息女たちの教育施設として使われていた。かつて国家権力の担い手だったソヴィエトは、女学校の不法占拠者にまで格下げになった。ソヴィエトの総会が行われるのは学校の舞踏室として使われていた部屋だった。

八月三日、コルニーロフはケレンスキーに会いに出向き、厳密には自分の上司にあたる男にいくつかの要求をした。以前の姿勢をさらに硬化させた結果、兵士委員会の規模を厳しく削減するというものもあった。そうした要求は大筋で受け入れられたものの、コルニーロフがよこした文書の中身はケレンスキー、サヴィンコフ、フィロネンコの三人で書きなおし、癇に障る侮辱的な部分を隠すようにした。それからコルニーロフが政府に抱く嫌悪感がさらに増す出来事があった。将軍が軍の現況について閣僚に報告を行う準備をしていたとき、ケレンスキーがそっと近づくと、あまり細かな点までは伝えないようにと耳打ちしたのだ。ソヴィエトの閣僚の何人か、特にチェルノフは、保安上の弱点になるかもしれない。彼はそうほのめかした。

二人での会見のあいだ、ケレンスキーはコルニーロフに、興味深い問いかけをした。

「もし私が辞めたらどうなるだろう？　何もかも宙ぶらりんになる。鉄道は止まる。電信は用をなさなくなる」

コルニーロフは控えめに、あなたは現職に留まるべきだと応じたが、彼の答えは問いかけ自体ほど面白いものではなかった。この憂わしげな言葉の裏にある意図は不明瞭だった。ケレンスキーは自らへの支援の確約をコルニーロフに求めていたのか？　あるいはためらいがちに、コルニーロフが独裁に走る可能性を探ろうとしていたのか？

我々はみな凡百の徒だが、ケレンスキーはその最たるものだった。彼の憂わしげな問いかけは、もうあきらめる、最高司令官に屈するという思いへの恐怖と希望をともに伝えていたのかもしれない。政治的な死への衝動だ。


厭戦気分はさらに増大していた。国の各地から、兵士が配置転換を拒否しているといった報告が相次いだ。

コルニーロフをめぐって激化するプロパガンダ合戦は、カデットが引き寄せられているこの国の極右勢力と、衰えゆく穏健派社会主義者たちのあいだの亀裂の深まりの表れだった。八月四日付の『イズヴェスチャ』は、コルニーロフに代えて、兵士委員会との協力を旨とする比較的穏健なチェレミソフ将軍を最高司令官に据えるという案をほのめかした。これに対してコサック部隊同盟評議会は六日、コルニーロフは「軍の力を回復させ、このきわめて異常な状況から国を救い出せる唯一の将軍」だと応じた。そして今度は自分たちが、コルニーロフが解任されれば反乱も辞さないというほのめかしをした。

聖ゲオルギー騎士隊はコルニーロフを支援した。ロジャンコの指揮下にあるモスクワの名だたる保守派たちもコルニーロフに涙ながらの電信を送った。「この厳しい試練の時期、思慮あるロシア人すべてがあなたに希望と信頼を寄せている」。まるで言論による内戦の様相だった。

コルニーロフはケレンスキーに、ペトログラード軍管区の指揮権を要求した。そして参謀長のルコムスキーに命じてペトログラード近郊に部隊を集結させ、クーデターを渇望する右派を喜ばせた——これでコルニーロフの部隊の首都への迅速な配備が可能になった。

こうした策動の背景にあったのは、経済的、社会的情勢の破滅的な悪化だけではない。懲罰を求める右翼の党派によって、意図的に緊張が高められていたのだ。八月初めに産業界や金融界の大物三〇〇人の集会があり、開会の演説をしたのは有力な織物業者パヴェル・リャブシンスキーだった。「臨時政府が有しているのは権力の影にすぎない。実際にはいかさまな政治屋の一団が実権を握っている……政府が考えているのはもっぱら税金であり、主に商業と産業部門から残酷に搾り取ることだ……祖国の救済の名において、この浪費に睨みをきかせる管理者を任命したほうがいいのではないか?」

それから、左派を唖然とさせるサディスティックな言葉が飛び出した。「飢えて骨だけになった手と国家的赤貧が、あの人民の友人たちの喉もとをつかむだろう」

この人物の夢想のなかで、骨だけになった指に喉をつかまれる「人民の友人たち」とは、社会主義者のことなのだった。

しかし圧力がかかってくるのは、右派からだけではなかった。六日にはクロンシタットでも、一万五〇〇〇人の労働者と兵士と水兵たちが、ボリシェヴィキの指導者ステクロフ、カーメネフ、コロンタイらが逮捕されたことへの抗議行動を行った。ヘルシングフォルスでも同じように大集会が開かれ、権力をソヴィエトにという決議が採択された。この要求はもちろん、多くのボリシェヴィキにとってはすでに時機を逸したものなのだが、労働者のほうにしてみれば、左派が変化したように映っていた。ボリシェヴィキと好戦的な左派エスエルの後押しを受けて、翌日にはペトログラード・ソヴィエトの労働者部会が、左派指導層の逮捕に加え、軍の死刑復活も批判する声をあげた。彼らは票決に勝った。メンシェヴィキとエスエルは、党員が左派——エスエル内の最大限綱領派やその他へ離脱していることへの不平をこぼしはじめた。

こうした左派復権の兆しは、場所によるばらつきがあり、決して一様ではなかった。たとえば八月一〇日のオデッサの選挙で、ボリシェヴィキは一〇〇議席のうちわずか三議席しか獲得できなかった。だが八月上旬のルガンスクの市会議員選では、ボリシェヴィキは七五議席中二九議席を取った。レヴェル（現在のタリン）の選挙では総投票数の三〇パーセント以上を取り、少しあとのトヴェリでもほぼ同じ数字だった。イヴァノヴォ＝ヴォズネセンスクでの得票率はその二倍となった。帝国の全土で、この傾向は顕著になっていた。

★

激しい雨の降る一日、小屋のなかで体を丸めていたレーニンは、誰かの悪態の声にぎょっとして顔を上げた。ひとりのコサックが、濡れた下生えをかき分けて近づいてきた。

コサックの男は、ここで雨がやむのを待たせてくれないかと言った。選択の余地はほとんどなく、レーニンは男をなかに入れた。ふたりで激しいリズミカルな雨音を聞きながら、レーニンは男に、どうしてこんな辺鄙な所までやってきたのかと訊いた。

人狩りだ、とコサックは言った。レーニンという名の男を捜している。生死を問わず、そいつを連れ帰らなくてはならない。

レーニンは慎重に尋ねた。その悪漢は何をしでかしたのか？

コサックは片手を振って、くわしい点は曖昧にごまかした。自分が知っているのは、その逃亡者が何やら「いかれてる」ということ。危険な相手で、この近くにいるということだけだ、と強調した。

ようやく空が明るくなると、男はいっとき雨宿りさせてくれた相手に礼を言って、濡れそぼった下草をかき分け、また人狩りに戻っていった。

この間一髪の出来事のあとで、レーニンと、彼がひそかに連絡をとりあっていた中央委員会は、フィンランドに移るべきだということで合意した。

八月八日、ジノヴィエフとレーニンはねぐらの小屋を捨てた。イェメリャノフと、フィンランド人の「オールド・ボリシェヴィキ」であるアレクサンドル・ショートマン、髭を盛大に生やした派手な見た目のエイノ・ラーヤが同行した。湖畔の湿地を抜けて、最寄りの駅をめざしていく。ぬかるんだ土地を延々と歩くあいだには、ときおり道をまちがえたり、悪感情が渦巻くこともあったが、ようやく鉄道沿いにあるディブヌイの村にたどり着いた。一行の難儀はまだ終わりではなかった。駅のホームで疑り深いカデットの軍人が彼らを見とがめ、イェメリャノフを逮捕したのだ。しかしショートマン、ラーヤ、ジノヴィエフ、レーニンはなんとかホームに着いた列車に乗り込み、ペトログラードの街外れのウデルナヤ駅に向かった。そこからジノヴィエフだけが、同じ列車で首都に入っていった。レーニンの旅はまだ終わっていなかった。

翌日、フィンランド行きの列車二九三号がウデルナヤ駅に入線した。運転士はグロ・ヤラヴァ。鉄道員だが熱心なマルクス主義者で、今回の協力者だった。

「私はホームの端まで行った」とヤラヴァはのちに振り返っている。「ひとりの男が木立を抜けて近づいてくると、体を持ち上げて運転室に乗り込んできた。もちろんレーニンだったが、私にはほとんど見分けられなかった。彼は私の罐焚《かまた》きを務める手はずだった」

レーニンが旅のあいだ携行していた偽の旅券は「コンスタンチン・ペトロヴィチ・イヴァノフ」名義だった。その写真は今では有名だ。巻き毛のかつらの上に浅めに帽子をかぶり、髭がなくて見慣れない口の輪郭はゆがんだように上を向き、深く小さな目だけがおなじみの光を放っている。

レーニンは袖をまくり上げた。仕事に取りかかると、すばらしく熱心に働いた。機関車が盛大に煙を吐き出す。運転士はのちに、レーニンは実に楽しそうにショベルで石炭をくべ、機関を目いっぱい動かし、自らを乗せた列車を線路の先へ駆り立てていったと語っている。

罐焚きのレーニンがやがて機関車から降りると、まだ人目を忍ぶ遠回りの旅程が待っていた。八月一〇日の午後一一時、ようやくヘルシングフォルス（ヘルシンキ）の北部、ハカニエミ広場一番地の質素なアパートメントにたどり着いた。そこはロヴィオ一家の住まいだった。社会民主党の活動家クスター・ロヴィオは、妻が実家に行っているあいだ、ロシアのマルクス主義者を匿うことに同意したのだった。

大柄で堂々とした人物ロヴィオの経歴は、ありえないような紆余曲折をたどっていた。古くからの社会主義者でありながら、今はヘルシングフォルス警察の署長でもあった。

革命思想に傾倒しながら、彼がどうしてその役職に就くに至ったのかは定かでない。数年前に迎えたある客人からは、彼の同僚たち相手に使うために「爆弾や石など、あるいは酸も」備蓄しておくよう助言された、と警察署長のロヴィオは言った。「あれほど気の合う、魅力的な同志に会ったことはないですな」

レーニンが唯一ロヴィオに求めたのは——この点については頑として譲らなかった——毎日ロシアの新聞を自分のために入手すること、そして党の同志あての手紙をひそかに配達させることだった。ロヴィオは夫人が帰ってくる直前までその役目を続け、レーニンはそこからほど近いテレカトゥにある社会主義者ブロンクヴィスト夫妻のアパートに居場所を移した。

クルプスカヤは自らも危険なルートをたどり、徒歩で国境の森を越えて、一度ならず夫のもとを訪ねてきた。レーニンはヘルシングフォルスの街を驚くほど自由に歩きまわった。ブロンクヴィスト家の食卓で食事をしながら、政府が自分を探しているという記事を読むと、こう言い放った。「私を捕らえようというなら、急がなくてはならないぞ、ケレンスキー」

レーニンが八月じゅう何より優先したのは、七月のあいだも、つぎの九月も同様だが、とにかく書くことだった。同志たちあてのメッセージや手紙や指示、そしてさらに長い文章。レーニンを自宅に泊めた最初の日、ロヴィオは彼が机に着いたまま、両腕に顔を埋めて寝ているのを見かけた。彼の前にはびっしりと書きこまれたノートがあった。ロヴィオはこう伝えている。「私は好奇心に負けて、そのページを繰りはじめた。それは彼の著作『国家と革命』の原稿だった」

この本は、容赦のない反国家主義と、プロレタリアートが支配する「ブルジョアジーなきブルジョア国家」の一時的な必要性とをいかにすり合わせるかを示した、非凡かつ力強い著作である。ルチオ・コレッティが「政治理論へのレーニンによる最大の貢献」と評したこの歴史的な文章は、蚊だらけの湖畔の小屋で、ついで警察署長宅の食卓で書かれた。そしてまだ脱稿しないうちに情勢が変化し、レーニンはロシアに舞い戻ることになる。

この文章は、のちに伝説となる、短く端折った形で締めくくられる。「革命について書くよりも、革命を経験するほうが喜ばしく有益なことだ」

レーニンがロヴィオのアパートに着いたのと同じ八月一〇日に、コルニーロフはサヴィンコフの主張を容れて、ケレンスキーに会いにペトログラードまで出向いた。目的は将軍が新たに出した要求についての協議だった。今回は、鉄道と軍需産業を軍の統制下に置きたい。また、たるんだ労働者を前線へ送り込むなど、異例ではあっても自分が必要と考える弾圧の手段を行使する権限がほしいと、有無を言わせぬ口調で求めた。

首相も将軍も、おたがいへの不信の念ははなはだしく、コルニーロフは挑発的なほど大勢の護衛を引き連れてやってきた。トルクメン人の戦士からなる、いわゆる野蛮師団――カフカース山脈の向こうから志願してきた、恐ろしく神話化された、相手を威圧すべく選抜された部隊だ。ケレンスキーが冬宮からぎょっとして見守るなか、赤いローブ姿の戦士たちは、幅の広い街路を小走りに駆けて視界に入ってくると、コルニーロフの自動車を取り囲み、偃月刀と機関銃をこれ見よがしに掲げた。そして宮殿の扉の周囲に、これから敵との交渉に臨むとでもいうように陣取った。

会見の空気は冷ややかだった。コルニーロフは自分が任を解かれるという噂を聞いていて、半ば脅すように、そんなまねはするなとケレンスキーを牽制した。そして自分の要請のどれにもケレンスキーが確約をよこす気がないとわかると、閣僚と会って直接申し立てをしたいと言い出した。だがケレンスキーは、いま招集できるのはカデットを除いた非公式のグループだけだと答えた。そしてコルニーロフの要請に原則的には賛成しながら、その実行期限については口を濁し、また鉄道と軍需産業の軍営化には反対しつづけた。将軍は恐ろしい剣幕で席を立った。

実のところ、苦しい立場にあるケレンスキーは、今の社会的崩壊の文脈からすれば、拒絶したコルニーロフの方策には必ずしも反対ではなかった。とはいえ、こうした措置によってソヴィエトなどから引き起こされる反応は、どう考えても恐ろしかった。「バランスをとる」ケレンスキーの戦略は今や、左からも右からも怒りを買っていた。

広がる一方の社会的分断をなんとか和らげようと、臨時政府は急遽、融和の象徴となるような協議会を企画した。組合、ドゥーマ、商業、ソヴィエトの代表者ほぼ二五〇〇人がモスクワ国家会議に出席することになった。この会はロシア第二の都市の壮麗な新古典主義様式の建物、ボリショイ劇場で八月一二日から一四日にかけて開かれる予定だった。

ソヴィエトと全ロシア・ソヴィエト中央執行委員会のメンバーであることがものを言い、ボリシェヴィキは代議員を立てる資格を得た。当初のうちは、宣言を行ったあとでこれ見よがしに退席するという計画を立てていたが、チヘイゼが噂を聞きつけ、そうした行動は認めないと釘を刺した。それで党は最初から出席しないことに決めた。

極左のボリシェヴィキ・モスクワ地域ビューローは、会議の開会に合わせて一日ストを呼びかけた。エスエルの主流派とメンシェヴィキがきわどく多数派を占めるモスクワ・ソヴィエトは、この動きに反対したが、街じゅうの工場で行われた議論や争いの結果、労働者の大半がストを決行した。代表たちが街に降り立ってみると、路面電車は動かず、どのレストランも休業中だった。会場であるボリショイ劇場の軽食堂まで閉まっていた。このストのせいで、国家と全階級の統合の象徴である会議の出席者たちは、自ら食べ物を調達するはめになった。しかもあたりはその間ずっと薄暗かった。ガス灯がともっていなかったのだ。

「このことは認めねばならない」とモスクワ・ソヴィエトの『イズヴェスチャ』は記した。「ボリシェヴィキは決して無責任な集団ではなく、広く一般大衆に支援された革命的民主主義の一要素なのだ」

不承不承ながらもこうした認識が生まれてきたのは、メンシェヴィキ、エスエル、ボリシェヴィキによるいつにない緊密な協力態勢のなかだった。決して革命に向けての協調ではない。むしろ反革命に対抗するため、背に腹は代えられない、というところだったろう。手ぐすね引いているこの国の反動勢力が勝利を収めようとするとき、まず矢面に立たされるのは――比喩的な意味だけではなく――おそらくボリシェヴィキだ。だが穏健派の社会主義者たちにも、自分たちも無事ではすまないだろうという認識はあった。

実のところ、コルニーロフと右派が何を企図しているかの噂がきわめてゆゆしくなっていたため、モスクワ・ソヴィエトは政府とソヴィエトを守るために臨時革命委員会を作り、一般大衆の警戒要員を動員せざるを得ないと感じたのである。そしてメンシェヴィキ二人とエスエル二人に加え、有名なボリシェヴィキのノギンとムラロフを指名した。また驚いたことに、彼らのそれと比べて、自分たちの説得力があまりにも乏しいという自覚があったのか——七月危機はまだつい最近のことだというのに——ボリシェヴィキが一時的にモスクワの守備隊兵舎に出入りし、防衛について話し合うことを許可した。

こうした政治的な不安状況のなかで、右派と左派との緊張を解消するための会議が開かれるにいたった。そうした意味では、この目論見はただ不成功だったというどころではなく、グロテスクなまでの逆効果をもたらした。

議事堂ならぬ劇場で開かれたモスクワ国家会議は、見た目にもはっきり二分されていた。部屋の右側には、数的にやや優勢なエリート層——産業資本家、カデット、実業家、職業政治家、高位の将校——が陣取っていた。左側にいるのは穏健社会主義者のインテリ、メンシェヴィキの弁護士とジャーナリスト、労働組合の組織者、下位の将校や兵卒たち。そして細心きわまりない正確さで、そのちょうど中間にケレンスキーがいた。

「武器の力をもって人民の力に抗しようとした者すべてに知らせてやろう——そうした試みは血と鉄をもって叩き潰されるだろうと」。ケレンスキーはそう熱く訴え、この最初で最後となるボリシェヴィキへの激しい非難に、部屋じゅうの人間が喝采を送った。

「銃剣をもって革命政府を打倒する時は熟したと考えている者たちには」と彼は続けた。「もっと注意深く振る舞わせてやろう」。このコルニーロフに対する警告には、左派だけが拍手を送った。

ケレンスキーは二時間にわたって、極度の興奮に体を震わせながら、陶酔の極みにあるように、芝居じみた文句を発しつづけた。「彼は誰かを怯えさせることで、おのれの力を、強さを印象づけようとしているようだった」とミリュコーフは侮蔑的に伝えている。「だがそれは、ただ憐みを生んだにすぎなかった」

社会の平和を望む無邪気な傍観者の目には、楽天主義が打ち出された瞬間に映ったかもしれない。ツェレテリがあえて産業資本家のブブリコフに握手の手を差し伸べたのは、その最たるものだった。だがそう感じた者はごく少数で、あまり確信もなかった。カデットのマクラコフが、政府は「必要な対策を講じるべきだ……裁きの日は近づいている」と訴えると、右派は歓声をあげ、左派は黙り込んだ。チヘイゼが全ロシア・ソヴィエト中央執行委員会の綱領を読みあげると、左派が喝采し、右派は眉をひそめた。一方が拍手をすれば、他方は石のように黙った。他方が歓声をあげれば、一方は野次を飛ばした。

一二日、モスクワに到着したコルニーロフは、やはり両側にトルクメン人の警備兵をつけていた。駅で士官候補生や軍楽隊、死の大隊の代表たちに出迎えられた。この「死の大隊」は女性だけで構成される志願兵の部隊で、ケレンスキーの求めに応じ、若いノヴゴロドの兵士マリア・ボチカリョーヴァの下に結成された。ボチカリョーヴァは開戦時から言葉巧みに皇帝の許可をとりつけて軍に加わり、血なまぐさい戦闘のなかで頭角を現した女性だった。軍の護衛のなかを通り過ぎるコルニーロフの上に、上流の群集から花びらのシャワーが撒き散らされた。

歓迎の演説で、カデットのロジチェフは彼に懇願した。「ロシアを救いたまえ、民衆は感謝しあなたに冠を授けるでしょう」。およそ雅趣に欠ける象徴的意味合いで、コルニーロフが最初に立ち寄ったのは、ロシア皇帝が代々祈りを捧げていたイヴェルスキー聖堂だった。彼がその日迎えた客のなかには、武力による政府の打倒の問題を論じた者がひとりならずいた。たとえば、プチーロフとヴィシネグラードスキーから代表を送り込んだ右派の実業家グループ「ロシア経済再生協会」は、専制的な体制を復活させるための出資さえ申し出た。

翌日の一三日、コルニーロフはボリショイまで来て演説をした。

モスクワ国家会議の満員のホールで、演壇に上がろうとするコルニーロフを、ケレンスキーが呼び止めた。そして、話すのは軍の事柄だけにしてくれと懇願した。

「私は私の話をする」とコルニーロフは応じた。「私のやり方で」

コルニーロフが壇上に上がった。右派が起立して喝采を送った。書記はこう記している。「叫び声が轟き渡った。"無作法者!" "立て!" と」。左派のベンチにいる者は誰も従わなかった。

ケレンスキーが大いにほっとしたことに、コルニーロフは演説家としてはあまり自信たっぷりではなく、また驚くほど穏やかだった。右派からあがる「異議なし」の叫び声は、特に彼が言ったことに対してではなく、表看板としての彼に向けられたものだった。

コルニーロフのあとの話者たちは、ロシアを崩壊させた革命への罵倒の言葉をつぎつぎに浴びせ、声高に秩序の回復を求めた。ドン地方のコサックから選出された首長《アタマン》のカレジン将軍は、「ソヴィエトと委員会はすべて廃止しなければならない」と発言し、右派を喜ばせた。しかし若いコサックの将校ナガエフがすかさず、現場で働いているコサックたちはカレジンに反対だと主張し、左派にも同じような歓喜をもたらした。

ナガエフが話しているさなか、右派の誰かがその声をさえぎって「ドイツの手先め！」と叫んだ。この口汚い裏切りの指摘に、会場は騒然となった。野次を飛ばした当人が名乗りをあげずにいると、やがてケレンスキーが言い放った。「ナガエフ中尉とすべてのロシア人民は……臆病者の沈黙にしごく満足している」。かつてロシアの希望と目された男の、めったにない名演技の瞬間だった。

対照的にケレンスキーの締めの演説は、ほとんど理解不能な、だれ場とべたな言いまわしの哀れなごた混ぜだった。「わが心臓は石に変われ、人民へのわが信仰の和音はすべて消え去れ、人間に向けるわが夢の花はすべて萎れ、枯れてしまえ」。そして悲痛な声で言った。「私は人々を愛するこの心臓の鍵を投げ捨て、ただ国のことのみを考えよう」

聴衆のなかの感傷的な幾人かが、義務のように声をあげた――「それはいけない！　あなたの心臓はそれを許さない！」――が、この見世物の大半はひたすら苦痛なだけだった。ステパムという、減る一方のケレンスキーの忠実な支持者のひとりですら、こう認めている。「彼の権力の断末魔というばかりか、彼というひとつの人格の断末魔が聞こえるようだった」

こうして、臨時政府のゆるやかな死は続いた。

★

心身をすり減らす戦争のなかで、部隊は過激化するか、望みを棄てるか、あるいはその両方だった。そして今では自国の指導層あてに、苦渋と怒りに満ちた手紙を書き送るようになった。クフラヴォクという兵士とその連隊は『イズヴェスチヤ』に、この革命は無意味だった、捻れた黙示録だ、再生なき破局だといった、まるでうわごとのような長い説教を書いてよこした。

今は新たな世界の救い主が生まれ出なければならない。この地上で起きているすべての災厄から人々を救い、この血なまぐさい日々を終わらせることで、王子や支配者ではなく神が与えた自然によって造り出された、この地上に生きるすべての獣が一掃されることのないように。なぜなら神は目に見えなくとも、良心をもつ人間すべての内に住まい、友愛のなかで生きることを教えてくださるからだ。だがしかし、我らのあいだに争いを撒き散らし、我らをおたがいに害して殺人に追い立てる邪悪な者たち、自分には望まないことを他人に望む者たちがいる……彼らはかつて、戦争はニコライによって我らに押しつけられたと言っていた。ではニコライが打倒されたいま、戦争を我らに押しつけているのは誰なのか?

兵士の大量脱走は、政治的なものもそうでないものも、止む気配はなく――あらかじめ予告までされるようになった。「さまざまな連隊に属する」匿名の兵士の集団が、怒りを秘めた慇懃な言葉遣いで、ケレンスキーあてに手紙をよこした。「我々は前線の塹壕にとどまって敵を食い止め、場合によっては攻撃にすら出るつもりでいますが、それは秋の始まりのころまでです」。そして、もし戦争がその先まで続くのなら、自分たちは黙って前線を離れると警告した。

また別の兵士グループは、ソヴィエト執行委員会に驚くほど率直な質問をしてきた。「我々全員……同志としてあなた方に説明してほしいのです……こうしたボリシェヴィキとは何者なのでしょう……我々の臨時政府は、ひどく熱心にボリシェヴィキへの反対を表明しています。ですが我々には……彼らの落ち度をひとつも見つけられないのです」。以前はずっと反ボリシェヴィキだったけれども、今は次第にボリシェヴィキに引かれている。こうした選択にどんな意味があるのかきちんと理解できるよう、わかりやすい説明を送ってほしいと、ソヴィエトに求めてきたのだった。

農民が土地を奪い取ったという報告が、さらに続々と入ってきた。しかも暴力の度合いはより激しく、非妥協的になっていた。臨時政府の地方組織であるゼムストヴォを、農民が蔑み、見放す地域も出てきた。「我々の将来的な統治のことはどう呼んでもいいが、ゼムストヴォという言葉は使ってはならない」。ロシア東南部を旅した地方政府の活動家による沈鬱な報告が、ある新聞に引用された。「我々はこの言葉にうんざりしている」。クルスクでは、土地の没収をめぐる裁判のあいだに、農民たちが原告を追い払った――さらには裁判官まで。「アナーキーが支配している」と、タンボフスク地方のある村から届いた公式の報告にはあった。「農民たちが館の庭を荒らし、略奪を働いている」

多くの地域で独立への圧力が強まっていた。生活必需品の値段が急騰し、ペトログラードの食糧事情は急速に、ゆゆしき状況からさらに絶望的な状況へと悪化した。

イェイツをもじって言えば、中心に残ったものは持ちこたえられなかった。メンシェヴィキはペトログラードで「統合会議」なるものを開いた。この名前は悪い冗談だった。マルトフの国際派が代議員の三分の一を占めていたが、残りの三分の二は指導層に従い、さらに協調路線を進めていた――ツェレテリが呼ぶところの「この国の生きた勢力との協力」である。亀裂はかつてないほど広がり、右派が公式の権威を維持しつづけていた。

八月半ば、謎の爆発がペトログラードとカザンの軍需工場をゆるがした。親ドイツ勢力の破壊工作ではないかと思われた。

ラトヴィアでは、ドイツ軍の進攻を前に、リガが揺れていた。本格的なドイツ軍の攻撃にこの街が持ちこたえられる可能性は、万に一つもなかった。会議の席上コルニーロフは、リガ湾の保持のためにさらに戦力を投入しなければ、湾はたちまち失われ、ドイツの前にペトログラードに至る道が開かれると述べた。いま自分が話しているうちにも、ドイツは準備を進めているのだ。

ペトログラードがリガと同じ道をたどるというのか？　そんなささやき声が起こる。

実際、そのとき政府はペトログラードのために戦うのか？

偉大なアメリカ人ジャーナリストのジョン・リードがある晩、裕福なモスクワ市民一一人に会って話を聞いたところ、一一人中一〇人が、もしそのときが来たら、自分はボリシェヴィキよりヴィルヘルムを選ぶと答えた。雑誌『ウートラ・ロッシイ（ロシアの朝）』で、ロジャンコは驚くほど率直に書いている。「私は自分にこう言う、〝ペトログラードの未来は神に任せよう〟と。もしペトログラードが陥落すれば、革命組織が潰えてしまうと彼らは恐れている……私はそうした組織がすべて潰れればいいと思っている。そんなものはロシアに害悪しかもたらさないだろうからだ」

「私は中道を行きたい」とケレンスキーは絶望の声を出した。「だが、誰も私を助けてはくれないだろう」

クーデターの兆しがさんざん噂に上っているにもかかわらず、モスクワの大会が終わると、ケレンスキーはコルニーロフが要求した政治的権利の厳しい制限を進んで受け入れた。それがアナーキーの潮流を食い止めてくれるのではないかと思ったのだ。これは必然的に、ソヴィエトとの最終的な決裂を意味している。ケレンスキーもそのことを喜んではいなかったが、自分には他に選択肢はないとも感じていた。

コルニーロフはさらに主張をエスカレートさせた。八月一九日にはケレンスキーに打電し、ペトログラード軍管区、市街とその周辺部の指揮を自分に任せるよう「執拗に主張した」。だがこれに対しては、ケレンスキーもまだ一線を引いていた。

ラトヴィアのユグラ湖に注ぐ川の土手では、伝説のラトヴィア人ライフル銃兵たちが動き出し、のちにユグラの戦いと呼ばれる戦闘に入った。彼らはリガをドイツの手から守ろうと悲壮な奮闘を見せた。その翌日、第一ドン・コサック軍と野蛮師団がプスコフとその周辺へ移動し、両極化したペトログラードに睨みをきかせられるほど近づいた。

ペトログラードでは市ドゥーマの選挙が二〇日に行われ、カデットの得票数は一一万四〇〇〇、メンシェヴィキはわずか二万四〇〇〇票だった。勝ったのはエスエルで、二〇万五〇〇〇の得票があった――だがショッキングなことに、ボリシェヴィキがごく際どいところまで肉薄し、一八万四〇〇〇票を獲得した。

スハーノフはこう書いている。「五月の選挙に比べれば」、エスエルの全得票数は勝利ではなく、「大幅な後退」を表すものだ。対照的に、レーニンの党の支持者ではないスハーノフは、はっきりこう記していた。「唯一、真に勝利したのは……ボリシェヴィキだ。ごく最近、泥のなかで踏みつけられ、裏切りだ、打算だと非難され、徹底的に潰され……そう、永遠に殲滅されたと思われたのに……どこからまた蘇ってきたのか？　これはどういった奇妙で邪悪な魔法のなせる業なのか？」

この奇妙で邪悪な魔法がかけられた翌日、数時間に及ぶドイツの爆撃がラトヴィアの首都の優雅なファサードを震わせ、ロシア軍は潰走した。ドイツ軍の隊列が市街に入場していった。ドイツの潜水艦が湾を制圧し、冷たい海から海岸線の村に砲弾を浴びせた。

リガの陥落だった。

潜伏先のフィンランドから情勢を見守っていたレーニンは、モスクワ・ボリシェヴィキの協力的な姿勢を利敵行為とみなし、烈火のごとく怒った。彼らの罪とは？　メンシェヴィキ、エスエルとともにソヴィエトの臨時革命委員会に参加したことである。

委員会が自らの正当化に用いた反革命への恐怖を、レーニンは一笑に付した。八月一八日には「陰謀の噂」という文章を書いて、その種の不安は穏健派が大衆を騙して自分たちへの支持を集めようとする動きの一環だとほのめかした。「正気を完全に失ったのでないまっとうなボリシェヴィキなら」、「たとえ反革命の攻撃が本物だとわかったとしても」、決してエスエルやメンシェヴィキと同じ「勢力圏に与したりはしない」と。

それはレーニンの誤りだった。

★

どちらかというとこの時期の混乱は、散在する不明瞭な証拠が示すところでは、部分的には寄せ集めの反革命運動が失敗したことが原因だった——右派の陰謀はひとつと言わずいくつもあり、それが煮詰まってしまったのだ。

さまざまな正体不明のグループ、たとえば将校同盟や共和制センター、軍事同盟などが会合をもっては、戒厳令の計画を論じ合っていた。二七日にはソヴィエト主催で、あの二月から半年がたったことを記念する集会が予定されていた。彼らはこれをコルニーロフが銃によって体制を押しつけることの正当化に利用できると判断した。またそうした集会が否応なく混乱に陥るということがなければ、煽動担当のスパイを使ってそうなるように仕向けるつもりだった。

八月二二日に軍参謀本部は、さまざまな将校をモギリョフまで呼び寄せた。表向きは教練のためだったが、彼らは到着するなり計画の説明を受け、ペトログラードに送られた。こうした細部がコルニーロフ本人にどこまで知らされていたのかは定かでない。唯一確かなのは、彼が左派の、そして政府内の敵に対抗すべく準備をしていたことだけである。

そしてコルニーロフの下で戒厳令を敷くことを考えていたのは、極右の人間だけではなかった。実に哀れで異様、また支離滅裂な話だが、苦悶のなか藁をもつかむ思いで、ケレンスキー自身もそう目論んでいた。

八月二三日、サヴィンコフはケレンスキーの代理として、コルニーロフに会いにスタフカまで出向いた。敵意むき出しの空気のなかで、会見は始まった。

サヴィンコフはコルニーロフに三つの要請をした。まず、将校同盟とスタフカの政治部門を解体することを支持してほしい。どちらもクーデターの吹聴に深く関わっているという噂がある。つぎに、コルニーロフの直接管理からペトログラードを除外してほしい。そして――あろうことか――騎兵隊をペトログラードに送ってもらいたい、と。

この最後の要請に驚きつつも、コルニーロフは一段と意を強くした。騎馬の兵士たちを配置するのは、「ペトログラードにおいて戒厳令を実施し、臨時政府をあらゆる勢力の試みから守る」ためだと、サヴィンコフは確約した。アレクセーエフ将軍がのちに証言するように、「ケレンスキーが「戒厳令の計画に」参画していたことは疑うべくもない……第三騎兵隊のペトログラードへの進軍は、ケレンスキーが指示し……サヴィンコフが伝えることで実行された」のだ。

ケレンスキーはまさに、コルニーロフが計画している反革命の遂行にお墨付きを与えようとしているかのようだった。

ボリシェヴィキ蜂起の可能性に揺れ動くケレンスキーは、戒厳令に反対する気持ちと、深い暗闇のような現状を立て直すにはやはりそれが必要だという気持ちのあいだで引き裂かれていたようだ。戒厳令を発するには、集団もしくは個人による独裁が必要になるとしても。

そしてコルニーロフのほうも柔軟に構えていた。ケレンスキーを打倒することはまったくやぶさかではないが、状況次第では彼を受け入れる用意もあった。政府がこちら側の考え方をとるようになったとサヴィンコフから確約があったいまは、ケレンスキーの他の提案もはるかに余裕をもって受けとめることができた——ケレンスキーが、「政治的理由から」極右のグリモフ将軍を騎兵隊の長に据えるのに反対しているということも。これでサヴィンコフは、コルニーロフが反ケレンスキーの画策をしているのではないという確証を得たはずだ。将軍はケレンスキーと対等であり、たとえ声高にではなくても、忠誠を誓っているのだと。

なんとか妥協点が見出され、納得のいく戒厳令の計画が練りあげられたようだった。しかしサヴィンコフとコルニーロフの知らないところで、その前夜にケレンスキーを訪ねた者がいた。それが反動勢力の、ペテンと勘違いからなる不吉な喜劇の始まりだった。

ウラジーミル・ニコラエヴィチ・リヴォフ——前首相と混同してはいけない——はいささか知恵の足りないお節介なモスクワっ子で、支配者階級出の無邪気なぼんくらだった。第三回、第四回ドゥーマでは自由主義者の代表を務め、ロシアには右派による権威主義的な「挙国一致内閣」が必要だとするモスクワの産業資本家ネットワークの一員でもあった。ここまでは、なんの変哲もない話だ。あまり普通でないのは、リヴォフがケレンスキーにも一定の敬意を抱いていたことにある。それで彼は、党のほうからスタフカの陰謀の噂が聞こえてくると、自分がケレンスキーとコルニーロフとの衝突を防げるのではという望みをもった。

リヴォフはケレンスキーとの会見のあいだに、政府に保守派をより多く登用する必要性について陳腐な文句をあれこれ並べたて、その目的に適う政界の重要人物たちに打診してみようと申し出た。自分は「かなりの力を備えたある重要なグループ」の代表を務めているのだと、彼はものものしく打ち明けた。それ以上言うと、あとに証拠が残ってしまう。

私にあなたの代理を務めさせてほしいと、リヴォフは言いつのった。ケレンスキーは気乗り薄ながらも、「この人物が何を考えているのか、さらに正確な説明を引き出せる可能性を思うと、ここで話を打ち切るわけにはいかないと感じた」。そうした非公式な打診の結果を報告してほしいと言っておけば、リヴォフがほのめかした計略について何かしらの知見が得られるかもしれない。それでケレンスキーは、彼の言う謎の人物たちに接触するよう勧めた。

お世辞にも頭脳明断とはいえないリヴォフが、ケレンスキーの激励の言葉を誤解したということは大いにありうる。あるいは任務を得たことにのぼせあがり、自分は公式の国務に関わっていると一人合点したのかもしれない。いずれにせよ、ケレンスキーが壊れゆく国家の再建に失敗しつづけるなか、リヴォフはスタフカまで飛んでいった。

その間にもクーデターの噂はさらに広まり、左派の対抗策も進められた。八月二四日、ペトログラード・ソヴィエト地区間会議（ボリシェヴィキの影響を強く受けた左派メンシェヴィキのゴリンが率いる組織）は政府に、ロシアに民主共和制を宣言するよう求め、そして「公安委員会」の設置と、労働者と失業者の武装グループを動員して革命を守護することを通告した。ヴィボルグ地区のボリシェヴィキは、反革命の脅威に党が十分に対応できていないことに不満を抱き、ペテルブルク委員会の緊急会議を計画した。これはまさに、レーニンがデマによる煽動だとして糾弾する類の対応だった。活動家たちがそれに屈していくなか、コルニーロフは反革命的策謀を実行へと移しにかかった。

コルニーロフはクルイモフに、喧伝される「ボリシェヴィキの蜂起」に対応するべく、ペトログラードに進軍せよと指示を送った。

リヴォフが自分の脳内で作り上げた〝重要な〟任務を帯びてスタフカに到着したのは、こうした策謀が渦巻くなかでのことだった。

リヴォフはコルニーロフと対面し、ケレンスキーの代理であると自己紹介した。コルニーロフの傍には顧問がひとりいた。長身で肉づきのいい、ザヴォイコという白髪頭の人物だった。リヴォフは知らなかったが、この男もやはり策謀家で、より真剣な種類の策略をめぐらしていた。裕福な極右の政治屋であるザヴォイコは、何カ月も前からコルニーロフに独裁者の資質を見てとり、将軍のなくてはならない右腕と自らを位置づけて取り入ったのだった。

新政府の組閣についてのあなたの考えはどうか、とリヴォフは問いかけた。騎兵隊の要請のあとだけに、コルニーロフは慎重に答えた。君のその問いかけが、政府側に妥協する気があるということ、私の見解に与するということを示すものであってくれればいいと思う。

以前のサヴィンコフとの会見をきっかけに、モギリョフの右派勢力は、自分たちが専制政府を打ち立てたあかつきには誰が大臣を務めるかといった議論を大っぴらに始めていた。このときコルニーロフとザヴォイコは、リヴォフ相手にそうした想像を――念願の一端を打ち明けた。ペトログラードは戒厳令下に置かねばならない。そこに議論の余地はない。問題は誰の下での戒厳令かということだ。

リヴォフは三つの可能性を口にした。ケレンスキーが独裁者になる。あるいは独裁的な小内閣ができ、コルニーロフと、おそらくケレンスキーも名を連ねる。あるいはコルニーロフが独裁者になる。

コルニーロフは思慮深げに、自分としては三つめの選択肢を歓迎したいと伝えた。結局のところ、この国の文官的権威と武官的権威の両方が最高司令官に属すれば話が早いだろう――その人物が「誰であっても」と彼は控えめに言い添えた。

この政府にケレンスキーとサヴィンコフの占める地位があるかどうか、とコルニーロフは疑わしげに言い、そしてリヴォフに、二日以内にモギリョフまで来られるだけの安全を確保するよう言っておいてほしいと頼んだ。リヴォフは話し合いの間じゅう無頓着な屈託のない様子で、他の閣僚候補の人物をいろいろと挙げたりもした。しかし会見が終わり、リヴォフがペトログラード行きの列車に乗り込もうとしているときのことだった。訪問者の忠誠心を見誤ったのか、それとも気にかけていなかったのか、ザヴォイコがいかにも傲慢な口調で、何気なくショッキングな言葉を口にした。

「ケレンスキーの名は兵士たちの手前、一〇日ほどは必要だ。が、そのあとは消えてもらうことになるだろう」

リヴォフが客車で茫然とするうちに、列車は動きはじめた。今になってようやく、彼にも薄々ながらわかってきた。ケレンスキーの野望とコルニーロフの野望は、なんと言うか――そう、まったく重なってはいないのではないか。

コルニーロフは第三軍団に――サヴィンコフから要請された騎兵隊だ！――警戒態勢をとらせた。そしてクルイモフに、ペトログラードに入場するに際しての配置、戒厳令の実施、夜間外出禁止とストおよび会合の禁止についての指示を通告した。ビラには、従わない場合は厳正な処置をとるとあった――「部隊は空に向けては発砲しない」。だが、来たるべき軍事的占領と警察活動のために、さらに多くの兵士がペトログラードへ向かっていた。

かねてからの手はずどおり、コルニーロフはサヴィンコフに打電し、二八日の夜までに部隊を配置することを伝えた。「私はペトログラードが八月二九日までに戒厳令下に置かれることを求める」。これは慇懃な言い方ながら、コルニーロフが革命に幕を引くつもりだということだった。

極右の新聞は、二七日に大量の左翼狩りが起こるだろうと警告した。煽動家たちが煽り立てた。社会主義者たちは、「兵士のチュニックを着た異邦人たち」が反乱を企てているという報告を何度も受け取った。ケレンスキーにコルニーロフと連繋する意図があったとしても、そのことは他の右派勢力の混乱した暴動計画が継続するのを妨げはしなかった。

反革命のきな臭いにおいが立ち込めていた。八月二六日には、ペトログラード労働組合ソヴィエトと工場・商店ソヴィエト中央委員会が合同で、公安委員会を作ろうという地区間会議の呼びかけを承認した。

こんな煮えたぎる大釜のなかに、リヴォフは戻ってきたのだった。彼は冬宮へと急いだ。

サヴィンコフがコルニーロフとのなごやかな会見について報告し終えた直後に、リヴォフが到着した。サヴィンコフの説明に意を強くしたケレンスキーは、リヴォフに何がわかったかを訊ねた。そして耳を傾けるうちに、当惑と恐怖を募らせていった。

リヴォフはケレンスキーに、彼がケレンスキーの代理として――コルニーロフはそう信じていた――伝えた選択肢のなかからコルニーロフが選んだ要求を伝えた。コルニーロフはケレンスキーにモギリョフまで来てほしいと言っているが、ザヴォイコ自身の口から聞いたように、この招待は危険である。あなたは逃げるべきだ、そう主張した。

ケレンスキーは信じられないとばかりに、不安げな笑い声をあげた。

「今は冗談を言っているときではありません」とリヴォフはこわばった顔で言った。ケレンスキーは懸命に、いま聞いていることの意味を理解しようとした。リヴォフに、コルニーロフの言う「要求」を紙に書き出させた――戒厳令。文官のそれを含むすべての権威を最高司令官に委譲する。ケレンスキーを始めとする全閣僚が辞任する。つまりコルニーロフが考えていることは、政府転覆の宣言と読みとることも不可能ではなかった。

浮き足立ったケレンスキーはリヴォフに、午後八時に軍事省で会おう、コルニーロフと直接話をしたいと言った。実際に何が起きているのかを完全に把握したかった。しかしそのあと、最後のばかげた一幕があった。リヴォフが約束の時間に遅刻したのだ。それで八時三〇分、ケレンスキーは興奮のあまりそれ以上待っていられず、コルニーロフに打電すると、リヴォフが隣にいるようなふりをした。やがてカタカタ、パチパチという音とともに笑劇がくり広げられ、あらゆる言葉の応酬が文章として記録された。

ケレンスキー：「こんにちは、将軍。こちらはV・N・リヴォフとケレンスキーだ。これからケレンスキーは、ウラジーミル・ニコラエヴィチ（リヴォフ）によって本人に伝えられた言葉に従って発言するということを確認していただきたい」

コルニーロフ：「こんにちは、アレクサンドル・フョードロヴィチ（ケレンスキー）、こんにちは、ウラジーミル・ニコラエヴィチ。この国と軍が置かれた現状について私が考えていること、またあなたに伝えるようV・Nに頼んだことの概略をもう一度確認するために、あらためて申し上げておく。過去数日間の出来事と、これから起こると私が考える出来事は、可能なかぎり短い時間で自明の決定に到達するうえで欠かせないものだ」

ケレンスキーはいま、リヴォフの替え玉になっていた。「私、ウラジーミル・ニコラエヴィチから、あなたに問います。あなたが個人的にアレクサンドル・フョードロヴィチに伝えるよう私に言われたその自明の決定に基づいて、私は発言するべきなのでしょうか。あなた個人の確約がなければ、アレクサンドル・フョードロヴィチは、私に全幅の信頼を与えることをためらいます」

コルニーロフ：「そう、たしかに私は君に、アレクサンドル・フョードロヴィチに緊急の要請を伝えるように頼んだ。彼にモギリョフまで来てもらいたいという要請を」

ケレンスキーは胸に穴があいたような気分で、サヴィンコフも同行することをコルニーロフに了承させた。「正直に言えば」コルニーロフが言葉を継いだ。「私がこれほどねばり強くこの要請を行う理由は、私の現時点での責務に対する意識以外にはない」

「我々はデモが起きたときにのみに行くのだろうか？　その噂が出ている場合か、あるいはいかなる場合にも？」とケレンスキーが訊いた。

コルニーロフ：「いかなる場合にもだ」

接続が切れ、歴史上きわめて重要な意味をもつ、このちぐはぐな会話は終わった。

コルニーロフは軍総司令部で、ほうっと太く安堵のため息をついた。これでケレンスキーはモギリョフへやってきて、自分の下での政府に従い――あるいは加わりさえするだろう。

一方のケレンスキーは、コルニーロフがついさっき確証した「自明の決定」とは、自分がただ向こうに行くというだけでなく、コルニーロフが独裁的な権力を手にするということなのだと信じ込んだ。つまりは最後通牒をつきつけられたのだと。自分は用なしになろうとしているのだと。

生きていたければ逃げるように、リヴォフはそう言っていたではないか？

ようやくリヴォフが姿を現すと、ケレンスキーは彼を逮捕させた。リヴォフはただ唖然としていた。最近になって自らも戒厳令の計画を立て、ぐっと右へ引きずられていたケレンスキーには、今でもソヴィエトに支持を求めることができるのか、ペトログラードの大衆が自分の訴えに呼応してくれるのかがわからなかった。慌しく開かれた閣僚会議で、彼はコルニーロフの「背信」を「証明する」文書を読みあげた。そして驚愕する大臣たちに、やがて来る危険に対抗するための全権を自分に付与するよう求めた。コルニーロフ支持の空気にどっぷり浸かっていたカデットは反対したが、大多数はケレンスキーに自由裁量を与えた。そして、暫定的な権限のみを残し、要請に従って辞職した。

かくして八月二七日午前四時、第二次連立政府は終わりを告げた。

ケレンスキーはあらためてコルニーロフに打電した。「ただちに執務室をルコムスキー将軍に明け渡すよう命じる」と口述し、さらにキーがこう打たれた。「新たな最高司令官が着任するまで、彼がその任を引き継ぐ。貴殿はただちにペトログラードに参られるように」

それがすむと、ケレンスキーは自室に引き取った。すぐ隣の部屋にはリヴォフが拘束されていた。神経を落ち着かせようと、ケレンスキーはアリアを大声で歌った。その歌声は壁を通り抜けて混乱したリヴォフの目を覚まさせ、一晩じゅう寝かせなかった。

★

八月二七日日曜日、ソヴィエトの祝日は夜明けから晴れ渡って気温が高く、ぴんと張りつめたようだった。「不逞の輩が本日、蜂起があるという噂を触れまわっている。しかもそれは我々の党が組織したものだという」とボリシェヴィキの『ラボーチー』が警告した。「中央委員会は労働者と兵士たちに、挑発に屈しないように……またいかなる行動にも加わらないように求めている」。党はやはりまだ、そうした外部からの要因よりも、内部の工作者からくる脅威を恐れていた。

そして工作者たちは時機を待っていた。その日の朝からの二日間、共和制センターのＬ・Ｐ・デュシメーテルとＰ・Ｎ・フィニソフ、そしてスタフカとをつなぐ連絡役のＶ・Ｉ・シドリン大佐はペトログラードの酒場をはしごしてまわり、クルイモフからの報せを待ちながら、クーデターを起こす態勢を整えていた。

日曜日の午前八時、コルニーロフはケレンスキーからの電信を受け取った。最初は茫然としていた。そしてたちまち激昂した。

ルコムスキー将軍にもその報せはやはり寝耳に水で、彼はケレンスキーからつきつけられた地位を固辞した。「あなたの認可によって始まった作戦を中止するにはもう遅すぎます」という返信の、〝あなたの認可によって〟というところに戸惑いが表れていた。「ロシアを救うためには、コルニーロフと対立するのでなく、ともに進まねばなりません……コルニーロフを解任すれば、ロシアにかつて見たことのない恐怖がもたらされるでしょう」

ケレンスキーがクーデターに対する軍事的防衛の準備をサヴィンコフに一任する一方、コルニーロフはクルイモフ麾下の第三軍団に首都を占領するよう指示した。ケレンスキーは彼らに、その動きを止めるようにとの指示を送った。「制圧」の必要な反乱はどこにもない、と——それがコルニーロフたちの進軍の口実だったのだ。が、彼らは止まらなかった。

コルニーロフとケレンスキーの亀裂が深まったという噂がペトログラードに広まりはじめた。こうした噂にはもちろん、決裂以前の取り決めのことも含まれていた。

午後の半ば、ソヴィエトの指導者と各党が緊急会議を開いた。だが、何を相談したり議論したりする必要があるのかもよくわからずにいた。緊張感はあっても、全体像がつかめないという状況だった。

夕方になってようやく、ケレンスキーが声明を発したことで、事態があきらかになってきた。ケレンスキーは声明のなかで、コルニーロフがリヴォフを通じて、文武の権力を反革命的体制にまとめあげることを要求してきた、と告げた。このゆゆしき脅迫に直面し、私は政府から対抗策をとるよう命じられた。それを理由に、戒厳令がいま発令されたことを、ここに発表する。

このケレンスキーの声明を受けて、コルニーロフはただちに、リヴォフは自分の代弁者ではないと主張した——それはたしかに事実だった。

「我々の母国は息絶えようとしている」とコルニーロフは述べた。「ソヴィエトの多数派を占めるボリシェヴィキの圧力の下、臨時政府は完全に……ドイツ参謀部と協調して動いている……私自身はただ、偉大なロシアが保持されること以外何も望んではいない。私は勝利によって人民に……憲法制定会議を開くことを誓う……人民が人民の運命を決定できるように」

クレンボフスキー将軍、バルエフ、シチェルバトフ、デニキンらがそろってコルニーロフへの忠節を誓った。将校同盟は勢い込んでロシア全土の陸海軍本部に電信を送り、臨時政府の終焉を宣言した上で、コルニーロフに「強勒で怯むことなき」支援を促した。

ケレンスキーは中途半端に戦闘開始を宣言した。コルニーロフは宣戦布告した。

たちまち、反クーデターに市民を動員し、武器を調達し、補給、通信、サービスを調整するための臨時委員会が雨後の筍のごとく立ち上がった。メンシェヴィキの統制下にある全ロシア鉄道従業員組合執行委員会（ヴィクジェリ）は、コルニーロフに対抗するビューローを結成し、地区間会議と連繫した。連絡はクロンシタットにも届いた。スモーリヌイでは党の分派が色めきたった。

皮肉なことに、ちょうどその夜ナルヴァ地区で、ボリシェヴィキのペテルブルク委員会が三日前から予定されていた会合を開いた——ヴィボルグ地区のボリシェヴィキから、党は反革命の脅威に十分な注意を払っていないという懸念が表明されていた。指導部がそうした心配を鼻で笑っていたことはほぼまちがいない。そしていま、三六人の党幹部が一堂に会するなか、コルニーロフの部隊がペトログラードに襲いかかってきた。破滅論者の言い分がたしかに正しかったと感じられる、めったにない機会だった。

ヴィボルグ地区の民衆は業を煮やしていた。指導層が敵意ある現状への評価を下せずにいたことも、第六回党大会の曖昧な戦術的決議も腹立たしかった。「政治的な情勢にかんがみて」反革命と闘うすべての勢力との協力を勧めておきながら、その一方で「統合の観点から」メンシェヴィキはプロレタリアート勢力から永久に脱落した相手であり、協力は不可能だという。ではどうすればいいのか？

会合は最初から険悪だった。最近モスクワから中央委員会に加わった歴戦の闘士、アンドレイ・ブブノフは、メンシェヴィキもエスエルも信用するなと同志たちに警告していた。モスクワ国家会議のあいだに、ブブノフはこう言った。「政府は最初のうち、我々に助けを求めてくる。だがそのあとで唾をひっかける」。彼はいかなる自衛組織への協力にも反対し、ボリシェヴィキは独立独歩で行くべきだ、大衆がコルニーロフとケレンスキーの双方に背を向けるよう誘導すべきだと主張した。現状を踏まえてそれに反対したのが、反レーニン派で指導部の主流にいるカリーニンだった。もしコルニーロフが本当にケレンスキーを打倒しようとしているなら、ボリシェヴィキがケレンスキーの側に立って仲裁する立場につこうとしないのはばかげているだろう、とカリーニンは言った。

敵意が一気に爆発した。急進的な話者が党の指導層を叩きはじめた。いわく、リーダーシップがない、「敗北主義」だ、大衆の熱気を冷ます「冷却剤」のように振る舞っている、七月危機のときもそれ以降も「霧のなかで」運営している。会議は悲憤慷慨と、誰彼かまわぬ攻撃のるつぼと堕した。怒りの方向がいま緊急とされる事柄から逸れていく。とうとう誰かが叫んだ。「具体的な防衛手段の話に戻ろう!」

コルニーロフに対抗するべく、可能なかぎり広く動員をかけるべしという総意は得られた。ボリシェヴィキは通信網を確立し、ビラを書いて、労働者と兵士に武器を持てと呼びかけた。メンバーが大衆組織との調整のために配置された。そしてブブノフも含めた全員が、党がソヴィエトの指導層の防衛機関との連絡を保つことに同意し——「情報を得るために」という曖昧な表現がつけ加えられた。

このときブブノフにとっては、「ソヴィエトの多数派との交流はあってはならない」にせよ、ソヴィエトと「情報のやり取り」をすることは絶対必要だった。これは「弁証法的総合」ではなく、危機のゆゆしさから求められる引き延ばしのための詭弁でもない。ケレンスキーとコルニーロフは等しく悪だが、とりあえず今は、コルニーロフのほうがより大きな悪だからだ。

午後一一時三〇分、ソヴィエト執行委員会は、政府との関係をどうするかを議論した。ケレンスキーとコルニーロフの最近の同盟とその崩壊というスキャンダルがあり、またケレンスキーが現在、執政府――専制的な権力をもった小内閣――を要求しているという状況もあった。しかしさらに喫緊の問題は、いかにして革命を保持するかだ。

穏健派にとっては、ケレンスキーは今でも、たとえ批判的にではあっても、守らねばならない対象だった。

「今の時点で組閣ができるのは、同志ケレンスキーをおいて誰もいない」とメンシェヴィキのヴァインシテインは言った。もしケレンスキーと政府が倒れるようなことがあれば、「革命の大義は失われるだろう」。

ボリシェヴィキは最も強硬な路線をとった。臨時政府はまったく信用できない。軍内部の民主主義を刺激するべし。さらに農民への土地の移譲、一日八時間労働、産業と金融の民主的な統制、革命派の労働者、農民、兵士への権力の移行。だがしかし。自分たちの言いたいことを言ってしまえば、ソヴィエト執行委員会内のボリシェヴィキは、レーニンやヴィボルグ地区の同志たちより融和的で、決議の手続きを妨げはしなかった。痛烈な反対姿勢を保ちながらも、なんら具体性はもたせなかったのだ。

驚いたことに、彼らはケレンスキーの望む執政府に反対しながら、決議の際には棄権した。おかげでケレンスキーは、現在ある政府の形を維持するばかりか、内閣にできた空席を、カデットから慎重に選んだ人物で埋めることができた。さらなる驚愕は、彼らがメンシェヴィキとエスエルに同調し、「国家会議」をあらためて招集して――今回は「民主的要素」を排していたにもかかわらず――政府の問題を議論し、憲法制定会議の招集まで監督役を務めるという決議に賛成したことだ。

しかし代表たちがこのソヴィエトの決定を伝えたとき、ケレンスキーは頑として、六人による執政府を作らねばならないと譲らなかった。この膠着状態に、ソヴィエトは動いた。

「執政府はすべからく反革命を生み出す」、マルトフはソヴィエトでそう主張し、熱烈な合意を得た。ルナチャルスキーも華々しく反対の立場をとった。コルニーロフと臨時政府を反革命と断じ、労働者、農民、兵士からなる政府に権力を移譲せよと求めた——これはつまりソヴィエトのことだった。こうしてルナチャルスキーは唐突に、「すべての権力をソヴィエトに」のスローガンを、形は同じままではなくとも、その内実を再び持ち込んだのである。もう古すぎるとレーニンが断定した、まさにそのスローガンを。

だがその夜、疲れきった代議員たちにもたらされたのは、将軍が続々とコルニーロフに付くことを表明したという報せだった。政府への疑問を圧するように、いま何が必要なのかという感覚が強まり、会議は徐々に右の方向へ向かっていった。

最終的に執行委員会は、ケレンスキーを支持し、彼に政権をゆだねるというツェレテリの決議を採択した。これはケレンスキーの執政府に承認の判を捺すことだった。

ボリシェヴィキたちはこの決議に猛然と反対した。だがそれでも、党の基準からすると劇的な穏健化があきらかな中、もし政府が本気で反革命と戦うつもりならば、という条件付きで「軍事的に同盟する」ことに同意した。

敵は近づきつつあった。ソヴィエトは地方ソヴィエトや鉄道労働者や兵士たちに、スタフカを拒絶せよ、反革命の通信を途絶させよという緊急指令を発した。そしてソヴィエトの——ひいては政府の——指示にただちに従うよう呼びかけた。

その夜の協調は、ボリシェヴィキから右派へ向けたものだけではなかった。逆方向からも働きかけがあった。右派メンシェヴィキのヴァインシテインが、軍事的防衛の組織化にあたる専任グループを提案したときには、ボリシェヴィキがその任にふさわしいということで全員が一致した。

八月二八日、外務省のトルベツコイ公が、モギリョフからテレシチェンコに電信をよこした。「司令官全員、そして圧倒的多数の将校と最強の戦闘部隊が……コルニーロフに追随するだろう」との予測だった。「それに加え……コサック兵全体、士官学校の大多数、そして最強の実戦部隊も……軍組織の優越性が政府機関の脆弱性を補う」

ペトログラードでは反革命に対抗する動員が急ピッチで進められていたが、暗い報せは絶え間なく届いてきた。コルニーロフの部隊はすでにルーガに到達し、革命派の守備隊は降伏したという。部隊を乗せた列車九本がオロデスを通過した。反革命は着実に近づいていた。

ソヴィエトと左派の多くが示した反応は、ボリシェヴィキたちも例外でなく、パニックだった。だが、ペトログラードの多くの労働者や兵士たちの反応はちがっていた。「都市に住む大多数の一般大衆は、現在の体制には無関心なまま育っているので、鞭をびしりと鳴らせば従うだろう」——そんなトルベツコイの陰気な主張は、意外にも大間違いだった。

迫りくるクーデターに対抗するべく動員された兵士は、数千人に及んだ。工場では警報や警笛がけたたましく鳴り出し、労働者が呼び集められた。みんな現状を確認し、防備を固め、戦いに臨む分遣隊を組織した。

危機を予測していた組織もあった。たとえばペトログラード・ソヴィエト地区間会議は、しばらく前からこうした脅威を警告し、迅速な行動をとる準備を整えていた。ヴィクジェリは「疑わしい電信」を留め置き、不審な部隊の動きを追跡するよう指示した。二八日の午後には、ヴァインシテインが提案した組織、反革命に対する人民闘争委員会が機能しはじめた。

取り決めどおりに、この委員会はメンシェヴィキ、エスエル、ボリシェヴィキ、その他の民主主義組織から構成されていた。スハーノフの言葉でいえば、

大衆は、組織するのが可能な場合には、ボリシェヴィキによって組織され、ボリシェヴィキに追随した……［彼ら］なしでは、委員会は無力だ……ただアピールとむだな演説で時間を過ごしていただけだったかもしれない……ボリシェヴィキがいるから、委員会は組織された労働者や兵士を思いのままに動かせる……そして少数派であるにもかかわらず……委員会がボリシェヴィキの手で制御されているのはあきらかだった。

委員会は、自発的につぎつぎ生まれてくる、一時的な防衛グループとの連絡役を務めていた。重要な仕事のひとつに――ボリシェヴィキにとってはそれが参加の条件だった――労働者民警を武装させることがあった。四万人を実質的に一晩で早変わりさせるのだ。職人も金属工も、あらゆる職業の人間がひとつの軍隊になる。各工場の部屋には、不慣れな行進の音が、新たな民警の音楽が反響していた。

「工場は野営地のようだった」と、そうした赤衛隊の一員であるラキロフはのちに振り返る。赤衛隊の存在はどんどん知られるようになっていた。「なかに入れば、ベンチに見えるのは整備工たちだったが、傍らには背嚢がぶらさげてあり、ベンチには銃が立てかけられていた」

四万人の人々が速やかに、こうした新たな役割を担うよう組織されていった。部隊の仲間と写真を撮るためにポーズをとった。カメラに向かい、あの手この手で武器を固定し、顔を決める。苛立った、興奮した、決然とした表情で。誇らしげな隊員たちの出で立ちには、作業服や間に合わせの軍服だけでなく、教会か結婚式か葬式に行くときのような一張羅も見られた。そうした堅苦しい正装に身を固め、ネクタイをきちんとまっすぐ結び、山高帽やホンブルク帽を頭に載せ、いつでも撃てるよう準備したライフルを持ってひざまずいている。いまこそ自衛のときだった。

ボリシェヴィキは自分たちの戦術的な矛盾について協議していた。穏健派に協力しながらも、このように武装した労働者たちが防衛の最前線に立つ格好になっている。

肝心のペトログラード内部では、士官候補生の大半はコルニーロフ支援だったが、全員が彼のために戦う気満々というわけでは決してなく、コサックは中立を保ち、どちらの側とも戦うことを拒んでいた。街にいる他の部隊もすべて、弱い箇所の守備を構築するために分遣隊を送った。

この張りつめた軍事的空気のなかで、コルニーロフ支持を大っぴらにするのは危険だった。ヴィボルグ地区の街頭では、怒り心頭に発した兵士たちが、革命派のコミッサールの権威を認めようとしなかった数人の将校を殺害した。ヘルシングフォルスでは、軍艦〈ペトロパヴロフスク〉の乗組員が、彼らの「民主的組織」への忠誠を認めようとしない将校たちを処刑する票決を下した。

シュリッセリブルクの火薬工場が、はしけ一杯の手榴弾を、工場委員会で分配してくれと言って首都まで送ってきた。エストニアとフィンランドのソヴィエトは連帯の言葉をよこした。ペトログラードじゅうにソヴィエトのポスターが貼り出され、規律を促し、大酒の害悪を断罪していた。市ドゥーマは食糧供給を支援する委員会を立ち上げた。さらに重要なのは、ルーガまで出向いてコルニーロフの部隊相手にアジテーションを行わせるために、市ドゥーマが自らの代表たちを選抜したことだった。

ペトログラードの南では、武装した労働者たちがバリケードを作った。あちこちの道路を横切るように有刺鉄線を張り、街に通じる道々に溝を掘った。郊外は軍の野営地と化した。

主導権は右派の手から滑り落ちかけていた。当人たちもそのことを感じ取っており、なんとか形勢を立て直そうとした。

二八日の午後、ミリュコーフはケレンスキーを説得して身を引かせられるという望みを抱き、自ら仲介役を買って出た。カデットの幹部キシキンが、アレクセーエフを支持しつつ――彼はコルニーロフを支援していた――ケレンスキーに辞任の圧力をかけた。ケレンスキーの大臣（代行）たちは、ほとんどがこの提案をすぐに支持し、外国の代表たちでさえ「交渉」を考えるよう助言した。

しかしソヴィエトは、こうした動きすべてに無条件で反対した。ソヴィエトはいち早く自らを革命的防衛の鍵だと位置づけていたが、その防衛規模の観点から見ても、またこうした反対姿勢に逆らえば労働者や兵士の抵抗にあいかねないという不安もあり、ケレンスキーは交渉への圧力を拒否せざるを得なかった。

二八日、デュシメーテルとフィニソフはひそかに、ルーガに向けて出発した。シドリンをあとに残し、プチーロフとロシア経済再生協会からクーデター用にと渡された資金を手に。任務は「ボリシェヴィキの暴動」をでっちあげ、軍による鎮圧を正当化すること。

しかし右派の退潮は、予想より早く起こりはじめた。その晩、首都に向かおうとするウスリースキー・コサック騎兵師団が進路を阻まれた。ヤムブルク（現在のキンギセップ）に到着して初めて、ヴィクジェリに情報が筒抜けになっていたことがわかった。鉄道労働者たちが線路を破壊していたのだ。障害物が置かれ、レールが捻られ、外されていた。野蛮師団の兵士たちは、首都まであとわずか六〇キロのヴィリツァまで来た。だがそこでやはり線路が寸断されているのがわかり、列車は立ち往生した。革命の軌道が折れた骨のように突き出していた。

コルニーロフの軍は分断された――が、そうなったのは彼らだけではなかった。

彼らに会いにやってきた何十人という使者たちも、その場で立ち往生することになった。闘争委員会、各地区のソヴィエト、工場、守備隊、黒海艦隊中央委員会《ツェントロフロート》、海軍委員会、第二バルト艦隊乗組員からの使者である。地元民も来ていた。みな藪を踏みしだき、木立を抜けて、蒸気音をたてる列車へ近づいてきた。意図していたのは兵士たちへのアジテーションだった。彼らは野蛮師団に会い、反革命に利用されることを拒絶してほしいと懇願した。

革命的な運のめぐり合わせによるものか、この危機が始まったときに、ムスリム・ソヴィエト同盟の執行委員会がペトログラードを訪れていた。委員会は代表団を遣って首脳たちに面会させた――そのなかのひとりがイマーム・シャミールの孫だった。シャミールは一九世紀にカフカース地方を解放に導いた伝説的英雄だ。その英雄の血を引く人物が野蛮師団の男たちに、もともと潰しにきたはずの革命を支持するよう嘆願していた。

実のところ野蛮師団の兵士たちは、自分たちの配置転換の目的を知らずにいた。もとよりコルニーロフ支持の姿勢が強かったわけではなく、懇願にきた使者たちの言い分を聞けば聞くほど、その気も失せていった。夕闇が降りてくるなか、彼らは話を聞き、議論し、熟考した。夜が更けてもそれは続いた。列車とその周囲が会議場となり、そこここで緊急討論が行われた。将校たちは絶望に駆られた。

ペトログラードでは、いくつかの部隊の将校たちがコルニーロフ相手に順法闘争《コーカニー》を行い、ごくごく慎重かつ消極的にしか従っていないという報告があった。そこで闘争委員会はコミッサールを送り、動員の様子を観察させた。首都は赤衛隊の熱気で沸き返っていた。さらにクロンシタットから、武装した水兵三〇〇〇人が応援に駆けつけた。工場ソヴィエト中央委員会がさまざまな準備を整えた。金属工組合というロシアでも群を抜いて強力な組合が、闘争委員会が自由に使える資金と知識を提供した。

ケレンスキーから任じられたサヴィンコフとフィロネンコは、少なくともコルニーロフの先手を打つときと同程度には熱心に、ボリシェヴィキの動向を監視しようと努めた。この二人がペトログラード防衛の任に当たったというのは、あきらかに作り話である。せいぜいよく言っても、ソヴィエトと民衆がなしたことの傍観者にすぎなかった。

ボリシェヴィキはこうした活動には不可欠だった。そのために、第二地区民警の本部に拘束されていたボリシェヴィキ数名が脱出したとき、闘争委員会は異例にも「共通の闘争に参加させるために」、彼らを自由の身にすることに同意した。

具体的には党の姿勢は、コルニーロフに対抗するために、臨時政府を支援はしないが、下から上への動員を最大限可能にしようと努めることだった。記者のチェンバリンはこれを、「斜に構えつつ」政府を守ることだと評した。

前衛地でコルニーロフ将軍を迎え撃つ，ペトログラード・ソヴィエトの兵士たち，1917年8月

赤衛隊のメンバー．頭上の幟旗にはこうある．「武器を取った人民，なかんずく労働者たちの健康のために」

そして組織の立ち上げや大衆集会が続くさなかに、耳馴染みのある要求が戻ってきた。あるパイプ工場の労働者グループの主張だ。「ブルジョアジーによる反革命の動きが生まれていることにかんがみ、すべての権力は労働者ソヴィエトに移譲されなければならない」。二九日にはプチーロフの労働者数千人が、「革命的階級の代表」による支配への支持を表明した。ノヴォ＝アドミラルティスキーの造船工場の労働者たちは、権力は「労働者、兵士、貧農の手に移され、労働者、兵士、農民の代表によるソヴィエトが負うべき」だと要求した。

「すべての権力をソヴィエトに」が、あきらかに復活を遂げていた。

「騒乱は起こらないだろう」とケレンスキーは、クルイモフを遠ざけておこうと必死で、彼に打電した。「あなたの軍団はもう必要ない」

まるでこの時点でも、ケレンスキーがクルイモフを制御していたかのようだ。しかしクルイモフはもはや自分の部隊も掌握できていなかった。ウスリースキー・コサック騎兵師団はヤムブルクに足止めされたままで、ナルヴァとヤムブルクのソヴィエトや軍部隊、地元の工場から来た群集に加え、ツェレリに率いられた代表団にも取り囲まれていた。コルニーロフに関するケレンスキーの声明文を読みあげただけで、コサックは士気阻喪した。

クルイモフその人は、第一ドン・コサック連隊とともに、ルーガの二万人強の守備隊に包囲され、身動きがとれずにいた。街頭演説家たちが列車の周囲をいつはてるともなくぐるぐる回りながら、窓ごしに懇願の言葉をかけ、コサックたちを戸惑わせ、クルイモフを激怒させた。コルニーロフからはペトログラードまでの最後の数キロを突破していくよう命じられたものの、ルーガの守備隊がそれを許さず

――そのころにはもう、コサックたちは議論する気をなくしていた。クルイモフは激昂しながら、部下たちが重い足取りで自発的に行われるいろいろな集会へと向かい、すぐ目の前で覇気を失っていくのを見守るしかなかった。

二九日遅く、ペトログラードでは、デュシメーテルとフィニソフの電信がやっと共謀者シドリンのもとに届いた。ぞっとする合図だった。「指示に呼応してただちに行動に移れ」。きっかけとなる暴動を起こすよう求めていたのだ。

だが時はすでに遅く、右派の支援者たちですらそのことを認めざるを得なかった。アレクセーエフ将軍はこのクーデターの大義には望みがないと見て、もし挑発の企みが実行されるなら自決する、と脅しにかかった。

八月三〇日、コルニーロフの反乱軍は壊滅した。

「一発も銃を撃たずに、我々は勝利を得た」とケレンスキーは一〇年後に記した。この「我々」という表現は、呆れるほどの我田引水だった。

★

レーニンはロシア国内のニュースを少し遅れて受け取った。クーデターの脅威の報せが届くのが遅れ、危機回避の報せが届くのも遅かった。中央委員会がペトログラードで会合をもち、首都がすでに落ち着いた三〇日、彼は急いで文章を書いた。

レーニンは少し前に、この反革命は「メンシェヴィキとエスエルの側で入念に練りあげられた陰謀である」と主張していたのだが、このとき書き送った内容は自分の過失《メア・クルパ》をはっきりと認めるものではなかった。それでもこの手紙のなかに見られる「きわめて予想外な……まったく信じがたい急展開があった」という純粋な驚きの表現は、暗黙のうちにそれを認めているとも考えられる。もちろん、こうした展開は変化を引き起こさずにはいない。「急展開があるときは必ず、［状況は］戦術の修正と変化を求めている」とレーニンも書いている。

その年のまだ早い時期、チューリヒにいたレーニンは、ルーマニアの詩人ヴァレリュー・マルクを革命的祖国敗北主義に転向させようとしたのだが、そのとき彼にかけた言葉のなかに、のちに有名になるこんな一文がある。「人はいつでも、現実そのものと同程度に急進的になろうとせねばならない」。驚きのない急進主義などというものがあるだろうか？

そしていま、急進的な現実が、レーニンを唖然とさせた。

コルニーロフの危機のあいだに、ボリシェヴィキがレーニンの指導の下、政府に対して熱心な非協力的協力を行い、効果をあげたと言われることがある。しかしこれは嘘だ。レーニンの指示が届きはじめたころにはもう、党は闘争委員会に加わっており、反乱は概ね終息していた。それでも彼がざっくりとした進路を示したことが、そうした後づけの心地よい正当化をもたらしたのだ。

メンシェヴィキおよびエスエルとの連繋について、レーニンはどういった内容なら「許容できる」とは明言していないし、実際つい最近までは論外であると糾弾しながら、その必要性をほのめかしてもいた。そして「我々はもちろんコルニーロフと戦うし、ケレンスキーの部隊も同じく戦う。だが我々はケレンスキーを支援しない」と彼が言ったとおりの事態になった。レーニンがそう書いたまさに同じ日、モスクワ・ボリシェヴィキの雑誌『ソツィアル・デモクラート』はこう言った。「革命的プロレタリアートはコルニーロフの独裁もケレンスキーの独裁も甘受できない」

「我々は彼の弱みをさらした」とレーニンは書いて、ケレンスキーの動揺ぶりを指摘し、最大限綱領主義の要求を行った——土地を農民に移譲すること、労働者が一切を掌握すること、労働者が武装すること。この最後の要求はもちろんすでに叶った。レーニンが手紙を送る前に、以下の殴り書きを加えたのもうなずける。「これを書いたあとで『ラボーチー』の第六号を読んだが、私の見解との完全な一致を見たと言わなければならない」

八月三〇日、コルニーロフの精鋭の野蛮師団が赤旗を掲げた。ウスリースキー・コサック騎兵師団は臨時政府に忠誠を誓った。デニキン将軍は麾下の部隊の手で幽閉された。他の前線から来た司令官たちは、政府を支持し右派の陰謀に反対する声明を出しはじめた。ルーガでは、クルイモフがフィニソフとデュシメーテルから「ボリシェヴィキによる騒乱」がいつ起きてもおかしくないという偽の警告を受け取っていたが、ドン・コサック連隊はきわめて過激になっており、クルイモフを逮捕するなどとつぶやいていた。

同日午後、政府から使者が到着した。その人物はクルイモフに身の安全を確約し、首都までケレンスキーに会いにくるよう招いた。

ケレンスキーは彼なりの非効率的なやり方で、後始末をしようとした。だが、それでペトログラードは救えたにしても、左派の存在は右派に劣らず彼を震えあがらせた。たとえば、さまざまな陰謀者と近しい関係にあったサヴィンコフをお払い箱にする一方、パリチンスキーを後釜に据えた——この人物の政治的姿勢は前任者とほとんど変わらず、その最初の施策はボリシェヴィキの『ラボーチー』とゴーリキーの『ノーヴァヤ・ジズニ』を発行停止にすることだった。この点をさらに強調するように、ケレンスキーは参謀総長として、彼の見るところコルニーロフとほぼすべてにおいて瓜二つのアレクセーエフ将軍を任命した。

沈もうとする船の上で、鼠たちはひたすらショックを受け、駆けまわりはじめた。みな言葉ではコルニーロフ支持を謳っていた。ロジャンコは華々しくこう言い放った。「いま内輪の戦闘や口論を始めることは、母国に対する犯罪だ」。自分が陰謀について知っているのは、新聞で読んだことがすべてであると彼は力説した。

道化者となったウラジーミル・リヴォフは、監獄のなかで、潮目が変わったという報せを受けた。彼はケレンスキーに心からの祝いの言葉を送り、「コルニーロフの手から友を救い出せた」ことを喜んだ。

その夜、クルイモフが到着したとき、首都はしんと静まっていた。

八月三一日の朝、冬宮で会ったクルイモフとケレンスキーは激しい議論をかわした。正確にどんな言葉が飛びかったかは定かでない。

おそらくケレンスキーがクルイモフの反抗を詰り、それをクルイモフが否定したのだと思われる。クルイモフもコルニーロフと同様、ケレンスキーの二枚舌を、その不可解な転向を怒っていた。ついにはクルイモフが話を続ける気力をなくし、次回の会見に同意して、友人のアパートメントへ向かった。「母国を救うための、最後のカードが破れた」と、彼はその友人に語った。「もう生きている甲斐もない」

クルイモフは友人に断り、客室に引き取った。そしてコルニーロフあてのメモを書くと、拳銃を取り出し、自らの心臓を撃ち抜いた。

彼の最後の手紙の内容は、今もって不明である。

ケレンスキーは未遂に終わったクーデターの調査委員会を作るよう命じた。だがそれでも、今や彼を蔑んでいる右派勢力の機嫌を取り結ぼうと、調査の権限を組織ではなく個人に限定した。そして右派社会主義者と自由主義者による専制的連立の計画を進め、カデットの権力を強めていった。

しかしペトログラードの街頭で陰謀を打ち破ったのは急進的な労働者や兵士たちであり、彼らは自信を得て意気揚がっていた。コルニーロフの反乱が失敗したことで、政治の舵はまた左に切られた。ペトログラード守備隊の兵士たちは、「どんな連立であろうと、コルニーロフと戦った人民の忠実な息子たちが相手になる」と宣言した。彼らはいま、労働者と貧農たちの政府を要求した。第二機関銃連隊は「現状から抜け出る唯一の方策は、労働者たちの手に権力を移譲することだ」と主張した。

以前は中立だった部隊も、穏健派の支配下にあった工場の労働者たちも宗旨替えしはじめた。ボリシェヴィキや左派エスエル、メンシェヴィキ国際派、独立派から、ソヴィエトに権力を、左派の統一を、反革命の取り締まりを、戦争を終わらせるために社会主義者のみの政府を、といったさまざまな動議が出された。マルトフの同志ラーリンは、連立を志向するメンシェヴィキへの憤りが限界に達し、数百人の労働者とともにボリシェヴィキに加わった。

三一日の夕方、全ロシア・ソヴィエト中央執行委員会は、政府および政府との関係について協議した。ソヴィエトがコルニーロフとの戦いで示した力と統合の記憶を喚び起こしつつ、カーメネフは動議を提出した。

ボリシェヴィキの目には、この提案はカーメネフ本人のように、どう見ても穏健すぎた――が、今のソヴィエトからの根本的な、左へ向けた離脱の表現でもあった。妥協の拒絶。求めるのは労働者階級と貧農の代表のみによる挙国一致政府。補償なき私有地の没収と農民への移譲。労働者による工場の管理。世界の民主的平和。カーメネフは「政府発足の純粋に専門的な側面には……自分は興味がない」と軽い調子で告げたものの、彼の動議はすべての権力をソヴィエトにという要請だと解釈された。

午後七時三〇分、執行委員会は票決を行わずに休会した。その後まもなく、代わりにペトログラード・ソヴィエトの会合が行われた。ぎらつくランプの光の下、大勢の代議員たちが長時間にわたって話し合い、やがて時計の二本の針がゆるやかに天を指した。カーメネフの提案を話し合ううちに、八月が終わって九月が始まり、世界が新しい一日に向けて動いていくあいだも、彼らは議論を続けていた。

左派の政府への意志が、新たに共有されたようだった。社会主義による統一への道筋が見えた。権力へと至る道が。

9　九月　妥協と不満

九月一日午前五時、ペトログラード・ソヴィエトはカーメネフの動議、そしてソヴィエトと政府の関係について票決を行った。

エスエルは、執行委員会が「臨時革命政府」に責任を負う内閣を任命することを提案したが、やはり何かしらブルジョアのグループを入れるべきだとも主張した――ただしカデットは抜きで。このコルニーロフ以後の時期、カデットは陰謀に連座したことで軽侮の対象となっていた。

このエスエルの提案は退けられた。代わりに会議はカーメネフの提案を採択した。

ソヴィエトの兵士は、数の上では二対一で労働者を上回っていたが、まだ多くが勤務中だったため、投票のときに居合わせられる数は比較的少なかった。またカーメネフの提案は、第六回党大会の「レーニン主義」と比べて「穏健」でもあった。だがそれでも、この評決はひどく緊張した瞬間となった。

三月のころ、臨時政府へのボリシェヴィキの反対決議は、一九対四〇〇という屈辱的な大差で否決された。五月に入閣に反対したときは一〇〇対二〇〇〇で負けた。しかしいま、七月危機という動乱のあとでも、数カ月におよぶ政府と経済、戦争の危機、そして劇的な反革命の試みが、政治情勢をすっかり変えてしまっていた。左派メンシェヴィキと左派エスエル――この時点の首都では左派がエスエルの多数派になっていた――の支持を受けたペトログラード・ソヴィエトのメンバーは、初めてボリシェヴィキの決議を、賛成二七九、反対一一五、棄権五一で採択した。

この票決はチャンスであるかのように思われた。ボリシェヴィキと他の社会主義者たちが共通の基盤を見出せるかもしれない。

そうした協力への希求は、とてもありえなさそうな方面にまで広がっていった。フィンランドの隠れ家で、レーニンは「妥協について」という文章を書いた。

第六回党大会で、レーニンはソヴィエトのことを、指導層の後ろを「処理場に引かれていく羊のように」歩んでいると評した。そしてメンシェヴィキおよびエスエルとの協力の可能性をあらかじめ排除し、権力を力ずくで奪取することが必須であると主張していた。しかし「いま、たった今は」と、またあっけに取られるほど見方を一変させてこう書いた。「おそらくこの数日か、一、二週間だけは」、社会主義ソヴィエト政府が「完全に平和裡に」樹立されるチャンスがありそうだと。

カデットに対する大衆の反対運動、ソヴィエトによる対コルニーロフの大量動員に感銘を受けたレーニンは、党に対して七月以前の要求へ、つまり「すべての権力をソヴィエトに」へ「還る」よう提案した――が、いずれにしろこの呼びかけは黙っていても還ってきた。「我々は……自発的な妥協を申し出てもよい」。すなわち穏健派社会主義者に与することをほのめかしたのだ。

レーニンが提案したのは、エスエルとメンシェヴィキで、地元のソヴィエトに責任を負う社会主義者のみの政府を作れるということだった。ボリシェヴィキは――「プロレタリアートと貧農による独裁が実現されるのでない限り」――政府の外部にとどまるが、権力の奪取を煽り立てることはしない。代わりに憲法制定会議の招集とプロパガンダの自由を前提に、「忠実な反対者」としてソヴィエト内部への影響力を獲得していく。

「これはもうすでに不可能なのではないか?」とレーニンはこのアピールについて、特にメンシェヴィキおよびエスエルの一般党員に向けて書いていた。「そうかもしれない。しかし一〇〇に一つでも可能性があるなら、このチャンスを活かそうとする試みにはやはり価値がある」

九月一日の夜遅く、全ロシア・ソヴィエト執行委員会が会議を再開した。そして、いまだ誰の目にも触れていないレーニンの考えを一蹴するかのように、メンシェヴィキとエスエルの指導層は足並みをそろえて、ペトログラード・ソヴィエトによるカーメネフの動議を退けた。そして代わりにケレンスキー支持の論陣を張った――その日彼が、自ら主張して作った五人からなる執政府に全権を付与すると発表したにもかかわらず。

カーメネフは反対者たちを詰った。ケレンスキーから「ゼロ同然に扱われた」というのに、その相手の側に立つのかと、容赦なくあざけった。「君たちがコルニーロフの攻撃を退けたように、この打撃も退けるものと思っていたが」。マルトフは今も執政府には頑として反対で、社会主義者のみによる内閣を提案した。だが大多数が支持しなかった。その代わり、空回りする官僚制の苦いパロディとでもいえばいいのか、彼らはまた別の会議を提案した。今度は「民主主義会議」だ――「民主主義的要素」がどれだけあるのかはともかく。

その目的は? なんとも信じがたいことに、こうだった――政府について論じ合うこと。

九月二日の早朝、委員会はボリシェヴィキとメンシェヴィキ国際派の提案を退けた。そして代わりにケレンスキーへの支持を表明した。

レーニンはその翌日、「妥協について」を送る準備をしていたときに、その決定を知らされた。彼が急いで原稿に物悲しい補遺の文句を書き加えたのも無理はない。

「私は自分に問いかけている。妥協を申し出るにはもう遅すぎるのだろうか。平和的な展開がまだ可能だったあの数日間なら、有効だったかもしれない……あとはただ、この文章を編集部に送り、こうタイトルをつけるように頼むだけだ――「遅すぎた思考」。遅すぎた思考でも、まったく興味をもたれないこともないかもしれない」


ケレンスキーがソヴィエトに示した唯一のご機嫌とりは、自分の独裁的な執政府からカデットを外したことだった。アレクセーエフが参謀総長の任を引き継ぎ、コルニーロフは他の三〇人の共謀者とともにブイホフ修道院に移送された。看守が同情して元の護衛が付き従うのを許し、家族も一日に二度面会に訪れてきた。

ケレンスキーは急進的なアジテーションをなんとか抑え込もうと、軍司令官やコミッサール、軍組織に、部隊内での政治的活動をやめさせるよう命じた。が、なんの効果もなかった。ケレンスキーとコルニーロフとの謀議は周知の事実となっており、いくばくか残っていた彼の権威の滓も干上がってしまっていた。まだ彼を当てにしているのは穏健派社会主義者だけだった。右派から見れば、ロシアの最高の期待を裏切った男。左派、とりわけ兵士たちから見れば、コルニーロフと謀って将校が権力を振るう憎むべき旧体制への復帰を画策した男だった。

ケレンスキーが政府の首班にとどまれたのは強さのおかげではなく、むしろ弱くても、他の場所で起こる緊張によって支えられたからだった。これがやはり、レーニンも評したようにバランスをとる行動だとしたら、ネガティブな——軽蔑される類のボナパルティズムといえる。

それでもねばり強く、自分たちの政治と、連立を求める主張の根底にある「二段革命論」を崩すまいとして、穏健派社会主義者たちはまだケレンスキーを権力の座にとどまらせようと決めた。自由主義との同盟はどうしても譲れない。ケレンスキーの具体的な命令に反対するときでも、そうした命令は彼が与えるものだという立場は維持していた。

九月四日にケレンスキーは、危機のさなかに立ち上がった革命的な委員会すべての解散を要求した。そこには反革命に対する人民闘争委員会も含まれていた。闘争委員会はただちに会合を開き——このこと自体が市民的不服従の行為である——反革命の脅威がまだ終わっていないことを考えれば、こうした組織が運営しつづけるのは当然だとの見解を強く表明した。

こうした草の根からの不服従に加え、メンシェヴィキおよびエスエル内での左派と右派の亀裂が一気に広がったのを見て、レーニンは、最近自分が書いた補遺の内容とはうらはらに、まだ妥協の可能性があるのではないかと期待をもった。九月六日から九日にかけて書いた「革命の任務」「ロシア革命と内乱」「革命の一根本問題」のなかで、ソヴィエトは平和裡に権力を手にしうると、レーニンは主張した。政敵たちの最近の活動に一定の敬意を払い、ソヴィエト体制においてボリシェヴィキ、メンシェヴィキ、エスエルが同盟を結べば内戦は起こりえない、そう明言した。

こうした文書は党の同志たちに恐慌に近い反応を引き起こし、特にモスクワ地域ビューローとペテルブルク委員会の肝を潰させた。彼らはレーニンの変心がもたらす驚きにはもう慣れているのではと思うかもしれないが、しかし彼らはつい最近まで、ボリシェヴィキ穏健派に対立する左派からレーニンをずっと守ってきたのだ。その当人からのこうした転換とあっては――いまレーニンの「妥協について」は、融和的にすぎるということで、『ラボーチー・プーチ（労働者の道）』への掲載を拒否された。

そして、全ロシア・ソヴィエト執行委員会がケレンスキー支持に回ったとはいえ、新たな協力を求める彼の姿勢が成果をもたらすことに懐疑的になる理由はいくらもあった。九月三日、新しく「民主主義会議」の制定が発表されたが、これは左派にとっては凶兆だった。一一九八人の代議員に、都市部の労働者と兵士の議席が占める割合は、より保守的な地方ソヴィエト、ゼムストヴォ、協同組合の割合に比べて低かったのだ。

それでもボリシェヴィキは党の代議員たちに、集会での指示を送った。今のレーニンの方針は結局のところ、党右派の方針に合致するように見えた。たとえばカーメネフなどは、この国にはまだ社会主義革命の機は熟していないと考えていたし、より急進的な勢力にとっても、ソヴィエトの権力は資本主義からの移行のひとつの形になりうるものだった。しかもその間ずっと草の根から、党を超えた社会主義者の統一を望む声と大きな圧力が届いていた。とりあえずやってみる価値はありそうだった。

★

この国は右派と左派のみならず、政治的な層と浮動層の二極に分かれていた。そのために、直感に反しそうな現象ではあるが、社会的緊張が増すにつれ、無数にある地方団体の選挙での投票数は減りつつあった。たとえば、六月のモスクワでは、市議会選挙に六四万の票が投じられた。三カ月後のいまは、わずか三八万票だった。しかも投票した人たちはより強硬な政治姿勢に惹かれていた。カデットの得票数は一七・二から三一・五パーセントに増え、ボリシェヴィキは一一・七から四九・五パーセントに急上昇した。そして穏健派は急降下した。メンシェヴィキは一二・二から四・二パーセントへ、エスエルは五八・九から一四・七パーセントまで減った。

左派エスエルはペトログラードを始め、レヴェル、プスコフ、ヘルシングフォルス、サマラ、タシケントといった街の党組織と委員会を掌握した。そして国家ソヴィエト会議と社会主義者のみの政府を要求した。エスエルの党指導層は、これまで高飛車に無視してきた左派の急激な台頭に直面し、茫然としているようだった。そしていま、特にペトログラードの組織に目をつけ、方針から逸脱したという理由で「放逐した」が、これは無意味な懲罰でしかなく、あらゆる人員が急進派のほうに向かっただけだった。エスエル中央委員会は（この時点で）一一月に予定されていた憲法制定会議の選挙にすべてを賭けることにした。

バクーでは、ほんの数週間前にはボリシェヴィキの演説者が怒声を浴びていたが、今は党による動議が工場委員会や集会で圧倒的多数で可決されるようになった。「ロシア全土に見られるボリシェヴィキ化は、我々のこの石油王国では最も広範囲にわたって現れている」と、この地域での古くからの支持者シャウミアンは書いている。「しかもコルニーロフシチナ（コルニーロフ事件）のずっと以前からだ。かつての支配者だったメンシェヴィキは、今は労働者の地区に顔を出すこともできない。ボリシェヴィキとともにエスエル国際派（左派）も強くなりはじめた……そしてボリシェヴィキとのブロックを形成している」

ロシア全土で、メンシェヴィキが分裂しようとしていた。一部は、たとえばバクーで見られたように右へ向かい、また一部は左へ向かった。たとえば、ジョージアのティフリスのメンシェヴィキは極左の姿勢をとり、ボリシェヴィキも含めて統合された社会主義政府の樹立をめざした。

九月五日はモスクワ・ソヴィエトの転機となった。カーメネフの八月三一日の決議案を支持する票決を下したのだ。シベリアのクラスノヤルスクでは、ソヴィエトの会議でボリシェヴィキが多数派になった。六日にはレーニンの「妥協について」が発表され、ウラル地方のエカテリンブルクではソヴィエトが実権を握り、労働者が臨時政府を認めることを拒否した。ケレンスキーの執政府に対する抗議として、第一九バルト艦隊委員会は全艦に赤い旗を掲げるように推奨した。

また、抗議が社会主義の形をとるとらないにかかわらず、少数民族の国家への憧れは増幅しつづけていた。ウズベキスタンのタシケントでは、ロシア系住民とムスリム系ウズベク人との緊張が高まり、九月一〇日には地元の兵士たちが革命委員会を作って政府代表を追い出し、街を支配下に置いた。また八日から一五日にかけて、ウクライナ中央ラーダが挑発的に各民族会議を招集し、そこにウクライナ人、ユダヤ人、ポーランド人、リトアニア人、タタール人、トルコ人、ベッサラビアのルーマニア人、ラトヴィア人、ジョージア人、エストニア人、カザフ人、コサックやさまざまな急進的な党の代表が集結した。この会議では「文化的自立」という言葉がさらにエスカレートし、ロシアは「連邦民主共和国」になるべきであり、これを構成する各国が他の国とどのようにつながるかを決めるべきだという合意を見た。ポーランドは例外で、またフィンランドも微妙なところではあったが、この方向性は（公式の要求はもちろんのこと）完全独立をめざすものではなかった。だが、なんらかの形で独立へ向かう流れは、少なくとも暗黙のうちにはあった――そしてのちには大変な勢いで表面化してくる。

右派メンシェヴィキおよびエスエルからなるペトログラード・ソヴィエトの幹部会は、九月一日のカーメネフの勝利を、あの夜のソヴィエトがいかに異常だったかを示す副作用にすぎないと切り捨てた。そして九月九日には、もしこの決定が覆らなければ自分たちは辞職すると脅しにかかった。

ボリシェヴィキは、今度ばかりは動議を通せないのではないかと不安になった。浮動層に訴えかけて影響力を得るために、公正で均衡のとれた路線に沿って幹部会の改革を進めるよう、また以前は代表のいなかったグループ――ボリシェヴィキを含め――も参加させるよう提案した。そしてこう論じた。「カデットとの連立が受け入れられるなら、彼らはこの組織のなかでボリシェヴィキとの連立政治にきっと尽力するだろう」

この策動に対して、トロツキーが絶妙な一撃を加えた。

はるか以前、ペトログラード・ソヴィエトのごく初期のころだ。トロツキーはそう振り返って言った。ケレンスキーももちろん幹部会にいた。では、その幹部会はまだケレンスキーを、独裁的な執政府の長である彼を自分たちの一員として考えるのか？

この問いかけは穏健派を難しい立場に置いた。ケレンスキーは今や、反革命だと罵られている――だが、協調路線に肩入れしている穏健なメンシェヴィキおよびエスエルには、ケレンスキーを切ることはできなかった。

幹部会は、ケレンスキーもたしかに、その一員であることを認めた。

『マクベス』のバンクォー以来、これほど食卓にいる幽霊が疎まれたことはなかった。ケレンスキーを幹部会に加えるというなめた行動が、多くのメンバーによるバランスを崩した。ペトログラード・ソヴィエトは、五一九対四一四、棄権六七でボリシェヴィキを支持し、この場にはいない嫌われ者のメンバーを含む幹部会への不支持をつきつけた。不信任となった幹部会は、抗議の意味で総辞職した。

ボリシェヴィキが今この場で圧倒的な支持を得たことは言うまでもない。それでもまだ、自分たちの動議をすべて通せるかはおぼつかなかった。ともあれ、この政治的手続きにおける企みは勝利に終わった。レーニンはのちに、これはあまりにも融和的だったと非難することになる。しかしその成功と影響の大きさを思えば、あまりに厳しい、腑に落ちない叱責だった。

九月になって、農民による騒乱の数は上昇の一途をたどり、ペースがゆるむことはなかった。村人がさらに暴力的に私有地を襲い、しばしば火も使った。兵士や脱走兵がともに加わることも多かった。ペンザ、サラトフ、カザン、特にタンボフでは、地所が焼かれた。村にソヴィエトが作られた。破壊と強奪がくり返され、本格的な農民暴動の様相を呈していった。

こうしたなかでときには悪名高い殺人事件も起こった。たとえば前月にあった地主のヴィアゼムスキー公殺害の一件は、この人物が慈善活動に熱心だったこともあり、自由主義者たちにショックを与えた。状況はさらに悪化し、タンボフ民間土地所有者組合が助けを求める嘆願書を提出してきた。署名には「不運な土地所有者の組合」とあった。

九月前半にコズロフスク郡の役人が、襲撃を受けた地元の私有地のリストをまとめた。記録にあるのは五四件で、「各地所の状態」も書かれていた。地方の怒りと破壊を示す集計表である。「破損」「破損および一部焼損」「破損および焼損」「焼損」。

都市部では、ストの波が熟練労働者のみならず、ホワイトカラーや非熟練労働者、病院従業員、事務職にまで広がっていった。今では赤衛隊がたびたび政府民警と対立し、流血なしではすまないこともあった。経営側は労働者をロックアウトした。飢えたプロレタリアート層が徒党を組んで家々を荒らしまわり、食糧を買い占めた業者と食糧を探し求めた。

「ペトログラードは事実上アナーキーに支配された」と、オフラナの元局長K・I・グロバチェフは語った。スパイ活動の罪を問われ、二月から八月にかけての時期をクレストイ刑務所の暗い監房のなかで過ごした人物である。しかし、その観察眼はまっとうだった。「犯罪者は想像を超える程度にまで増加した。毎日のように強盗と殺人が、夜ばかりか明るい昼日中にも起こった」

刑務所は囚人を収容しきれなくなった。政治的激変のせいか、看守の不足のせいか、誰にも止められないまま刑務所を出て自由になる収監者もあとを絶たなかった。グロバチェフ自身は、旧体制の秘密警察官が二月以降の街頭でどんな目にあうかを恐れ、クレストイの壁の内側にいることを選んだ。

ヴォロネジ県の町オストロゴシスクでは、三日にわたって酒屋への略奪が続き、あげくに大火事が起こった。部隊がようやく、この黙示録的な酩酊騒ぎを鎮圧したときには、死者は五七人にも及び、うち二六人が焼死だった。

右派エスエルの新聞『ヴォーリャ・ナローダ』は、拡大するアナーキーを社説で取り上げ、簡潔だが緊張感に満ちた「事実上の内戦」を示す箇条書きのリストを挙げた。

オリョールで反乱……
ロストフで市庁舎が爆破される。
タンボフ県の行政区域で土地をめぐってのポグロム……
プスコフの街頭に追いはぎの群れ……
ヴォルガ川沿いのカムイシン近郊で兵士が列車を略奪する。

事態はさらにどこまで悪くなるのか？——同紙はこう疑問を投げかけ、その責任をボリシェヴィズムに負わせていた。

ロシアじゅうのソヴィエトが左に傾いていた。アストラハンではソヴィエトと他の社会主義者たちの会議が開かれ、メンシェヴィキ＝エスエルによる統合の訴え——コルニーロフに関わっていたグループも含めようとする——が二七六対一七五で否決された。代わりに代議員たちは、労働者と貧農に権力を移譲するというボリシェヴィキの呼びかけを支持した。

九月中旬、軍の情報部から報告があった。「あからさまな悪意と敵意が……兵士たちの側に見られる。ごく些細な事件ですら動揺を引き起こしかねない。兵士たちは……将校は全員コルニーロフ将軍の追随者であり……排除すべきだと言っている」。軍事大臣はエスエルにこう報告した。「兵士による将校への襲撃が増加している。銃撃や、将校会議の部屋への手榴弾の投げ込みである」。そして兵士の怒りについてはこのように説明している。「コルニーロフが反逆者と断じられた直後に、軍は政府から、コルニーロフの命令を遂行しつづけるようにとの指令を受けた。このように矛盾する指令が確かなものであるとは、誰も信じようとはしなかった」

たしかに事実だった。壊れゆくケレンスキーの政府もまた。

三月と四月のお祭り気分が、閉幕の、終末の感覚に取って代わられた。それも平和な最後ではなく破局に、戦争の泥濘と炎の終わりに。

初めのころの清新な言葉が、獣同士のおしゃべりにかき消されたようだった。「あれはどこにいったのだ？　あの我々の行動、我々の犠牲は？」。作家のアレクセイ・レミゾフがこの黙示録的世界にすがった。が、答えは見つからなかった。見えるのはこんな光景のみだ。「硝煙の匂い、そして類人猿の咆哮」

九月一四日、民主主義会議がペトログラードの有名なアレクサンドリンスキー劇場で開会された。ホールはあざやかな赤い幟旗であふれ、現実には何もない左派の目的の統一感を伝えているかのようだった。幹部会のテーブルの向こうの舞台には、芝居のセットが組んであった。話者たちの背後に人工の木立と、どこにも通じていないいくつかの扉が見えた。

急進派がこの会議にかけていた望みは、決して大きなものではなく、出席者が自分の所属を宣言するにつれてさらにしぼんでいった。エスエルの出席者は五三二人にものぼり、そのうち党の戦闘的な左派は七一人だけ。メンシェヴィキは五三〇人で、国際派が五六人。人民社会主義党が五五人。無所属が一七人。そしてボリシェヴィキが一三四人。ひどく穏健派に有利なほうに偏った内訳である。にもかかわらず、ボリシェヴィキはこの会議を活用して、妥協を、社会主義の政府を強く求めた。

党の集会で、トロツキーは権力がソヴィエトへ移譲されることを望んだ。一方カーメネフは、ロシアが変化を受け入れられるかどうかを疑わしく感じ、労働者による支配のためのさらに広い基盤が得られるように、国家権力が「ソヴィエトではなく」社会主義者連合に移譲されることを主張した。この二つの姿勢のちがいは、異なる歴史認識の表れだった。しかし党の代議員たちには当面、それは些細な戦略のちがいでしかなかった。いずれにしろ重要なのは、ボリシェヴィキが完全に会議に加わり、穏健左派の党との協力を、連立と革命の平和的な進展を前提とした点だった――レーニンその人がこの月の初めからそう論じてきたように。

だから会議の二日目に、ボリシェヴィキの幹部たちが潜伏中のリーダーから受け取った新しい二通の手紙は、まさに青天の霹靂だった。

今になってレーニンは、石のごとく強固に、最近の融和的な提案をすべてひっくり返したのだ。「ボリシェヴィキはどちらの都市の労兵ソヴィエトでも多数の支持を得ている」と最初の手紙にはあった。「したがって国家権力を自らの手に握ることは可能だし、またそうせねばならない」。そして民主主義会議を「妥協だらけのプチブルの上層部」とあざけった。彼はボリシェヴィキたちに、「すべての権力を革命的プロレタリアートが率いる革命的民主主義者たちに」と宣言し、会議から退席することを求めた。

レーニンの同志たちは心底仰天した。

逆にいえば、これはロシア全体の左傾化が続いているということで、その傾向がレーニンに協力への希望を抱かせ、また今になって気を変えさせるに至ったのだ。そうした傾向のおかげで、二つの主要都市のソヴィエトでボリシェヴィキが勝利を収めたとき、レーニンは不安になった。もしいま、党が独自の行動をとらなかったらどうなるか？　革命に向かうエネルギーが消えてしまうか、この国がゆっくりとアナーキーに陥ってしまうか――あるいはあの野蛮な反革命が息を吹き返すかもしれない。

ドイツの軍と社会は不安に揺れている。ヨーロッパ全体に革命の機が熟している、ロシアの全面的な革命はその強力な一押しとなる、レーニンはそう確信していた。そしてひどく心配なこともあった――これにはまっとうな理由があったし、案じているのは彼ひとりではなかった。政府がペトログラードを、赤い首都を、ドイツに明け渡してしまわないだろうか。もしそんなことになれば、ボリシェヴィキにとってのチャンスは「一〇〇分の一になってしまう」と彼は言った。

党が七月に動かなかったのは正しかった、とレーニンはくり返した。あのときは大衆の後押しがなかった。しかし今はそれがある。

またしてもあの、同志たちを心底面食らわせる、レーニンの変心だった。しかしこれはただの気まぐれではなく、政治的局面の変化に細心の注意を向けた結果であり、その誇張された反応だった。さあ、大衆を味方につけたいま、党は動かねばならない。レーニンはそう主張した。


九月一五日の夜、ボリシェヴィキ幹部の一団がアレクサンドリンスキー劇場を抜け出し、党本部へ向かった。そこでごく秘密裡に、レーニンの恐るべき手紙をめぐる議論が行われた。

レーニンの要請を支持する声はひとつも出なかった。彼は孤立無援だった。そしてしかも、彼の同志たちは、彼の声を消すこと、彼のメッセージをペトログラードの労働者に、ペトログラード・ソヴィエトまたはモスクワ・ボリシェヴィキの委員会に届かせないことが必須だという判断を下した。レーニンが誤っていると考えたからではない。むしろ正しいと考えたからだろう。仮にそうなった場合のことを、ロモフはのちにこう説明している。「中央委員会で採択された見解の正当性を、多くの人間が疑うことになっただろう」

指導層は党の代表を軍事組織とペテルブルク委員会に派遣したが、行動の呼びかけが職場や兵舎にまで届かないようにと強く釘を刺した。中央委員会は以前の合意に従って、会議の準備を進めた。

レーニンの新たな姿勢は文字どおり、口に出せないものとなった。中央委員会は彼の手紙をすべて、写し一部だけを残して焼き捨てることを投票で決めた。何やら恐ろしい魔術の指南書《グリモワール》のページででもあるかのように。できればその灰を地面に埋めて塩を撒いてやりたいとでもいわんばかりに。

完全に二分された民主主義会議の可能性について、レーニンが抱いた疑念は、結局正しかった。会議を通じて、メンシェヴィキとエスエルの大多数は頑としてブルジョアジーとの連立を唱えつづけ——その結果、気息奄々の嫌われ者ケレンスキーの首をつなげることになった。

一六日、ボリシェヴィキの指導層が無思慮な隠蔽工作に走った。レーニンの言葉を発表したのだ——ただし二週間前の言葉を。公開されたのは融和を求める文章「ロシア革命と内乱」だった。

当の筆者の憤りは想像に難くない。レーニンにしてみれば、この論文はもはや化石だったのだ。一八日、党が会議で公式に行った政府についての申し立ては、その指導者が書いたもうひとつの時代遅れの遺物、「妥協について」を手本にしていた。たしかに、ボリシェヴィキは劇場外でのデモを動員し、社会主義政府を要求していたが、どちらかといえば義務的なこの介入は、アレクサンドリンスキーの戦闘的、武力的、反乱的な「環境」とはほど遠いものだった。

現在の成り行きに我慢ならないレーニンは、中央委員会じきじきの指示を無視した。そしてフィンランドの街ヴィボルグ（ロシアの首都にも同じ名前の地区がある）に向かおうと決めた。ペトログラードから一三〇キロ離れたこの街から、なんとか事態の中心へと舞い戻るのだ。

変装が必要だった。クスター・ロヴィオに付き添われ、ヘルシングフォルスのかつら店へ出向いた。するど店主が、かぶる人間にちゃんと合うように調整するには二週間かかると言い出し、せっかくの計画がおじゃんになりかけた。そのときレーニンがイライラしたように灰色のかつらをいじっているのを見て、店主は面食らった。たいていの客は自分を若く見せようとするものだが、これはまったく逆の効果を及ぼすかつらだ。それでもレーニンは、なんとか思いとどまらせようとする店主の言葉をすべてはねつけた。その日以来かつら屋の店主は、自分を年寄りに見せたがった若い客のことを長年にわたって話の種にした。

ヴィボルグに戻ったレーニンは、この街のなかの煉瓦で造られた一画、アレクサンドリンカツ一五番地に数週間滞在した。社会主義者のラトゥッカとコイコネンの家族が共同で暮らす家に起居し、新聞を読み、書き物をしながら過ごした。几帳面で手のかからない性格と、既成の体制の犠牲になっているという境遇のおかげで、この客人はたちまち人気者になった。中央委員会の使者ショートマンとの激しい議論が一度ならずあったあと、ついにペトログラードに帰ると彼が言い出したとき、ラトゥッカとコイコネンの家族は別れを惜しんだ。

★

政府の今後をめぐる議論が四日間続き、五時間にわたって点呼が行われたあとの一九日、民主主義会議はついにブルジョアジーとの連立の原則をめぐる票決に踏み切った。

結果は当然ながら、代表の数に勝る穏健派が勝った。連立賛成が七六六、反対が六八八、棄権が三八。しかしこの票決のあとすぐに、代議員たちは二つの修正案の審議をしなければならなかった。

一つめは、コルニーロフ事件に連座したカデットたちを連立政府から除外するというもの。二つめは、カデット全体を反革命勢力として排除してしまうというもの。

ボリシェヴィキはマルトフと同様、これはチャンスだと見て取った。二つの修正案が相互補完的なものでなかろうがかまわず、どちらに対しても賛成意見を述べた。

緊張に満ち、混乱した議論になった。だが、コルニーロフに協力したとされる者たちへの嫌悪はすさまじかったため、修正案はどちらも可決された。これは修正された提案への投票が新たに必要になることを意味していた。二重に修正された案は、ブルジョアジーとの連立の支持を表明するものだったが、今度のそれは連座したカデットを始めとするコルニーロフ支持者を参加させるべきでないという前提に基づいていた。そしてまた、一貫性のないことに、カデットをまったく誰ひとり参加させないという前提にも。

この後者の条件は、カデット抜きの連立を想像できない右派の穏健派には受け入れがたいものだったため、彼らは反対票を投じた。もちろん左派も同じだった。なぜなら（多くが両方ではなくとも、少なくともひとつには賛成していたが）これらの修正案は基本的に自分たちには関係のないものだったからだ。彼らは富を代表する勢力とのこうした連立には相変わらず頑として反対の立場だった。このように一見滑稽ではあるが、会議の場で一時的に右派と左派が手を組む形になったおかげで、動議は圧倒的多数で否決された。

要するに、結論には至らなかった。なんの決定も行われなかった。

穏健派が連立を促した当の相手のケレンスキーは、相変わらず哀れなほど弱いままで、またさらに弱くなりつつあった。なけなしの権威をかき集めようと躍起になるあまり、暴言を吐いた。九月一八日には、バルト艦隊中央委員会の解散を宣言した。水兵たちはただ、その命令は「無効とみなされる」と応じただけだった。

民主主義会議も懸命に関与しようとした。一九日の無益な票決結果に対処するべく、まる一日かけて幹部会の会議でうんざりするような討議を重ね、幹部会で連立について新たに票決を行ったところ、賛成五〇、反対六〇とほぼ真っ二つに分かれた。

そこでいささか信じがたい、ベケットの喜劇のような展開があった。委員会が委員会を生み出すという自己目的的サイクルに忠実であろうとしたのか、ツェレテリがまた別の団体を作ろうと言い出したのだ。この組織は、八月一四日に合意されたソヴィエトの政治プログラムに基づいて、今後の組閣の構成を決定するものである、とツェレテリは言った。ボリシェヴィキは（唯一）このプログラムに反対していたが、党の指導層はこの期に及んでも、レーニンが不可能だと断言した協調路線を貫くべく、この「予備議会」の設立に同意した。

幹部会はただちに投票で、この議会には富を代表する勢力を含めることを決めた。

前日、民主主義会議は連立を認めていたものの、カデットとの連立は拒否した。いま民主主義会議は連立を拒否しながら、カデットを含むブルジョアジーとの政治協力を議題に乗せようとしていた。こうした手順のばかばかしさは、この組織自体のばかばかしさをしのぐものだった。

予備議会の仕組みやメンバー、権限は複雑かつ暫定的なものだが、右派と協力する可能性はつねに開かれていた。左派はブルジョアジーとはいかなる形でも関わりをもつことに断固反対だったため、穏健派が自ら選出した一団は政府と交渉して今後の方針を定める権限を与えられた。

これほどの状況でありながら、ボリシェヴィキ中央委員会は、二一日の民主主義会議から退席することはしないと決めていた。内輪で投票を行った結果、予備議会への参加は否決されたが、それも九対八という僅差だったため、さらに議論をせねばならないと感じ、この問題を論じるために代議員たちとの代表といっしょに。


緊急会議を開いた。

トロツキーはボイコットを求め、ルイコフはそれに反対した。嵐のような討論のあとで投票が行われ、七五対五〇で予備議会への参加が決まった。

多くの、とりわけ左派のボリシェヴィキがこの決定に疑いをもったのも当然だろう。その翌日、彼らを刺激するかのように、予備議会がケレンスキーとその内閣との交渉を開始した——しかもカデットの代表といっしょに。


しかし交渉相手であるブルジョアジーの首脳たちは、ソヴィエトの穏健な八月一四日のプログラムを受け入れようとはしなかった。また予備議会がいかなる形でも正式に権限をもつことに同意せず、ただの諮問機関であるべきだと言い張った。この非妥協的な姿勢に直面し、トロツキーは新たに発足した予備議会が内閣と交渉をするのを禁じようとした。しかしこれは二三日、簡単に覆され、交渉はかろうじて認められた。

ボリシェヴィキにとって次第にあきらかになってきたのは、他の闘争の場のほうが自分たちにはもっとやりやすいのではないかということだった。彼らは全ロシア・ソヴィエト中央執行委員会に、翌月にペトログラードで全国規模のソヴィエト大会を招集するよう要求した。これはたしかにほっとする提案であり、党は予備議会への注力よりも、その十月大会の立ち上げとソヴィエトへの権限移譲のための動員という仕事を優先させた。

その一方で、毎朝日が昇るほども必然的に、ツェレテリの一派は水増しされた自らの演壇の上で後方にさがり、彼らが決して背を向けようとしない、嫌われ者のカデットたちの居心地をよくしてやった。

富を代表する一五〇人の勢力は、予備議会の代表三六七人に加わることに同意した――が、当人たちもみじめに認めたとおり、政府への影響力はもてなかった。

そしてこの水増しが、この自己卑下が続くあいだ、飢えという骨ばった指がぎりぎりとロシアの喉元を締めつけていた。

アメリカの作家ルイーズ・ブライアントは、最近この首都に来たばかりだった。早朝の冷気のなかを歩きながら、食糧を求める行列を見てぞっとしていた。毎日夜明け前に外に出ると、赤いペトログラードの薄暗い街路で、粗末な服を着た人々が震えているのが見えた。風が大通りに吹きつけるなか、日が昇るずっと前から、何時間も列に並んでいるのだ。牛乳や煙草、食べ物を買うために。

レーニンの非妥協的な姿勢を隠そうとする同志たちの画策は、次第に露骨になっていった。彼はヴィボルグの街から痛烈な叱責をつぎつぎに送りつけたが、それもすべて速やかに削除訂正された。民主主義会議が終わると、レーニンは『ラボーチー・プーチ』に「偽造の達人について、ボリシェヴィキの誤りについて」という論文を送り、ボリシェヴィキは会議から脱退するべきだと主張し、自分の党、とくにジノヴィエフを苛烈な批判にさらした。予備議会の折衝が続いている二四日に、この記事は掲載された――が、この時点で題名が「偽造の達人について」に変えられ、ボリシェヴィキへの攻撃はすべて削除されていた。

レーニンの怒りようは見るも恐ろしいものだった。

その翌日、予備議会からしぶしぶ権限を与えられたケレンスキーが、第三次連立政府の指名を行った。

厳密にはやはり社会主義者が多数だったが、穏健左派が主要ポストを占めていた。そして民主主義会議の決議をきっぱりと無視する格好で、予備議会は嫌われ者テレシチェンコと四人のカデットを含む内閣を辞職させた。

前任者たちが九日に退席していったあと、ペトログラード・ソヴィエトの新たな、より現状に即した代表たちによる幹部会が招集された。内訳は、メンシェヴィキが一人、エスエルが二人、そして歴史の変化によって絶対多数を獲得した党から選ばれたボリシェヴィキが四人。

その四人のうちのひとりは、盛大な拍手喝采をもって迎えられた。以前の一九〇五年のソヴィエトで指導的な役割を担ってから一二年、レオン・トロツキーがいよいよ表舞台に出てきたのだ。

トロツキーはさっそく、ペトログラードの労働者と兵士は、悪評紛々たる弱体の新政府を支持しないという動議を提出した。その解決は、やがて行われる全ロシア・ソヴィエト大会で諮られることになる。

彼の動議は、圧倒的多数で可決された。

それでもなおレーニンの同志たちは、彼の書いたものを検閲していた。九月二二日から二四日にかけて書かれた彼の論文「政論家の日記から」は、党が予備議会に参加することを嘲笑する内容だった。『ラボーチー・プーチ』の委員たちはそれを差し止めた。トロツキーもそのなかのひとりだった――この論文はボイコットを主張する彼の姿勢をほめていたのであるが。その代わりに二六日、あっけに取られるほどの厚顔ぶりで、「革命の任務」の一部を発表した。これも三週間前の、妥協を勧めていた時期への逆行だった。

レーニンは怒りのあまり、ついに陰謀に走った。

二七日、彼はイヴァル・スミルガあてに手紙を書いた。フィンランドで軍・艦隊・労働者の地域執行委員会の議長を務める、極左ボリシェヴィキの人物である。レーニンは革命を掲げる党の自慢の「規律」を無視するどころか、打ち砕こうとした。そしてあろうことか自分の組織の内部に、反乱を是とする別の枢軸をつくりだそうと試みたのだ――フィンランドが鍵となる枢軸を。

「私の見るところ、我々が完全に思うままに使えるのは、フィンランドの部隊とバルト艦隊だけで、本格的な軍事的役割を果たせるのも彼らだけだ」。レーニンはスミルガに手紙を書いた。「君の注意をすべて、フィンランドの部隊および艦隊の軍事的な準備に振り向け、すぐにもやってくるケレンスキー打倒の時に備えてほしい。絶対的に信用のおける軍人の秘密委員会を作り出すのだ」

こうした準備は、ペトログラードがいずれ陥落するのではないかという不安が増すなかで行われていた――特に九月二八日、ドイツ軍はリガに近いサーレマー島に上陸した。これはエストニア西部の島嶼部を支配下に置く〈アルビオン作戦〉の始まりだった。もし成功すれば、ロシアの防衛網の側面ががら空きになり、もはやペトログラードはいつ取られてもおかしくなくなる。

ロシア全土に、右派と政府が首都を明け渡すという不安がつのっていた。赤いペトログラードは彼らにとって喉に刺さった小骨のようなものだから、さっさと占領を許すのではないかというのだ。

九月二九日、レーニンは中央委員会に「危機は熟している」を送りつけた。これは政治的な宣戦布告だった。今回はいつもの言論統制じみた扱いを回避するために、同じ文書をペトログラードとモスクワの委員会にも送っていた。

この論文でレーニンは、自らの強い確信をくり返し語った。ヨーロッパ全土に及ぶ革命はすぐ手の届くところにまで来ている。ただちにボリシェヴィキが政権奪取に動かなければ、「プロレタリアートの大義に対するみじめな裏切り者」となるだろう。彼の見るかぎり、予定された第二回ソヴィエト大会を待つのはただ時間の無駄であるばかりか、革命への深刻なリスクなのだった。「たったいま政権を奪うことは可能なのだ」とレーニンは主張した。「しかし一〇月二〇〜二九日には、そのチャンスは与えられない」

それから爆弾が投下された。

私が民主主義会議の開会以来、一貫してそうした政策を求めてきたにもかかわらず、中央委員会からなんの応答もなく、主要な機関紙が私の論文からボリシェヴィキの側のはなはだしい過ちに言及した部分を削除しているといった事実を考慮すると……私はこれを、お前は口を閉じていろというほのめかしだと、引退しろという勧告だと受けとめざるを得ない。

私は中央委員会からの辞職を申し出るほかはない。そうすることによって、私は党と党会議の一般のメンバーのなかで運動をする自由を確保できる。

このメッセージが届いたときも、ジノヴィエフは『ラボーチー・プーチ』で、指導層の意図を説明するのに忙しかった——レーニンとは真っ向から食い違う戦略を。

「ソヴィエト大会の準備を始めるのだ」とジノヴィエフは書いた。「いかなる形のものであれ、党から離れた直接行動に関わってはならない！」

ジノヴィエフ：「ソヴィエト大会の準備に我々の全精力を傾注しよう」

レーニン：「私が深い確信を抱いているのは、もし我々がソヴィエト大会をただ〝待つ〟ことで、今という時間を無為に過ぎさせてしまえば、革命は挫折するということだ」

10　レッド・オクトーバー

一〇月、森では舞い落ちた枯葉が吹き寄せられ、鉄道の線路をふさいだ。木々が鈍い銃声に震える。ケレンスキーは依然としてロシア唯一の希望であった――と、本人はまだそう信じていた。かつてまとっていてぼろぼろになった救世主幻想の残りをかき集め、自分は何かによって、何かのために選ばれたのだという思いにしがみついていた。

内閣の再改造をたえず迫られながら、ケレンスキーは色あせた自らの最後の臨時政府の命脈を保っていた。悪意のある噂に、彼はむしばまれていた。彼をめぐる熱狂が、記憶が、以前の崇拝者たちを戸惑わせた。あいつはユダヤだ、とささやき合う者たちがいた。本当の男じゃない、同性愛嫌いの者たちがそうほのめかし、女性を指す言葉で彼を呼んだ。そして彼に対する信仰の最後の切れ端が消えうせたとき、社会的、軍事的なパニックが襲ってきた。

この月の一日目、犯罪が増加の一途をたどるペトログラードに、新たな恐怖が生まれた。レスノイのアパートメントで、一人の男とその三人の子どもが無残に殺害されたのだ。それだけなら数ある凶行のひとつである。だがこの被害者たちの家は、市ドゥーマによって組織された保安巡視隊、市・民警の文局本部と同じ建物にあった。

誰が安全だと感じていられるだろう？　今や街のあちこちが犯罪者に支配され、当局も立ち入れない場所になっているほどの酷い事態ではないのか？　ザバルカンスキー大通りのオリンピア公園。ヴァシリエフスキー島のゴロダイ。ナルヴァ地区のヴォルコヴォ。街が無法者や追いはぎの巣窟になりはててしまったと言ってもいいのではないか？　こうした奇怪な事件が民警のすぐ頭ごしに起きているというのに、当局に権威があるなどと誰が信じられるだろうか？

本部の建物の外に、怒れる群集が集まってきた。投石が始まった。ドアが破られ、部屋のなかも叩き壊された。

権力が消滅したとき、その影響は予想されたとおり、醜い形をとった。一〇月二日にスモレンスクで、『スモレンスク・バレティン』の表現を借りれば、ロスラヴリの街が「毒の杯」を受け取った——「ポグロムという杯」を。黒百人組の暴徒たちが「ユダヤを倒せ！」と唱えながら、数人の店主に向かって、お前は「投機」をしているという告発とともに襲いかかり、殺害したのである。あるユダヤ人商店で、店員がうちにはもうガロッシュ（オーバーシューズ）はないと言い張ったのに、探してみるとその在庫があったことがきっかけだった。この凶行は夜どおし続き、さらに翌日も続けられた。新聞や当局はこの暴力をボリシェヴィキに結びつけようとした。これは自由主義系の新聞の常套手段になりつつある方便だったが、愚かな政治的言辞をくり返すのは自由主義のほうの特許で、街にいたボリシェヴィキの兵士たちはこの殺戮を止めさせようと努めたと、記録には残っている。

一〇月三日、ロシア軍参謀部は、前線から首都に至るまでの最後の砦、エストニアのレヴェルから撤退した。それを受けて翌日、政府は高官や主要産業を——ただしソヴィエトは残して——モスクワへ避難させるべきかどうか助言を求めた。この議論が外にリークされ、もちろん大騒動になった。ブルジョアジーは本気で二世紀前に自分たちのために造られた街を捨てようと画策している。骨の上に建てられた街を。イスパルコムは自分たちの承認がないかぎりはそうした動きを禁じ、不安定な政府はそのアイデアを棚上げにした。

この背信と、弱さと暴力が領する環境のなかで、レーニンは反乱の呼びかけを党全体に向けて行った。

辞任をほのめかすレーニンの脅しに中央委員会がどう反応したかは、記録に残っていない。どうか交渉に応じてほしいという声が出てきただろうか。詳細はともあれ、その話は二度と持ち出されず、レーニンが身を退くこともなかった。

一〇月一日、レーニンはまた手紙を書き送った。今度は中央、モスクワ、ペテルブルクの各委員会に加え、ペトログラード・ソヴィエト、モスクワ・ソヴィエトのボリシェヴィキにもあてたものだった。農民と労働者が動揺していること、ドイツ海軍で暴動が起きていること、モスクワの地方選挙のあとボリシェヴィキの影響力が増していることを挙げながら、第二回ソヴィエト大会まで蜂起を遅らせるのは「まぎれもない犯罪行為である」とあらためて強調した。ボリシェヴィキは「ただちに権力を奪取し」、「労働者、農民、兵士に」対して「すべての権力をソヴィエトに」と訴えなくてはならない。しかし時機をいつにするかという問題では、彼は孤立したままだった。同日、ペトログラードから離れた各市から集まったボリシェヴィキの会合は、ソヴィエト大会の前にあらゆる行動をとることに反対した。

中央委員会も彼の手紙をいつまでも隠してはいられなかった。一〇月三日、手紙がとうとう戦闘的なモスクワ地域ビューローに届いた。手紙のなかでレーニンは、中央委員会に圧力をかけて反乱の準備を行わせるよう駆り立てていた。彼の文章のいくつかはペテルブルク委員会にまでたどり着いた。そのメンバーはレーニンの要求への反応で二つに割れたが、中央委員会のごまかしに対する怒りでまた一つにまとまった。五日にはペテルブルク委員会が集まり、自分たちの読んだものにどう対応するかを論じ合った。

論争は延々と続き、悪意に満ちたものになった。ラーツィスは声高に、レーニンその人に盾突くような無分別な連中に革命に加わる資格はあるのかと問いかけた。そして結局、反乱の準備に入るという提案は棚上げにされた。だが、執行委員会は三人のメンバーを——ラーツィスも含め——代表として送り、ボリシェヴィキの軍事力を評価させ、地区委員会が取りうる行動の準備をさせた。だが、中央委員会には伝えなかった。

レーニンの姿勢についての認識が党じゅうに広まるにつれ、中央委員会が食い止めようと努めたにもかかわらず、社会変動の影響から中央委員会そのものの左傾化が引き起こされていた。ペテルブルク委員会が異議申し立ての会合をもっているあいだに、スモーリヌイの中央委員会はとうとう、骨抜きの予備議会が七日に再招集されたときにはボイコットすることを決めた。これはほぼ満場一致で決まったが、何事にも慎重なカーメネフだけが例外だった。彼は予備議会に臨むボリシェヴィキ代表に忍耐を求め、深刻な論争が起きても退席が正当化できるまで待つように呼びかけた。だが、ただちに行動に出るというトロツキーの呼びかけとの論戦では僅差で敗れた。

その翌日、ペトログラードの司令官ポルコヴニコフ将軍が、首都の部隊に前線へ移動する準備に取りかかるよう命じた。怒りの反応があるのは承知の上だったし、事実そのとおりのことが起こった。

七日夜のマリインスキー宮。かつての名残の王室の紋章が、装飾的な赤い垂れ布の陰でぼやけて見えるなか、記者や外交団の目の前で、予備議会が再開された。ケレンスキーが今度は法と秩序について、芝居がかった演説をぶってみせた。続いて革命の祖母たるブレシコ゠ブレシコフスカヤの言葉があった。続けて議長のニコライ・アヴクセンティエフ。そのときついにトロツキーが介入した。彼は立ち上がり、緊急の声明を行った。

トロツキーは火のついたような勢いで、政府と予備議会は反革命の手先でしかないと罵倒した。聴衆が激昂した。トロツキーは彼らの叫び声を圧するように声を張り上げた。「ペトログラードは危機に瀕している！　すべての権力をソヴィエトに！　すべての土地を人民に！」。激しい野次や口笛が飛びかうなか、ボリシェヴィキの代議員五三人はいっせいに立ち上がり、議場から出ていった。

彼らの行動はセンセーションを巻き起こした。たちまち噂が疫病のように広がった。ボリシェヴィキが蜂起を計画している、人々はそう言い合った。すべてが加速していくこの一〇月初めの時期、ふと迷いが生じたころに、レーニンがひそかにペトログラードに戻ってきた。

クルプスカヤがレスノイまで付き添った。そこで彼は、以前も滞在したことのある、マルガリータ・フォファノヴァ宅に身を寄せた。彼女の家から、レーニンは切迫した都市に向けて切迫した報せを伝えようとした。

一〇月九日、部隊を配置転換するという計画に大衆は怒りを向け、それがソヴィエトにまでこぼれ落ちてきた。執行委員会では、メンシェヴィキのマルク・ブロイドが妥協案を提出した。兵士たちは移転に向けての準備をするが、民衆の信頼を得られるように、ペトログラードの守備計画を立案する委員会を立ち上げる。そうすれば政府が裏切るのではという心配がやわらいで、首都をめぐる不安に取り組むことができ、政府とソヴィエトが協力する道筋もつけやすくなるだろう。それがブロイドの考えだった。その提案にボリシェヴィキは虚を突かれた。

トロツキーはすぐに立ち直り、対案を出した。そして、ケレンスキーと現政府は無効であると退け、ブルジョアジーはペトログラードを明け渡そうとしていると非難し、即時平和とソヴィエトの権力を求め、守備隊に戦闘態勢を整えるよう命じた。彼が要求したのは「反革命に対する人民闘争委員会」の新たな再現であり、外部の敵のみならず内部の敵からも、本人の言葉でいえば「軍と民間のコルニーロフ派が大っぴらに準備している攻撃」からも、赤いペトログラードを守ることだった。これは「母なるロシア」を守ろうとする祖国防衛主義とは大きく異なっていた。

そしてボリシェヴィキが執行委員会の多数派を占めるようになった今でも、僅差ながら可決されたのは、トロツキーではなくブロイドの決議だった。戦闘にまつわる不安がまだ、同じような軍事機関の創設を認可する上での障害になっていた。しかしその夜、二つの動議が、満員で騒々しいソヴィエトの総会にかけられた。そしてこのときは、工場と兵舎の代表の大多数から後押しされて、ブロイドの提案を少し捻ったトロツキーの案が勝利した。軍事革命委員会はこうして誕生したのだった。

トロツキーはのちに、この軍事革命委員会を支持する票決こそ、「淡々とした」「静かな」革命であり、やがて来る本番の革命には絶対に欠かせないものだったと評した。

今やボリシェヴィキによる反乱の脅威は、あらゆる場所で大っぴらに語られるようになった。実のところ、敵たちがそれを招き寄せた部分もある。ケレンスキーはこう言った。「私はこの蜂起が起きるよう神に祈りたい気分だ。暴動は徹底的に潰されるだろう」。対照的に、ボリシェヴィキの多くはむしろ及び腰だった。ソヴィエトの会合があった翌日、市全体の党会議が開かれ、ソヴィエト大会までは蜂起を控えるという方針が明言された。

中央委員会のほうは、そうした行動についての公式見解はもたなかった。まだ今のところは。

一〇日の朝、スハーノフがソヴィエトに向かおうと自宅を出るとき、妻のガリナ・フラクサーマンは荒れ模様の空を見上げ、今夜は家に戻ろうとしないで、職場に泊まるようにしてと約束させた。酷い悪天のときはいつもそうする習慣だった。それに応じてその夜、彼がスモーリヌイで寝床につこうとするころ、街の反対側では、灰色の霧雨のなかから人影が一人、二人と現れ、彼のアパートメントに入っていった。

「おお、歴史という名の陽気な詩人の奇抜なジョークよ！」とのちにスハーノフは、苦々しげに日記に記している。以前は無所属で、最近メンシェヴィキ左派に加わったばかりの夫とはちがい、妻のガリナ・フラクサーマンは長年にわたるボリシェヴィキの活動家で、『イズヴェスチヤ』のスタッフでもあった。夫の知らないところで、彼女はそっと同志たちに、うちのアパートメントは広くて人の出入りも多いので、誰が来て誰が帰っても人目につかないだろうと伝えた。それで夫の留守中に、ボリシェヴィキ中央委員会の面々が訪れてきたのだ。

二一人強の委員会のうち少なくとも一二人が出席し、コロンタイ、トロツキー、ウリツキー、スターリン、ヴァーヴァラ・イアコヴレヴァ、カーメネフ、ジノヴィエフもいた。全員が集まり、いつもの議事に入る。そこへきれいに髭を剃った、白髪頭に眼鏡の男がやってきた。「どこからどう見ても、ルター派の聖職者のようだった」とアレクサンドラ・コロンタイは振り返っている。

中央委員会の面々が新来の男を見つめた。男はぼんやりした様子で帽子のようにかつらを脱ぎ、見慣れたはげ頭をさらした。レーニンが来てくれた。これで真摯な議論が始められる。

レーニンは長々と語った。熱のこもった話しぶりだった。時間がたつにつれ、今はもうおなじみになった持論を強調しはじめた。反乱のときは来た、とあらためて主張した。党が「蜂起の問題に無関心でいる」のは怠慢であるとも。

それはモノローグではなかった。全員がかわるがわる意見を述べた。

夜も遅くなったころ、ドアをノックする音が響き、みんな恐怖のあまり心臓が飛び出そうになった。だがそこにいたのは、フラクサーマンの兄、ユーリーだった。やはりボリシェヴィキで、この会合のことをひそかに知り、サモワールを持って陣中見舞いにきたのだ。彼は自ら大きな共用のやかんを手にいそいそと立ち働き、お茶を淹れた。

カーメネフとジノヴィエフがこの歴史的な討論に復帰し、なぜレーニンが誤っていると思うかを熱心に説明しはじめた。二人はプチブルジョアジーの重要性をあらためて指摘した。彼らはまだこちら側には――おそらく――ついていない。レーニンは、他の場所はもちろん、ペトログラードにおけるボリシェヴィキの力を過大評価しているのではないか。そして世界革命がどこまで差し迫っているかの認識も正しくない。今は「防衛的な姿勢」が、忍耐が必要だろう。「我々は軍を介して、ブルジョアジーのこめかみに拳銃を突きつけている」と二人は言った。憲法制定会議の招集を確固たるものにし、引き続き自分たちの勢力をまとめあげていくほうがいい。

同志たちは、いつも一貫して慎重なこの二人組を「天のふたご星」と、ときには愛情を、ときには怒りをこめて呼んでいた。党の階層のなかで、保守的傾向があるのは彼らだけではない。しかしその夜、同じ傾向をもつノギン、ルイコフらは不在だった。

言うまでもなくレーニンの見解は、他の同志たちからはあらゆる細部まで受け入れられていた。たとえばトロツキーは、レーニンほど時間に追われているという感触はもっておらず、ソヴィエトをより重視し、来たるべきソヴィエト大会があらゆる行動を正当化してくれるのではないかと見ていた。だが、その夜の最も重要な問いかけはこうだった。ボリシェヴィキは可能なかぎり速やかに、反乱のための動員を行うのか、行わないのか？

子どものノートから紙を一枚ひきちぎると、レーニンは決議案を殴り書きした。

中央委員会はロシアの革命に国際情勢が影響を及ぼすことを認識している……加えて軍事情勢も……労働者の党がソヴィエトの多数派を占めていることも——これに農民の反乱、一般大衆の信頼が我々の党に向けられていること、そして最後に、第二のコルニーロフシチナがあきらかに準備されていることを考え合わせれば……武力による反乱が最重要日程となる……武装蜂起が避けられないこと、時が完全に熟していることを認め、中央委員会はすべての党組織に対し、相応の指針に従い、こうした見方に立ってあらゆる実際的な問題を考えるよう指示する。

そして熱のこもった議論の応酬が延々と続いたあと、ようやく票決に入った。一〇対二で——この二票は言うまでもなく、ジノヴィエフとカーメネフだった——決議は可決された。細部はまだ曖昧だったものの、ついにルビコン川を渡った。今や反乱は「最重要日程」となった。

緊張がゆるんだ。ユーリー・フラクサーマンがチーズとソーセージとパンを運んでくると、腹ぺこの革命家たちはがつがつ食べはじめた。そしてみんな、温かい空気のなかで「天のふたご星」をからかった。ブルジョアジー打倒をためらうなんて、いかにもカーメネフらしいじゃないか。

事を起こす時期をいつにするかは、まだぼんやりと定まらずにいた。レーニンは明日にも反乱が起きるのを期待していたが、その一方で、たとえばカリーニンは、「中央委員会がこれまで可決したなかで最良の決議のひとつ」だと称賛しながらも、時期は「おそらく一年以内か」というぐらいで――これはまちがいなくジノヴィエフとカーメネフの見方でもあった。

★

一一日、戦闘的な北部地域ソヴィエト会議が首都に集まった。内訳はボリシェヴィキ五一人、左派エスエル二四人、最大限綱領派（エスエルから派生した革命派）四人、メンシェヴィキ国際派一人、エスエル一〇人。あのエスエルも含めて全代議員が出席し、社会主義政府を支持していた。その日の朝、疲れきったコロンタイが、中央委員会がボリシェヴィキの参加を認めたと伝えてきた。ある人物の回想によると、彼女の様子では、「中央委員会からの蜂起の合図はいつ出されてもおかしくな」かった。ラーツィスはこう振り返っている。「計画では、［北部地域ソヴィエト会議が］自ら政府だと宣言し、それがきっかけになるはずだった」

それでもまだ、カーメネフとジノヴィエフは行動を思いとどまるよう働きかけていた。彼らとしては、一二人のボリシェヴィキおよび最大限綱領派を翻意させるだけでよかった。中央委員会は、ケレンスキーに対してすぐに反乱を起こすことに賛成多数ではないだろう。騒がしく急進的なその会議は、クレストイ刑務所に収監されている政治犯にハンストを起こさず、体力を保っておくよう求めた。「なぜなら解放のときはすぐそこに迫っているからだ」。だが、レーニンの苛立ちをさらに刺激するように、革命は起こらないまま一三日になろうとしていた。それでも、来たるべき第二回ソヴィエト大会の重要性を強調する大衆への呼びかけは続けられていた。

労働者や兵士たちはまだ、ソヴィエトに期待をかけていた。一〇月一二日、エゲルスキー近衛連隊は、ソヴィエトこそ「労働者と貧農を導く真の指導者の声」であると宣言した。

同じ日、イスパルコムの非公開の会議で、トロツキーの軍事革命委員会に赤いペトログラードを政府から守護する権能を与えるかどうかの票決が行われた。メンシェヴィキはこの動議を攻撃したが、票数では下回った。トロツキーがブロイドに対して急遽行った反論から、「表向きの組織」が生まれてきた。党に制御されるが、無党派のソヴィエトの権限をもつ団体である。

ボリシェヴィキが蜂起するという噂はさらに具体的になっていった。『ガゼータ・コペイカ』はこう伝えた。「ボリシェヴィキが一〇月二〇日の蜂起に向けて準備をしているとのあきらかな証拠がある」。右派の『ズィヴォエ・スローヴォ』は警告した。「あの七月三日から五日にかけての不快な、血なまぐさい事件は、単なるリハーサルにすぎなかったのだ」

ケレンスキーの内閣は愚かなままだった。ある大臣が記者にこう語った。「ボリシェヴィキが行動に出るなら、我々は外科手術を施して、跡形も残さずに腫瘍を摘出するだろう」

「我々はボリシェヴィキの同志に率直に問いかけねばならない」と、一四日の全ロシア・ソヴィエト執行委員会の総会で、ダンは礼儀を保ちながら辛辣な調子で言った。「彼らの政治の目的は何か？」。彼らは「革命的プロレタリアートが蜂起することを求めているのか。是か非かで答えてもらいたい」。

ボリシェヴィキを代表して、リャザーノフが議員席から答えた。「我々は平和と土地を求めている」

その答えは是でも非でもなく、心強いものでもなかった。

一〇月一五日。サドーヴァヤ通りとアプラクシナ通りの角は、七月に左派のデモ参加者たちが頭上から発砲を受けて死者が出た場所だが、この日は群集が路面電車の走行を阻んだ。彼らはサモスードを叫び、万引き犯二人を街頭での裁判にかけるよう求めた。一人は兵士の服を着た男、一人は垢抜けた身なりの女だった。群集は市・民警の壁を突破して、万引き犯たちがなかで縮こまっている百貨店に押し入った。激しいもみ合いのなかで男が引きずり出され、仲間の女は泣きながら公衆電話のボックスに飛び込んだ。群集は女を守ろうとする民警を押しのけ、電話ボックスのドアを無理やり開けて女を引っぱり出し、拳の雨を降らせた。

「何をぐずぐずしてる?」と、ある男が叫んだ。そして拳銃を抜き、万引き犯の男を撃ち殺した。あたりがしんと静まる。別の誰かが女を撃った。民警はなすすべもなく見つめるばかりだった。

日曜日のペトログラード。これが今の正義のあり方だった。

★

翌日、ソヴィエトの本会議が、軍事革命委員会について協議を行った。

軍事革命委員会は、正式にはボリシェヴィキには属さなくても、実質的にはやはりボリシェヴィキの団体といえる。それでも党はこの組織を設立するという決議案を、ソヴィエトの兵士部会の議長である若い左派エスエル、パヴェル・ラジミールを指名して発表させた。ブロイドは猛然と、軍事革命委員会の目的は首都を守ることではなく、権力を握ることだと抗議した。トロツキーは対反革命に、したがって軍事的準備に焦点を当てることを正当化しようと、右派からの絶えざる脅威に注意を呼びかけた。その論点を示すことは難しくはなかった。ロジャンコが最近の悪名高い会見で言い放った言葉を引用すればよかった。「ペトログラードなどくそくらえ！」

一七日のプスコフで、将軍たちはソヴィエトの代議員と会見し、部隊の再移転について協議を行った。将軍たちは前線の兵士代表を伴っていたが、革命論者たちはそうした兵士たちの強い憤りを感じて心配になった。後方の守備隊が配置転換に応じたがらないのは、けしからぬ連帯意識の欠如のように感じられたのだ。ソヴィエトはこの守備隊が英雄的であることには不安げに賛同したものの、それでも将軍たちの呼びかけになんらかの支援を約束することは拒んだ。参謀部のほうから見れば、この会見は無意味なものだった。

その日、軍事革命委員会が正式に発足した。疑わしい政府への疑念を軍事的な形にした、ソヴィエトの組織である。しかしボリシェヴィキ中央委員会は、党内のごたごたに気をとられ、そちらに注意を向けられる状況にはなかった。

一五日にペテルブルク委員会は、首都のボリシェヴィキの代表三五人を集め、蜂起の準備にかかろうとした。しかしその会合は、思いも寄らぬ方面から横槍が入ったせいで、疑念のために頓挫してしまった。

中央委員会を代表して、ブブノフが蜂起を主張した。すると今回、彼に反論した人々のなかに、あのネフスキーがいた。

ネフスキーはかつては極左で、党内では物議をかもすことの多い急進的な軍事組織の代表だったが、今その軍事組織は「右寄りになっている」と伝えた。そして中央委員会の計画の難点を思いつくまま列挙し、まったくの準備不足であるという意見もつけ加えた。これで党がロシア全土を押さえられるかどうかははなはだ疑わしい、と。

不安が堰を切ったように押し寄せ、委員会はカーメネフとジノヴィエフが配布していた懸念材料の長いリストを読みあげた。その影響はあきらかだった。一部の地区や代表たちは楽観的で、ラーツィスなどは例によって熱狂的なまでに意気込んでいたが、腰が引けはじめた者も多かった。赤衛隊は、あるジャーナリストの言葉でいえば「鉄の絆」で結びついてはいるが、それは「飢えと賃金奴隷状態への憎悪」によるものであって、これほどの任務をまかせられるほど政治化が進んでいるかどうかは疑問だった。

反革命に対抗するのにまた大衆を動員しようという声はほとんど出なかった。ソヴィエトやボリシェヴィキを支持することで、間接的に権力を求めてはいても、必ずしも党に従って反乱に身を投じるとは限らない。民衆は経済的な危機に打ちのめされていて、ボリシェヴィキのために立ち上がるような気にはならないだろうという声も出た。

最終的に、大衆には戦う準備があると考えた者は、代表のうち八人。それは不確かだから延期するべきだと考えたのが六人。今はまったくその時機ではないとしたのが五人だった。

ブブノフは恐れをなした。議題を実際的な準備のほうに戻すよう求めた。会議はいくつかの地に足の着いた方策、たとえば党のアジテーターたちによる会議や、労働者間にコミュニケーションの回路をつくりだす、武器の訓練を行うといった案を認めたものの、蜂起についての具体的な計画を立てることはしなかった。

拒否された格好の中央委員会は、また急遽会合をもった。

湿った雪が薄暗い通りに降り積もっている、ペトログラード北部のレスノイ地区。一頭のセントバーナード犬が狂ったように、暗闇のなかから向かってくる人影に吠え立てている。どの影も雪のなかにつかのま輪郭を浮かび上がらせ、また消えていった。吠え声があがるたびに、新しい影が通り過ぎ、やがて二〇人ほどのボリシェヴィキの指導者たちが地区ドゥーマの建物のなかに入っていった。彼らが変装を取ると、若い娘が顔を紅潮させて出迎えた。

今は一六日。エカテリーナ・アレクセーエヴァはこの建物に掃除係として雇われていたが、実は地元ボリシェヴィキの一員だった。党議長のカリーニンは、彼女にある任務を与えていた。この秘密の会合の準備をするよう指示したのだ。それで外に出された哀れな犬が興奮して吠え出すたびに、アレクセーエヴァはそっと出ていってなだめようとした。長い夜になりそうだった。

ボリシェヴィキたちは一連の合言葉を頼りに、思い思いの変装をして、最後までどこか明かされない会場までやってきた。今は全員が集まり、まったく椅子の足りていない部屋の床に座り込んだ。レーニンは最後に到着したひとりだった。頭のかつらを外し、隅のほうに腰を下ろすと、いつものように熱っぽく懸命に、自らの戦略の弁護を始めた。我々は妥協しようとしていた。大衆の空気は、準備ができていないわけではないが、変化しやすいと彼は言った。我々は待っている。我々は「ボリシェヴィキに信頼を置き、言葉ではなく行為で示すことを求めた」。

その場にいた全員が、今回はレーニンが特に見事に言葉を駆使した時間だったと同意した。にもかかわらず、彼はなかなかためらいを消せずにいた。

あの意外にも疑り深い集団、軍事組織に関しては、クルイレンコは慎重な姿勢を崩さなかった。ヴォロダルスキーが、「誰ひとり街頭に出てきてはいないが……ソヴィエトの呼びかけには、みんな応えるだろう」とあえて言った。ロジェストヴェンスキー地区からは、「彼ら［労働者］が立ち上がるかどうか……疑わしい」という声が届いた。オフテン地区からは、「状況は悪い」「クラスノエ・セローでは、状況はあまりよくない。クロンシタットでは士気が下がっている」。ジノヴィエフは「蜂起の成功が確実かどうかについての根本的な疑念」を見てとっていた。

聞きあきたような議論が延々と続いた。外で雨まじりの雪が降りつづくなか、ようやくボリシェヴィキたちは票決に入った。

レーニンは以前の決定の正式な承認を求めたが、反乱の形や正確な時期についてはまだ定めず、中央委員会やペトログラード・ソヴィエト、全ロシア・ソヴィエト執行委員会の上層部に従うという案を出した。対照的にジノヴィエフは、二〇日に予定されている第二回ソヴィエト大会では、ボリシェヴィキが意見を求められるかもしれず、それ以前に蜂起を組織することは絶対的に禁じるべきだとした。ジノヴィエフ案には、賛成が六、反対が一五、棄権が三。レーニン案には、棄権四、反対二、一九が賛成にまわった。

消えた票がどこへ行ったかは、歴史の謎のひとつである。いずれにしろ、革命が大差で勝利した。日程についてはまだ議論が必要だが、ボリシェヴィキが反乱を起こすことを投票で決めたのは、今週で二度目のことだった。

苦悩するカーメネフは最後のカードを切った。この決定はボリシェヴィキを破滅させるものだ。したがって自分は中央委員会を辞する、とカーメネフは申し入れた。

すっかり夜も更けた時間に会合が終わり、ボリシェヴィキたちが静かに出ていくと、ひとり残されたアレクセーエヴァが酷く散らかった会場の掃除にかかった。

カーメネフとその盟友たちは狼狽し、自分たちの異議を載せてほしいと『ラボーチー・プーチ』に頼み込んだが、断られた。党には発表の場はなく、カーメネフはジノヴィエフの助力を得て、別の媒体に向かった。

ゴーリキーの新聞『ノーヴァヤ・ジズニ』は、政治的にはメンシェヴィキ左派とボリシェヴィキの中間ぐらいに位置する。ボリシェヴィキよりは悲観的な見解をもち、「拙速な」反乱には断固反対の路線をとっていた。カーメネフが驚くべき攻撃を行ったのは、この『ノーヴァヤ・ジズニ』紙上だった。

彼はこう書いたのだ。「ソヴィエト大会の開催を前にした今の時点で、大会とは独立して武装蜂起を煽り立てるのは、プロレタリアートにとっても革命にとっても容認しがたい、致命的にすらなりかねない行動だろう」

カーメネフは蜂起の計画があることを強くほのめかしているものの、大っぴらに表明する寸前でとどめてはいた。それでも、とりわけ古株の闘士からこうした疑念が公表されたことは、非ボリシェヴィキの媒体が使われたことも含め、党の規律違反であり、深い衝撃とダメージをもたらした。

レーニンは天地も揺らがんばかりの怒りを爆発させた。

カーメネフが裏切り、その背後にジノヴィエフがいるなどということは、とても信じられなかった。この二人は彼の古い朋友だった。カーメネフの記事に駆り立てられて、レーニンが矢継ぎ早に党に書いてよこした手紙には、本物の激しい痛みがあった。「かつての近しい同志たちのことをこのように書くのは、私にも容易なことではない」としながらも、あの「スト破り」、「裏切り」を犯す者、「犯罪」、「中傷的な嘘」を広めたことへの怒りが留めようもなくあふれ出ていた。二人を除名するべきだと、彼は主張した。

しかしレーニンの権威と主張とはうらはらに、カーメネフのセンセーショナルな攻撃があったその日、ペトログラードの部隊の代議員一八人のうち一五人がスモーリヌイで政府を糾弾したにもかかわらず、その半数はまだ武器を取って行動を起こす気持ちはなかった。蜂起するつもりのある兵士たちも、これはソヴィエトのためだと明言した。ボリシェヴィキの活動家二〇〇人が集まった、まさに権力奪取についての議論を目的とする会議でも、ラーリンやリャザーノフなどの穏健派が中央委員会の計画を時期尚早だといって攻撃した。その背後にいたのがチュドノフスキーだった。南西戦線から直接やってきたこの同志は、あの場所ではボリシェヴィキの拠点はないと釘を刺した。今はどんな形の反乱でも失敗するだろうと。

緊張が目に見えて高まるなか、ソヴィエトの指導層は不安に駆られながら、第二回大会を二五日に変更した。穏健派たちはその時間を利用して、より広い社会的勢力を自分たちの側に動員したいと考えた。だがこの変更によって、レーニンは奮い立った。いま彼には、大会よりも先に反乱の準備をするために五日間の余裕ができた。

彼にはそれだけの日数が必要だった。党内の亀裂は深まっていた。

軍事組織は成り上がりの軍事革命委員会に疑いをもち、その力をやっかんでいた。組織のメンバーが党右派の指導層に抱いている敬意と、レーニンの加減を知らない長広舌への不快さが頂点に達していた。レーニンが「天のふたご星」を糾弾した文章のひとつに、ボリシェヴィキの編集者はその「とげとげしい物言い」への苦言を書き添えた。二〇日の中央委員会の会議で、スターリンはカーメネフの辞任に反対した。カーメネフとジノヴィエフが中央委員会をあからさまに攻撃するのを禁じられると、スターリンは自ら抗議のために編集委員を辞任すると発表した。

中央委員会はスターリンの辞任も、カーメネフとジノヴィエフを除名せよというレーニンの要求も受け入れなかった。カーメネフが早い段階で中央委員会を辞任したことも、いつのまにか棚上げにされていた。

「我々の見解には全体的に矛盾がある」とスターリンは、彼に似合わない洞察力で言った。全体が合意したときでさえ、ボリシェヴィキは二分されていた。

★

一九日、軍事革命委員会に大きな痛手があった。ペトロパヴロフスク要塞の部隊がデモ反対の決議を可決したのだ。この兵士たちは、蜂起には欠くことのできない存在だった。

軍事革命委員会は再編成を試みた。一〇月二〇日金曜日に動員に関する会議の一回目を行い、ソヴィエトの防衛に焦点をしぼった。つぎの日曜日は「ペトログラード・ソヴィエトの日」であり、社会主義者たちはさまざまな祝賀コンサートや大会を計画していた。しかしその日はモスクワがナポレオンの支配から解放された一〇五周年の記念日にもあたり、コサック軍同盟ソヴィエトが独自の宗教的なパレードを予定していた。左派は極右勢力がこの行進を利用して衝突を起こさせるのではないかと恐れた。軍事革命委員会は市の戦闘部隊に代表を遣り、そうした挑発の可能性があると警告させた。そして翌朝に守備隊会議の会合の予定を入れた。

ペトロパヴロフスク要塞の問題を別にすれば、概して軍事革命委員会は意気軒昂だった。各部隊のなかで勢いを伸ばし、懐疑論者やボリシェヴィキの「党内」戦略家たちもうまく説得して味方につけた。そしていま、中央委員会は、「ボリシェヴィキの組織はすべて、ソヴィエトによって組織された革命部隊の一部となりうる」と断言した。だがそれでも、中央委員会の役割と戦略に否定的な人間は残っていた。

レーニンは軍事組織のポドヴォイスキー、ネフスキー、アントノフをヴィボルグ地区の目立たないアパートメントまで呼び出した。ネフスキーの回想によれば、レーニンは蜂起の実現可能性をめぐる「頑迷さの最後の痕跡を消し去ろう」と決意を固めていた。とはいうものの、軍事組織の男たちがあげた懸念材料のいくつかは、彼の胸にも応えたようだった。だが、一〇日か一五日ほど遅らせるべきだと三人が言うと、レーニンは苛立ちのあまり逆上した。しかしいちおう話を聞き入れた上で、これから軍事組織は軍事革命委員会の内部で動かねばならないと言った。

二一日の朝、トロツキーは軍事革命委員会の守備隊会議を開いた。兵士と労働者たちを前に、権力奪取の闘争において軍事革命委員会とソヴィエトを支持するよう促した。そして守備隊は、来たるべきソヴィエト大会で「権力を握る」ことを呼びかける決議を可決した。

「市民はみな口々に、ただちに権力をソヴィエトに移譲する必要があると話した」と、懐疑的なエスエル＝メンシェヴィキの新聞『ゴロス・ソルダータ』が伝えている。日曜日の成り行きがどうなるかについても、心強い材料があった。「第四ドン・コサック連隊の代表が、わが連隊委員会は翌日の宗教的パレードに参加しないことを決定したと伝えた。第一四ドン・コサック連隊代表にいたっては、わが連隊は反革命的な動きを支持しないばかりか……反革命には全力を挙げて戦うと宣言し、大きな波紋を投げかけた」。熱狂的な喝采を浴びながら、話者は体を二つに折って「同志コサック」と握手をした。

意気揚がる軍事革命委員会は、政府に対峙しようと決めた。

二一日の深夜、軍事革命委員会の代表たちが参謀本部に出向き、ポルコヴニコフ将軍と面会した。サドフスキーという人物が言った。「これ以降、我々の署名のない命令は無効となります」

ポルコヴニコフは、守備隊は自分の権限であり、中央執行委員会からコミッサールがひとり来るだけで十分だと反論した。「我々はそちらのコミッサールを認めない」。参戦の合図だった。

代表団は軍事革命委員会の本部に戻り、アントノフ、スヴェルドロフ、トロツキーと対面した。そこで彼らはいっしょに、十月革命の重要な文書の案を練った。

「一〇月二一日の会合で、革命守備隊が軍事革命委員会に統合された」とその文面にはあった。


それにもかかわらず、一〇月二一日から二二日にかけての夜に、ペトログラード軍管区本部は軍事革命委員会を認めようとせず……その際に本部は、革命守備隊およびペトログラード労兵代表ソヴィエトとの関係を断った……まさに本部は反革命勢力の兵器となり……反革命の攻撃から革命の秩序を守れるか否かは、軍事革命委員会に指揮される革命派兵士たちの働きにかかっている。守備隊への命令で軍事革命委員会の署名がないものはありえない……いま革命は危険にさらされている。

革命的守備隊、万歳！


二二日日曜の深更、スモーリヌイでの臨時の会合で、守備隊会議はトロツキーの爆弾宣言を承認する票決を下した。それと同時に、ポルコヴニコフは軍事革命委員会に対抗する動きに着手した。まずは慎重に、守備隊委員会の代表と、ペトログラードおよび全ロシア・ソヴィエト中央執行委員会の上層部を会合に招いた。

ポルコヴニコフは狡猾だった。軍事革命委員会の宣言が承認されたことに応えて、兵士たちもスモーリヌイでの会合に招いたのだ。

ペトログラード・ソヴィエトの日。首都のいたるところでさまざまな大衆集会が行われ、ボリシェヴィキでも指折りの演説家たち、トロツキー、ラスコーリニコフ、コロンタイ、ヴォロダルスキーが群集を煽り立てた。驚いたことにカーメネフまで出張ってきて、自分から演説の機会を見つけ、第二回ソヴィエト大会の前に反乱が起きるという見方を否定した。

トロツキーは「人民の家」と呼ばれるオペラハウスで、ペトログラードはブルジョアジーからの直接の危険にさらされたままだと警告した。この街を守るのは労働者と兵士たちの務めなのだ。皮肉屋で永遠の傍観者であるスハーノフに言わせれば、その演説は「恍惚にも似た雰囲気」を作り出した。

そうした歓声と喚声、握り拳と民警の決意、拍手喝采といった空気のなか、ポルコヴニコフはつぎの一手を打った。自分の立場が弱いことは承知の上だった。それでも妥協の道を探しつつ、今度は軍事革命委員会そのものを翌日の会合に招いた。

将軍と名のつく人物で、必死に戦略を練ろうとしているのは、彼ひとりではなかった。その夜、ペトログラード軍管区の参謀長ジャック・バグラトゥーニが、北部戦線から歩兵旅団と騎兵旅団、さらに砲兵中隊を首都へ急遽、配置転換するよう求めた。前線のウォイチンスキーはこう応じてきた。兵士たちが疑っている。その理由が知らされなければ了承はできない。

一方でケレンスキーはまだ、おのれの手持ちをはなはだしく過大評価していた。その同じ夜、彼は自らの内閣に、軍事革命委員会を力ずくで解体させようと提案した。ポルコヴニコフは、軍事革命委員会が権力を主張する宣言を撤回することに望みをかけ、もう少し待つようケレンスキーを説得しようとした。しかし政府はかまわず、最後通牒を発した。

内容はこうだった。軍事革命委員会は二二日の宣言を取り消すか、さもなければ当局が代わりにそれを取り消す。


一〇月二三日。軍事革命委員会はコミッサールの任命をほぼ終えていた。誰も驚きはしないだろうが、その大半がボリシェヴィキ軍事組織の活動家だった。いよいよ政府との対決の準備を進めるときだ。委員会は軍の命令に対する拒否権を自らに付与するという布告を広めた。

正午ごろ、軍事革命委員会はペトロパヴロフスク要塞に戻った。つい最近まで拒絶されていたこの要塞で、公開討論を開くよう要請していたのだ。ずっとのちにアントノフはこう振り返っている。彼はボリシェヴィキ支持の部隊を派遣して武力でこの要塞を奪取しようと主張したが、トロツキーは、要塞の兵士たちを説得によって味方に引き入れられると確信していた。それに従って、軍事革命委員会はきわめて異例な討論を組織したのだった。

要塞の司令官は、まだ存在している指揮系統の代弁をして、右派エスエルとメンシェヴィキの明確な方針に自分を重ね合わせていた。軍事革命委員会が代弁しているのは、概ねボリシェヴィキだった。集まった大勢の兵士たちの前で、激しい議論が何時間も続き、火の出るようなやり取りが行われた。

疲れきったチュドノフスキーが懸命に軍事革命委員会の正しさを唱えていると、大群集のあいだに拍手の波が広がっていくのが聞こえた。瞬きをして、大きくなる歓声のほうを見下ろす。その顔に笑みが浮かんだ。

「同志トロツキーにこの場をゆだねよう！」と彼は叫んだ。

高まりゆく興奮のなかで、トロツキーは演壇に登った。いよいよ言論の達人の出番だった。

日が落ちて暗くなっても、集会は続けられた。群集は会場を移すために、カメンノオストロフスキー大通り一一番地の木造の大きな建物へと向かった。モダン・サーカスは照明の薄暗い円形競技場で、ボリシェヴィキの女性向け雑誌『ラボートニツァ（婦人労働者）』がよく集会を開いていたが、革命派にもお気に入りの場所だった。一九〇五年、若き日のトロツキーが何度も最高の演説を行ったところでもある。のちに彼は、そうした一九〇五年の事件に対して詩的な賛辞を記すのだが、その内容が一二年後の一〇月の夜にまた呼び出されてきたのかもしれない。

あたりは立錐の余地もなく、人々の体が限界までぎゅうぎゅう詰めになっていた……バルコニーは満杯の人体の重みで今にも崩れ落ちそうに見え……空気には息遣いと期待感が充満し、ときおり叫び声やモダン・サーカス特有の情熱的な掛け声が沸き起こる……話者はいかに疲れていようと、この熱病に浮かされた人の群れとびりびりする緊張感には抗えない……これがモダン・サーカスだ。この場所にはこの場所ならではの、激しくて優しく、そして熱狂的な空気があった。

その場所に午後八時、劇的な瞬間が訪れる。兵士たちがついに票決に入ったのだ。

軍事革命委員会を支持する者は全員、左翼へ移動した。不支持の者は右翼へ。足音と押し合いへし合いがひとしきり続いた。移動が終わると大歓声があがり、それはしばらく止まなかった。右翼にいたのは将校が二、三人に自転車連隊という奇妙な部隊のインテリが数人のみ。圧倒的大多数が軍事革命委員会の支持にまわった。

つい三日前、軍事革命委員会に対抗すると宣言したペトロパヴロフスク要塞の部隊が、委員会に加わっていた。このことの象徴的な意味は甚大だった。それに加えて、具体的な利点も大きかった。ペトログラードの武器店はいま、軍事革命委員会の手中にあった。そして要塞の大砲は、はるか冬宮を見渡す方向に向いていた。

ソヴィエト大会に出席する代表たちが到着しはじめていた。ボリシェヴィキと左派エスエルがまちがいなく多数派を占め、権力をソヴィエトに、真の社会主義者政府に移譲せよと要求できるようになった。その夜のペトログラード・ソヴィエト幹部会の会議で、目立ちたがり屋のアントノフが軍事革命委員会の動きをすべて報告し、この委員会は防衛的な組織だ、一切はソヴィエト会議のためにあると説明した。そのことは代議員たちから圧倒的な支持を得た。

軍事革命委員会の勝利は実際、華々しいものだった。それだけに同日深夜、委員会が軍管区の最後通牒に屈したことは、大きな驚きをもって受けとめられた。軍事革命委員会はつい最近の布告を——自らの拒否権をひっこめたのだ。

この劇的な譲歩がなぜ引き起こされたのかは定かでない。考えられるとすれば、ゴーツとメンシェヴィキ穏健派のボグダノフが、もし軍事革命委員会が従わなければ全ロシア・ソヴィエト中央執行委員会は袂を分かつと告げたということだろう。軍事革命委員会が支持と正統性を得ていられるのは、すべてソヴィエトの名においてなのだ。こうした限界の露呈はどう映っただろうか?

どんな脅しがあったかはともかく、その源が左派エスエルだけでなく、ボリシェヴィキ穏健派でもあったのはまちがいない。たとえばリャザーノフは、軍事革命委員会が軍の権威を有するという主張を撤回することを主張し、この組織そのものの実存的な危機を引き起こした。

午前二時三〇分、首都の寒い夜をついて、奇妙な軍が現れた。右派があてにできそうな手近な兵力の寄せ集めだった。ユンカー学校生の分遣隊が二、三。将校訓練学校から来た士官候補生。「死の大隊」の女性兵士たち。パヴロフスクの騎馬砲兵中隊。あちこちから来たコサック。タイヤの太い独特の自転車に乗った自転車連隊。戦傷を負った古参兵たちのライフル連隊。みんな静まり返った街を抜け、冬宮の防衛に向かってくる。

軍事革命委員会は目をしばたたかせた。ケレンスキーは胸を打たれた。

前線から体制派の部隊が早く到着してくれるよう祈りながら、ケレンスキーはそのわずかな兵力の配備をバグラトゥーニに命じた。一〇月二四日の深更の時間に、ボリシェヴィキへの攻撃は始まった。

初冬の闇のなか、民警と士官候補生の分遣隊が『ラボーチー・プーチ』を印刷しているトルード印刷所に到着した。そして強引に押し入り、同紙を数千部破棄した。設備も叩き壊し、入口も封鎖して、外に見張りを立てた。間抜けにも公平さを期したつもりなのか、ケレンスキーは右翼の二紙『ズィヴォエ・スローヴォ』と『ノーヴァヤ・ルーシ』も同時に発行停止にするよう命じた。だが、この攻撃の標的を取り違えるような者は誰もいなかった。

新たに到着した党代議員たちとの会合で長い一日を過ごしたあと、ボリシェヴィキの指導者数人は党のプリボイ印刷所へ行き、積み上げた本に囲まれた寝台で高いびきをかいていた。すると電話が鳴り出した。いつまでも止もうとしない。みんなうめき声をあげ、ロモフがやっと起き出すと、もたもた躓つまずきながら受話器を取った。

トロツキーの鋭い声が、彼らを呼び立てた。「ケレンスキーが攻撃に出たぞ！」

スモーリヌイでは、ラジミール、トロツキー、スヴェルドロフ、アントノフらが急いで集まり、軍事革命委員会から連隊委員会と新しいコミッサールたちに送る警報の内容を考えた。「指令第一号。ペトログラード・ソヴィエトは直接の危険にさらされている……この指令によって諸君は各自の連隊を戦闘準備に入らせる……命令遂行の遅延もしくは妨害は、革命への裏切りとみなされるだろう」

ソヴィエト大会が開かれるのかどうか、今はもう誰にもわからなかった。軍事革命委員会とペテルブルク委員会の一部は、レーニンのようにただちに反乱を起こそうと煽り立てた。だが、自分たちの新聞が攻撃され、体制派の勢力が動き出しても、トロツキーやカーメネフを含むスモーリヌイの中央委員会の残りは、軍事革命委員会と軍管区のあいだで交渉を行うことを考えていた。彼らはまだ、ケレンスキーの行動がそうした道筋を無効にしたことを知らずにいたようだった。

中央委員会はまだ、自分たちが支援する行動は、少なくともソヴィエト大会までは完全に防衛的なものにするという大枠を崩さずにいた。しかしいま、トルード印刷所に警備兵を送るというトロツキーの決定を認めた理由は、「労兵代表ソヴィエトは自由な世界への抑圧を許容しない」というものだった。

新聞の発行を再開することは、むしろ逆襲であり、防衛の意味は薄くなる。前線と同様に反乱においても、「防衛」と「攻勢」の境界は曖昧になりかねない。

午前九時、ボリシェヴィキ軍事組織および中央委員会のダシケーヴィチが、機関銃を抱えたリトフスキー近衛連隊の一団を引き連れて印刷所に向かった。そして血を流すこともなく易々と体制派の民警を制圧し、政府による封鎖を破った。ある記者はそっけなくこう書いている。「同志たる兵士たちは、『ズィヴォエ・スローヴォ』を解放するためには同様の労をとらなかった」。急いで印刷された『プラウダ』の新しい版は、中央委員会の主流路線に沿う形で、来たるべきソヴィエト大会がケレンスキー体制に取って代わるように圧力をかけていた。

街頭には武装した労働者や兵士たちが集まりはじめ、事態の流れの意味をつかもうとしていた。動き出したのは左派だけではなかった。

ケレンスキーは急遽マリインスキー宮に向かった。そして呼び集めた予備議会の前で、このメロドラマの大家はお得意の演説を行ったが、それは本人の寛大な基準から見てもまとまりと一貫性に欠けた、凝りすぎの代物だった。左派はドイツの術中にはまっている、と彼は嘆きの声をあげた。そして自らの臨時政府への支援を訴え、ボリシェヴィキを抑え込む力を求めた。右派は喝采したが、メンシェヴィキ国際派と左派エスエルはケレンスキーが自ら惨憺たる姿をさらすのを見て、困惑に身じろぎをした。

そこからケレンスキーは冬宮に戻り、その貧弱な体制派勢力におのれをゆだねた。今は予備議会が自分を支援してくれるという確信があった。左派エスエルのカムコフは振り返っている。この人物は「おのれがいかなる支持を与えられようと、蜂起を抑えられる者はどこにもいないということに、まったく気づかずにいた」。

ケレンスキーが冬宮に引きこもったそのころ、トロツキーはボリシェヴィキの代議員たちに向かって説明していた。党はソヴィエト大会の前に起きる反乱を支持できないが、政府が自ら腐ってむしばまれるのを止めはしないと。喝采を浴びながら、彼は言った。「内閣を逮捕するのは誤りだろう……これは防衛なのだ、同志たちよ。これは防衛だ」。今はまだ、教義を守る段階だった。

その日の午後、いきなり不吉な展開があった。軍参謀部が街の橋を跳ね上げるように命じたのだ。滑車の機構が回転し、橋がゆっくりと大きく開いていく。下の船を通すためではなく、上の通行を遮断し、川の両側に次第に多く集まってくる人々の群れを、それぞれの側で孤立させるために。まだ通行が可能なのは、政府軍が固める宮殿橋だけだった。

「七月危機を思い出した」とボリシェヴィキ軍事組織のイリン゠ジェネフスキーはのちに書いている。「橋を吊り上げたのは、また我々を滅ぼそうとする最初の手段のように思えた。臨時政府がまたしても我々を打ち負かすなどということがありうるのか?」

学校は生徒たちを、政府部局は職員を家に帰した。橋を封鎖する区域が広がるという噂が流れた。商店や銀行はシャッターを下ろした。路面電車は運行を短縮した。

しかし午後四時、冬宮の自転車連隊が突然、自分たちの持ち場を放棄した。ちょうどそのころ、体制に忠実な士官候補生の砲兵隊が主要な橋のひとつ、リチェイヌイ橋に到着するなり、怒れる大群衆に対峙することになった。今度こそ橋を敵の思いのままにするまいと、市民はみな決意に燃えていた。多勢に無勢の士官候補生たちは屈するしかなかった。

女性兵士からなる死の大隊は、トロイツキー橋の守備を命じられた。だが現場に着いてみると、ペトロパヴロフスク要塞の機関銃の射程に捉えられているのに気づき、怯んで足を止めた。

イリン＝ジェネフスキーは命令を待たずに、守備隊の兵士たちをグレナデルスキー橋とサンプソニエフスキー橋の守備に向かわせた。やがて兵士の一団が、重い機械を後ろに引きずりながら帰ってきた。そのあとに技術者が、大声で叫びながらついてきた。

「我々は橋を下ろしました」と兵士たちは、不思議がるイリン＝ジェネフスキーに言った。「そしていつまでも上げられないように、機構の一部を持ってきたんです」。イリン＝ジェネフスキーは橋の技術者に、革命派はこのかさばる部品をきちんと手入れして、連隊委員会の部屋に保管しておくと請け合った。

すべてが群集の思いどおりに進んだわけではない。ニコラエフスキー橋では士官候補生たちが、意気込みはあっても規律に欠ける私服の赤衛隊に挑みかかり、彼らを橋の向こうへ追いやった。宮殿橋では、士官候補生と死の大隊の女性兵士たちがかろうじて持ち場に踏みとどまった。それでも夕方までに、群集は四つある主要な橋のうち二つを押さえていた。これで十分だ。

左派エスエルの主張を容れ、軍事革命委員会は記者たちに伝えた――「あらゆる噂や風聞に反して」、この動きは権力を奪取しようとするものではなく、「ひとえに防衛のためである」。メンバーたちも軍事革命委員会の指示を受けて同様の言葉をくり返すなか、コミッサールのスタニスラフ・ペストコフスキーが市の電信局へ向かった。局を守備するのは、ずっと以前から軍事革命委員会に忠誠を誓っているケクスゴルムスキー連隊だった。三〇〇〇人の職員のなかにボリシェヴィキはひとりもいなかったが、連隊の力によって一発の銃声も起こらないまま、市の通信は軍事革命委員会の手に落ちた。

夕方の街は、奇妙な均衡状態にあった。武装した革命派たちはおのおのの橋に集められ、厳しい顔つきで政府軍から橋を守っていた。その一方で地位のある市民たちは、いつものように連れだってネフスキー大通りをそぞろ歩き、レストランや映画館もほとんど営業していた。蜂起の兆しは普段と変わらぬ街の夕暮に隠れていた。

街外れにあるマルガリータ・フォファノヴァのアパートメントで、レーニンはじりじりしていた。これまでの戦闘は比較的順調に進んでいるが、同志たちはまだ蜂起の意思表示をしていない。防衛という姿勢にこだわっている。

「状況は極度に切迫している」と、レーニンは殴り書きを送った。

蜂起を遅らせるのは致命的だ……私は全身全霊をかけて同志たちに訴える。今はすべてが紙一重の状態にあることをわかってもらいたい。我々が直面している問題は、会議や大会では（ソヴィエト大会でも）解決できない。だが……武装した人民の苦闘をもってすれば……我々はいかなる代償を払ってでも、今日の夜、まさしく今夜、政府を捕らえねばならない……待っていてはだめだ！　何もかも失いかねない！……政府は倒れる寸前なのだ。なんとしてでも致命的な一撃を与えねばならない。

そして誰が権力を握るのか？「それは差しあたって重要ではない。軍事革命委員会か、〝何か別の機関〟がそうすればいい」

レーニンはフォファノヴァに、このメモをクルプスカヤに（「他の誰でもなく」）届けるよう頼んだ。ヘルシングフォルスでは、通信技師が海軍にいる若きボリシェヴィキの闘士ディベンコに電信を手渡した。「規則を送れ」。定められたとおりの暗号だった。首都の同志たちからの、水兵と船をペトログラードへ派遣するようにとの指示である。

準備をしているのは極左だけではなかった。その夜は浮動層ですら、もはやどっちつかずに漂ってはいられないことを悟るに至った。脆弱な予備議会が再び招集され、ケレンスキーの支援の訴えを論じ合った。

「もうお互い、隠れんぼうはよそうじゃないか」。エスエル左派のボリス・カムコフが傲然と言った。「そもそもこの政府を信用している人間はいるのか?」

マルトフが立ち上がって批判に加わった。ホールのどこかから、気のきいた右派の声が飛んだ。「未来の内閣の外務大臣様だ!」

「私は近眼でね、すぐ近くのものしか見えない」とマルトフはやり返した。「それに、そんなことを言ったのがコルニーロフの内閣の外務大臣かどうかもわからない」

予備議会のメンバーが必死の形相でとげとげしい言葉をかわし合ううちに、権威の構造が木っ端微塵に砕けていった。

カーメネフとマルトフがまたしても、即時平和、社会主義政府、土地と軍の改革を求めたことは、誰にとっても目新しい話ではなかった。しかしその日の蜂起には、最終決着へ向かおうとする傾向があり、穏健派も左の方向へ押されていった。

思いがけないことにフョードル・ダンですら、何カ月も右派との連立を試みてきたあとで、今はこう主張していた。「ボリシェヴィキではなく政府と共和制評議会によって支えられる利益が人民の目に見えるような声明を……政府が明確に行うこと……」。これはつまり、「平和と土地と軍の民主化……我々の政府は堅実で確固とした足取りでこうした方向へ進んでいると、労働者や兵士がひとり残らず、かけらも疑わずに信じられるようにしなければならない」ということだった。

予備議会のカデットたちはもちろん、臨時政府を支持する決議案を提出した。強硬路線をとるコサックは独自に、右の立場から政府を痛烈に批判する決議案を出した。しかしダンは、新たな主流であるエスエル゠メンシェヴィキの決議案を明確に述べた。彼らが求めているのは、臨時政府と協力して秩序回復にあたる「公安委員会」の設立――そして土地と平和の急進的なプログラムだった。前者は、融和的な響きがあるにもかかわらず、ケレンスキーにはなんの信頼も置かないという意思表示でもあった。

三つの動議をめぐる議論の声が議場に響きはじめた。

ようやく午後八時三〇分に、反対一〇二、そして棄権二六がものをいい、ダンの「左派的」決議が賛成一二三で可決された。

新たな時代。ダンとゴーツはいま、根拠は薄くとも新しく急進的な指令に身を固めていた。彼らはただちに寒い夜のなかへ飛び出し、内閣と会見するため冬宮へ急いだ。これはチャンスだという確信があった。臨時政府に敵意の応酬を止めるという宣言を行うよう要求する。そして平和交渉、私的所有地の移譲、憲法制定会議の招集を求める。今なら何もかも変えられる。

嗚呼。

ちょうど予備議会が票決を行っているころ、ヘルシングフォルス・ボリシェヴィキのレオニード・スタークは、わずか一二人の武装した水兵を伴って、ペトログラード電信局のニュース送信機を押さえた。スタークが一番にやったのは、情報の流れを止めることだった。予備議会の決議の報せはどこへも行かなかった。

とはいえ、それで何か違いがあったかは疑わしい。冬宮に着いたダンとゴーツは、錯乱状態の一歩手前にあるケレンスキーの姿を見て不安に駆られた。あるときは、もう辞任するとむっつり顔で言ったと思うと、つぎにはメンシェヴィキを切り捨て、政府は単独でやっていくと妄想じみたことを口にしたりした。

反乱の勢力はまだ、防衛と攻勢のあいだで揺れていた。午後九時のトロイツキー橋では、パヴロフスキー連隊の軍事革命委員会コミッサール、オスヴァルド・デニスが、体制派の兵力が増えているのに気づいた。彼は時間を無駄にはしなかった。宮殿へ向かう道筋にバリケードを立ててふさぎ、政府高官たちを逮捕するよう命じた。ところがすぐに、軍事革命委員会から緊急の指令が来た。こうした手段をとることは認められていない。検問所を撤収するように。

ありえない、とデニスはその命令を無視した。

その一方で、レーニンはもう自分を抑えきれなくなった。中央委員会の指示をあからさまに破り――これが初めてではなかったが――外套を着込むと、女主人の食卓に書き置きを残した。

「私は行きます」と書き置きにはあった。「あなたが行かせたがらなかったところへ」

★

かつらの上に使い古した帽子、古びた服、そして顔に巻きつけた包帯という雑な変装で、レーニンはフィンランド人の同志エイノ・ラーヤとともに出発した。

二人はヴィボルグの街を、激しく横揺れする、ほとんど乗客のいない路面電車で横断した。車掌が何気なく口にした言葉から、その女性が左派支持だとわかると、レーニンは衝動的に今の政治状況について彼女に質問し――そして講義を始めた。

男たちはフィンランド駅の近くで降り、危険な通りを歩いていった。シパレルナヤ通りが終わるあたりで、興奮した体制派の騎馬兵たちに出くわした。ラーヤは息を詰めた。

しかし士官候補生たちの目に入ったのは、ただの不安げな、ケガをした酔っ払いだった。彼らは手を振ってレーニンを、世界で最も有名な革命家を通した。おかげでレーニンとラーヤは、深夜零時になる直前に、スモーリヌイにたどり着いた。

街角の至るところで、巡回要員がたえず見張っていた。建物の入口では機関銃兵が武器を抱えてうずくまり、いつでも撃てる態勢だった。その夜、古い女学校は戦時編制をとり、いろいろな車両が喧噪のなかを出入りしていた。壁の上の篝火が光を放ち、厳しく油断のない目つきの兵士や赤衛隊を照らし出している。

ラーヤもレーニンももちろん、入場証を持ってはいなかった。警備兵は頑として二人が入るのを拒んだ。波乱万丈の旅のあとで、味方の側の防衛体制が差し出がましく二人の邪魔をしていた。

だが、群集がやがて二人の背後に集まり、やはり中に入れろと言ってきた。その数が次第に増え、多人数の暴動じみた圧力が強まると、哨兵たちはもうなすすべなく、突然脇にどいた。レーニンは群集の勢いに押されるまま、教会の周縁部を抜けて庭を渡り、ドアをくぐって建物の内部に入った。そして一〇月二四日が二五日に変わるころ、ようやく最後の廊下を進んでいき、スモーリヌイの三六号室に着いた。

ボリシェヴィキの面々が茫然と見つめるなか、みすぼらしいなりの亡霊のような男が顔に巻いた包帯をほどき、早く権力を握れと説教をしはじめた。

全ロシア・ソヴィエト執行委員会は、ダンの新しい左派的な提案を、ケレンスキーが拒否したばかりのその議題を熱心に推した。これが安定をもたらす最善のチャンスだと思えた。左派も、また中道のメンシェヴィキですら、今は公安委員会を承認し、予備議会の要求を容認する方向に進んでいた。この深夜の時間、左翼は大いに勢いづいていた。自分たちだけで楽に過半数がとれると踏んで、左派エスエルはメンシェヴィキ国際派と連繫し、社会主義者のみの連立へ向かうように調整を行おうと決めた。

急いで動いているのは彼らだけではなかった。レーニンの勧告や夜にまぎれての移動とは無関係に、軍事革命委員会は対決の論理によって否応なく、より攻撃的な姿勢へ向かおうとしていた。ずっと避けようと努めてきた攻勢のほうへと。それでもレーニンがスモーリヌイに現れたことがものを言い、この流れは加速していった。

真夜中を過ぎた。レーニンが女学校に着いてからおよそ二時間後、機略に富んだコミッサールのデニスが、軍事革命委員会から新しい指令を受け取っていた。つい先刻バリケードを築いたせいで、同志たちから悪評を得ていた人物である。今度の指示は、以前解くよう命じられた——そのときは従わなかった——哨兵線を強化し、冬宮の地所に出入りする動きを制御せよというものだった。「事実上の」反乱から、名実ともに備わった反乱への、最後の移行が始まっていた。

軍事革命委員会のコミッサール、ミハイル・フェールマンは電気局を占拠し、この厳しく寒い一〇月の夜に、政府の建物の電気を止めた。コミッサールのカール・カドルボフスキーは市郵便局を支配した。第六工兵大隊の一個中隊はニコライ駅を占拠した。彼らの月明かりの下での作戦行動を、ひとつの影像が見下ろしていた。不思議な物語の一場面のように。「大きな家々は中世の城のように見えた――巨大な影が工兵たちのあとを追いかけているように」と、参加したひとりは振り返る。「その光景に、あの最後から二人目の皇帝が馬に乗って現れるという恐怖の場面を見たような気がした」

午前三時、つい数時間前にはいかなる難局にも立ち向かうとぶち上げたケレンスキーが、取り乱して参謀本部に駆け込んだ。待っていたのは、戦略拠点がつぎつぎに落ちているという報せだった。体制派の士気は一気に下がった。そしてさらに悪い事態が、速やかにやってきた。

午前三時三〇分、巨大な影が、薄暗いネヴァ川の水面を切り裂いた。マストとワイヤーと三本の煙突、突き出した巨大な砲塔。薄闇から現れ、首都の中心をめざしていくのは、装甲巡洋艦〈アヴローラ〉だった。

この巡洋艦は長らくネヴァ川の造船所で修理を行っていた。乗組員の男たちは筋金入りの急進派で、厄介ごとが勃発すると、すぐ隣でパニックを来たしている政府からの命令も聞かず、海へ出ていった。そしていま、軍事革命委員会の指揮下に入ろうとやってきたのだ。〈アヴローラ〉は熟練した操縦ぶりで、油断のならない川を航行していた。艦長がこの企てに関与するのを拒んだときは、乗組員たちが船室に閉じ込め、かまわず出港した。だが艦長には、自分の巨艦を危険にさらすことはできなかった。私を出してくれ、そうすれば舵取りができると頼み込んだ。そしていま、彼らをニコラエフスキー橋のたもとの真っ暗な碇泊場所まで導いてきたのは、この艦長だった。

〈アヴローラ〉の探照灯が夜を切り裂いた。最後まで政府の統制下にあった橋の上の士官候補生たちが、ぎらつく光に恐慌を来たす。彼らは逃げ出した。

二、三の襲撃部隊が橋を取り戻そうとして駆けつけたときには、二〇〇人の水兵と労働者がその橋を守っていた。

フィンランドから武器を持ったグループが、列車や船に乗って、同志たちの加勢にやってきた。赤いペトログラードに赤がさらに加わる。スモーリヌイの三六号室で、レーニンはトロツキーとスターリン、スミルガとベルジンに会った——そして、カーメネフとジノヴィエフにも。この二人がつい最近に裏切ったことは、もうほとんど大した問題ではなく、蒸し返されることもなかった。

大勢の人間がせわしなく動きまわり、報告や指示を持ってきては、また出ていった。ボリシェヴィキたちは地図の上に身を乗り出し、攻撃の線をたどった。冬宮を落とし、臨時政府の閣僚を逮捕する、とレーニンは主張した。今をおいて、反乱のときはない。

レーニンが同志たちに、ソヴィエト大会が開かれたときには、政府——すべてボリシェヴィキによる——も出席しようと提案した。だが、その任にあたる人間をなんと呼ぶべきか？「大臣はつまらない、使い古された言葉だ」と彼は言った。

「人民コミッサールはどうです？」とトロツキーが言った。

「ああ、それはとてもいい」とレーニン。「じつに革命の匂いがする」。このとき、革命政府、人民コミッサール、ソヴナルコム（人民委員会議）の種が蒔かれた。

レーニンはトロツキーにもコミッサールの任につくよう提案した。だがトロツキーは、右派の敵が自分を攻撃してくるだろうと予見した——ユダヤ人として。

「そんなつまらないことが大事なのか？」とレーニンが鋭い口調で言う。

「まだ愚か者は大勢残っています」とトロツキーが応えた。

「我々は愚か者たちと歩調を合わせたりしないのではないのか？」

「ときには人の愚かさを考慮に入れねばならないこともあります」

事の成り行きにめまいを覚えながら、男たちは切迫した、だが奇妙に陽気な気分になって、官僚制とユートピアをめぐる冗談を飛ばした。このところの意見の衝突がもたらした重苦しさがやわらいでいた。レーニンはいま、カーメネフをからかっていた。数日前には裏切り者とこきおろした相手を。そして数時間前には、もし自分たちが権力を握っても、ボリシェヴィキは二週間以上もたないだろうと陰鬱に述べた相手を。

「気にするな」とレーニンは声をかけた。「あと二年たって、我々がまだ権力を保っていたら、そのとき君はまた、我々は二年以上は生き延びられないと言っているだろう」

二五日の夜明けが近づいてきた。自暴自棄になったケレンスキーはコサックあてに、「我らの祖国の自由と名誉と栄光の名において……ソヴィエト中央執行委員会を、革命的民主主義を、臨時政府を助け、滅びゆくロシアを救うために行動を起こす」よう嘆願を発した。

しかしコサックは、歩兵が蜂起するのかどうかを知りたがった。政府の回答があてにならないとわかると、少数の超体制派をのぞいた全員が、我々は単独で行動して「生きた標的になる」のは気が進まないと応じた。

何度も何度も、しかも易々と、街の至るところで、軍事革命委員会は体制派の哨兵たちを武装解除し、おとなしく家に帰るよう諭した。すると大半がそのとおりにした。反乱勢力は歩いて入るというだけの手段で、ミハイロフスキー宮を占拠した。「彼らは入っていくとただ席に着き、そこに座っていた者たちは立ち上がって出ていった」と、ある回想録には書かれている。午前六時、革命派の水兵四〇人がペトログラード国営銀行へ向かった。この銀行を守備するセミョーノフスキー連隊の哨兵たちは、中立を誓っていた。略奪者や犯罪者からは銀行を守るが、反革命派と革命派のどちらの側にもつかない。また介入もしない。したがって彼らが脇にのいて見守るなかで、軍事革命委員会は銀行を占拠した。

およそ一時間がたち、青白い冬の光が街の上に射しそめるころ、ケクスゴルムスキー連隊の一分遣隊が電話交換局の本局に向かった。指揮するのは、士官学校の生徒でありながら、異例にも革命に身を投じたザハロフ。彼はそこで働いていたことがあり、警備体制をよく知っていた。局に着くと、彼は部隊を指揮して、守備にあたっていた不機嫌で無力な士官候補生たちを苦もなく捕らえ、武装解除した。革命派は政府の電話線の接続を断った。

残された電話は二つ。閣僚たちは冬宮の「孔雀石の間」に隠れ、白と金の繊細な細工や柱形やシャンデリアの下、残る二台の受話器の上で身を寄せ合いながら、不十分な軍の勢力との連絡を保っていた。彼らが意味のない指示を発し、低い声で口論をしているかたわらで、ケレンスキーが虚空を見つめていた。

午前半ば。クロンシタットでは以前にもあったように武装した水兵たちが、とりあえず使える船艇に手当たり次第乗り込んだ。ヘルシングフォルスからは、革命の幟旗で残らず飾り立てられた駆逐艦五隻、巡視艇一艇が出港した。ペトログラードでは、革命派がまた監獄を襲って空っぽにした。

スモーリヌイでは、むさ苦しい人影がボリシェヴィキの作戦指令室に飛び込んできた。無作法な新来の男にぎょっとして、活動家たちが目を向ける。やがてボンチ゠ブルエヴィチが叫び声をあげ、両腕を広げて駆け寄った。「ウラジーミル・イリイチ、我らの父よ！　あなただとはわかりませんでした！」レーニンは座って声明書を書いた。時間のことが不安でぴりぴりしていた。政府の打倒を完全に果たしたタイミングで、第二回ソヴィエト大会を開かなくてはならない。既成事実がどれほどの力をもつかを、彼はよく知っていた。

ロシア市民に告ぐ。臨時政府は打倒された。国家権力はペトログラード労兵代表ソヴィエト、軍事革命委員会の手に移譲される。後者はペトログラードのプロレタリアートと守備隊の上に位置する機関である。

人民が拠りどころとして闘ってきた大義――民主的平和の即時提案、私的所有地の没収、労働者による工場管理、ソヴィエト政府の創設――その大義が勝利によって保証された。

労働者の、兵士の、農民の革命に万歳！

今ではレーニンも、軍事革命委員会の有用性を完全に認めていた。彼はボリシェヴィキではなく、「非党派の」団体の名の下に署名をした。声明書は太字のキリル文字で印刷され、その写しが配布されたとたんに、ポスターとして壁という壁に貼り出された。オペレーターが叩くその文言が、電信の線の先へと伝わっていった。

実際には、そこに書かれた内容は事実ではなく、願望だった。

冬宮では、ケレンスキーが最後の通信経路を使い、首都へ向かう部隊に合流できるように手配を試みた。だが、実際に味方の部隊のところまで行くのはまったく容易ではなかった。脱出はできるかもしれないが、駅はすべて軍事革命委員会に押さえられていた。

助けが必要になる。参謀部が長いあいだ、次第に必死になって探しまわった結果、やっと適当な車を見つけた。さらにアメリカ大使館を拝み倒し、もう一台を使える車を確保した——便利な外交官用のプレートをつけた車を。

二五日の午前一一時ごろ、レーニンの願望込みの声明が出まわりはじめたそのころに、熱意はあってもあまり効力のない軍事革命委員会の防柵の脇を二台の車が走り過ぎた。

こうして心破れたケレンスキーは、わずかな随員とともに街を逃れ、体制に忠実な兵士たちを探しにいった。

★

蜂起があったにもかかわらず、この日は多くの市民にとって、ほぼいつもと変わらぬペトログラードの一日だった。たしかに、一定程度の騒ぎや怒号は否応なく耳に入ってきたものの、実際の戦闘に加わった人間は比較的少なく、それも折々の重要な場面だけに限られていた。そうした闘士たちが反乱やら反革命やらのことを触れまわり、世界を作り変えようとしているあいだも、ほとんどの路面電車が走り、ほとんどの商店が開いていた。

真昼ごろに、武装した革命派の兵士と水兵がマリインスキー宮に到着した。今起きているドラマのことを不安げに話し合っていた予備議会のメンバーが、宮殿のなかで邪魔者になろうとしていた。

軍事革命委員会のコミッサールが乱入してきた。そして予備議会の議長アヴクセンティエフに、宮殿を明け渡すよう命じた。兵士と水兵たちが手にした武器を振って強引に建物に入り、恐れをなした代表たちを追い散らした。誰もが茫然とするなか、アヴクセンティエフは素早く、予備議会の人間をできるだけ多く集めた。みな抵抗は無意味だと悟ったが、可能なかぎり正式な形の抗議を行いながら出ていき、なるべく早く再び集まろうと確約し合った。

彼らが刺すような冷気のなかに足を踏み出したとき、建物の新たな哨兵が身分証類を見せるよう求めてきたが、誰も拘束されなかった。哀れな予備議会では、怒り狂うレーニンにとって大した獲物にはならず、おかげで免れられたのだった。

ケレンスキーが逃れたいま、その獲物は冬宮にいた。冬宮のなかの世界は壊れつつあり、臨時政府の不機嫌な熾火だけがまだ熱を放っていた。

正午、壮麗な孔雀石の間で、織物業の実業家でカデットのコノヴァロフが内閣を招集した。

「なぜこの会合が招集されたのかわからんな」と海軍大臣のヴェルデレフスキー提督がつぶやいた。「我々にはもうまともな兵力はない。したがってどんな行動もとることはできない」。さらに仮定の話をした。予備議会といっしょに集まるべきだったのではないか――そう話しているうちにも、その予備議会が解散させられたという報せが届いた。

大臣たちは報告を受けると、減っていく一方の協力者たちへの呼びかけを発した。ヴェルデレフスキーの陰気なリアリズムに染まっていない者たちが、幻想を紡ぎ出していた。吹き飛ばされた権力の最後の切れ端にしがみつき、新たな権威を夢見たのである。

あらゆる深刻さが満ちたこの世界で、マッチの燃えさしがまもなく始まる大火事の恐ろしい物語を語るように、ロシア臨時政府の燃え殻が自分たちのなかの誰を独裁者に立てるかを協議した。

今回、クロンシタットの水兵たちが、ペトログラードの水域までやってきたときに乗り組んでいたのは、古い遊覧船一隻、機雷敷設艦二隻、実習船一隻、骨董物の軍艦一隻、そして小さなはしけの一団。やはり見境なく集めた小艦隊だった。

内閣が独裁を夢見ている場所にほど近い海軍本部に、革命派の水兵たちが押しかけ、海軍の司令官たちを拘束した。パヴロフスキー連隊は各橋の上にピケを張った。ケクスゴルムスキー連隊はモイカ川の北側を掌握した。

冬宮への攻撃がもともと予定されていた時間は、正午だった。その正午が来て、過ぎていった。最終期限が三時間先まで延ばされたが、そうすると内閣の逮捕の予定は、ソヴィエト大会が開幕する午後二時よりあとになる――レーニンが最も避けたがっていたことだ。それで大会の開幕も延ばされた。

しかしスモーリヌイのホールはもう、ペトログラードおよび地方ソヴィエトの代議員たちであふれていた。彼らは情報を求めた。いつまでも待たせるわけにはいかない。

そのために午後二時三五分、トロツキーがペトログラード・ソヴィエトの緊急会議を開いた。

「軍事革命委員会に代わって」と彼は声を張り上げた。「私は臨時政府がもはや存在しないことを宣言する」

その言葉に嵐のような喜びの声が沸き上がった。主要な施設は軍事革命委員会が掌握した、とトロッキーは騒ぎに負けじと続けた。冬宮は「もうまもなく」落ちるだろう。そのときまた盛大な歓声が起こった。レーニンがホールに入ってこようとしていた。

「同志レーニン、万歳！」とトロツキーが叫んだ。「また我々のもとに戻ってこられた！」。七月以来となるレーニンの再登場は短く、歓喜に満ちたものだった。

彼は細かな話はせず、ただ「新たな時代の始まりだ」と告げると、声に熱をこめた。「世界社会主義革命、万歳！」

その場にいるほとんど全員が、喜びの反応を示した。だが、異議もあった。

「あなたは第二回ソヴィエト大会の意思表示を待っているのではないのか」と誰かが叫んだ。

「第二回ソヴィエト大会の意思はすでに、労働者と兵士たちの蜂起という事実によって定まっている」とトロツキーが叫び返した。「だから我々はこの勝利を推し進めればいい」

しかしヴォロダルスキー、ジノヴィエフ、ルナチャルスキーの宣言が続くなか、小人数の穏健派（大半がメンシェヴィキ）がソヴィエトの執行委員会から退いていった。この謀議は恐ろしい結果を生むだろうと、彼らは警告した。

革命派はドタバタ喜劇のような誤りを犯した。バルト艦隊の水兵が持ち場に到着するのが遅れたのだ。一部はフィンランドのヴィボルグで、あてにならない列車をあてがった体制派の駅長のおかげで、街の先の野原に置き去りにされていた。

午後三時、予定が変更になった臨時政府への攻撃は、またしても延期された。レーニンは軍事革命委員会に怒りを向けた。ポドヴォイスキーによれば、「檻のなかのライオンのようで……今にも我々を撃とうとする勢いだった」。

冬宮そのものには、三〇〇〇人ほどの飢えた体制派の部隊が残っていたが、士気はもうがたがただった。閣僚たちは建物の奥に身をひそめながら、まだ将来の歴史を想像していた。予備議会のダンとゴーツは、以前に提案した政府からはカデットを除外していた。そしていま、メンシェヴィキへのまったく無用な当てつけから、内閣は新しい指導者にそのカデットの人間を据えようと決めた。前福祉大臣のニコライ・ミハイロヴィチ・キシキンである。

午後四時を過ぎたころ、キシキンは正式に権力を授けられた。こうして独裁者キシキンのごく短い統治が始まった。一握りの宮殿の部屋と、外にある数棟の建物の全権を有する支配者としての。

独裁者キシキンは参謀本部へと駆けつけた。彼の最初の行動は、参謀長ポルコヴニコフを解任し、後任にバグラトゥーニを据えることだった。それがさっそく、彼の絶対的権威にひびを入れる結果になる。畏れ多くもキシキンの権力に抵抗して、ポルコヴニコフの同僚たちが、彼がスケープゴートにされたことに抗議し、いっせいに辞任したのだ。

何人かは軍事革命委員会の防衛網の穴を通り抜け、暗い顔で家に帰っていった。窓のそばに座り込んで外を眺める者たちもいた。

午後六時、日没とともに冷たい雨が降り出した。軍事革命委員会が冬宮を攻撃する最終期限が、またしても過ぎていった。赤衛隊が軽く驚いた様子で、宮殿広場の士官候補生たちがバリケードを築くのを眺めていた。ときおり断続的に、激しやすい革命派の誰かが銃を発砲するが、同志から叱られるだけで終わっていた。レーニンは怒りのメモをつぎつぎ軍事革命委員会に送り、事態を打開するように求めた。

午後六時一五分、かなり多人数の士官候補生の一団が、無意味な犠牲は気が進まない、特に自分たちがそうなるのは嫌だという判断を下した。そして各自、大口径のライフル銃を手に、そっと冬宮を出ていった。大臣たちはケレンスキーの私室に引っ込んで夕食をとった。献立はボルシチと魚、アーティチヨークだった。

ペトロパヴロフスク要塞では、軍事革命委員会のコミッサールのブラゴヌラーヴォフが、たしかに攻撃のときが来たと決断した。自転車連隊の二人を送り出し、最後通牒を参謀本部まで届けさせた。今から二〇分以内に政府が投降しなければ、要塞の大砲、〈アヴローラ〉の艦砲、姉妹艦〈アムール〉の艦砲が火を噴くと。

ブラゴヌラーヴォフの動きははったりだった。要塞の壁から宮殿に向けられた大型の兵器が整備不良で発砲できず、使い物にならなくなっていたのだ。あわてて代わりの小さめの兵器を引きずってきたが、今度は装塡されていないのに気づいた。おまけにちょうど合う弾薬もなかった。

将軍たちはただちに、軍事革命委員会のメッセージを内閣に伝えた。参謀本部に残った最後の電信技師がプスコフあてに、建物は失われたと打電した。そしてこうつけ加えた。「私は職務を離れ、ここを出ていく」

冬宮で、もし〈アヴローラ〉が発砲したらどうなるのだろうと口にする者がいた。「ここは瓦礫の山と化すだろうな」とヴェルデレフスキーは重々しく言った。

独裁者キシキンが揺れている士官候補生数人のもとに駆け寄り、どうか留まってくれとかきくどいた。内閣は、できるかぎり最後まで引きこもることはしないようにするのが自分たちの務めだと考えていたので、独自に最後の電信を外へ送った。

「全員に告ぐ、全員に告ぐ！　ペトログラード・ソヴィエトは」――やはり案の定、ボリシェヴィキではなかった――「臨時政府が打倒されたことを宣言し、そして砲撃の脅威の下、権力を速やかに移譲することを要求した。我々は投降せず、人民の庇護の下に身を置くことに決めた」

十月革命の前夜，攻囲された冬宮のなかの士官候補生たち

革命後の，装甲巡洋艦〈アヴローラ〉

午後八時、今度は二〇〇人のコサックが持ち場を離れてどこかへ去った。バグラトゥーニは辞任し、やはり出ていった。宮殿のなかでは、残った体制派の勢力が死を待ちながら、タペストリーの下で呆けたように煙草を吹かしていた。

側面の一方の守備は、ほとんどないも同然だった。度胸と運に恵まれた者は、哨兵の横をすり抜け、半分しか守られていない廊下に出ることができた。ダシケーヴィチのような革命派やジョン・リードのようなジャーナリストまで、好奇心や交歓や取材のためにつぎつぎ出入りしていた。チュドノフスキーは、出ていきたくてたまらないが怖くて勇気の出ない士官候補生たちに招き入れられ、彼らの安全の交渉にあたった。

大臣たちは孔雀石の間を出て、攻撃を受けにくい執務室に移った。部屋には電話が一台あり、奇跡的にまだつながっていた。彼らは市ドゥーマにダイヤルし、ペトログラード市長のグリゴリー・シレイダーに助けてくれと泣きついた。

市ドゥーマはただちに緊急会議を開き、〈アヴローラ〉、スモーリヌイ、冬宮にそれぞれ仲介者グループを送った。だが軍事革命委員会は彼らを〈アヴローラ〉から締め出し、宮殿を攻囲した勢力は彼らを拒否した。仲介者たちの白旗もあまり鮮明ではなく、中の守備要員が、自分たちのためにやってきた使いに向かって発砲した。スモーリヌイでは、カーメネフが彼らを丁重に迎え入れ、宮殿まで安全に送り届けたが、護衛のグループは直接向かった者たちほど幸運に恵まれなかった。

ケレンスキーがなんとか前線にたどり着いたのは、概ねそのころだった。

ブラゴヌラーヴォフは懸命に準備に努め、ペトロパヴロフスク要塞の六インチ砲がなんとか使える状態になったことを知って胸をなでおろした。革命派勢力は、彼の部下が要塞の旗竿にランタンの赤い灯を掲げたとき、それを合図に冬宮への最後の攻撃を仕掛ける手はずになっていた――が、また問題が生じた。誰もそんなランタンを持っていなかったのだ。

照明を探して要塞の暗い地面を駆けまわっているとき、ブラゴヌラーヴォフはいきなり泥の詰まった穴に落ちた。濡れて泥まみれになりながら、ようやく適当な明かりを見つけ、大急ぎで戻って掲げようとしたが、そこでまた苛々のあまり気が変になりそうになった。「それを旗竿に固定するのがきわめて難しいことがわかった」のだ。彼がこの障害を乗り越え、やっと〈アヴローラ〉に発砲の合図を送れたのは午後九時四〇分――もともとの最終期限からほぼ一〇時間後だった。

船からの一発目は空砲だった。だがその発砲音は、本物の砲弾を撃ったときよりはるかに大きく響いた。大地を揺さぶる轟音がペトログラードを震わせた。

川の土手にいた見物人たちが、恐怖に駆られて地面に倒れ込み、耳をふさいだ。耳を聾する大音響と振動に、宮殿にいた最後の守備要員たちも肝を潰し、持ち場を捨てて逃げ出した。あとに残ったのは、献身的で勇敢な筋金入りの連中か、麻痺していたり疲れきっていたり、愚かだったり恐ろしかったりして逃げるに逃げられない連中だった。

右派エスエルの大臣セミオン・マスロフが電話線の向こうにいる市ドゥーマの代表に向かって叫び、その代表は彼の言葉をしんと静まった議事堂に伝えた。「民主主義は我々を臨時政府に送り込んだ。我々はこの任命を望まなかったが、それでも任についた。しかし今……我々は銃砲を向けられ、支援も得られない……もちろんみな死ぬだろう。だが、私から最後の言葉を送る。〝我々を任命しておきながら守ることのできなかった民主主義に、侮蔑と永遠の呪いを〟」

ほぼ八時間に及ぶ膠着状態のあとで、ソヴィエトの代議員たちはもう延期に耐えられなくなった。一発目の砲声から一時間後、スモーリヌイの壮麗な集会場で、第二回ソヴィエト大会が開幕した。

ここは禁煙だぞという叫び声が何度も響き、喫煙者自身も楽しげにそう口にしているのに、部屋のなかは煙草の匂いが立ちこめていた。スハーノフは身震いするようにこう記している。代議員の大半は、「ボリシェヴィキが占める地方特有の特徴に欠ける目鼻立ち」をしていた。スハーノフのインテリらしく洗練された目には、彼らは「気難しく」「原始的」で「暗愚」で、「粗雑で無知」に映った。

六七〇人の代議員のうち、三〇〇人がボリシェヴィキだった。エスエルは一九三人で、その半分以上を党内の左派が占めていた。メンシェヴィキは六八人、メンシェヴィキ国際派が一四人。残りは独立派か、小グループのメンバーだった。ボリシェヴィキの存在感の大きさが、代表を選出した人々のあいだでこの党への支持が急激に高まったことを示していた――またいささかいい加減な配分の仕方に支えられていて、実際の比率よりも多くなってもいた。だがそれでも、左派エスエルをのぞけば、彼らは最大多数の勢力だった。

しかし開幕のベルを鳴らしたのは、ボリシェヴィキではなく、メンシェヴィキだった。ボリシェヴィキはダンにその役割を任せることで、彼の虚栄心を満足させてやった。だが彼はたちまち、党を超えた同志愛や共鳴といった望みを残らず打ち砕いた。

「中央執行委員会は、我々がいつも行う政治的な開会の辞を、今回は不適切だと考えている」とダンは告げた。「たった今も我々の同志たちが、あの冬宮で砲火にさらされながら、我々の代わりに義務を遂行しているのだ」

三月以降、ソヴィエトを導いてきたダンやその他の穏健派たちはその席を空け、比率どおりに配分された新たな幹部会が座を占めることになった。コロンタイ、ルナチャルスキー、トロツキー、ジノヴィエフを始めとする一四人のボリシェヴィキと、偉大なマリア・スピリドーノヴァを含む左派エスエル七人が壇上に登った。メンシェヴィキは怒りに任せて三つの席を放棄した。一席はメンシェヴィキ国際派のために用意された。威厳を見せると同時に痛々しい策を弄して、マルトフの一派はその一席を占めるのを拒んだが、のちのちのために権利だけは取っておかれた。

革命派の新指導層が腰を落ち着け、仕事の準備にかかるころ、部屋に突然、また大砲の轟音が響いた。誰もが凍りついた。

今度の音はペトロパヴロフスク要塞からだった。〈アヴローラ〉とはちがい、その一発は空砲ではなかった。

★

爆発の閃光が油の浮いたネヴァ川の水面に反射した。飛翔する砲弾が夜のなかに弧を描き、悲鳴のような音を曳いて標的のほうへ落ちていく。その多くは慈悲のせいか無能のせいか、空中で盛大に燃えつき、華々しくも害をなさずに消えた。さらに多くが水面に衝突して激しくしぶきを上げ、水の奥深く沈んでいった。

赤衛隊も、自分たちの持ち場から発砲した。弾丸が冬宮の壁につぎつぎ着弾する。内閣の残りがテーブルの下で身を縮め、そのまわりにガラスの破片が降り注いだ。

スモーリヌイでは、攻撃を示す不吉な音が響くなか、マルトフが震え声を張り上げた。彼は平和的な解決を主張した。喉を嗄らして戦闘中止を呼びかけた。統合された超党派の社会主義政府を作る交渉に入るべきだと。

聴衆から盛大な拍手喝采が湧き起こった。幹部会からも、左派エスエルのムスティスラフスキーがマルトフに全面的支持を表明した。出席したほぼ全員が、多くの一般大衆からなるボリシェヴィキも含め、やはり賛成の声をあげた。

党の指導層を代表して、ルナチャルスキーが立ち上がった。それからこんな発言をして、驚きを巻き起こした。「わがボリシェヴィキには、マルトフの提案に反対する理由はまったくない」

代議員たちがマルトフの呼びかけについて票決を行った。満場一致で支持が決まった。

『サンフランシスコ・バレティン』の通信員、ベッシー・ビーティも同じ部屋にいた。そして自分が目の当たりにしたものの大きな意味を悟った。彼女はこう書いている。「これはロシア革命の歴史において、きわめて重要な瞬間だった」。民主社会主義の連立政府が生まれようとしているように見えた。

しかしその瞬間からしばらくたったころ、ネヴァ川からまた砲声が轟いた。反響が部屋を震わせるうちに、再び各党のあいだに亀裂が現れてきた。

「全ロシア会議の裏で、犯罪的な企てが行われている」とメンシェヴィキの高官ハラーシは告げた。「メンシェヴィキとエスエルはここで起きていることをすべて拒否し、内閣を逮捕しようとするすべての試みにあくまで抵抗する」

「彼は第一二軍を代表していない」と、ある兵士が怒って叫んだ。「当軍は〝すべての権力をソヴィエトに〟と要求する」

激しい野次の応酬があった。今度は右派エスエルとメンシェヴィキが大声でボリシェヴィキへの非難を叫び、この審議の場から出ていくと警告した。するとまた、左派が怒号をあげて黙らせた。

空気が次第に剣呑になってきた。つぎにモスクワ・ソヴィエトのヒンチュクが口を開いた。「現在の危機に平和的解決をもたらす唯一の方策は、やはり臨時政府との交渉を続けることだろう」

大混乱になった。ヒンチュクのこの介入は、ケレンスキーへの憎悪を致命的なまでに過小評価していたせいか、それとも意図的な挑発だったのか。信じられないという様子のボリシェヴィキだけでなく、はるかに大きな怒りが引き起こされた。とうとうヒンチュクが憤然として叫んだ。「我々はこの会議から退席する！」

その宣言に対する足踏みとブーイング、口笛のなかで、しかしメンシェヴィキとエスエルはためらっていた。なんと言っても、退出の脅しは最後のカードである。

ペトログラードの反対側では市ドゥーマが、マスロフが電話で伝えてきた凶報について論じ合っていた。「同志たちに、我々が彼らを見捨てたわけではないことを知らせよう。我々も彼らとともに死ぬと伝えるのだ」とエスエルのナウム・ブイホフスキーが宣言した。自由主義者や保守派が起立し、冬宮で銃火にさらされている仲間に加わることに賛意を示した。自分たちも体制のために死ぬ覚悟があると。カデットのソフィア・パニナ伯爵夫人は、自分は「大砲の前に立つ」と言い放った。

ボリシェヴィキの代表たちは侮蔑もあらわに、否定の意思を示した。自分たちも行くが、宮殿にではない、と言った。行くのはソヴィエトだ。

点呼が終わり、対立する二群の巡礼たちが闇のなかを出発した。

スモーリヌイでは、ユダヤ・ブントのエルリッヒが議事進行をさえぎり、市ドゥーマ代表による決定を知らせた。そして言った。今こそ「大虐殺を望まない」者たちが宮殿への行進に加わり、内閣との連帯を示すときだ。またしても左派が呪いの言葉を叫び、メンシェヴィキ、ブント、エスエル、その他の少数派が立ち上がって退出した。あとにはボリシェヴィキ、左派エスエル、そして興奮したメンシェヴィキ国際派が残された。

冷たい夜の雨のなか、自らを追放した穏健派たちはスモーリヌイを出てとぼとぼ歩き、ネフスキー大通りの市ドゥーマに着いた。そこで市ドゥーマの代表たち、農民ソヴィエト執行委員会のメンシェヴィキおよびエスエルのメンバーと合流し、ともに内閣との連帯を示すためにまた出発した。市長のシレイダー、食糧大臣のセルゲイ・プロコポーヴィチを先頭に、四列に並んで歩いていく。大臣たちの滋養にとパンとソーセージを持ち、〈ラ・マルセイエーズ〉を震え声で歌いながら、三〇〇人強の集団が臨時政府のために死の旅へとくり出した。

彼らがその行進を止めたわけではない。運河の角で、革命派が行く手をふさいでいた。「我々を通すように！」とシレイダーとプロコポーヴィチが怒鳴った。「我々は冬宮へ行こうとしている！」

困り顔の水兵は、通すわけにはいかないと拒んだ。

「撃ちたければ撃て！」と行進者たちが迫った。「我々は死ぬ覚悟はできている、お前たちにロシア人の同志を撃つ度胸があるなら……その銃に胸をさらしてやる！」

奇妙な睨み合いが続いた。左派は撃つことを拒否し、右派は通るか、さもなくば撃たれる権利を求めた。

「どうするんだ？」と誰かが、彼を射殺するのを拒んだ水兵に向かって叫んだ。

ついで起こった一部始終を目撃した、ジョン・リードの記述は有名である。

「もうひとりの水兵が、ひどく苛立った様子で近づいてきた。〝尻を叩いてやろうか！〟と、勢い込んで叫んだ。〝それに必要なら、撃ってやってもいいんだ。もう帰れ、俺たちに楽をさせてくれ〟」

これは民主主義の擁護者たちにふさわしい運命ではない。プロコポーヴィチが箱の上に乗ると、手にした傘を振りながら仲間たちに、この水兵たちを救ってやろうではないかと語りかけた。「こんな無知な連中の手にかかって、我々の無垢な血を流すわけにはいかない！……こんな街頭でスイッチマンに撃たれるのは」——尻を叩かれるのはもちろんのこと——「我々の尊厳にもとる。ドゥーマに引き返して、この国と革命とを救い出す最良の方策を論じ合おうではないか！」

その言葉をしおに、自ら宣言した自由民主主義の決死隊はきびすを返し、ソーセージを手に困惑するほど短い帰途についた。

マルトフは大衆集会の出席者とともに集会場に残り、まだ必死に妥協の道を探っていた。いま彼は、ボリシェヴィキがソヴィエト会議の意思に取って代わろうとしていることを批判する動議を提出し、そして——またもや——幅広くすべてを含んだ社会主義政府を実現する交渉を始めようと言った。これは彼が二時間前にも行った提案に近いもので、穏健派と縁を切りたいレーニンはさておき、そのときはボリシェヴィキは反対しなかった。

だが、あれから長い時間が過ぎていた。

マルトフが座っていると、何やら騒ぎがあり、ボリシェヴィキの市ドゥーマの分派が議場に強引に入ってきて、代議員たちを驚かせると同時に喜ばせた。自分たちは「全ロシア会議とともに勝つか、もしくは死ぬため」にやってきたと、彼らは言った。

歓呼の声が収まると、トロツキーが自ら立ち上がって、マルトフに応えた。「一般人民の蜂起に正当化の理屈はいらない。今日起こったことは反乱であって、陰謀の結果ではない。我々はペテルブルクの労働者と兵士たちの革命的エネルギーを強固なものにした。陰謀ではなく、反乱を求める大衆の意思を公然と鍛えあげた。我々の幟旗と、我々の反乱についてきた一般人民が勝利したのだ。なのにいま、我々はこう言われている。お前たちの勝利を棄てて、譲歩を行い、妥協しろと。いったい誰とだ？　私は問いたい。我々は誰と妥協せねばならないのだ？　我々から離れていったあのみじめなグループとか、それともこの提案を行っている者たちとか？　しかし我々は彼らをたっぷり見た。ロシアにはもう、彼らと組む者はいない。妥協が成り立つのは、双方が互いに対等な関係であるときだ。そしてその相手はこの会議が代表する、何百万もの労働者と農民たちだ。これが最初でも最後でもなく、ブルジョアジーがそうしようと思えば、いつでも簡単に手を切るつもりでいる相手だ。だから、ここで妥協は不可能だ。出ていった者や、我々にどうしろと指図する者にはこう言わねばならない。お前たちはみじめな破産者だ、お前たちの役割はもう終わった。さっさと行くべきところへ行くがいい。歴史のゴミ箱へ！」

部屋じゅうが沸き返った。激しい拍手喝采がいつまでも続くなか、マルトフが立ち上がった。「ならば我々は抜ける！」と叫んだ。

彼がきびすを返したとき、ある代議員が行く手をふさいだ。その男は、悲しみと非難の混ざり合った表情で見つめた。

「ずっと思っていました」と男は言った。「同志マルトフは少なくとも我々とともにいてくれるものと」

「君にもいつかわかる」とマルトフは震える声で言った。「君は犯罪に加担しているのだ」

　そして出ていった。


大会はただちに、マルトフも含め、退出した者たちへの弾劾を可決した。こういった辛辣さは、あとに残った左派エスエルとメンシェヴィキ国際派に関するかぎり、歓迎されないし無用だった。ボリス・カムコフが、うちのグループ（左派エスエル）は留まると告げ、温かい拍手を浴びた。そしてマルトフの提案を復活させようとして、ボリシェヴィキの多数派をやんわりと批判した。彼らは農民階級も、軍の大多数も担っていない。聴衆にそのことを思い出させた。妥協はまだ必要だと。

　このときはトロツキーではなく、人気の高いルナチャルスキーが応えた――彼は以前、マルトフの動議に賛成していた。たしかに、この先の責務は重いものになるだろう、「だが、我々に対するカムコフの批判には根拠がない」と彼は言った。

「もしこの大会が始まったとき、我々が何かしら他の勢力をすべて拒むか排除するような手段をとっていたのなら、カムコフの言うとおりだったろう」とルナチャルスキーは続けた。「しかし我々はみな、危機を平和的に解決する方策を論じようというマルトフの提案を満場一致で受け入れた。また我々には、多くの声明が雨あられと浴びせられた。我々には計画的な攻撃が行われた……我々の話を最後まで聞くことも、自分たち自身の提案を議論することすらなく、彼ら［メンシェヴィキとエスエル］はすぐに我々の質問をかわそうとした」

それに対しては、レーニンはここ何週間かずっと、党は単独で権力を握らねばならないと主張してきたではないか、そう指摘することもできたかもしれない。だが、こうしたシニシズムはともかくとしても、ルナチャルスキーは正しかった。

喜ばしい連帯なのか、攻撃的にか、混乱しながらか、とにかくなんであれ、マルトフが最初に協力――統合された社会主義政府――のことを議題に乗せたときには、他の党の他の誰とも同様に、議場にいるボリシェヴィキが全員、賛意を示した。

ベッシー・ビーティは、その最初の提案に対して、トロツキーが臨機応変に動こうとしなかったことを指摘している。もしかすると、「こうした他の指導者たちから受けた侮辱の苦い記憶」のせいだったかもしれない。それは議論の余地がある。もし本当にそうだったにしろ、メンシェヴィキや右派エスエルその他は、ボリシェヴィキの顔に票決の結果を投げ返した。そこからまっすぐ逆方向に走り、左にいる者たちを非難した。

ルナチャルスキーの問いかけはもっともだった。協力を拒んだ者たちと、どうやって協力すればいい？

その論点を裏書きするように、出ていった穏健派はまさに同じころ、この大会を「ボリシェヴィキ代議員による私的な会合」と決めつけていた。そして「中央執行委員会は、第二回大会は開催されないものと考える」と告げた。

ホールでは、調停をめぐる議論がずるずると真夜中まで続いた。しかし今では、重みのある意見はルナチャルスキーと、そしてトロツキーに絞られていた。

★

冬宮の最終段階が来ていた。

風が割れた窓ガラスから吹き込んできた。広々とした部屋はどこも寒々しかった。目的を失って絶望した兵士たちが、謁見の間の双頭の鷲の横を通り過ぎる。侵入者たちが皇帝の私室にたどり着いた。なかは空だった。彼らは時間をかけて、皇帝その人の肖像を攻撃し、壁の上からじっと穏やかに見下ろす等身大のニコライ二世に銃剣で斬りつけた。それはまるで鉤爪をもった忌まわしい獣のように、かつての皇帝の頭から長靴を履いた足に及ぶ長い切り傷を残した。

人影がふわふわと視界に出入りしているが、みなお互いに誰が誰だかよくわからなかった。シネグブという中尉は、政府を守ろうという意気込みで残っていた。脈絡を欠いたその時間のあいだ、攻囲された廊下を巡回しながら、攻撃を待ちつづけた。ある種の静かなパニックのなか、麻酔をかけられたような極度の疲労のなかを漂い、聞くともなく耳にした物語から切り取ったような場面を通り過ぎた。肘掛け椅子に腰かけた、提督の軍服姿の老紳士。明かりの消えた無人の交換台。回廊の肖像画が見下ろすなか、その下にうずくまった兵士たち。

階段の吹き抜けで、男たちが小競り合いをしていた。床板がきしむたびにカクメイ、カクメイと言ってでもいるようだ。ユンカーが現れた。何かの任務を帯びて、どこかへ行こうとしている。ことさらに抑えた調子で、君がたったいますれちがった相手は——たしかに誰かとすれちがった気がする——おそらく敵のひとりだと警告した。「ほう、そいつはいい」とシネグブは言った。「見ていろ！　すぐに確かめてやる」。そして振り返り、相手の行く手を阻んだ。見ると、たしかに反乱側の人間だった。学校の遊び場で喧嘩をする子どもよろしく、腕を自由に動かせるように、彼は外套を脱いだ。

午前二時ごろ、軍事革命委員会の部隊が突然、大挙して宮殿に押し入った。コノヴァロフが逆上して、シレイダーに電話した。「ここにいるのは少数の士官候補生だけだ。我々はもうすぐ逮捕される」。通話はそこでとぎれた。

大臣たちの耳に、廊下から無意味な銃声が響いてきた。守備側の最後の抵抗。足音。息を切らせた士官候補生が、指示を仰ぎに駆け込んできた。「最後のひとりまで戦いますか?」と尋ねる。

「血は流すな!」と大臣たちは叫んだ。「我々は投降する」

彼らは待った。妙に手持ち無沙汰だった。どのように見つかるのが一番いい? 今の状態はきっとよくない。コートを腕にかけ、列車を待っている実業家のように、所在なげにうろうろしているのは。

独裁者キシキンがその場を仕切った。そして最後の二つの命令を発した。

「みんな外套は置いて」と言った。「テーブルの前に座っていよう」

全員が従った。そうしてみな、閣僚会議のタブローのようにじっと動かずにいた。そこへアントノフが華々しく駆け込んできた。画家のかぶる派手な帽子が、赤毛の髪の上に浅く載っている。その後ろから、兵士や水兵、赤衛隊が続いた。

「こちらは臨時政府だが」とコノヴァロフが、驚くほど慎み深く言った。反乱軍に対してではなく、ノックの音に応答しているようだった。「なんの用ですかな?」

「臨時政府のみなさんにお知らせする」とアントノフが言った。「あなた方は逮捕されます」

革命の前、政治的にははるか大昔のことだが、この場にいる大臣のひとりマリアントヴィチは、アントノフを自宅に匿ってやったことがあった。二人の男は互いに目を見かわしたが、そのことは口にしなかった。

ケレンスキーがずっと前に逃れていたことを知ると、赤衛隊は激昂した。頭に血の上ったひとりが叫んだ。「こいつらを切り刻んでやれ!」

「この人たちへの暴力は許さない」とアントノフが穏やかに応じた。

それをしおに、彼は大臣たちを連れて出ていき、あとには雑に書かれた声明書が残された。あちこちに削除の線が引かれ、その十字に交わる跡が、奇抜にデザインされた独裁の夢のようにうねっていた。そのとき電話が鳴り出した。

シネグブは廊下からずっと見ていた。その一幕が終わり、政府高官たちが行ってしまうと、彼の任務も終了した。彼は静かにきびすを返し、ぎらつく探照灯の光のなかへ歩み出ていった。

略奪者たちがあちこちの部屋を漁っていた。芸術品の類は無視し、衣服や装飾品を奪った。床に散らばった書類を踏みつけた。そして出ていこうとしたが、革命派の兵士たちに止められ、戦利品を没収された。「ここは人民の宮殿だ」と、ボリシェヴィキの中尉はたしなめた。「我々の宮殿だ。人民のものを盗んではならない」

壊れた剣の柄、蠟燭。こそ泥たちが戦利品を引き渡した。毛布、ソファのクッション。

アントノフがかつての大臣たちを外に連れ出したとき、怒りに燃える猛々しい群集と出くわした。彼は拘束した人々を守るように立ちはだかった。「この人たちを叩くな」。アントノフとその他の経験豊富な――誇り高い――ボリシェヴィキたちが言った。「野蛮なまねはよすんだ」

しかし街頭で唸りを発していた怒りは、そう易々とは抑えられなかった。緊迫した瞬間のあと、幸いにも近くで機関銃の銃声が響き、群集があわてて散らばった。アントノフはその隙に走って橋を渡ると、人波を押し分けながら政治犯たちを引きずっていき、ペトロパヴロフスク要塞に幽閉した。

監房の扉が閉まろうとするとき、メンシェヴィキの内務大臣ニキチンが、ウクライナ中央ラーダからの電信がポケットに入っていることを思い出した。

「昨日これを受け取った」と彼は言って、アントノフに手渡した。「今はもう君たちの問題だ」

スモーリヌイでは、あの強情な悲観論者カーメネフが、その報せを代議員たちにもたらした。「冬宮にひそんでいた反革命の指導者たちが、革命的守備隊の手で捕縛された」。その言葉に、すさまじい歓喜が爆発した。

午前三時過ぎだったが、まだやることはあった。さらに二時間のあいだ、ソヴィエト大会には続々と報告が入ってきた——どこかの部隊がこちら側についた、将軍の誰かが軍事革命委員会の権威を受け入れた、と。まだ異議の申し立てもあった。監獄からエスエルの大臣を解放するよう求める声も出た。トロツキーは、彼らは偽の同志だと切り捨てた。

午前四時ごろ、出ていったマルトフからの威厳に欠ける言い訳のように、彼のグループの代表が再び入ってきて、社会主義政府への呼びかけを提出した。カーメネフはホールじゅうに響く声で、マルトフが妥協を主張した相手は彼の提案に背を向けたと指摘した。それでもぶれることない穏健派の彼は、トロツキーによるエスエルとメンシェヴィキへの非難をテーブルの上に出すと、その記録をそっと手続きの際にまぎれてしまうところに置き、この話が蒸し返されて誰かがばつの悪い思いをしないように配慮した。

レーニンはその夜、会議に戻ろうとはしなかった。彼は計画を立てていた。それでもひとつ文章を書き、それを読み聞かせるようルナチャルスキーに託した。

「すべての労働者、兵士、農民」にあてられた文章だった。レーニンはソヴィエトが権力を握ったことを宣言し、ただちに民主的平和を提案すると約束した。土地は農民に移譲される。都市にはパンが供給され、帝国の諸民族には自決権が付与される。だが、革命はまだ危険な状態にあるとも警告した——内外の危険にさらされていると。

「コルニーロフ主義者が……ペトログラードに部隊を差し向けようと努めている……兵士たちよ！　コルニーロフ主義者のケレンスキーを阻止せよ！……鉄道員たちよ！　ケレンスキーがペトログラードに送り込むすべての部隊を食い止めよ！　兵士たちよ、労働者たちよ、雇用者たちよ！　革命の命運と民主的平和は諸君の手のなかにある！」

文書を最後まで読みあげるのには長い時間がかかり、途中でしばしば中断しなければならないほど、是を唱える歓声が何度も起こった。ほんの些細な言い回しの調整で、左派エスエルの同意も確保された。メンシェヴィキのごく小さな分派が棄権し、左派マルトフ主義とボリシェヴィキとで調停が行われる道筋が整えられた。一〇月二六日、午前五時。レーニンの声明書は圧倒的多数で可決された。

雄叫びが轟いた。その反響が収まるうちに、決議の重大さが次第にあきらかになってきた。男も女もお互いに顔を見かわす。可決された。ついにやったのだ。

革命政府が宣言された。

革命政府が宣言された、それで一晩で起こることとしては十分だった。初回の会合でやるべきことは、もうやりすぎるほどやった。

疲労し、歴史に酔い、神経をぴんと張りつめさせた第二回ソヴィエト大会の代議員たちは、よろめく足取りでスモーリヌイを出た。古い女学校から歴史の新たな瞬間へ、労働者による国家の首都へと足を踏み出す。そして薄暗い、それでも次第に明るさを増す空の下、冬の冷気のなかへ歩いていった。

エピローグ　一〇月以後

「ああ、あなたが自由なのはよくわかりました。それが実現するということも。でもそれはどのようなものになるの？」
——ニコライ・チェルヌイシェフスキー『何をなすべきか』

i

その奇妙な本、『何をなすべきか』はのちのち大きな影響をもたらす。一九〇二年、レーニンは自ら左派組織について書いた重要なパンフレットに、この四〇年以上も前の小説にちなんだ題名をつけた。チェルヌイシェフスキーの物語には夢の場面がいくつか挿入されているが、特に有名なのは四つめだ。その一一の節で、主人公のヴェラ・パヴロヴナははるか遠い過去から、奇妙だが心を打つユートピア的未来まで旅をする。この本の要となる点、歴史から実現性への支点は、四つめの夢の第七節である。この節はまるごと、本書の冒頭の題辞に引用されている。

二行にわたって続く点の羅列。これ見よがしにあえて語られざるもの。不公正から解放への移行。物のわかった読者には、この長い省略の背後にあるものが革命だということがわかるだろう。

こうした配慮によって、著者は検閲を逃れた。しかしこの書かれざる部分には、無神論者となったこの聖職者の息子が示そうとする、宗教的な何かがある。政治的な「否定の道《ヴィア・ネガティヴァ》」、つまり言葉にならない革命論が。

これに忠実な者たちにとって、実在する革命のパラドックスとは、その完全な再現を行おうとする際には、まさしく言葉を超えた救世主的介入であり——と同時に日常から浮かび出てくるものでもあるという点にある。口では言い表せない、だが日々の教えの極致となるもの。言葉を超え、表現を超えようとして果たせないもの。

チェルヌイシェフスキーの点の羅列は、ある奇妙な物語の再現である。そしてこの本は、また別の物語を再現しようとする試みだった。

そして息を切らし、喘ぎながら、チェルヌイシェフスキーはこの点をたどったのだろうか？「それはどのようなものになるの？」——この問いかけは、歴史における現在の視点からは、ただ痛みしかもたらさない。

ii

一九一七年一〇月二六日の夜、レーニンは第二回ソヴィエト大会の前に立つ。書見台を手で握る。今まで聴衆を待たせてきた。時間は午後九時近く。今は彼自身が待っている。黙って、拍手の波が通り過ぎるのを。ようやく前に身を乗り出し、しゃがれた声で第一声を、あの有名な言葉を口にする。

「我々は今こそ、社会主義的秩序を打ち立てよう」

それが新たな喜びを引き起こす。怒号のような歓声。

レーニンは左派エスエルにならい、土地の私的所有の廃止を提案する。戦争に関してソヴィエト大会は、「すべての交戦国の人民および政府への声明」を発し、ただちに民主的平和へ向けての交渉を求める。満場一致での承認。

「戦争は終わった！」、声にならない絶叫があがる。「戦争は終わった！」

代議員たちはすすり泣いている。期せずして彼らが歌い出すのは、祝いの歌ではなく弔いの歌だ。この瞬間のために闘い、死んでいった者たちに敬意を表して。

だが、戦争はまだ終わっていない。そしてこの先打ち立てられる秩序は、社会主義のそれとはかけ離れたものとなる。

この先の年月のあいだに、革命は攻撃され、孤立し、硬直化し、破綻する。それがどこへ行きつくかを我々は知っている。粛清、強制労働収容所、飢餓、大量殺戮へと。

一〇月は今もって、根本的、急進的な社会的変化にまつわる議論のグラウンド・ゼロである。その後の劣化は必然ではなく、どんな星の配置にも書かれてはいない。

この一九一七年に引き続く希望の、苦闘の、敗北の物語は、過去にも語られたし、未来にも語られるだろう。この物語と、何よりそこから生じるすべての問いかけ——変化は必要か、変化は可能か、どんな危険がつきまとうのか——は我々を超えたはるか先にまで伸び広がっている。この最後の数ページでは、それをほんのわずか垣間見せられるだけだ。

蜂起からまもなく、ケレンスキーは極右のクラスノフ将軍と会見し、抵抗の計画を練る。将軍の指揮の下、一〇〇〇人のコサックが首都に移動してくる。ペトログラードでは、市ドゥーマのメンシェヴィキと右派エスエルの雑多な勢力がまとまって救済委員会を作り、新しい人民コミッサール評議会に対抗する。反対派たちの動機は、たとえば民主主義への深い嫌悪から、絶望的な企てと思えるものに寄せる社会主義者の真摯な苦悩に至るまで、実に多岐にわたっている。一見奇妙な、一時的な烏合の衆かもしれないが、彼らが糾合した者たちには、たとえばプリシケヴィチのような人間も含まれている。この委員会は、クラスノフの部隊の到着に合わせてペトログラードで蜂起するという計画を立てる。

だが軍事革命委員会は、いろいろな計画をかぎつける。一〇月二九日にはペトログラードで、短命でまとまりのない「ユンカーの反乱」があり、士官候補生たちが首都を掌握しようとする。砲弾がまたしても街を揺るがすが、抵抗は抑え込まれる。そしてまたしても闘士アントノフが、自らの革命的名誉と文化的洗練を発揮し、復讐に燃える群集から捕虜たちを守りとおす。彼の囚人たちは命を救われる。だが多くの者たちは、そんな運には恵まれない。

翌日、ペトログラードまで二〇キロのプルコヴォ高地で、クラスノフの軍は労働者や水兵や兵士を寄せ集めた軍とぶつかり合う。訓練も受けていなければ規律もない連中だが、数では相手が上だ。戦闘は醜く、血なまぐさいものになる。クラスノフの軍は、ケレンスキーが本拠を置くガッチナへと退却する。二日後、安全な退路の提供と引き換えに、彼らはケレンスキーを引き渡すことに同意する。

かつての最高説得官には、まだ最後のいたずら心が残っている。水兵の制服とあやしげなゴーグルで変装し、まんまと逃げおおせるのだ。彼は自らの無罪を訴えるパンフレットをつぎつぎ出したのち、亡命先で生涯を終える。

連立を支持するヴィクジェリは、すべての社会主義グループからなる政府を要求する。レーニンもトロツキーも、この問題には強硬路線をとり、会議には出席しない。社会主義の連立に賛成するボリシェヴィキたち、カーメネフ、ジノヴィエフ、ミリューチンらは、新体制が生き延びる最高のチャンスと見て同意する。しかし、新体制の存続がクラスノフの進軍という脅威にさらされているこの時期、多くのエスエルとメンシェヴィキは、軍の政府に対する抵抗に劣らず、交渉にも多くの関心を抱いている。やがてクラスノフが敗れると、彼らは連立のほうへ切り替える——と同時に、ボリシェヴィキ中央委員会は強硬路線を採用する。

しかしこの路線は、論争を生まずにはいない。一一月三日、「天のふたご星」ジノヴィエフとカーメネフを始めとする五人が異議を唱え、中央委員会を辞任する。だが一二月には彼らも反対姿勢を引っ込め、そして同時期、ファンファーレとともに左派エスエルが政府に加わる。そして短期間ではあるが、連立が成立する。

この国全体に目をやれば、革命の強化は一様ではない。モスクワでは厳しい戦闘がずるずると長引く。しかし新体制の敵たちは方向性を見失って分裂し、ボリシェヴィキはその支配力を広げていく。

一九一八年一月の始まりにあたって、是が非でも政府が実現させねばならないのは、長らく延期されていた憲法制定会議を新たに招集し、ソヴィエトの主権を認めさせることだ。会議の代表たちがそれを拒むと、ボリシェヴィキと左派エスエルは、この今の新しい状況においては、憲法制定会議は非民主主義的で代表の役割を果たしていないと主張する。なにしろその（右派エスエルが支配する）メンバーは、一〇月以前に選出されたものだ。急進派たちはそっぽを向き、会議は不名誉にも縮小していく。そして最後には消滅する。

さらに悪い事態が、ほどなくやってくる。一九一八年三月三日、緊迫した奇妙な交渉が何週間も延々と続いたあとで、ソヴィエト政府とドイツおよびその同盟国とのあいだにブレスト゠リトフスク条約が結ばれ、連合国はこの戦争におけるロシアの役割にけりをつける――それも驚くほど懲罰的な条件で。レーニンは孤立無援のなか、この不当な要求を受け入れるべきだと主張する。彼にとっての最優先事項は、たとえどんな犠牲を払っても戦争を終わらせ、新体制をまとめあげ、世界革命を待つことにある。党左派の多くは、同盟国は革命の芽をたっぷり宿しているのだから、その国内での大変動が起きるまで戦争は続けるべきだと異議を唱える。しかし圧倒的なドイツの進攻を前に、レーニンはまた辞任の脅しをちらつかせ、結局この議論に勝つ。

ロシアは平和を得るものの、帯状の広大な土地と人口を失う。しかもその大半が最も肥沃な地方で、産業と金融の源泉でもある。空位になったそれらの領土に、同盟国は反革命の傀儡体制を作る。

この条約に抗議して、左派エスエルは内閣を辞任する。悪化する飢饉に対応するために、ボリシェヴィキが乱暴な食糧調達の手段に訴え、農民たちの反感を買う。その経緯は、マリア・スピリドーノヴァの痛烈な公開書簡にくわしく記されているとおりだ。

六月、左派エスエルの活動家がドイツ大使を暗殺し、今は「革命的」と呼ばれる戦争への復帰の気運を高めようとする。七月には、反ボリシェヴィキの蜂起を起こし――鎮圧される。徴発に対する農民の抵抗が激しさを増し、ボリシェヴィキの活動家ヴォロダルスキーとウリツキーが暗殺されると、政府は抑圧的な、しばしば血なまぐさい手段に出る。こうして一党国家は硬化しはじめる。

その後はときおり、思いも寄らない政治的な節目がやってくる。一九一八年一〇月、ほぼいつも例外なく前年の革命に反対の立場をとるメンシェヴィキが、十月革命は「歴史的に必要」だったことを認める。同じ年、破綻寸前の経済を政府が必死に立て直そうとするなか、左派ボリシェヴィキのシュリャプニコフが、党内の多くの人間が抱いている奇妙な憤りを口にする。いわく、「資本家階級は自らに課せられた、生産を組織化するという役割を放棄している」。

レーニンはしばらく、世界革命の見通しについては、頑な姿勢を崩さずにいる。ずっと以前からの前提に従えば、ロシアの革命が生き延びられるのは、この世界革命という文脈においてのみなのだ。

一九一八年八月、レーニンは暗殺未遂にあい、なんとか回復する。ドイツでマルクス主義者ローザ・ルクセンブルクとカール・リープクネヒトが惨殺され、スパルタクス団の反乱が頓挫したあとも、ボリシェヴィキの楽観主義は、当初はそれほど弱められない。戦争の余波のなか、ドイツは著しい社会の両極化に苦しめられ、その怒りが一九一八年と一九二三年にくり返し燃え上がる。ハンガリーではソヴィエト政権が生まれ、オーストリアでは一九一八年と一九年に階級闘争が勃発する。イタリアでは一九一九年と二〇年に「赤い二年」の蜂起が起こる。イングランドまでがストの波に揺れる。

しかし一九一九年からそれ以降、この波はひとつまたひとつと抑えられ、やがて反動が始まる。ボリシェヴィキはいつのまにかロシア国内に孤立し、国境の内側の状況も絶望的になっていく。

一九一八年五月、チェコスロヴァキアの部隊の兵士五万人が反乱を起こす。一度ガッチナであった騒ぎは収まったが、今度はこれをきっかけに内戦が始まる。

一九一八年から一九二一年にかけ、ボリシェヴィキは数度にわたって反革命勢力と戦わねばならない。その勢力「白衛隊」は、諸外国から支援を受け、武器も供与されている。白衛隊が革命の領域を侵食し、暴力の記憶に活気づく一方で、「緑の」農民の反乱が起こり――最も有名なのは、ウクライナの伝説のアナーキスト、マフノによるものだ――ボリシェヴィキ体制を揺るがす。一九一九年には、ロシアの領土は米国、フランス、英国、日本、ドイツ、セルビア、ポーランドの部隊に占領される。社会主義という赤い病原菌は、米国や英国やフランスにとっては戦時の敵よりもたちの悪いものだ。在ロシア米国大使のデイヴィッド・フランシスは、自らの懸念をこう記している。「この忌まわしいボリシェヴィキどもが掌握しつづけることが許されるなら、この国はもはや忠実なる国民のものではなくなるばかりか、ボリシェヴィキの支配はあらゆる政府をむしばみ、社会そのものの脅威となるだろう」

チャーチルはとりわけ「名のない獣」への、「薄汚いボリシェヴィズムの狒々たち」への強迫観念に囚われる。そして自分の最大の敵だと公言してはばからない。「歴史上のあらゆる圧政のなかで、ボリシェヴィキによる圧政は最も悪く、最も破壊的で、最も下劣だ」と、一九一九年に言明する。「ドイツ軍国主義と比べてそう悪くないなどというふりをするのは、欺瞞の最たるものだ」。戦争が終わると、チャーチルはおのれの本音を公にする――「ボルシーを殺し、フン（ドイツ）にキスを」。

連合国側はロシアに部隊を続々と注ぎ込み、船の出入港を禁じて、ソヴィエト・ロシアの飢えた国民に食糧が届くのを阻止する。悪評紛々たる白衛隊に資金を送る。さらにアレクサンドル・コルチャークの専制を支援し、グリゴリー・セミョーノフのことは、その部下のコサック兵がシベリアで恐怖政治を始めたにもかかわらず、あるアメリカ人の言葉を借りれば、「厳しいが許容できる」とみなしたりもする。

しかし、扱いにくく内輪もめの多い白衛隊は、いくら資金や連合国の支援があろうと、軍事的に勝つことも一般からの支持を得ることもできない。理由は彼らが、ロシアの農民や反抗的な少数民族へのあらゆる譲歩に反対してきたこと――そして彼らの野蛮さにある。彼らは白衛隊の部隊は熱狂的なポグロムに加わり、無差別殺戮や村の焼き打ち、ユダヤ人一五万人の殺戮や見せしめの拷問――鞭打ち、生き埋め、体の一部の切断、囚人を馬の後ろに引きずらせる――、即決の処刑なども行う。人質は取るなという彼らの指示が、すべてを如実に物語っているといえる。

こうしたテロは、新たな権威主義体制を求める彼らの夢に適うものだ。もしボリシェヴィズムが白衛隊に屈すれば、目撃証人であるチェンバリンも書いているように、その後任は「軍の独裁者として……白馬に乗ってモスクワに乗り込んでくるだろう」。世界にファシズムという言葉をもたらしたのはイタリアではなくロシアだと、トロツキーはのちに書いている。

こうした仮借ない圧力の下、残虐さと苦しみ、飢え、大量死、産業と文化のほぼ全面的な崩壊、強盗、ポグロム、拷問、カニバリズムの年月が続く。窮地に立つ体制は自ら「赤い恐怖」を解き放つ。その力は遠く深く、統制の及ばないところまで広がっていく。政治警察チェカの要員には、私的な力やサディズム、当時の堕落した状況に吸い寄せられてきた、政治的信条とは無縁の暴漢や殺人者もいて、新たな権威を行使しはじめる。彼らの恐るべき所業を示す証拠は枚挙にいとまがない。

職務を遂行しながら苦しむ要員もいる。そんなことをすると思っただけで懐疑的になり、嫌悪感すら抱くが、必要に迫られて逃れられず、「倫理的な」恐怖に向き合い、恐怖をできるかぎり抑え込もうとする。だが、他に選ぶ余地はないと信じてやったことに苦しめられる要員たちの証言は強烈だ。「私は幾多の血を流してきた、もう生きている権利などない」と一九一八年末、酔って取り乱したジェルジンスキーは言い、こう懇願している。「今すぐ私を撃ってくれ」

意外な情報源としては、シベリアで米軍を指揮していたウィリアム・グレイヴス少将がこう言っている。彼自身が「安全な立場にいるためには、シベリア東部で反ボリシェヴィキ勢力が一〇〇人を殺害したときも、全員がボリシェヴィキに殺されたと言うようにする」。ソヴィエト体制の指導層の多くは、自分たちが「恐怖」をもたらしていることを痛いほど自覚し、その堕落的傾向に歯止めをかけようと努める。一九一八年にチェカの新聞が、拷問を求める悪名高い記事を載せると、中央委員会は編集者を激しく非難し、新聞の発行を差し止め、ソヴィエトは新たにこうした策動をあらためて糾弾する。だが、政治とモラルの腐敗が始まっていることは疑いを容れない。

経済の破綻と、止むことのない壊滅的な飢饉に直面した体制は、一九二一年、緊急手段に訴える。「戦時共産主義」と呼ばれる軍の徴発と支配に代えた、新経済政策（ネップ）の導入である。一九二一年から一九二七年にかけて、体制は一定程度の民間主導を推奨し、小規模な企業が利益をあげることを許可する。賃金政策がゆるめられ、外国人の専門家や技術顧問に認可が下る。政府はさまざまな大規模集団農場を作り出すが、多くの土地は富裕な農民に引き渡される。「ネップマン」と呼ばれる小資本家ややり手の実業家が、投機や闇取引で儲け、成長しはじめる。

国は壊滅的な余波のなかを、工業と農業、労働者階級の瓦礫をぬって喘ぎながら進んでいく。戦時共産主義は緊急避難であり、ネップはどうしても必要な後退だったが、ある程度の安定と生産の向上をもたらす。弱みの表出は、それなりの代償を伴う。階級の代弁をするはずの官僚組織が、今は壊れたその階級の残骸の上で宙に浮いている。

ボリシェヴィキのなかにも公式、非公式に異議を唱える小グループが出てくる。コロンタイとシュリャプニコフは「労働者反対派」を率い、もうほとんど存在しない労働者階級に権力を渡すことを熱望する。オールド・ボリシェヴィキのインテリからなる「民主集中主義者」は、中央集権化に反対の立場をとる。一九二一年の第一〇回党大会で、分派の活動は禁じられる。レーニンも含め、こうした動きの提唱者たちは、これは党を統合するための緊急措置なのだと説明する。このあとで生まれてくる分派、たとえば「左翼反対派」や「合同反対派」は非公式なものだ。

レーニンの健康は悪化の一途をたどる。一九二二年と二三年に発作を起こし、彼の目にも増しつつある官僚制的傾向、硬直化、腐敗に対して、「最後の戦い」と呼ばれる苦闘をくり広げる。彼はしだいに、スターリンの人格、機構における地位に疑いを抱くようになる。最後に書いた文章では、スターリンを総書記の任から解くように主張している。

その勧告が容れられることはない。

一九二四年一月、レーニンはこの世を去る。

体制は速やかに、グロテスクな死の信仰に着手する。その最も華々しい要素は、今日もまだ残っているもの――レーニンの遺骸だ。ひねこびた不気味な遺物が、棺台の上で人民の弔意を受け取る。

一九二四年の第一四回党大会で、トロツキーらの抗議を退けて、党は目もくらむほどの極の転換を行う。このとき、スターリンの「一般に、社会主義者の勝利（最終的勝利の意ではない）は一国において無条件に可能である」という主張が公式に認められる。

単なる後づけの理屈であるにもかかわらず、この「一国社会主義」の採用は、ボリシェヴィキの根本的な――またその他の――主題の劇的な転換となる。

この変化は、世界革命の見通しが遠のいたという絶望から生まれる。だが、国際的な支援がもうじき来ると期待するのがユートピア的思考なのだとしたら、独裁的社会主義などというありえないものに賭けるのはどうなのだろう？　地に足の着いた悲観論のほうが、たとえ新陳代謝させるのは大変でも、このろくでもない希望より害は少ないのではないか。

こうした新しい見解のもたらす影響は壊滅的だ。論争と民主主義の文化の痕跡は残らず消えうせ、官僚制がトップダウンによる発展の番人となって、俗に言う「社会主義」の怪物へ膨れあがっていく。そしてスターリンが、あの「灰色にぼやけていた」存在が機構の中心に座り、おのれの権力基盤を強め、おのれの地位を並ぶ者のないところまで高める。

一九二四年から二八年にかけて、ロシアの空気はさらに剣呑になり、党の内部抗争は熾烈さを増し、どこに忠実か、誰と組むかという変化はさらに切迫した、危険なものになる。味方は敵になり、また味方に変わる。「天のふたご星」は体制と折り合いをつける。トロツキーはそうしない。彼は中央委員会と党から締め出される。支持者たちは罵倒され、叩きのめされ、自殺に追い込まれる。一九二八年、彼の「左翼反対派」は粉砕され、散り散りになる。

体制への脅威が増大し、スターリンはおのれのルールを整理統合する。そして世界経済が危機に陥ると、「大改革」を始める。「この速度を減じてはならない！」と一九三一年に告げる。これが最初の五カ年計画だ。「わが国は先進国から五〇年か一〇〇年、遅れをとっている。この距離を一〇年でゼロにしなければならない。我々が成し遂げるか、我々が潰されるかだ」

かくして工業化と集産主義化が、容赦ない中央集権的な支配と計画経済と政治文化が正当化される。

党の活動家が大勢追い詰められ、仲間を裏切るよう強いられ、不条理な犯罪を大声で自白させられる。かつての伝統に反するこの反革命によって、その伝統の名の下に処刑される。以前スターリンに忠実だったとしても、身を守る保証にはならない。一九三〇年代からそれ以降、死に追いやられたボリシェヴィキを挙げていけば、トロツキーやブハーリンに加え、ジノヴィエフ、カーメネフなどきりがない。

この独裁への退行とともに、国家主義、反ユダヤ主義、ナショナリズム、そして文化や性や家庭生活における苛烈で反動的な規範が息を吹き返す。これがスターリニズムだ――パラノイアと残虐と殺人とキッチュの警察国家。

長引いた「スメルキ」、すなわち延々と続く「自由のほの暗い明かり」のあとで、夜明けと思われたものが日没になる。これから来るのは新しい一日ではない。左翼反対派のヴィクトル・セルジュが言うところの「今世紀の真夜中」だ。

iii

あの一〇月に対して、一〇〇年にわたる粗雑な、没歴史的な、無知な、不誠実な、日和見主義的な攻撃があった。そうした冷笑的態度をまねることなく、我々はあの革命を審問しなければならない。旧体制が堕落し暴力的だった一方、ロシアの自由主義は脆弱で、すぐに反動勢力と手を組もうとした。それでもやはり、一〇月は否応なくスターリンにつながったのか？　この問いかけは古くからあるが、今も大いに生きている。強制労働収容所は一九一七年の必然の結果なのか？

新しい体制に直面したときの、客観的な緊張は当然だろう。しかし主観的な要素もある。なされた決定について、我々が問いかけねばならないものが。

メンシェヴィキ左派の、反戦を是とする国際派たちには、答えるべきことがある。一九一七年一〇月に議場から出ていった件についてだ。大会が連立に賛成の票決をしたあと、まっすぐ戻ってきた。この決定には、それまでの支持者ですらショックを受け、怒りを示した。「私は肝を潰した」と、スハーノフは言った。彼はあの行動をいつまでも悔やみつづけた。「誰もあの大会の合法性に異議を唱えなかった……［この行動は］大衆と革命から正式に袂を分かったという意味だった」

歴史に「もしも」はない。だが、他のグループの国際派たちが第二回大会にとどまっていれば、党のあらゆるレベルにいる他のボリシェヴィキたちがどこまで連繫を強く唱えるかによっては、レーニンとトロツキーの連立に対する非妥協的、懐疑的な姿勢が弱められていたかもしれない。それで結果的に、より一枚岩でない、攻撃にさらされる政府が生まれていた可能性もある。

これは孤立の制約や影響を否定しようというのではないし——ボリシェヴィキ自身にミスが、あるいはさらに悪い誤りがあったというのでもない。

スハーノフの回想録に応えて、一九二三年一月に書かれた短い文章「我々の革命」のなかで、レーニンは驚いたことに、ロシアに革命の「準備」ができていなかったことは「議論の余地がない」と認めている。しかし彼は攻撃的に、こう問いかける。人民が「その絶望的な状況に影響されていた」ことはたしかで、だからこそ彼らは「闘争に身を投じたのではないか。そのおかげで少なくとも、今後何か普通でない文明が発展できる条件を確保できるチャンスが生まれたのではないか」と。

虐げられたロシアの人民にとっては、実際に行動に出る以外の選択肢がなかったのだと、そう論じることは不合理ではない。行動することで現状を規定する要因そのものを変えられるチャンスがある、それによって事態が改善するかもしれない、と。レーニンの死後、党には変化が生じる。あの不完全な条件のもとでがんばる以外どうしようもなかったのだという痛ましい感覚から、のちの一国社会主義という悪しき希望への変化は、必要性が美徳に作り替えられることの不吉な結果である。

さまざまなボリシェヴィキがさまざまな時期に行っている「戦時共産主義」の説明にも、我々はそれと同様の不快な傾向を見て取る。戦時共産主義は、絶対になくてはならない共産主義の原則であり、だから検閲が必要なのだという恐ろしい理屈である。そして内戦のあとですら、それを弱みではない何かの表現であるかのように言う。我々はその傾向を、一個人による支配を社会主義的変換の本質だとする説明のなかに見て取る。そしてまた、敵側の中傷や誤った説明、たとえばセルジュが言う「身の毛のよだつ嘘」のなかにも。一九二一年のクロンシタットの水兵たちによる反体制蜂起が、白衛隊による攻撃だったとする嘘は、「人民のために必要な」嘘として正当化された。あの反乱の余波を考えれば、我々はマイク・ヘインズの恐ろしい言葉も軽く扱ってはならない――このボリシェヴィキに同情的な歴史家は、彼らには「処刑を堪《こら》えられない」ところがあると言っているのだ。

自分は革命の側にあると考える人たちは、こうした失敗や犯罪にも正面から取り組まねばならない。さもなければ、弁明や手前勝手な陳述、聖人列伝にはまり込み、こうした誤りを再びくり返すリスクを冒すことになる。

史上初の社会主義革命の奇妙な物語が称えられるべきなのは、ノスタルジアゆえではない。あの一〇月というすべての基準となるものが、かつて状況が一度変わったこと、再びそうなってもおかしくないということを明示しているのだ。

たとえば一〇月は、新しい種類の力をもたらす。労働者による生産の掌握へ、土地に対する農民の権利へと向かう変化。労働や結婚における男女平等の権利、離婚や子育て支援の権利。一〇〇年前にあった同性愛への差別撤廃。民族自決への動き。自由な普通教育、識字の普及。識字とともに生じる文化的な爆発、学習欲。大学や連続講座や成人対象の学校の急激な発展。ルナチャルスキーならこう言うであろう、工場での変化に劣らぬほど大きな魂の変化。そうした瞬間はあっというまに消え、逆転され、わびしい冗談や記憶になるのだが、しかしそうならない可能性もある。

違いが生まれる可能性もある。あれはまったく最初の、おぼつかない第一歩にすぎなかったのだ。

革命家は新たな世界で、新たな国を望む。それが打ち立てられるのを見ることはできないが、信じることはできる。そしてその過程で、自分自身をも新しく打ち立てられると信じる。

一九二四年、壮大な実験が悪徳に取り巻かれるようになるころでも、トロツキーはこう記している。自分の望む世界、自分が夢見る共産主義の世界では――これはやがて来る、骨の上に築かれる体制を先取りした叱責だ――「人生の形は劇的なまでにドラマティックになるだろう。ごく平均的な人間がアリストテレスやゲーテやマルクスの高みにまで上っていく。そしてその峰の上には、新しい頂が立ち上がってくる」。

一九一七年のロシアで起こったことは、すべて明瞭かつ重要だ。一〇月をただのレンズとみなし、それを通して今日の苦闘を眺めるのは、不合理で滑稽な近視眼だろう。しかしあれから長い一世紀が、恨みと残虐の長い薄暮が、異常な生成物と本質から成る時間があった。薄明は、たとえ記憶のなかにある薄明でも、光がまったくないよりはましだ。あの革命から学べることは何もない、というのもやはり不合理だろう。一〇月のほの暗い明かり《スメルキ》が我々のものになりうること、そのあとに必ずしも夜が来る必要はないということを否定するのは。

プロコポーヴィチはあの夜、怒った水兵たちに殉難者として冬宮へ向かうのを邪魔され、市ドゥーマの代表たちの前で演説を行った。「こんな街頭でスイッチマンに撃たれるのは、我々の尊厳にもとる」という彼の言葉をジョン・リードは記録し、そしてこう書いている。「彼が〝スイッチマン〟という言葉で何を言おうとしたのか、私にはわからなかった」。やはりその場に居合わせたルイーズ・ブライアントも、同様にこの奇妙な言葉を記している。「彼のその言葉がいったい何を意味していたのか、アメリカ人の私の単純な頭には及びもつかなかった」

その答えはおそらく、思いも寄らない場所にある。

一九一七年、ハイム・グラッデは、リトアニアのヴィルナに住む幼い子どもだった。それから何十年もたって世界的なユダヤ人作家となったとき、彼は回想録『デル・マメス・シャボシム（母の安息日）』の英語版への注釈で、つぎのように記している。

森の掘っ立て小屋。ヴィルナ周辺の鉄道線路沿いにある、転轍手《スイッチマン》の詰所を指す言葉だ。一九一七年の革命以前、あの森の掘っ立て小屋のあたりは、地元の革命家がこっそり落ち合う場所だった……

会合場所を示す通り名。プロコポーヴィチが軽蔑的に使ったあの言葉が、「革命家」を指していたということは考えられそうだ。

プロコポーヴィチはかつてマルクス主義者だった。彼が自由主義に転向するのは、他の多くの異端者でいかねばならない。

がいわゆる「経済主義」や、「合法的マルクス主義」に染まるのに似ていた。彼らの段階理論のドグマには、ある種のわびしい厳格さがあった——時代は路線上に続く駅のように、否応なくひとつずつ進んでいかねばならない。

彼がボリシェヴィキを転轍手とあざけるのも、そう不思議ではない。歴史の側線に気をとめる者たち以上に、あらゆる種類の目的論に敵意を示す者がいるだろうか？　そしてまたその逆も言えるのではないか？

一九一七年の革命は、列車の革命だ。歴史は冷たい金属の悲鳴のなかを進んでいく。側線に入れられたままのツァーリのお召し列車、レーニンの封印列車、グチコフとシュリギーンの退位を勧める急行列車。絶望した脱走兵を満載してロシアを縦横に走っていく列車。「コンスタンチン・ペトロヴィチ・イヴァノフ」、かつらをかぶったレーニンが罐焚《かまた》きとしてせっせと石炭をくべる機関車。トロツキーの装甲列車、赤衛隊のプロパガンダ列車、内戦の部隊を運んでいく列車。ぼうっとそそり立つ列車、闇のなかから現れ、木立を駆け抜けてゆく列車。

マルクスは言った。革命は歴史の蒸気機関車であると。「蒸気機関車をトップギアに入れて」とレーニンは、一〇月からほんの数週間たったころ、ある私信で自分に活を入れている。「線路の上を走らせつづけろ」

だが、もしも本当の道筋が、線路が一本しかなく、それがふさがれていたとしたら、どうやって機関車を走らせつづけられるのか？

「私は行きます。あなたが行かせたがらなかったところへ」

ヤロスラフ・セルゲーヴィチ・ニコラエフ，《レーニンの死んだ日》（油彩，サンクトペテルブルク，国立ロシア美術館）．「1917年の革命は，列車の革命だ」

しいくだりがある。

一九三七年、ブルーノ・シュルツの短編「天才的な時代」の冒頭には、「時間のなかに居場所のない数々の事象」のことを、「時間のなかの座席が売り切れているわけではない」可能性を反芻するすばらしいくだりがある。

車掌さん、どこにいるんだ?

まあ、そう興奮しないで……

時間には二つの線路がある、平行する時間の流れがあるって話を聞いたことはあるかい? そう、時間にはそういう側線があるんだ。いささか違法で、怪しいものがね。だが今の我々のように、一方が登録できない禁制の事象を規定量以上負わされるときも、もう一方はそううるさくはない。どこかの歴史上のポイントで、そういう側線を見つけようじゃないか。こういう違法な事象を分けられる目に見えない線路を。怖がる理由は何もない。

森の掘っ立て小屋のそばに転轍機がある。より荒々しい歴史のなかへ向かう隠れた線路への切り替えポイントが。

歴史への疑問は、誰が機関車を動かすかだけでなく、どこへ向かおうとしているかだ。プロコポーヴィチたちには怖がる理由がある。そしてこの怪しく違法な側線を取り締まりながら、そんなものは存在しないと主張しつづける。

革命家たちは本線からその路線へと列車を向かわせ、登録されない禁制の荷を積み、規定量を無視して、地平線へ向けて驀進する。はるか遠くの縁へと向かいながら、それでもぐんぐん近づいていく。

あるいは、解放された列車からはそう見える。自由のほの暗い明かりのなかでは。

謝辞

本書は、私がこれまで書いたどの本よりも、読者や対話者とのやり取りや知見から多くを得るどころか、そうした人々にすっかり頼りきって書きあげることになった。彼らが示してくれた忍耐と寛大さ、そして厳しくも刺激的な助力やフィードバック、示唆、批評には、いくらお礼を述べても述べつくせない。

調査の過程で知った厖大な数の先人たちの仕事にも、計り知れないほどの恩恵を得た。この本の草稿が触れているいくつかの話題に関して、優れた研究者の方々からの思慮深く詳細なフィードバックを受け取り、また多くのケースで未発表の仕事の情報まで提供していただくという特権にも恵まれた。グレブ・アルバート、バーバラ・アレン、クレイトン・ブラック、エリック・ブランク、ラース・リー、ケヴィン・マーフィー、ロナルド・スニに深甚なる感謝を。彼らの助力のおかげで、本書『オクトーバー』は格段によい本になった。

他の多くの読者が知らせてくれた仔細な思考や反応も、このうえなくありがたいものだった。ミック・チータム、マリア・ヘッドリー、フランク・ヘムス、スーザン・パウエル、ジョード・ローゼンバーグ、ロージー・ウォレンに感謝を。

ロシアでは、ボリス・コロニツキーとアーテミー・マグン、ヨエル・レーゲフ、アレクサンドル・レズニック、アレクサンドル・スキダンとエリザヴェータ・ジダンコヴァからの便宜と歓待を得るというすばらしい幸運に恵まれた。

本書の執筆のためにレジデンシー・フェローシップを与えてくれたイタリアのロックフェラー・ベラージョ・センターにも、深く感謝している。また、計り知れないほどの支援と助力をくださったデイヴィッド・ブローダー、ヴァレリア・コスタ゠コストリツキー、ジョゼ――グッル――コロミナス、カシア・コロミナス゠ミエヴィル、インディゴ・コロミナス゠ミエヴィル、ボリス・ドラリュク、ブライアン・エヴェンソン、長谷川毅、スチュアート・ケリー、ジェマイア・ミエヴィル、ポール・ロビンスにも感謝を。

たえず政治的、知的インスピレーションの源となってくれた『サルヴァージ』のわが共同編集者たち、ジェイミー・アリンソン、リチャード・シーモア、ロージー・ウォレンの連帯と友情にも、お礼を申し上げたい。

ヴァーソ・ブックス、とりわけマーク・マーチン、アン・ランバーガー、サラ・シン、ローナ・スコット゠フォックスも、義務の履行をはるかに超えた熱意で原稿整理に取り組んでくれた。最後に、わが担当編集者にして友人のセバスチャン・バッジェンに格別の感謝を。知的な面でも政治的な面でも、本書が彼に負うところはきわめて大きい。

訳者あとがき

本書『オクトーバー——物語ロシア革命』の著者、チャイナ・ミエヴィルは、英国の小説家である。ジャンルを問えば、SF・ファンタジー・ホラーということになるが、本人はまとめて「ウィアード・フィクション」、あるいは「ニュー・ウィアード」と呼んでいる。その評価はきわめて高く、作風はじつに独特で、このジャンルからしばしば想像されるような単純明快なものではない。独創的な、饒舌でありながら切れ味鋭い文体で描かれるのは、異質な現実《リアリティ》が複綜する奇妙《ウィアード》な世界だ。同一の空間に二重に存在する都市を舞台とした代表作『都市と都市』（邦訳はハヤカワ文庫、二〇一一年）などは、その好例といえる。決して多作ではないが、発表する小説のほとんどがローカス賞やアーサー・C・クラーク賞など、何かしらその筋では権威のある賞を受賞している。

　そしてミエヴィルにはもうひとつ、学者・社会活動家としての顔もある。自ら左派であることを公言し、実践的な活動を行ってきた。ケンブリッジを卒業後、ロンドン・スクール・オブ・エコノミクスで国際関係論の博士号を取得しているが、その博士論文"Between Equal Rights"は、国際法をマルクス主義的観点から分析したもので、単行本としても刊行された。

　そんな行動的な社会主義者であるミエヴィルが、ロシア革命という、ちょうど一世紀前に起こった、人類史上初の社会主義革命に関心を抱くのは、ごく自然な成り行きだったろう。しかし本来は小説家であるミエヴィルが、なぜこの歴史的な事象を真っ向から扱った本を執筆するに至ったのか。きっかけは、担当編集者との会話だったという。「セバスチャンはそれを小説のように書けるんじゃないかと考えていた。この革命を物語として語るというのが、基本的なアイデアだったんだ」（『ニューヨーク・タイムズ』によるインタビュー）

しかし小説家の書く「物語」とはいえ、いわゆる「歴史小説」のように、創作的要素が入り込んでいるわけではない。「私はあるルールを課した。文献のどこにも残されていないような事件、人物、演説は書かない。その種の創作はしない、と」。また政治やイデオロギーの記述をあえて省くこともしなかった。「政治的な部分をぼやかしたり、政治がないようなふりをしたり、やさしく嚙み砕いたりしなくても、すごい話になるとわかっていたからだ」。ミエヴィルが念頭に置いていたのは、「比較的新しい読者」ではあるが、「自分がごく真剣にこのテーマを受け止めていることを、専門家たちにも理解してもらいたかった」とも語っている。

その結果できあがったのが、一九一七年という激動の一年を描いたこの絢爛たる一大絵巻である。当人の言葉によれば、「豪胆さや偽装、裏切り、愛、怯懦、名誉、苦しみなどに満ちた、奇妙で驚くべきストーリー」（ヴァーソ・ブックスによるインタビュー動画）だ。中心人物となるレーニンやトロツキーをはじめ、実に多くの人物が入れ替わり立ち替わり登場し、さまざまな事件や出来事が錯綜するが、一貫して浮かび上がってくるのは、政治とイデオロギーをめぐる命をかけた闘い、生身の人間と人間のぶつかり合い、時代のすさまじい熱気だ。また、すぐれた作家の想像力が捉えたさまざまな挿話的な場面、たとえばレーニンの逃亡と帰還、臨時政府首相ケレンスキーと軍司令官コルニーロフの奇妙な策謀、そしてあの一〇月の、臨時政府最後の夜のペトログラードと冬宮の人間模様など、「読みどころ」にもこと欠かない。

本書の刊行を受けていち早く、ロシア・ソ連史を専門とする著名な歴史家シェイラ・フィッツパトリックは、「エレガントに構成され、思いがけないほど感動的」(『ロンドン・レビュー・オブ・ブックス』)と評した。「この革命全体、そしてボリシェヴィキに同情的な傾向をもつ人たちに向けて」書かれているとも書評にはあるが、ミエヴィル自身は本書の冒頭で、「……中立だというふりはせずとも、フェアであろうとは努めた。いろいろな政治的志向をもつ読者たちにも、この物語には価値を見出してもらえると思う」と書いている。

最後に引用するのは、ニューヨークの『ヴィレッジ・ボイス』誌の紹介記事だ。「彼は一九一七年という年をごく詳細に語りなおすことで、過去を忘れるのが常である世界に、歴史をもう一度紹介することを望んでいる。そして幸いなことに、この大変動の一年について書かれた本が出版されるのは、まさに私たちの周囲で古い秩序が音をたてて崩れていくように思える時期だ」

史実をなるべく忠実に再現しようとするのが本書の主眼だとしても、イントロダクションとエピローグで触れられる「スメルキ」「側線」「スイッチマン」といった言葉は、複錯する世界、すなわち歴史のもうひとつの可能性をも暗示している。ミエヴィルにとって「一〇月」とは、単なる興味深い過去の歴史の一齣ではない。現在の世界との連関性をもった「覚醒への呼び声」なのだ。その声は一〇〇年後の今も、決して遠くかすかなものではないだろう。

二〇一七年九月一日

索　引

（「人名録」で掲げられた人物には＊を付した）

ア　行

カ　行

サ 行

タ　行

ナ　行

ハ　行

マ　行

ヤ　行

ラ　行

人名録

アレクセーエフ，ミハイル（1857–1918）
将軍。1917年2月まで皇帝の参謀長。4月まで最高司令官。内戦でボリシェヴィキとの戦闘中に死亡。

アントノフ＝オフセエンコ，ウラジーミル・アレクサンドロヴィチ（1883–1938）
1903年以降マルクス主義者、1917年以降はボリシェヴィキ。スターリン統治下で処刑される。

ウォイチンスキー，ウラジーミル（1885–1960）
メンシェヴィキの活動家。知的な経歴をもち、1905年にボリシェヴィキに参加。シベリア流刑に処せられる。第一次世界大戦中に離党し、穏健派メンシェヴィキに。1917年にペトログラード・ソヴィエトで活動。同年以降ジョージアへ、1921年にドイツへ逃亡。

ヴォロダルスキー，V.（1891–1918）
マルクス主義活動家。1905年、ユダヤ・ブントのメンバーになる。1913年に米国へ移住、第一次世界大戦中はメンシェヴィキ国際派と連繋。1917年5月にロシアへ戻ると、メジライオンツィに参加し、ほどなく同メンバーとともにボリシェヴィキに。1918年、エスエルの活動家に暗殺される。

ガポン，ゲオルギー（1870–1906）
司祭。1905年1月の血の日曜日事件では、労働者の行進の先頭に立つ。実は警察とつながっており、エスエルの活動家に暗殺される。

カムコフ，ボリス（1885–1938）
左派エスエルの活動家。長年にわたる国際主義者で、左派エスエルのツィンマーヴァルディスト。1918年以降は次第にボリシェヴィキと対立。たびたび逮捕される。スターリン統治下で処刑。

カーメネフ，レフ（1883–1936）
ボリシェヴィキの活動家、政治家。オールド・ボリシェヴィキ。長年にわたるレーニンの協力者。1920年代半ばに、短期間だがスターリンと対立。スターリン統治下で見せしめ裁判ののち処刑。

キシキン，ニコライ・ミハイロヴィチ（1864–1930）
カデットの政治家。1917年に臨時政府の福祉大臣を務める。10月には崩壊寸前の政府から「特別な権力」を付与されるも、同夜に逮捕。のちにソヴィエ

ト政府の保健人民委員部で勤務。

グチコフ，アレクサンドル（1862–1936）

政治家。1917年2月まで、保守派のオクチャブリスト。4月まで臨時政府で軍事大臣を務める。コルニーロフの支援者。革命後ロシアを離れる。

クルプスカヤ，ナデジダ（1869–1939）

ボリシェヴィキの活動家。歴年の闘士である。1898年にレーニンと結婚。1929年から死去するまで、ソヴィエト政府の教育人民委員部次官を務める。

ケレンスキー，アレクサンドル（1881–1970）

トルードヴィキおよびエスエルの政治家。1917年2月以降、臨時政府の要人となる。いくつかの要職を歴任し、7月から首相。10月以後、体制派の部隊を率いてペトログラードの奪還を試みるが、失敗する。ロシア国外に逃れ、亡命先で死亡。

ゴーツ，アフラム（1882–1937）

エスエルの指導者。ペトログラード・ソヴィエトの幹部。1922年に、他のエスエル指導者とともに逮捕され、裁判にかけられる。再逮捕ののち、カザフスタンで射殺。

ゴーリキー，マクシム（1868–1936）

作家。社会主義活動家、『ノーヴァヤ・ジズニ』編集長、有力な左翼活動家たちの支援者。1917年以降、次第にボリシェヴィキから遠ざかる。

コルニーロフ，ラーヴル（1870–1918）

将軍。強硬派の独裁主義者。1917年7月から短期間、最高司令官となる。8月に「コルニーロフ事件」を起こし、11月に幽閉から逃れる。内戦ではボリシェヴィキと戦い、戦闘中に死亡。

コロンタイ，アレクサンドラ（1872–1952）

ボリシェヴィキの活動家。当初はメンシェヴィキだったが、1914年にボリシェヴィキに参加。1917年10月以降、社会福祉人民委員を務める。のちにアレクサンドル・シュリャプニコフとともに労働者反対派を結成。

サヴィンコフ，ボリス（1879–1925）

エスエルの政治家。1904年から翌年にかけて、エスエルのテロリスト部門である戦闘団のメンバー。第一次世界大戦中はフランス軍に加わる。1917年の臨時政府ではケレンスキーに接近。10月以降は反革命の反ボリシェヴィキ・グループを組織し、ロシアから逃亡。センセーショナルで通俗的な政治スリラーをものした作家でもある。1921年にロシアに帰国。モスクワで獄中死。

ザヴォイコ，ヴァシーリー（1875–1947）

右翼活動家。裕福な政治屋で、コルニーロフ将軍の秘書および顧問。革命後はロシアを離れ、米国に渡ったと見られる。

ザスーリチ，ヴェラ（1849–1919）
マルクス主義活動家。最初はアナーキストの影響を受け、1878年にサンクトペテルブルク警察署長トレポフの暗殺を試みるも、陪審の同情を得て無罪となる。マルクス主義に転向し、1883年にプレハーノフとともに労働解放団を創設。1903年にメンシェヴィキに参加。1905年以降は政治活動への情熱が衰え、第一次世界大戦ではロシアの戦争参加を支持する。自然の要因で死亡。

ジノヴィエフ，グリゴリー（1883–1936）
ボリシェヴィキの活動家、政治家。オールド・ボリシェヴィキで、1903年からレーニンの協力者となる。1917年中は革命運動に深く関与し、その後の体制ではさまざまな権力闘争に関わる。1928年にスターリンに降伏するが、スターリンによって処刑。

シュリギーン，ヴァシーリー（1878–1976）
保守派の政治家。強硬な反革命主義者。ニコライ二世の皇位が支えられなくなったとき、皇帝を説得して退位させる。1917年8月にはコルニーロフを、10月以降は白衛隊の行動を支援する。1920年にロシアから逃亡。

シュリャプニコフ，アレクサンドル（1885–1937）
ボリシェヴィキの活動家。オールド・ボリシェヴィキ、労働組合主義者、インテリ労働者。1917年2月にはペトログラードでボリシェヴィキの指導者として活動、10月以降はコミッサールに任命される。1920年にはコロンタイとともに労働者反対派の指導者となる。スターリン統治下で処刑。

スタール，リュドミラ（1872–1939）
ボリシェヴィキの活動家。1907年にロシアを離れフランスへ渡る。1917年に帰国。ペトログラードの組織で活動する。

スハーノフ，ニコライ（1882–1940）
社会主義作家。元はエスエルのメンバー。1905年の革命に参加したのち、非同盟の急進派として数年間過ごす。1913年にサンクトペテルブルクに戻り、社会主義雑誌を編集する。その年にマルトフのメンシェヴィキ国際派に加わり、1920年に脱退。興味深い1917年の日記を執筆する。スターリン統治下で処刑。

スピリドーノヴァ，マリア（1884–1941）
左派エスエルの活動家。ボリソグレブスクの悪名高い治安責任者ルジェノフスキーを暗殺し、シベリアの監獄で11年間過ごす。1917年5月にペトログラードへ帰還。党穏健派からは遠ざけられる。10月以降ボリシェヴィキ政府に参加。1918年に袂を分かち、左派エスエルによる蜂起を支持する。その後もボリシェヴィキを左派の立場から批判しつづけ、1919年に医療刑務所に収監される。1921年に釈放。スターリン統治下で処刑。

スミルガ，イヴァル（1892–1938）

ボリシェヴィキの活動家。1917年4月にボリシェヴィキ中央委員会に選出される。1917年から翌年までバルト艦隊中央委員会議長。1920年代にはボリシェヴィキ内の左翼反対派のメンバーとなる。スターリン統治下で処刑。

セマシコ，Ａ．Ｉ．(1889–1937)

ボリシェヴィキの活動家。マルクス主義の闘士、ペトログラードの第一機関銃連隊で軍務につく。ボリシェヴィキ軍事組織で活動。1917年10月以降は政府に勤務。次第に不満を抱くようになり、1924年にブラジルへ出国。1927年に帰国するも投獄される。スターリン統治下で処刑。

ダン，フョードル (1871–1947)

メンシェヴィキの活動家。医師で、メンシェヴィキ創設時からの指導者。1917年にはソヴィエトの幹部会のメンバー。1921年に逮捕、国外追放。

チェルノフ，ヴィクトル (1873–1952)

エスエルの政治家。エスエルの指導者で、ケレンスキー政権では閣僚。1918年に短期間、憲法制定会議の議長を務めたのち、ロシアから逃亡。

チヘイゼ，ニコライ・セメノヴィチ (1864–1926)

メンシェヴィキの政治家。ペトログラード・ソヴィエトの初代議長。10月以降ジョージアへ、ついでヨーロッパへ移住。

ツェレテリ，イラクリー (1881–1959)

メンシェヴィキの政治家。ジョージアのメンシェヴィキ活動家、ドゥーマ代表。1913年にシベリア流刑にあう。1917年3月にペトログラードへ帰還。ソヴィエトの穏健派社会主義者の指導者となる。臨時政府の逓信大臣、ついで内務大臣を務める。同年以降はロシアを離れジョージアへ、その後1921年にパリへ移住。

デュシメーテル，Ｌ．Ｐ．(1883–?)

大佐。共和制センターの軍事部門の長。1917年8月の右翼による反ボリシェヴィキの陰謀に加担。1920年以降、上海に亡命し、当地で死亡。

トロツキー，レオン (1879–1940)

マルクス主義活動家。社会主義の理論家、活動家として長期にわたり指導的役割を果たす。元は左派メンシェヴィキに近かったが、1917年にメジライオンツィに参加、のちにボリシェヴィキに加わる。1917年の革命に深く関与する。革命後は初代陸海軍人民委員に就任。1918年に赤軍の指揮官となる。1923年から27年にかけては、ボリシェヴィキ内の左翼反対派の指導者。1929年にソヴィエト連邦から亡命。1936年にメキシコへ移住し、反スターリンのアジテーションを精力的に続ける。1938年に第四インターナショナル（反スターリンを主張する「トロツキスト」の社会主義グループ）を結成。スターリンのスパイに殺害される。

ニコライ二世（1868–1918）
ロシア最後の皇帝。1917年3月に退位し、その後家族とともに自宅に軟禁される。1918年7月16日、ボリシェヴィキによって家族ともども処刑される。
ノギン，ヴィクトル（1878–1924）
ボリシェヴィキの活動家。当初は「調停者」として、1910年にメンシェヴィキとボリシェヴィキの統合を試みる。1917年には、モスクワ・ソヴィエト議長を務めるなど、積極的に行動する。自然の要因で死亡。
バラバーノフ，アンジェリカ（1878–1965）
イタリア系ロシア人のマルクス主義活動家。
フィニソフ，P. N.（?–?）
右翼の陰謀者。共和制センターの副議長。1917年8月に反ボリシェヴィキの陰謀に加担する。
フィロネンコ，マクシミリアン（1885–1960）
右派エスエル、軍コミッサール。ケレンスキーの協力者。1917年以降、地下の反ボリシェヴィキ・グループを率いるが、その一員が1918年にチェカ議長モイセイ・ウリツキーを暗殺。結果として「赤い恐怖」を引き起こす。1920年にロシアから逃亡。
ブブノフ，アンドレイ（1883–1938）
ボリシェヴィキの活動家。モスクワで、その後軍事革命委員会で活動。スターリン統治下で処刑。
フョードロヴナ，アレクサンドラ（1872–1918）
皇后。最後の皇帝ニコライ二世の妻。家族とともに逮捕され、のちにエカテリンブルクへ移送。1918年7月16日、ボリシェヴィキによって処刑される。
ブレシコ＝ブレシコフスカヤ，エカテリーナ（1844–1934）
エスエルの活動家。エスエル右派に属し、ケレンスキーにも近しい。十月革命後、ロシアから逃亡。
プレハーノフ，ゲオルギー（1856–1918）
マルクス主義の理論家。1883年、労働解放団を創設する。1880年代から1900年代にかけての、卓越したロシア・マルクス主義理論家。1903年のメンシェヴィキとの分裂では、当初レーニン側につくが、その後は右派に与する。第一次世界大戦ではロシアの戦争参加を大っぴらに支持し、ボリシェヴィキを激しく批判する。1917年10月以降にロシアを離れ、自然の要因で死亡。
ボチカリョーヴァ，マリア（1889–1920）
兵士。女性兵からなる「死の大隊」の創設者。1917年12月に設立されたソヴィエトの国家保安機関チェカによって処刑される。
ボンチ＝ブルエヴィチ，ウラジーミル（1873–1955）

ボリシェヴィキの活動家。オールド・ボリシェヴィキで、宗教セクトの研究者。レーニンの個人秘書。

マルトフ，ユーリー（1873–1923）

メンシェヴィキの活動家。1903年以降、ロシア社会民主労働党（RSDWP）内のメンシェヴィキ分派の人望ある指導者。1917年2月以降はメンシェヴィキ内の極左として、党主流の右派メンシェヴィキと対立。ボリシェヴィキと組みはしないが、内戦での白衛隊との戦いを支援する。1920年にロシアを離れドイツへ。自然の要因で死亡。

ミハイル大公（1878–1918）

最後の皇帝ニコライ二世の末の弟。ニコライの退位で空いた皇位の継承を拒否する。1918年、ボリシェヴィキの活動家に殺害される。

ミリュコーフ，パヴェル（1859–1943）

カデットの政治家。優れた歴史家であり、カデットの主要なメンバー。1917年2月から臨時政府の外務大臣を務める。戦争での勝利を目指した筋金入りの愛国主義者。四月危機を引き起こしたのち辞任。1918年にロシアを離れる。

ラスプーチン，グリゴリー（1869–1916）

農民出身のエセ聖職者にして治療師。最後の皇帝と皇后に接近。不満を抱いた右派たちに殺害される。

ラーツィス，マルティン（1888–1938）

ボリシェヴィキの活動家、政治家。オールド・ボリシェヴィキとして、1905年以降、そして1917年を通じて活動。軍事革命委員会、ついでチェカのメンバーとなる。スターリン統治下で処刑。

ラデック，カール（1885–1939）

マルクス主義活動家。ポーランド、ドイツ、ロシアで長期間、派手に活動する。1917年にボリシェヴィキ、1923年に党内の左翼反対派に参加。1927年にボリシェヴィキから除名される。スターリンに降伏し、1930年に復党。1937年に見せしめ裁判にかけられ投獄される。強制労働収容所で死亡。

リヴォフ，ウラジーミル・ニコラエヴィチ（1865–1940）

自由主義政治家。進歩ブロックの元ドゥーマ代議員として、カデットと連立。1917年3月から7月まで正教会シノドの世俗側代表。8月のコルニーロフ事件に直接的に関与し、その後逮捕される。1918年から20年まで白衛隊を支援。10月以降はロシアから逃亡。

リヴォフ公，ゲオルギー（1861–1925）

自由主義政治家。貴族の家に生まれ、1905年にカデットに参加。1917年2月から臨時政府の初代首相となり、7月にケレンスキーを支持して辞任。10月以降はロシアから逃亡。

ルナチャルスキー，アナトリー（1875–1933）

ボリシェヴィキの活動家、政治家。多作の著述家であり、異端的なマルクス主義理論家。1917年に短期間メジライオンツィのメンバーとなり、その後ボリシェヴィキに参加。10月以降、初代の教育人民委員となる。スターリン統治下で影響力を失う。自然の要因で死亡。

レーニン，ウラジーミル・イリイチ・ウリヤノフ（1870–1924）

ボリシェヴィキの活動家、政治家。多作の著述家であり理論家。1903年にボリシェヴィキを主導し、メンシェヴィキとの分裂をもたらす。1917年以降、ボリシェヴィキの指導者となり、10月以降はロシア政府の首班となる。数度の発作を起こしたのち死亡。

ロヴィオ，クスター（1887–1938）

マルクス主義活動家、警察署長。フィンランドの社会民主党員で、ヘルシングフォルス（ヘルシンキ）警察の署長。1918年にロシアに移住。スターリン統治下で処刑。

ロジャンコ，ミハイル（1859–1924）

保守派の政治家。1905年に保守的なオクチャブリスト党を創設し、1911年から1917年10月まで第四ドゥーマ議長。内戦では白衛隊を支持する。自然の要因で死亡。

著者　チャイナ・ミエヴィル　China Miéville
一九七二年、イングランド生まれ。一九九八年、『キング・ラット』でデビュー。二〇〇九年刊行の『都市と都市』で主要SF賞を独占し、現代を代表するSF・ファンタジー作家としての地位を確立する。おもな長篇小説に、『ペルディード・ストリート・ステーション』『言語都市』などが、短篇集に『ジェイクをさがして』『爆発の三つの欠片』などがある。

訳者　松本剛史（まつもと・つよし）
一九五九年、和歌山県生まれ。東京大学文学部社会学科卒。訳書に、ブライアン・フリーマントル『クラウド・テロリスト』、トマス・M・ディッシュ『M・D』、マーティン・フォード『ロボットの脅威』他多数。

オクトーバー　物語《ものがたり》ロシア革命《かくめい》

二〇一七年十月五日　初版第一刷発行

著　者　チャイナ・ミエヴィル
訳　者　松本剛史
発行者　山野浩一
発行所　株式会社　筑摩書房
東京都台東区蔵前二―五―三　郵便番号一一一―八七五五
振替〇〇一六〇―八―四一二三
装幀者　岩瀬聡
印刷・製本　中央精版印刷株式会社

乱丁・落丁本の場合は左記宛にご送付ください。送料小社負担でお取り替えいたします。ご注文・お問い合わせも左記へお願いいたします。
筑摩書房サービスセンター
さいたま市北区櫛引町二―六〇四　〒三三一―八五〇七
電話　〇四八―六五一―〇〇五三

ISBN978-4-480-85810-8 C0097